井型屋
Souls
Never
Leave
鎮魂塔

點子出版
IDEA PUBLICATION

井型屋鎮魂塔
Souls Never Leave

L
作者序

當了作者三年，聽得很多的一句話是：「你點解有咁多諗法可以不停寫故仔出書嘅？」

我的點子其實不多，靈感都是來自日常生活的觀察和經歷，這次以井型屋為故事背景亦是如此。

不是人人住過井型屋，也未必人人去過井型屋，但每當去拜訪井型屋時，人們通常都會有同樣的感覺：恐怖、危險、方便投井。

將這些想法加以利用，配合我多年住井型屋的經驗，故事便成了。

每次構思故事時，我都盡可能加入自己的親身經歷或感覺，以及時事，務求令讀者有親歷其境的感覺，增強代入感。

今次希望透過這個作品，能加深大家對井型屋的認識，並多多珍惜身邊習以為常的事物，畢竟這些舊屋邨只會越來越少。

另外，這次除了一貫存在的彩蛋外，我決定要開始建立我的小說宇宙——當你獨立看一本書，它是一個完整的故事；當你看過我所有的書，它會是一個宏大的史詩。究竟最終會是我不自量力還是遊刃有餘，我也未知，讓我們拭目以待，亦期望大家繼續支持。

最後，無論是身邊的人，還是廣大的讀者，對於你們能夠喜歡我的文字和故事，我非常感激，亦希望我的文字能帶給你們一點娛樂，再次感謝大家。

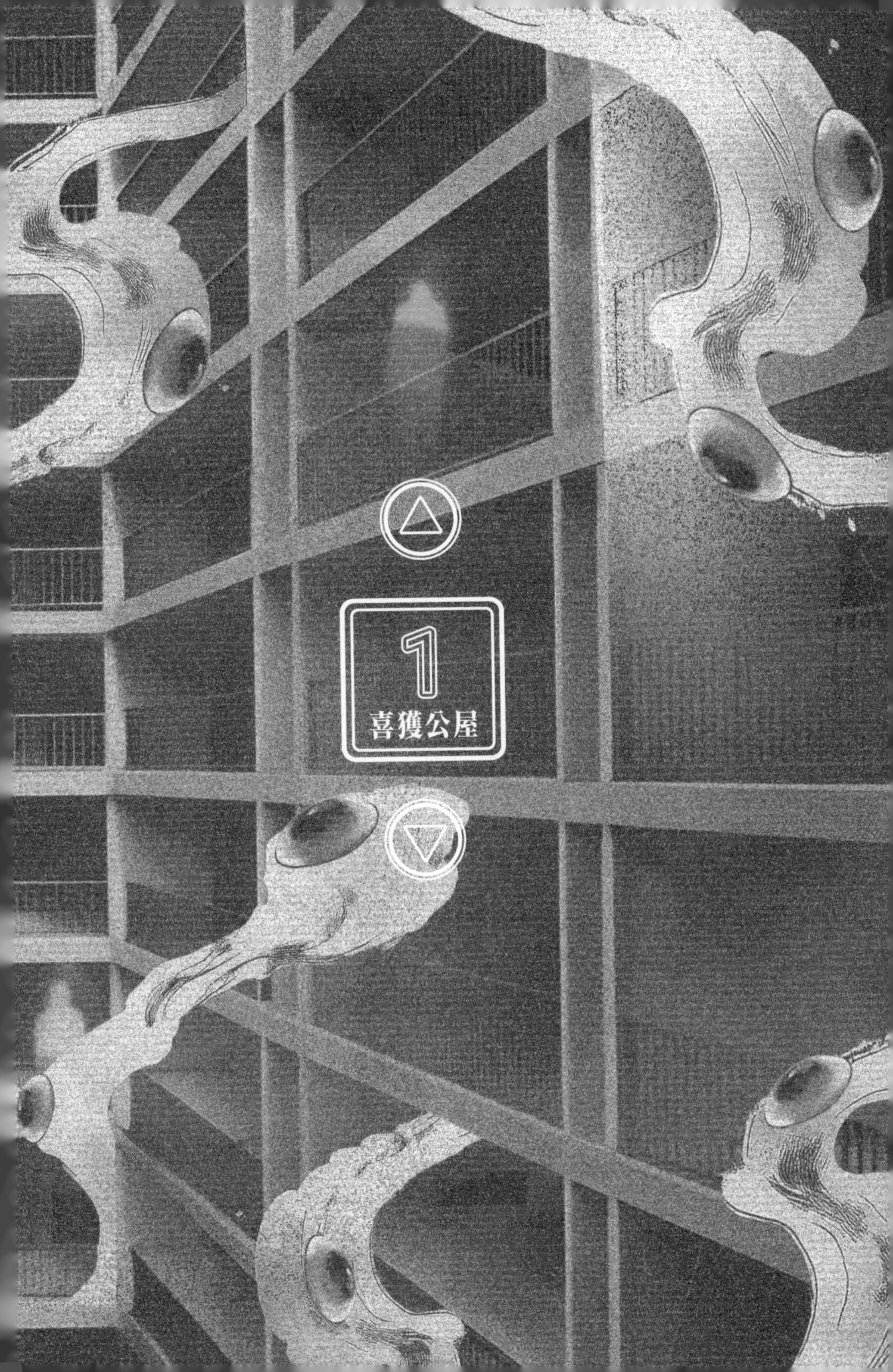
1
喜獲公屋

作為土生土長的香港人，如果能夠在香港獲派一個公屋單位，或許稱得上是一件可以跟朋友吹噓一輩子的事。低廉的租金、完善的民生配套、貼心的社區規劃、完美的綠化比例、大量的休憩用地，以上種種都令到有些人認為能夠「住公屋」就算是人生勝利組。

話雖如此，但我家獲派公屋的過程絕不容易，當中更花了不少功夫去「加分」使得排名更前，務求更快獲得編配機會。申請人獲編配後，房屋署會分別「派屋」三次，即有三次機會可選，如果申請人三次都拒絕接受派屋，便要重新排隊輪候編配機會。但由於排隊時間實在太長，所以基本上申請人一旦獲得編配機會，都會在三次機會內接受派屋。

為了「加分」，我家父母真的扭盡六壬。他們不知從哪個親戚朋友或鄰居幫忙下，找到一個山邊鐵皮屋的業主願意借出單位幫忙。他們以這單位申報為目前的住所，而由於這個單位在房屋署定義下是一個不合格且充滿危險性的臨時住所，所以房屋署署長便行使他的酌情權替我們的申請加分，使得我們能有較前的排名，可以提早獲派單位。

而我們這一家六口，在第二次派屋的時候便接受了，終於「如願以償」獲得黃大仙某屋邨的井型屋（正式稱呼為雙塔式大廈，於七、八十年代在香港多個公共屋邨落成。井型屋由高低兩塔組成，各自有一個天井，形象化一點來說，有點像個「呂」字，連接兩塔的是升降機大堂）。然而，我們後來才驚覺，這個決定其實

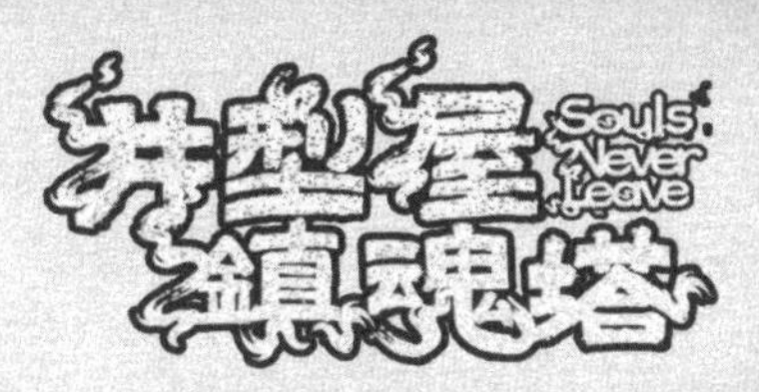

是錯誤的，日後發生的一連串事件更令我們悔不當初。

我叫阿曉，十七歲，唸男校，是一名中六學生，正在備戰 DSE，校內成績不過不失，雖然不喜歡動腦筋，但至少上堂專心不聊天，是老師眼中的乖學生（實情是我內向得連跟同學聊天也不敢罷了）。我相信但害怕靈異之事，卻經常找靈異題材的電影、書、電台節目來訓練膽量。同時亦出於害怕，會為自己看到的靈異之事找原因解釋並試圖合理化它，所以我從未真正遇過靈異之事，大概。

入伙當日，我們一家才首次人齊來到這座大廈，之前都只有爸爸和媽媽來看房和跟進裝潢進度。

「喂，阿旻，你睇下，呢度好似個煙囪。」我指着其中一個井對阿旻說，她是我的大妹，比我小一歲，是唸女校的中五生，性格與我截然不同，非常毒舌，腦筋靈活，經常有鬼主意，而且完全不相信鬼神之說，在我「合理化靈異之事」環節中擔任着重要角色。

對於初次踏足井型屋的我，一切也顯得很新鮮。能在井底往上直看到天空，很有井底之蛙的感覺，仿佛時刻提醒着我要安份守己，即使向上跳也只是徒勞無功，非常適合我這個 ISTJ。

「煙囪？」阿旻立即發揮毒舌本色，充滿惡趣味道：「我就話呢度係自殺勝地，方便跳樓就真。」

「衰女包喺度亂噏，快啲吐口水再講過。」媽媽聽後開玩笑道。

爸爸也湊起熱鬧來，一臉認真地說：「咁你哋唔好出夜街，夜晚會好猛。」

阿曦和阿晴──我的小弟弟和小妹妹，分別是五歲和四歲──嚇得立即摟着媽媽，他倆驚慌的樣子逗得我們哈哈大笑。

突然，「嘭」的一聲巨響把我們溫馨的畫面打破，這刻才意識到旁人那厭惡和鄙視的眼神正投射在我們身上，可是我們未有理會，而是立即循聲走去，看看發生甚麼事。

我們跑到發出聲響的一面井──其實也只是十步距離──查看，但未有發現異樣。

「唔通係我聽錯？無理由呀，其他人都肯定聽到，唔係點會一齊跑過嚟？」我充滿疑惑地想。

阿旻快速瞥了一眼道：「係咪唔知幾樓嘭門咋？所以啲人先見怪不怪，無咩反應。」

或許正如阿旻所說，我嘗試說服自己，但此時，另一聲的「嘭」

在另一面井傳來，我們又立即跑過去，但依然沒有甚麼發現。

「媽咪，做咩啲人要掉嘢落樓嘅？」阿曦童心未泯地問。

「媽咪媽咪，點解佢要瞓喺地下，唔返屋企瞓嘅？」阿晴也童言無忌地問。

「嘭」的聲音、丟東西、有人睡在地上，這不就是跳樓嗎？甚麼鬼？阿旻開口中嗎？但為何我看不到阿曦和阿晴所說的事物？難道他們有陰陽眼？

「兩個小傻瓜，」媽媽摸着他們的頭慈祥地笑着說：「高空擲物係唔啱嘅，千祈唔好學，知唔知道？人哋攰得滯瞓喺地下唞陣，你哋唔好行埋去嘈住人哋喇。」

「係，知道。」兩位小可愛乖巧地回答。

「咩事？即係阿媽都見到？唔係啩！我哋先第一日搬過嚟，之後點捱？」我心裏快要哭出來了。

「明明只係有條友飲醉咗瞓喺度，你咁驚做乜？」阿旻指着在保安崗位旁邊地上熟睡的人挖苦我道。我順着她指的方向望過去，的確有一個人睡在地上，我頓時放下心頭大石，但被阿旻挖苦始終不是味兒。

「過嚟啦，有轆喇。」爸爸催促我們。

這座大廈分為兩幢樓，高二十四層，總共有四部升降機，分為高低層和單雙數，每層有一部，十二和十三樓或以下為低層，十四和十五樓或以上為高層，而我們住在十五樓，搭乘全部四部升降機也很方便，即使升降機維修時也不用走十五層樓梯。

「Welcome home!」爸爸打開門的同時高興地説。

我們家是二十二室，屬於大單位，兩幢樓一共三十四個單位，兩幢樓的伙數和戶型也一樣，中間由升降機大堂連接，三條樓梯分別在升降機大堂和兩幢樓距離升降機大堂最遠的對角。

這是我們首次看見屬於我們的家，之前只有爸媽來過。家的間隔非常簡單，左面是客飯廳，右面是睡房，洗手間和廚房要出露台，一個左一個右。客飯廳的牆身髹了白色，地板鋪了白色帶灰色點綴的磚，家具以藤製成，簡潔中又帶點懷舊。三間房中，最近大門的是我和阿曦的房間，髹了淡黃色牆身，有一張碌架床；中間的是阿旻和阿晴的房間，淺粉紅色牆身，也有一張碌架床；倚着露台是爸媽的房間，都是白色牆身，有一張雙人床。由於三間房互相倚靠，所以只有一部冷氣在爸媽的房，其餘兩間房以間隔牆的小孔洞和風扇把冷風抽送過去，其實也挺涼快的。

坦白説，有屬於自己的房間這件事令我異常興奮，我完全把在地下升降機大堂發生的事都拋諸腦後。

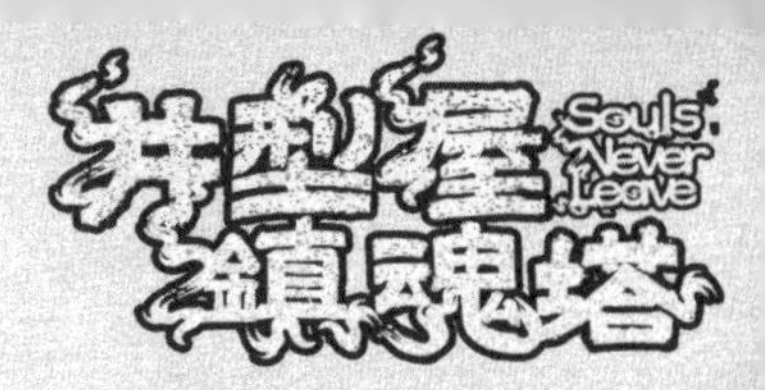

對新家充滿着好奇的我，很快便走遍每個角落，發覺露台外的景觀不錯看，正面雖是對面樓，但隔了一條馬路，所以不算近；左面是籃球場，我可以經常看到「現場直播」；右面是開揚市景，香港聞名中外的醉人夜景我在家就能完全擁有。

至於大門，看出去便是其他的單位，而且我們家是能直望升降機大堂，誰出門誰回家都能一目了然，加上是井型設計，採光十分好，而且非常通風，夏天也不會覺得悶熱。

正所謂遠親不及近鄰，鄰居好與壞也影響深遠，不過至少目前還是不錯，大家都笑面迎人，會守望相助，會互相打招呼。看來這裏民風純樸，是一個非常合適的居住地。

就在住了數天之後，有一個住另一面井的鄰居需要幫助，正好找上我們。

「唔好意思，你哋新搬嚟？我係王太，我啱啱倒垃圾，點知大風得滯，屋企大門嘭埋咗，我無帶鎖匙，咁啱屋企又無人，所以想問下你哋可唔可以借個衣架畀我勾返開道木門？」鄰居王太看到我們的木門大開，便走來尷尬地問，而坐在客廳的媽媽看到她後不自覺地寒毛直豎。

這裏先簡單解釋一下，由於這屋邨的木門還是舊式，在中間會有個孔洞方便郵差派信，所以只要有工具和技巧，透過此洞開門是有可能的。

「哦，係呀，我哋姓馬。嗲門好小事啫，我去幫下你手。」爸爸一口答應，拿了個衣架就出去。

「有無咁多啱啱遇着剛剛呀？」阿旻小聲吐槽道。

可能是王太聽到阿旻的説話，於是連忙拒絕道：「馬生你真係好人，不過我自己嚟就得，唔使勞煩你，你借個衣架畀我就得㗎喇。」

爸爸看到她堅持拒絕，只好讓步，把衣架借了給她，她拿到衣架後連番道謝，然後便消失在走廊盡頭，從此沒有再出現過，衣架當然也是有借無還。

這件小事並無甚麼特別，鄰里互助亦都非常常見，只是後來一切的事，都是從這件事開始。

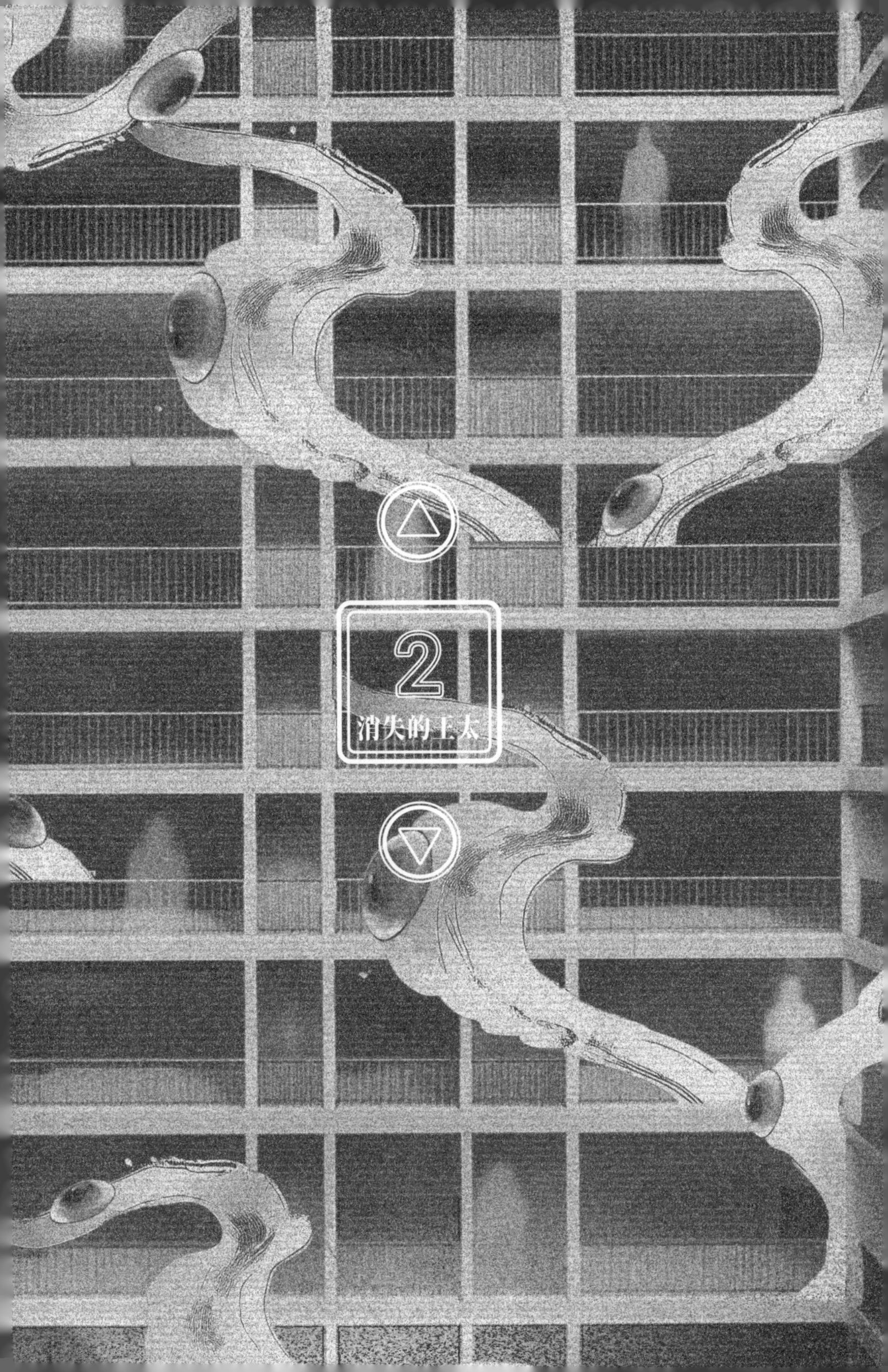
2
消失的王太

2 消失的王太

不知不覺，在這裏已經住了一個月，我們跟自己井的左鄰右舍大致都見過面，熟識的程度是碰到面會點頭打招呼。至於另一面井，我還未去過，對那邊的鄰居自然不太認識，當然連點頭打招呼也沒有，而且另一面井不知怎的，總有一種陰沉的感覺。

「都住咗喺度成個月，我哋返放學，平時落街，都已經好多唔同時間會搭軨，點解都無撞過嗰個王太嘅？」在等升降機上學的阿旻突然問。

「吓？邊個王太？」我下意識地回答。

阿旻走到我跟前，以極度猜疑的眼神看着我一會，然後說：「阿哥你無嘢下話？嗰個奇奇怪怪、借我哋衣架無還嗰個王太喎，你真係唔記得？」

坦白說，我一早已忘記了此事，但阿旻一提起我便想起了，而升降機此時亦正好到達，裏面站滿了人，我倆好不容易才能擠進去，到達地面後我們一個向左走一個向右走，對話也停在令我憶起王太這個人上。

不過這一段對話，害我全日也想着王太這個人，上學也心不在焉。真的是沒緣份碰巧遇不到？還是她根本不住在十五樓？抑或還有其他原因？或許我要去查證一下。沒錯，放學後就去查證一下吧！

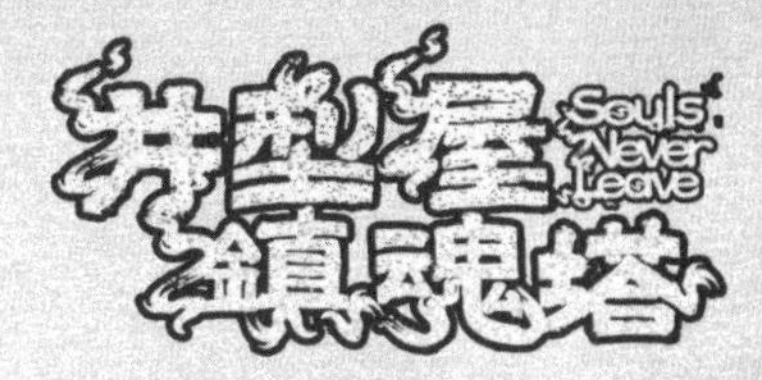

好不容易熬到放學，我二話不說立即飆回家，戰戰兢兢的開始探索我從未到過的另一面井。雖然時間還是下午四時多，陽光普照，但這面井始終還是比較陰森。我吞了一大口口水，鼓起人生目前為止最大的勇氣，以逆時針方向走一圈，邊走邊查看各個單位內的情況，看看能否找到王太。

甫踏進去，立即有一陣怪風吹過，令我打了一個哆嗦，現在回想，或許這是一個警告，但當時的我未有理會。下午四時多，陽光還很充足，但當我查看開着門的每家每戶，室內始終都是暗暗的，我始終未能清楚看到內裏的情況。

「嘭」！身後突然傳來的嘭門聲嚇了我一跳，應該是剛才我經過的其中一個單位，看到我這個鬼祟的陌生人，基於安全理由而關上門。

雖然繞一圈也只不過是一分鐘的事，但不知怎的，我踏進去之後，好像永遠也走不完，繞了很久才能回到升降機大堂。

「好似都唔見王太，唔通佢唔係住呢層？」我心想，口裏雖然說害怕，但身體卻不由自主的往樓梯走去。我首先去了十六樓，一般情況下，人們都會先選擇下樓梯而不是上樓梯，畢竟下樓梯用的力氣較少。所以我猜王太可能是十六樓的住客。

十六樓的升降機大堂和十五樓的無異，只是數字由十五變成了十六，那面井依然陰沉。我又一次在十六樓的井繞了一圈，還

是沒有發現。

「唔通王太鍾意先苦後甜？」於是我走到了十四樓，十四樓的升降機大堂除了垃圾多了點之外也無異樣，我再次快速的繞一圈，還是看不到王太的身影。

「叮」，升降機門突然開啟，我被它嚇了一跳，一個雙手拿着餸菜的老婦步出。

「會唔會咁啱就係王太？」我一面想一面站在原地看着她蹣跚地走，然後再次失望：「果然唔係。」但這卻啟發了我，或許王太住在十七樓，是乘升降機下來的。

於是我便跑上十七樓，第四次在這面井繞一圈，最終還是沒有發現，但卻發現一個令人心寒的巧合：四層樓一共六十八個單位，竟然會同時都中門大開，雖然看不清楚單位裏面，但這巧合也太詭異了。我不由得心寒了一下，然後頭也不回地趕快跑回家。

在家門前，阿旻正好關門，我一面叫住她，一面告訴她我剛才的經歷，她聽到後並沒有懷疑，反而覺得很刺激，躍躍欲試，還慫恿我與她再去一次，我斷言拒絕，但她仍不死心。

「阿哥你咁大個人唔係驚呀？」阿旻使出激將法：「平時睇咁多鬼片，咁小事就驚成咁？廢唔廢㗎啲？」

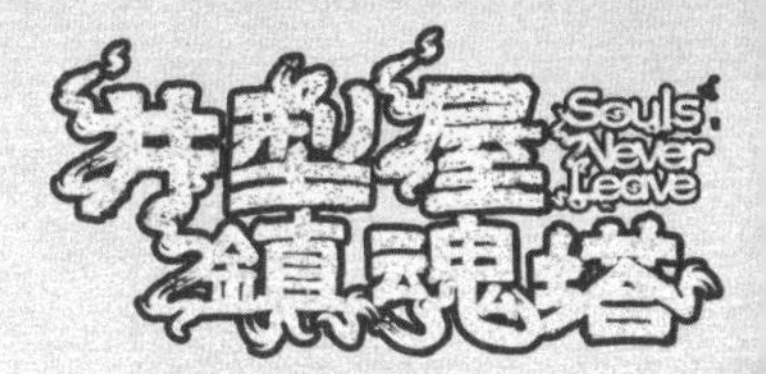

我知道她甚麼葫蘆賣甚麼藥，並不打算給她機會説下去，所以打斷道：「你咁叻自己去，我去過喇，而且有大把功課要做。」

「啤！」阿旻不屑：「畀個機會你陪我去咋，擺明益你。」

「免喇，咁好嘅嘢留返畀你自己，」我依然回絕，但還是提了一句：「真係有啲怪，你自己小心啲。」之後我便進屋，而阿旻則前往另一面井。

兩分鐘後，阿旻帶着一條黑色長長、尾部有勾的鐵線回來，我看到後很好奇，於是問：「做咩帶條鐵線返嚟？」

她把鐵線遞到我面前，我仔細一看，這條鐵線原本應該是一個衣架，只是被人扭成這個形狀，方便勾東西，難道是小偷的工具？

「呢個係我哋嚟時借畀王太嘅衣架，」阿旻説：「啱啱喺隔籬井王太畀返我嘅。」

「吓？」我不知道自己是懷疑、驚訝、害怕，還是單純條件反射，我還是忍不住吐出了心聲：「咁都得呀？點都還返個正常衣架啦！」

阿旻用變形衣架輕輕打了我一下然後説：「呢樣都唔係重點，重點係佢一早就攞住個衣架企喺隔籬井入口等我嚟，好似知我會

過去咁。」

「可能係啱啱見到我醒起，打算過嚟還，點知見到你，咁佢咪唔行等你囉。」我嘗試給出一個合邏輯的解釋。

可是阿旻不接受這解釋，堅持王太有古怪，還提出新理據：「佢啱啱木無表情，面無血色，雙手冰冷，邊忽正常？計我話佢十足十死人就真……可能係鬼嚟！」到最後她故意加大聲線嚇我。

「又亂講嘢，日光日白邊有鬼，你睇錯咋？」我的口堅決否認，但心裏已經毛毛的。

「嘻嘻，」她詭異地奸笑説：「呢個人相當有嫌疑，有必要調查下。阿哥，我哋去探下險囉！」

由我看到她的表情開始，已經想到不好的事會發生，想不到她提出如此大膽的事，作為哥哥的我，當然會第一個拒絕，畢竟實在太恐怖了。

「無膽鬼！咁大個人都生人唔生膽，呢個世界邊有鬼㗎？」她留下一句評語便失望地進屋。

王太的事，大概會告一段落吧……可惜這只是我的一廂情願，因為晚飯的時候，最不希望發生的事還是發生了。

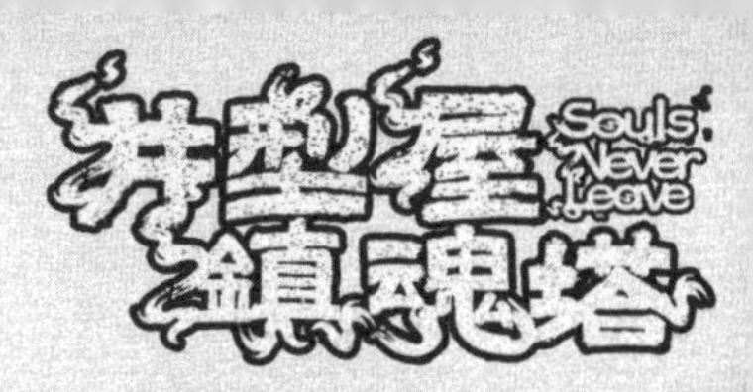

「你哋記唔記得之前嚟借衣架開門嗰個王太？」媽媽在席間問。

「哦……記得，拎咗個衣架，又唔使我幫手嗰個嘛，做咩事？」爸爸含着一口飯並反問。

「佢好似死咗，我見佢屋企門口個土地公遮住咗。」媽媽輕描淡寫地說。

聽到這消息的我和阿旻立即對視了一眼，異口同聲問：「幾時嘅事？」

「聽講係噚日。」媽媽對我們的神同步和大反應表現得有點錯愕，但還是回答了。

「吓？噚日？無可能囉！我晏晝先見到佢，佢仲畀返個衣架我㖭。」阿旻不相信。

我用手肘頂了阿旻一下，小聲說：「你唔信有鬼，今次親眼見到，無得你唔信啦嘛？」

「但佢又真係無晒血色又凍嘅。」阿旻憶起下午的情況，不過她還是不相信有靈異之事，於是說：「我今日晏晝先見過佢，點會噚日死咗，係咪第二個咋？」

「你今日撞鬼？」媽媽放下碗筷，反應極大。

「唔係囉，佢一定係人，呢個世界邊有鬼㗎？」阿旻堅持己見。

「係咪真係鬼，去八下咪知囉。」爸爸開玩笑道。

「好，食完飯就去，係邊個單位？」阿旻問。

「八室。」媽媽爽快地答。

飯後，阿旻拉着我道：「行啦阿哥。」

「唔得，我要教阿曦同阿晴功課。」一直沒有話語權的小弟妹被我作為擋箭牌。

阿旻早料到我有這一着，瞪大眼問他們：「你哋仲未做完功課咩？」

阿曦和阿晴嚇得連忙搖頭否認，接着阿旻便用勝利者的眼神看着我，不過我還未認輸，立即再用另一個理由推搪她：「我要幫佢哋溫默書。」

阿旻再次用凌厲的眼神望向小弟妹，他倆立即驚慌地說：「我哋今日默完喇。」

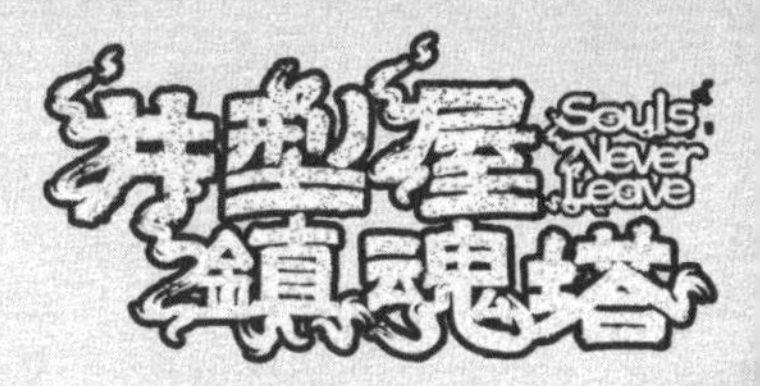

得到答案後，阿旻以不輸寫輪眼的瞳術望着我，我感覺到雙耳熾熱，只好投降認輸，隨她出發調查八室。

甫踏進另一面井，一陣風又吹來，縱使走廊燈已亮了，但這面依然陰森，不過我們沒有多理會，只是徑直前往八室。轉了一個彎，八室就在走廊末端，遠遠已經看見單位前方的土地公被紅紙遮蓋，門上的八卦鏡也一樣，這正是有家人過身的象徵，但過身的真是王太嗎？

我們躡手躡腳走到門前，大門緊閉着，於是我們有默契地一個從大門信箱看，一個從門旁氣窗望，單位未有亮燈，只有微弱的燭光，隱約看到地上有一個像人的物體安祥躺着，但因為角度問題，始終看不到他的臉。

「喂，睇嚟王太真係死咗，你今日真係撞鬼。」我為了盡快離開，便妄下判斷。

「亂講，你睇得清佢個樣咩？佢未必係王太，可能係王生呢！」阿旻駁斥。

此時，躺在地上的類人物體好像動了一動，嚇得我立即遠離窗口，指着它驚惶失色道：「你……你啱啱見唔見到？屍變呀，佢係殭屍嚟！」

「妖！屍咩變啫，佢根本就係一個人囉好唔好？你睇清楚啲，

佢有呼吸，只係瞓咗喺地下咋。」她沒好氣地說。

我不相信，繼續爭辯道：「好人好者點會無啦啦瞓喺地下？肯定有古怪！」

阿旻白了我一眼，然後說：「真係無你咁好氣。」之後她按了門鈴。

「喂！」我即時喝斥：「你做乜撳鐘？」

「唔叫佢開門我哋點調查？佢開門咪知佢係王生定王太囉。」阿旻理直氣壯道，難得的是我竟然覺得她這次有道理。

「嚟喇。」屋內回應的是一把老人的聲音，但聽上去難以分辨是男是女。

「吱」……門鉸發出了駭人的聲音，這很合理，恐怖片一般都是這樣開場的。

開門的是一位老伯伯，他看上去已經超過八十歲，但腰板挺直，精神奕奕，沒有半點老態。

「噢！請問兩位有咩事？」老伯伯問。

阿旻一馬當先回話：「我想搵王太。」她毫不避忌、單刀直入

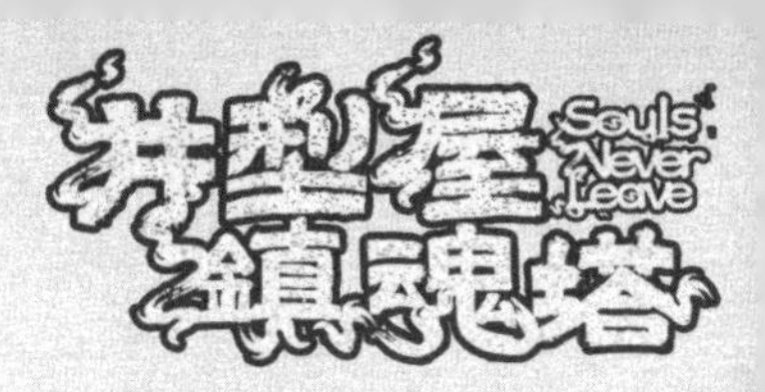

地問，我一時之間也腦閉塞，想不到如何解釋。

「王太？」老伯伯先是錯愕，然後笑說：「佢唔喺度好耐喇，你哋做咩突然想搵佢？」

「唔喺度好耐？」我心裏重唸了一次，再看到微弱燭光映照下，屋內的枱上正正放了一張王太的車頭相，前面還有一碗吃了一半的白飯，看到這樣的佈置，我心知不妙。

可是，阿旻還是沒有任何懼色，她是看不到這個場景佈置嗎？還是她的膽真的那麼大？我不知道，也不想知道，此刻的我只想盡快離開這個名副其實的鬼地方。

我拉着阿旻的手臂要離開，可是她用力一甩，把我的手甩開，並責怪地問：「做乜鬼嘢？」

「做乜鬼嘢？」不知怎的，聽到這句話令我無名火起，我加重語氣道：「你唔走我唔阻你，係咁先。」接着頭也不回地離開。

「黐線，唔使理佢㗎王生。」阿旻無視我的離開繼續說：「因為之前王太無帶鎖匙，嚟我哋屋企借咗個衣架開門，雖然佢今日還咗畀我哋，不過我哋見咁耐都無撞過佢，所以諗住嚟搵下佢咁解。」

聽完這番說話後，老伯伯的臉立即變得鐵青，語氣也不同了，

但我已經離開了這面井，所以他說甚麼我也聽不到了。

約半小時後，阿旻也心滿意足地回來，看來她已經得到滿意的答案。此刻，我的好奇心壓制了我的恐懼，但自尊心依然高企，令我開不了口問她後續發展，幸好媽媽的出現完美解決了這件事。

「點呀？調查完有咩結果？講嚟聽下。」媽媽剛洗完碗出來便問。

「問我哋借衣架嗰個係王太無誤，但佢已經唔喺度好耐。」阿旻輕描淡寫地說，對自己的說話絲毫不感到震驚或恐怖。

「咁姨姨去咗邊？」阿晴天真地問。

阿曦也無邪地問道：「佢係咪死咗？」

「梗係唔係啦，呢個世界都無鬼嘅，死咗又點會問我哋借到同還到衣架呢？」阿旻蹲下摸着兩位小孩的頭微笑着說。

「咁係咩一回事？」我認不住問。

「叛徒。」阿旻白了我一眼，造了一個口型，我頓時慚愧起來。

「係囉，我都認為係無鬼，咁事實係點？」一直在電腦前忙的爸爸此時也插話問道。

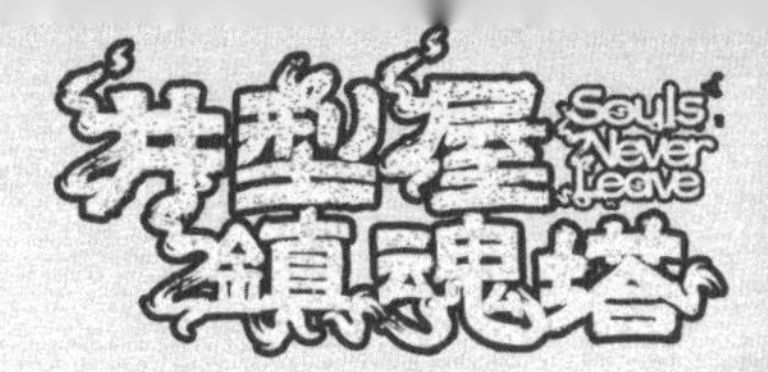

阿旻於是把事實娓娓道來：「實情係咁，王生話王太其實係有老人痴呆症，一早已經喺老人院住，嗰日佢係偷走出嚟返屋企，咁啱王生唔喺度，所以就嚟借衣架，咁我哋成日都撞唔到佢就係咁嘅原因。」

「咁張車頭相同埋半碗白飯，仲有王生臉色咁難睇又點解釋？」我追問。

「佢哋無得成日見，所以放張相嚟睇住對住食飯，解下相思之苦啫。」阿旻逐一解釋：「臉色難睇係因為王太今日又偷走出嚟，所以佢唔高興囉。」

「王太偷走出嚟，老人院會唔通知佢？」我覺得很詫異，即時提出疑問。

「你都覺得奇怪呢，如果唔係老人院失職，咁就一定係王生有嘢隱瞞。」阿旻壓低聲線，故弄玄虛再說：「另外有樣嘢你哋都忽略咗。」

大家立即一臉疑惑，阿旻看到後一臉得意的說：「如果王太真係住老人院偷走返屋企，佢借衣架係有機會開到木門，但鐵閘又點開到呢？再瘦嘅人都無可能捐過鐵閘啦，老人痴呆啫，又唔係弱智，點會唔知先？」

「又係喎！」我驚嘆道：「咁即係話王太真係住喺度而唔係老

人院，佢真係倒垃圾嘅咗門要開門啦，點解王生要講大話？」

「真係唔知，不過有啲嘢都幾奇怪，我有個諗法但好匪夷所思，所以想你哋都睇下。」阿旻說完後拿出手提電話，向眾人展示了一張相片。

「普通一道門，有咩奇怪？」媽媽率先問。

「俾得我哋睇一定唔會咁簡單嘅。」睿智的爸爸說，但他亦看不出哪裏有問題。

「門上面有貼紙。」阿晴看到相片後立即說。

「唔係貼紙，係膠紙。」阿曦糾正道。

「無錯，咁叻嘅你哋兩個，道門有膠紙跡。」阿旻嚴肅地說。

「咁唔代表啲乜，過年貼揮春啲痕跡啫。」我理性地說。

「但會唔會貼到連鎖匙窿都遮住？」阿旻反駁。

我無言以對，爸爸總結道：「即係佢唔想畀人入屋，所以先封埋鎖匙窿，但睇晒成張相，有幾個位都有呢種膠紙跡，而且大細睇落似符，即係佢唔想俾某啲嘢入屋？」

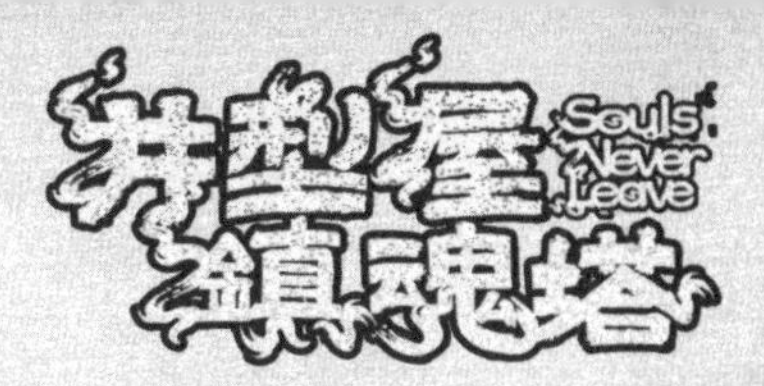

「點會呢？」媽媽說出疑點：「唔想俾某啲嘢入屋又點解要遮住土地？好唔合理，兩種做法都好矛盾。」

「會唔會係曾經唔想俾某啲嘢入屋，然後而家又想？」我提出一個新觀點。

「你咁講都係想講係鬼啫。」阿旻提議：「點解唔直接去搵王太？咁咪唔使估估下。」

「點搵？如果王生肯畀我哋搵嘅話，我哋啱啱就已經見到佢啦，仲使乜而家咁樣估估下？」我反駁她。

「其實好簡單之嘛，問佢隔籬鄰舍咪得，又唔使驚動王生，又得到答案。」媽媽一開口便給了一個兩全其美的辦法。

「好似幾有道理，咁仲唔行動？」阿旻急不及待要出發，我們也隨着她一起動身。

不過這麼多人一起去問，不會很奇怪嗎？而且要問誰？怎樣問？我完全沒有頭緒，或者他們有吧……

「你哋喺度等等，等我去問下張師奶。」媽媽在升降機大堂叫停我們，果然方法由她提出的時候，便已經想好了要如何實行。

媽媽走到了零四室，找到張師奶，與她閒聊了約十分鐘便回

來，我們在升降機大堂急得像熱鍋上的螞蟻，很不容易才等到媽媽回來匯報。

「今次劇情真係翻轉再翻轉，張師奶話個單位好上手真係王生王太住，但十年前搬走咗，而家係一個新移民家庭住，但唔知係咪疫情返咗大陸，好耐無見過有人出入。」說到這裏，媽媽故意停一停，吞了一大口口水，加上突然又刮起了一陣風，使得整個氣氛更詭異和凝重，待風停後，她續說：「不過唔知幾時開始，單位個土地俾人遮住咗，而道門都俾人貼滿晒大字報，係殺人填命嗰種，但過咗幾日就俾人撕走咗，不過就無人見到係邊個同幾時撕，而張師奶到而家都仲未見過單位有人出入。」

媽媽一口氣說出打聽到的情報，正當我們以為她說完之際，她又突然補充：「張師奶仲話幾個禮拜前喺樓下撞到王太，仲同佢傾咗幾句，話探開王生順便返嚟懷緬下見下啲街坊，話王生已經住咗院成個月。」

「咁複雜嘅……」我聽得一頭霧水，勉強總結道：「即係王生王太仲在生，我哋見到嘅都係人，好彩唔係鬼啫。」

阿旻則有另一番解讀：「首先王生喺間屋入面已經好唔尋常，間屋已經係人哋嘅，除非佢識穿牆，唔係點會喺入面？王太走嚟借衣架開門都好怪，擅闖民居喎，拉得啦，成件事都好唔 make sense，兩個老人家點解要搞咁多嘢？我真係諗唔到點解釋。」

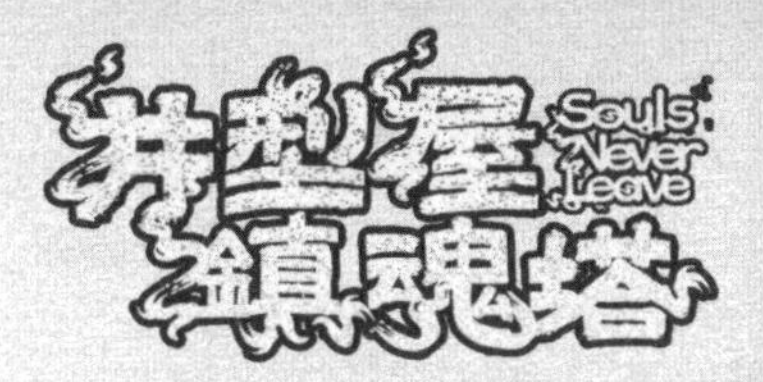

「王生瞓咗醫院成個月，王太又咁啱出現，間屋又係佢哋舊居，王太又凍又面無血色，撳鐘王生又應門，屋入面又有王太車頭相，話見到王太時王生又面有難色，咁多矛盾嘅嘢我淨係得一個結論最易解釋，」爸爸給出最後答案：「佢哋都死晒，你哋都撞鬼。」

「叮」！升降機的響聲把我們都嚇了一跳，步出的是一個外賣員，他很嫻熟地右轉往目的地進發，他徑直走，去到八室前便停下，按下門鈴，很快大門便打開了一條縫，外賣員小心翼翼地把食物從鐵閘的隙縫遞進去，一手交貨一手收錢，然後便離開，整個過程王生始終沒有露面，只看到他的手。

「難怪無人見過有人出入，連交收外賣都咁鬼祟。」我吐槽道。

外賣員漸行漸近，到他回到升降機大堂時，阿旻冷不防問他：「見你好熟路，望都唔使望，平時你都送開外賣畀王生？」

外賣員先是嚇了一跳，然後冷靜下來便答：「王生？邊個嚟？八室嗰個？佢姓雲㗎喎！佢個姓咁特別，我記得好清楚。佢每日都叫外賣，每次都叫粟米斑塊飯汁另上，每次都係我送，每次都開少少門，每次都只係見到佢個樣少少，好彩佢啲錢係真錢，唔會返到舖變溪錢，咁我先知佢係人咋。」

「變溪錢？你估呢度係油麻地，有人喺度打麻將咩？不過佢係

姓王唔係姓雲喎，今日我先見過佢，一個老伯伯嚟。」阿旻說，我也點頭附和。

「阿伯？妹妹你係咪眼花？雖然我睇得唔係好清楚，但最多都係四、五十歲左右，有排都未到阿伯喎。」外賣員說，此時升降機到了，他便跟我們道別。

外賣員走後，我們面面相覷，莫名的寒氣由心而發，大家都打了一個哆嗦，而八室的門也正好在此時被大力關上，像是在警告我們此事要到此為止，我們也顧不上究竟他是王生還是雲生，嚇得急急回家。

只是如果外賣員所說屬實，那下午的老伯是誰？遇鬼的究竟是我們還是他呢？

這一切都已經無從稽考，因為翌日單位門外已經貼了告示，未來一個月會進行打拆工程，不管是人還是鬼都不會再出現了。

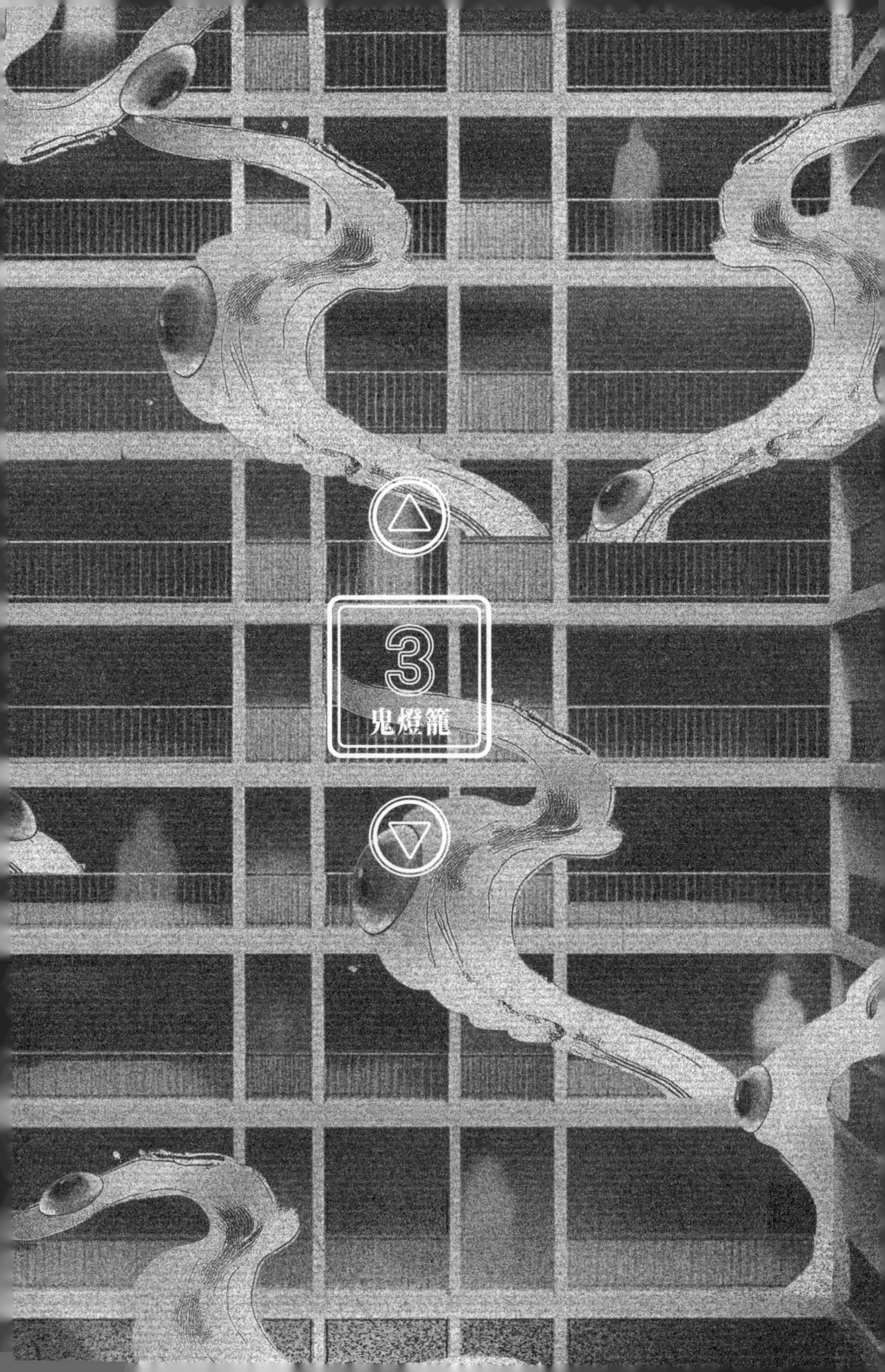
3
鬼燈籠

王太的事不了了之後的一星期，中秋節便來臨。這是開學後的第一個節日，由於和新學校的同學還未混熟，舊學校的同學又沒有聯絡，所以這個中秋節我沒有外出，循例與親戚吃飯做節後便獨自回家。

坦白說，賞月太老套我沒興趣，玩蠟燭和燈籠又太幼稚，煲蠟亦太危險，獨自閒逛也太沒氣氛，回家玩電腦遊戲是我最佳選擇，在遊戲內我還更能感受到節日氣氛。

不過住在井型屋，有一點不得不說，就是大廈的佈置異常有節日氣氛。每隔數層，便會有吊滿燈籠的繩橫跨井口綁在兩邊的欄杆上，有的綁在同層，有的跨越數層，縱橫交錯，就像古裝劇花燈大會時的街巷般，要是都點亮的話一定十分美麗璀璨。不過想想也知是不可能的事，數百個燈籠，就算不會被吹熄，全掛好蠟燭都早已燒完，況且燈籠還是懸空吊着，這只能靠腦補了。

「十五樓，請勿接近升降機門……」唸完一大段兩文三語的對白後，升降機門打開了，我徑直往家門走去，連續數家鄰居親戚的鞋都放滿了門前，我躡足走過，就像規避地雷般，避免踩到它們。

可是老套情節往往就在此時發生，我失去平衡往欄杆方向跌去，幸好欄杆夠高而且穩固，否則我肯定成為香港開埠以來第一個因避鞋而墮樓的人。而這一跌亦令我發現到在我對面原來有一位美少女正默默地把燈籠點亮。

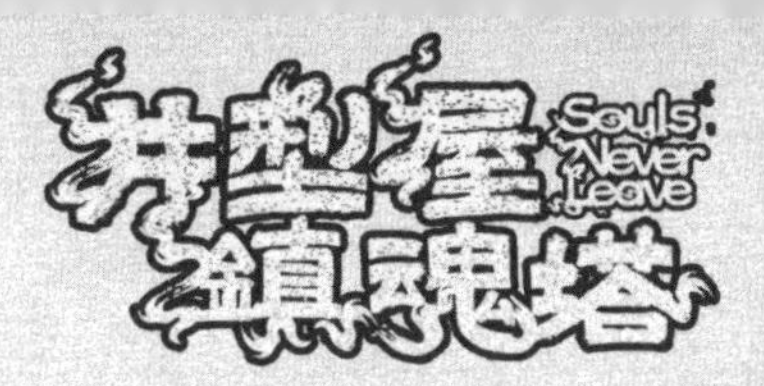

我出於好奇一直駐足觀看，她把近欄杆、伸手可及的燈籠都點亮，我再望向上下層，發覺上層欄杆附近的燈籠都亮了，看來都是她的傑作。她沿着欄杆走，終於來到我面前。我看着她，心跳不受控地加速，而她卻像看不到我，直接走過我身邊，她經過時帶動的空氣涼涼的，還帶着她的體香。

「使唔使幫手？」我不知哪裏來的勇氣，竟然主動開口搭話，而她也想當然被我的行為嚇了一下，看着我就像小鹿看到老虎般，惶恐地看着我但身體卻不敢動，這一刻我心知不妙，連忙解釋道：「我唔係咩壞人，我住前面嘅，只係見你同我一樣，都覺得呢啲燈籠都着晒嘅話會好靚，所以想幫手一齊點，咁樣會快一倍。」

近距離觀看，她比我想像的更漂亮。雙眼靈動，眉清目秀，鼻子筆挺，加上櫻桃小嘴，全都完美的放在一張橢圓臉蛋上，配合及肩短髮和空氣瀏海，妥妥的一張美人臉，我不禁怦然心動。

「嗯……唔好喇，我自己點就得，你同我一齊點會俾人覺得係怪人。」美少女害羞地說，她的聲音也很舒服動聽。

「唔怕啦，使乜理其他人啫。」我意志何其堅定，沒有想過放棄，甚至耍無賴說：「就算你唔畀，我都會自己點，你阻我唔到㗎喎。」

她眼見無力阻止我，只好無奈答應，於是我便加入了點燈籠的行動。

「我啱啱搬嚟無耐，你年年都會咁樣點燈籠㗎？」我嘗試打開話匣子，但她只是默默點頭。

「成棟樓咁多燈籠，就算淨係點到近欄杆嗰啲都唔少，真係辛苦，欣賞你咁有毅力，不過以後有我幫手，你可以輕鬆啲。」我繼續延續話題，但她還是只點頭回應，看來我要轉個形式問了。

「係呢，咁耐都未知你叫咩名，我叫阿曉，你呢？見你好似同我差唔多大咁，係咪都係今年考 DSE？不如做個朋友，遲啲一齊溫書，交換下啲 mock 卷。」我笑着對她說。

「Tracy，雖然我睇落同你差唔多大，但其實我大過你好多，所以同唔到你溫書同換 mock 卷。」Tracy 冷靜平淡地說，冰霜美人的感覺也不錯。

「唔緊要呀 Tracy，咁都可以約出嚟一齊玩。」我絕不放棄。

「我對細路仔無興趣。」這是她最後的一句說話，縱使我之後如何努力發掘話題，她也再無回答。

經過一番努力，我們把能點的燈籠都點亮了，雖然只有一小部份，但由井底看上去依然是一幅很美麗的圖畫。

「真係好神奇，二十幾層樓嘅燈籠都點晒，但最上層嗰啲竟然都未燒完。」我未心息，繼續嘗試與 Tracy 聊天。

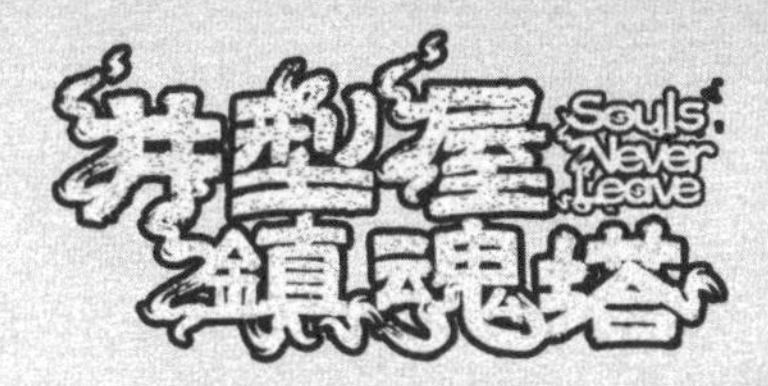

「因為呢啲係特別嘅蠟燭，會燒成晚。」想不到 Tracy 開口回答：「我最鍾意就係喺度睇住啲燈籠，睇住佢哋畀風吹到搖下搖下，就好似喺空中飛舞咁，真係好夢幻。」

我陪着 Tracy 坐井觀燈，已經忘記了時間，在漫天飛舞的燈籠中，我彷彿看到全部的燈籠都亮了。

「個景咁靚，不如自拍返張？」我提議道，但想不到 Tracy 反應很大，完全不願合照，還獨自走到一邊去，我也不好再遊説，只好自拍一張放在社交媒體上分享。

「喂阿哥，你做乜自己一條友喺度傻更更望住啲燈籠？撞鬼呀你？」一把熟悉的聲音把我帶回現實，是阿旻。

「人嚇人，嚇死人咩。」我反擊説：「仲有，咩一個人，Tracy 陪我一齊睇㗎。」我轉身尋找 Tracy 的身影，可惜她已經無聲無息地離開了。

「都話你撞鬼，邊有咩 Tracy，走啦，返屋企喇。」説完阿旻便離開，我也只好跟在她身後回家。

在十五樓的走廊，我很自然地望向井內，不知為何，有一個在正中間的燈籠亮了，然後以它為中心，其他的燈籠也相繼亮起，這是甚麼把戲？為何燈籠會隔空被點亮？

我完全不能相信眼前正在發生的事情，這是魔術表演嗎？還是真的被阿旻説中，我遇到鬼？正當我還未弄清頭腦之際，赫然發現 Tracy 出現在二樓，她捉着其中一條掛滿燈籠的繩，然後整串燈籠便逐個亮起。

「原來係 Tracy 搞鬼，嚇得我以為真係撞鬼。」我的心安定下來。

當燈籠全亮之後，住戶陸續開門出來欣賞這美景，而渾圓的月亮也正好掛在我們頭上，稍為抬頭就能看到，人們不約而同地拿出手提電話拍照，當然我也沒有放過過黃金機會。看到大家都很滿意這次的燈籠大會，我就知道剛才我和 Tracy 的努力並沒有白費。

我再低頭查看，Tracy 又一次消失無蹤，我心裏感嘆：「我終於明李白，我都身同感受，正所謂『舉頭望明月，低頭思翠西』就係咁解。不過佢既然住喺同一棟樓，總會再見到嘅。」

「喂，你入唔入屋㗎？唔入我閂鐵閘㗎喇。」阿旻催促道，她又一次破壞了一個充滿意境的時刻。

「你出嚟睇下，啲燈籠着晒好鬼死靚，仲有好多人都出嚟影相同賞月，個畫面好壯觀，你都嚟感受下先啦！」我試着邀請阿旻。

「唉，阿哥，你咩事呀？啲燈籠咪又係着得嗰幾個，邊有着

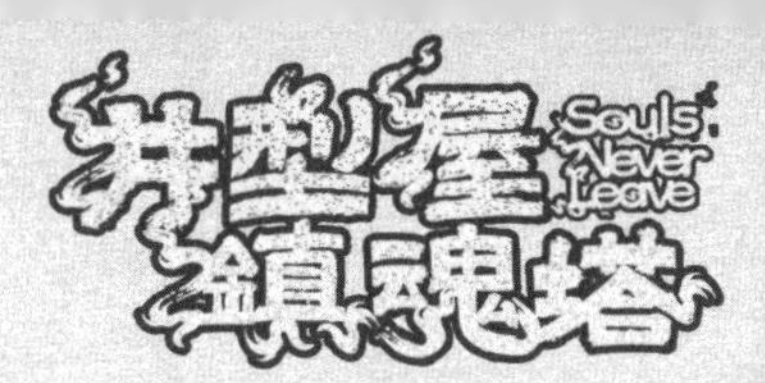

晒？而且邊有人影相同賞月呀？個月亮明明喺嗰面，你係咪眼花？定你壓撞鬼呀？」阿旻沒好氣地指着窗道。

「你先眼花，你睇下，有幾……多……人？人呢？咁快一齊返晒屋企？月亮都走得咁快？啲燈籠又熄晒嘅？得我啱啱點嗰啲仲着緊，又話着成晚嘅。」眼前的景象令我既詫異又吃驚，井型屋的街坊都這麼有默契的嗎？極速拍照然後把燈籠弄熄，接着再把月亮移走，這看似一切都很合理……才怪！一起弄熄燈籠和回家還有可能，但移走月亮任誰也無能為力吧！

照片！幸好我有拍照留念，有圖有真相，看到照片，阿旻也不能說我這次是眼花吧！

我拿出手提電話，打開相簿，點開剛才的照片。

「檔案損壞，不能開啟」八個大字出現在屏幕正中間。

「無可能，啱啱都開到，而且仲 po 埋上 IG，開 IG 就睇到。」我打開應用程式，發覺剛才的帖文並未成功上傳，原因是網絡連線問題，無論我如何嘗試，始終也上傳不到。

「搞乜鬼，點解會咁？」面對這一系列解釋不到原因的巧合，我只好舉手投降。

「都話你眼花㗎喇，配過副眼鏡啦去。」阿旻還是一貫的毒

舌，但我苦無證據，始終反駁不了她。

這一晚我徹夜難眠，滿腦子想的都是 Tracy 和燈籠全亮的事，很想弄清楚她到底用了甚麼方法把所有的燈籠都點亮。越想知道我便越去想，越去想就越不知道，想不出我便不能安睡，最後我只能想到的是 Tracy 借助超自然力量，或是她有超能力這兩種解釋。

可能是我的動靜太大，把隔壁房的阿旻吵醒了，我向她講解完我的煩惱後，她拋下一句：「問下 AI 睇下佢點答你？我就覺得同隔空點火嘅魔術，仲有瞬間轉移嘅魔術差唔多，你唔問 AI 都可以自己上網搵下。」

經她一說，我有點開竅，蠟燭會亮是化學反應，隔空把蠟燭都點亮是魔術，那就聽她說嘗試找隔空點燃的魔術吧！

終於皇天不負有心人，我找到一個最合理又簡單的方法，化學元素中，鈉會與水產生化學反應然後燃燒，只要事先把鈉放在蠟燭上，然後再用繩做媒介，把水引過去滴在蠟燭上便能夠點火燃燒，所以剛才 Tracy 拿着繩就是這個原因，看來她是一個聰明的理科生，懂得學以致用。

解開這個謎後，另一個未解之謎——月亮之謎——亦都聽從阿旻的建議上網尋找瞬間轉移魔術。月亮一秒移位是沒可能的，除非月亮能瞬間轉移，當然這亦是魔術手法之一。

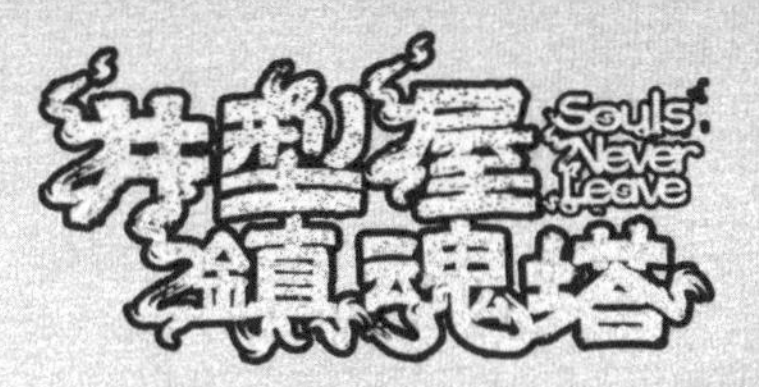

魔術表演中，瞬間轉移其中一個表演方法是魔術師本人用一秒鐘時間把自己轉移到很遠的地方，總之就是沒可能一秒便去到的地方。這魔術看似厲害，其實很簡單，只要有兩個魔術師本人便能做到，即是找一個跟自己外形外貌都相似的人扮做自己便可以。經常聽說這個世界至少會有兩個人長得像自己，所以要找到並不難。

人都能找到相似，死物便更加容易了，要月亮瞬間轉移，只要事先準備一個跟月亮大小相約的氣球，在適當時候出現，在蠟光忽明忽暗的映照下，氣球便可以以假亂真了，待時間一到，把它刺破就可以立即消失，實現月亮移位。

我越來越佩服 Tracy，一個人可以完成這一場盛大的魔術表演，或者她真正身份是一名出色的魔術師，以後一定要請她教我一招半式。

中秋節翌日是公眾假期，我睡到日上三竿，最終被阿曦和阿晴的玩耍聲吵醒，被吵醒的我化身大怪獸，加入他們玩耍。遊玩過程中，阿晴突然問：「大哥哥，噚晚你返屋企見唔見到對面有個姐姐一直望住我哋屋企？」

「我都見到、我都見到！不過媽咪話我哋睇錯，人哋只係晾衫，唔係望住我哋嗰，但明明隔籬企咗個姐姐喺度。」阿曦不忿地說。

「係咩？你哋咁叻，媽咪渣斗咁都睇唔到。」我隨便回答，然後才想起有可能是 Tracy，便問：「你哋見到個姐姐係咪頭髮去到膊頭、靚靚女女、着住件白色 T-shirt 同白色短褲㗎？」

「係呀，原來大哥哥都見到！」阿晴高興地說。

「哥哥都見到，媽咪我哋無講大話！」阿曦也吐氣揚眉地朝媽媽大嚷。

「嗰個姐姐叫 Tracy，噚晚我同佢一齊點大廈啲燈籠，佢仲識變魔術，好勁㗎，下次見到記得打招呼。」我笑着對他們說。

「我哋又要點燈籠！」他們聽到我的話後都非常興奮，但對小孩子來說，點火是一件蠻危險的事，所以我拒絕了他們，只答應和他們玩電燈籠，待他們長大才玩蠟燭燈籠。

從此以後，每當我經過走廊都會自然望向二樓，希望能再次看到 Tracy，可是每次都失望而回，或許大家的活動時間不同所以才遇不到她，但至少我知道只要到中秋節她就必定會出現，就像牛郎和織女一樣，一年總會遇上一次。

4
自殺勝地

4 自殺勝地

自殺，在各種民間信仰或者正統宗教中都被視為是不應該有的行為。佛教中，自殺會被當成是殺生的行為，世壽未盡便結束生命是不能即時輪迴投胎的，要不斷重複自殺的痛苦直到世壽盡，才能進入輪迴；在基督教中，自殺的人是不能通過最後審判，不可以進入天堂。無論你有何信仰，自殺都是最差勁的行為之一。

可是，人的心靈是很脆弱的，尤其是遇到不如意的事情，或者是傷心的事情時，理智往往會斷線，輕生的念頭便會湧上心頭，而部份人更會付諸行動。

可能是受從小到大的一句説話影響，有些人真的相信「十八年後又一條好漢」，所以遇到不如意的事便選擇重啟人生，結束生命再重頭開始。

在各種自殺方式中，跳樓算是非常「方便」的一種方法，而由於設計的關係，在井型屋就更常見。

十月的某個星期五，我放學回家，到樓下時看到我那面井被警察、記者和住戶擠得水洩不通，人群中隱約看到警察的封條把我那面井圍封起來。雖然我很好奇，但礙於人太多，我並沒有上前查看或詢問，不過都猜得出應該大事不妙，我迅速回家，以居高臨下的角度查看究竟發生了甚麼事。

從上面看，井內放了一個帳篷，有兩個醫護人員在帳篷裏走出來，然後兩個衣着樸素的人走進去，一會後他們又再走出來，

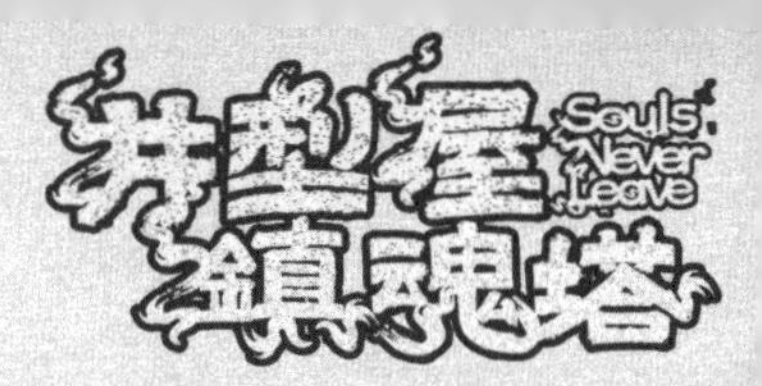

接着抬了一個等身大的鐵箱進去，大約三分鐘後再抬出來，從他們的動作看得出此時鐵箱變得沉甸甸，裏面已經裝了屍體。

沒錯，有人跳樓了。不過仔細回想，再認真查看，剛才樓下看熱鬧的住戶無人覺得驚訝，在各層探頭查看的住戶也顯得很平靜，就連警察和記者也都習以為常，難道跳樓在這裏是一件很平常的事嗎？

「細佬，人哋跳樓唔好睇，好易惹禍上身。」這突如其來的忠告嚇了我一跳，回頭看才發覺是鄰居盧老太，她個子不高，一頭花白曲髮，是典型的慈祥老人，亦是這座大廈互助委員會的幹事之一，是十五樓的代表，住在這裏已經超過三十年。

怕鬼的我被她的話嚇怕，連忙對地下的死者道歉：「唔好意思，我唔係有心㗎，細路仔唔識世界，唔好搵我。」

「放心啦，唔使咁驚，」盧老太又說：「之後我哋委員會會做場法事超渡佢。」

聽到這句說話我便放心了，至少他的鬼魂不會留在這裏，不會找我當替身。可是看到盧老太如此冷靜，又好奇又害怕的我還是制止不了那會殺死貓的好奇心，忍不住問：「盧老太，點解有人跳樓死咗你都咁冷靜嘅？我見其他人都一樣，好似見慣晒咁。」

盧老太瞪大雙眼盯着我好一會，然後別過身背着我說：「當

你好似我咁住咁耐就自然會明。」語畢她便邁步回家。

盧老太的回答更加挑起了我的求知慾！我決定要查出真相，此時我腦內第一個想起的便是 Tracy，此事可能她也會有興趣，不過我沒有她的聯絡方法，也不知她住哪單位，只是猜測住在二樓，那便盡管看看我倆有沒有緣份吧！

我換好衣服後便跑到二樓，此時大約是五點左右，地下的人群已經散去，只餘下兩個清潔工把地上的血跡清洗乾淨。我繞了二樓一圈，偷偷觀看每個單位內的人，但都看不到 Tracy 的身影，或者她還未回家吧。

既然找不到她，而我也不可能在這裏守株待兔，於是我便折返回家，尋求 AI 的幫助。

「XX 樓跳樓事件。」我輸入了這句之後，AI 很快便把相關的事故羅列出來。

「XX 樓由二零一四年開始，每年至少也有一宗跳樓事件，集中在十月發生。死者年齡介乎十七歲到九十歲，其中四人為居民，八人為街外人，經警方調查後全部列為自殺案，死因無可疑。」AI 一秒便把資料整理好，的確方便。

「不過，在居民之中有傳言是亡魂找替身，所以每年固定時間都會有人跳樓輕生，即使每次事後都有做法事超渡，依然遏止不

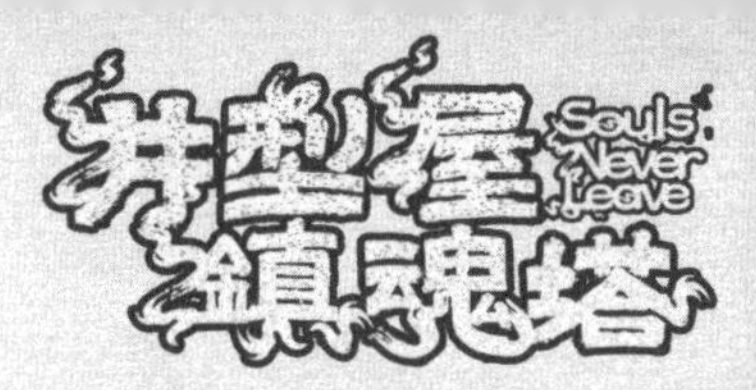

了亡魂的行動。」AI 強大得連江湖傳聞也能列出來。

「最後，數據顯示，亡魂已經鎖定了下一位替身人選，日子定好在二零二五年十月四日，你要有心理準備，把想做的事在期限前做好。溫馨提示：你只要把源頭的事解決，讓亡魂真正安息，就能破除詛咒。」AI 最後的文字嚇得我立即把瀏覽器關上。這個惡作劇也太過份了，不知是誰教它的。

不過真的想不到已經有這麼多人選擇跳下井結束生命，也難怪無論是警察、記者還是居民都已經見怪不怪，沒有任何感覺。

可是，這不正正就是問題所在嗎？面對生命在自己眼前消逝，但絲毫不覺得婉惜，也沒有表現出憐憫，只有習以為常，甚至冷眼旁觀和冷言冷語，人性也太恐怖了。

「鏘、鏘」…… 鐵閘傳來敲打聲，此時天色已昏暗，微弱的走廊燈映照出一個女生的身影，是我朝思暮想的 Tracy！

「Tracy？好耐無見，入嚟坐。」我邊說邊拉開鐵閘。

Tracy 面有難色，連忙轉移話題，凝重道：「我有嘢想搵你幫手，你幫唔幫？」

「幫！你叫我實幫，不過係咩事？」我先答應，然後再問。

「我想你同我一齊查下啱啱跳樓嗰個人。」Tracy 言簡意賅卻語出驚人，我有點後悔剛才隨隨便便答應了她。

「自殺死，好猛喎，而且血肉模糊，我哋又唔知佢咩樣，又無佢個名，點查？」我反問。

「如果我知仲使乜你查？」Tracy 言辭犀利，但的確有道理。

「咁點查？我又入唔到殮房，又唔識人做相關行業，連佢而家俾人運咗去邊我都唔知……」我無奈地說。

「你去二零零二室搵江叔，佢識問米。」Tracy 告訴我這個情報之後，交代了數句便離開，而我則獨自一人去尋找江叔。

一直聽聞問米都是女性，這次竟然是男性，我也有點出奇，但對於 Tracy 的說話我深信不疑，所以也沒有多想，一眨眼的功夫，我已經到達二零零二室前。

「入嚟啦，門無鎖。」江叔在家內呼喊我，我頓時覺得很神奇，我還未敲門他便知道我到來，果然非同凡響。

我推開門，屋內比我想像中整齊和光亮，完全不像電視中問米的場景，現場沒有一尊佛像或一塊神主牌，只有媲美私人樓的金碧輝煌裝修。而江叔，原來只是一個未夠三十歲的男士，衣着新潮，留着一個平頭，上面剃了一些梵文，一身名牌，看他的排

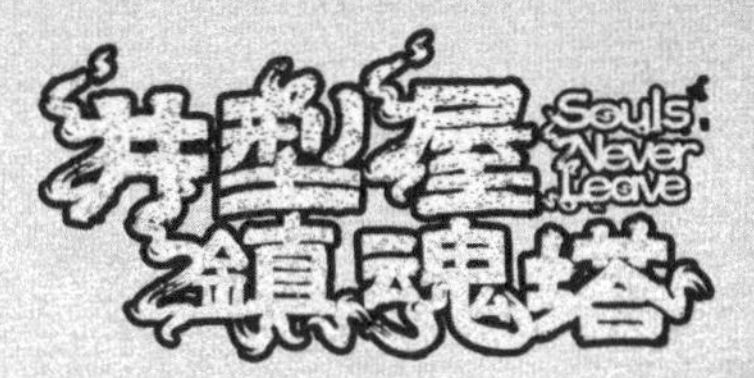

頭九成是公屋富戶。

「細路，搵我有咩事？」江叔直截了當地問。

「我想……呃……想搵你問米……」我有點靦腆地道：「啱啱跳樓嗰個人，我想同佢……傾傾。」

江叔上下打量我之後，拿出符紙再問：「好，咁先人叫咩名？你同佢咩關係？佢生辰八字係咩？」

我被他這些問題難倒了，因為我與他既無關係，也不知道他任何的個人資料，我乾瞪眼看着江叔，「擘大個口得個窿」，一時間啞口無言。

他看到我的反應後，嘴角上揚，露出一個帶點邪氣的笑容說：「得，明晒，邊個叫你嚟搵我嘅？」

果然與 Tracy 的預測一樣，我搬字過紙，用 Tracy 預先教我的答案回答：「紙巾。」

聽到這答案後，江叔表演了國技變臉，一秒間由邪笑變驚訝，再由驚訝變開懷大笑，表情管理能力之強，若非細心留意，根本不會察覺得到他的表情變化。

「過咗咁多年個衰女都仲唔肯放棄。」江叔小聲地自言自語吐

槽，臉上卻流露着滿意和懷緬的笑容。

「細路，紙巾叫得你嚟搵我，你一定唔係咁簡單，我念在同佢嘅舊情份上幫下你，你叫咩名？」江叔突然一本正經地問。

不肯放棄？舊情？他倆年齡相差至少十歲，那舊情是發生於何時？是 Tracy 還不願放下這段感情，要我來刺激他嗎？好，那我要表現得更好才行。

「我叫阿曉，係 Tracy 最好嘅男性朋友。」我挺胸收腹，頭向上抬，趾高氣揚地答。

江叔冷笑一聲，接着說：「曉哥仔，乜都唔知嘅情況之下問米，你好容易會惹禍上身，你係咪 firm 想繼續？」

坦白說，我有被他的話嚇得猶疑了一下，但既然面對着 Tracy 的前度，我絕不能退縮，只好硬着頭皮點頭繼續。

看到我的堅決，江叔露出了一個意味深長的笑容，仿佛一切盡在他掌握之中。他帶我進房，這間房四面牆身都髹了黑色，沒有燈也沒有窗，只有一張桌子和兩張椅子，桌子上放了一碗米、一個打火機和數枝蠟燭。

江叔讓我坐好後便關上門，自己也坐下再點亮蠟燭，他閉上眼，口中唸唸有詞，接着他伸手抓了一小把米圍着碗撒了一圈，然後就像電影般，他閉上眼後整個人不斷搖晃，雙手不停拍枱，口中的唸詞逐漸大聲、逐漸清晰。

「申時亡者借我時間，前來現身！」江叔說完這句後，碗內的米被壓出了一個手指粗的凹痕，他本人則進入了靜止狀態，而我手心冒汗，害怕地靜待着事情的發展。

「細路！」江叔突然開口，但聲音和語調明顯是另一個人，他兇惡地說：「你唔識我，搵我嚟做乜？」

「我……」膽小的我嚇破了膽，一時間接不上話。

「無事又搵我嚟？混吉！我要走，趕住投胎！」鬼說。

「唔好走住……我……有嘢想問你……」我的聲音越來越小，但這很正常吧？面前是真的鬼啊！有人第一次遇到會不害怕嗎？

「你叫咩名？幾歲？點解要喺度跳樓？」我閉上眼大聲問，藉此壯膽。

「細路咁大膽？我欣賞你！」鬼意想不到地順從：「我叫毛全彬，三十六歲，十年前住喺度，不過住得好唔開心，所以要死都要返嚟呢度跳樓，累你哋班仆街！」

「你喺呢度唔開心啫，喺出面都唔開心咩？做咩要自殺？」我舉一反三，立即質疑他。

毛全彬被我這一問打住了，一時三刻想不出答案來，我見狀便乘勝追擊大喝：「講！點解要自殺？」

或者是被我的氣勢所震懾，毛全彬開始向我道出真相：「我以為搬走咗會過得好啲，唔會再諗返起，但原來唔係，個惡夢係會一直纏住我，揮之不去，我每次合埋眼都係呢個夢，每次都會嚇醒，我只有靠酒精或者安眠藥先瞓得到，有時仲要雙管齊下，我真係好攰，我真係頂唔順，點解要係我痛苦？」說到這，他流下了兩行眼淚。

「呢十年係我人生最痛苦嘅十年，我要結束呢個咁痛苦嘅人生。我試過好多方法去死，但全部都失敗，係詛咒、係詛咒呀！只有喺呢度跳落去先係唯一嘅解脱辦法。」毛全彬越發激動，我擔心他會衝出門口再跳一次，連忙把座位移到門前擋住。

「咩惡夢？十年前發生過乜事令你有咁大陰影？」我很順勢地問，而且這都是 Tracy 想知的事之一。

「十年前，我見到……」毛全彬突然一頭栽進桌子，發出巨響，然後一動也不動，我伸腳踢他，看他有沒有反應，可是他始終沒有再動。

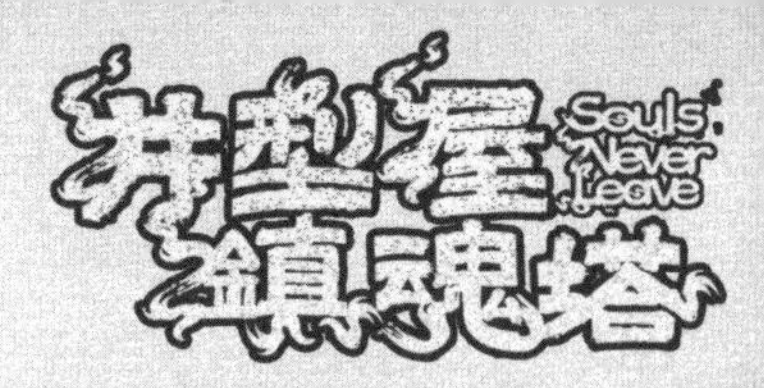

就這樣過了兩分鐘，我正猶疑應不應該報警之際，毛全彬又再動了，不，正確來説應該是江叔動了。他保持頭向前傾，手捏着鼻樑，紅色的液體不斷擺脱他的鼻落到桌子上，匯聚成一灘血，把米都染紅了。

「頂佢，走得咁突然，我個鼻都撞到凹。」江叔痛苦地抱怨道。

直到江叔説話我才稍為放心，罪疚感也減少了。不過 Tracy 交帶問的問題還未問完，我不好意思地問江叔：「江叔，你 Okay? 做咩隻鬼走得咁突然？佢嘢都未講完，可唔可以再請佢上嚟㗎？」

江叔捏着鼻子，帶着鼻音回答：「我咁樣你覺得我算唔算有事？隻鬼俾另一股好強大嘅力量扯走咗，睇怕好難再請到。」

我正苦惱該如何向 Tracy 交代時，江叔對我説出了這棟大廈的秘密：「曉哥仔，你搬咗嚟唔係好耐所以唔知，實不相瞞，**井型屋其實係鎮魂塔**。相傳呢一帶因為曾經係刑場，好大怨氣，所以經常鬧鬼，而且啲鬼仲要係惡鬼，特別勁。港英政府當然唔信，但為咗安撫民心，所以喺度起咗三棟一共六座嘅井型屋，再派畀居民住，增加陽氣，藉此用嚟鎮住啲鬼。但啲鬼太惡，唔會完全鎮得住，所以你見地下又好，分層都好，總有啲單位係吉咗，或者用嚟放雜物，目的就係畀啲惡鬼有個竇活動，唔好下下出嚟搞人。呢班鬼鎮咗喺度唔會有得落地府排隊輪迴，唔歸閻羅王管，久而久之佢哋就索性自己喺度做山寨王。而每個塔都有每個塔嘅

規矩，而好似毛全彬呢啲新鬼渣鬼，已經成為咗惡鬼嘅玩具，少惹為妙。」

我聽完後毛骨悚然，不自覺地「吓」了一聲，原來我住進了鬧鬼的屋邨，鬧的更是惡鬼，我成為了其中一個用作鎮魂的人，那其他的住戶知道嗎？我想起了盧老太的說話，開始明白她的意思了。

可是，這都是相傳，不可能是真的吧？我住了數個月還未遇過鬼魂，或任何靈異、不能解釋之事，我想江叔都是想嚇唬我罷了。剛才的問米大概也是一場戲，肯定是因為妒忌我與 Tracy 現在的親密關係，所以想教訓我，才演了一齣鬼上身的戲，更用苦肉計騙取我的信任。不過他太看輕我了，這種程度還不夠那些電影恐怖，怎能嚇倒「身經百戲」的我？

我要揭穿江叔的騙局，連 Tracy 也敢辜負和欺騙，實在是罪大惡極！要證明他問米是演戲有點困難，除非我有剛才的死者資料，但如果我能揭穿他剛剛「預知」我會前來，叫我開門的把戲，不就能側面證明他是騙子嗎？

「你講到呢度咁猛，點解無聽過有人講話喺度撞鬼？」再真的謊言都會有破綻，我試圖令他露出馬腳。

江叔繼續以重鼻音的聲線回答：「唔係無人講，而係無人聽到。作為一個默認有鬼嘅地方，你覺得政府會容許呢啲聲音流出，

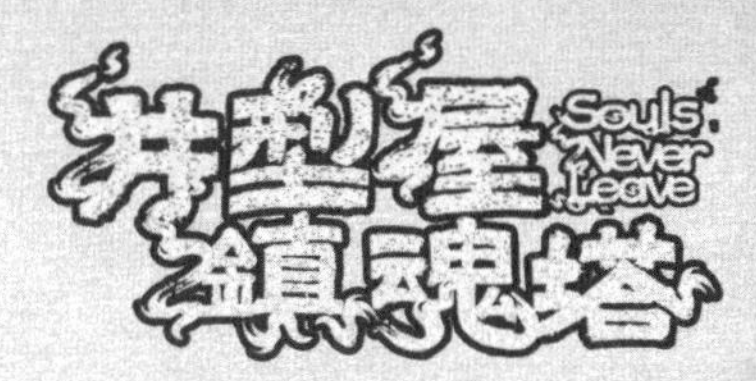

擾亂社會秩序咩？」

江叔的解釋乍聽之下很有道理，但想深一層，現在是二零二四年，真的有可能完全滅聲嗎？現在發聲的渠道這麼多，單是互聯網就已經不能阻止，何況還有專門幫人發聲的電視節目，實在沒可能不洩漏半點風聲。想不到這麼容易便露出破綻，果然是倉卒揑造的謊言。

「你講大話！現今世界邊有可能阻止到人爆料？你果然係一個江湖騙子，難怪叫江叔，江湖騙子阿叔！」我自信滿滿地揭穿他的謊話，甚至有點得意忘形。

「曉哥仔，你真係細路，真係扮唔到大人嘅。」江叔沒有惱羞成怒，相反還耐心向我解釋：「你講嗰啲係治標，係人都知治標無用，一定要治本先得。政府作為香港最大嘅機構，佢梗係治本，令到呢度啲居民唔會周圍講，再買多個保險，令到講咗都無人信，久而久之咪做到滅聲嘅效果囉。」

再次，我的理性被江叔説服了，但我的感性不容許我認輸。我回歸基本，由自我出發，繼續辯駁：「我未見過，點都唔會信你講嘅嘢。」

「哎呀！曉哥仔，你啱啱先見完毛全彬，點會無見過呢？而且你話係紙巾叫你嚟搵我，咁即係肯定有見過啦，唔係你點識嚟？」江叔笑着説。他一牽扯到 Tracy 我便語塞，總不能説 Tracy 與他

合謀愚弄我吧？

我無話可說，黑漆漆的密室令我倍感壓力，呼吸有點困難。我後退走出房間，普通燈光也令我覺得很刺眼，我很自然地低頭瞇眼，讓眼睛慢慢熟習燈光，卻赫然發現大門旁邊竟然放了一排電視，畫面全是大廈的閉路電視，其中一個更是江叔門前。

「原來係靠科技，果然係一個騙局，死老千！我總算拆穿你個西洋鏡喇。」我怒氣沖沖，頭也不回地奪門而去，我要把真相告訴Tracy，但我該去哪裏找她？

我下去二樓，又走了一圈，始終不見 Tracy 的身影，正想着要失望而回之際，在樓梯間，我碰到了她。我急不及待告知她江叔是騙子，可是她並不相信，還堅持要我告知她問米的結果。

「嘖！又係佢哋阻頭阻勢！」Tracy 自言自語，但我還是聽得到，而且從她的表情能看出這幫人已經不止一次阻止了她。

等等，這不是騙局嗎？不是江叔自編自導自演的問米戲碼嗎？為何 Tracy 會說是「佢哋」？莫非江叔所說是真的，這裏真的是鎮魂塔？ Tracy 又為何想知十年前的事呢？

「其實呢，關於呢度嘅跳樓事件，我今日問過 AI，我見你好想知十年前嘅事咁，唔知對你有無幫助……」我邊說邊掏出手提電話，打開與 AI 的對話展示給 Tracy 看。

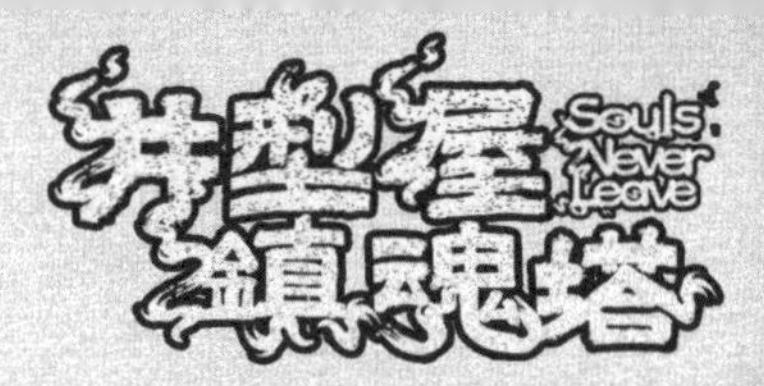

她看完後異常平靜，嘲諷道：「咁你有咩要做就好快啲去做喇，下一個跳樓死嘅就係你。」

我把目光移向電話，尷尬地傻笑，「我想約你出街。」但這句說話不知該如何說出口，幾秒後再抬頭望向 Tracy，她已經消失無蹤。

我想她大概是開玩笑吧……

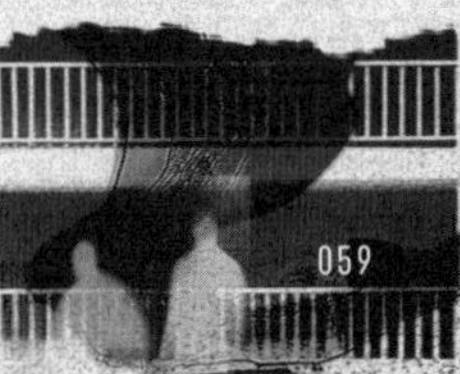

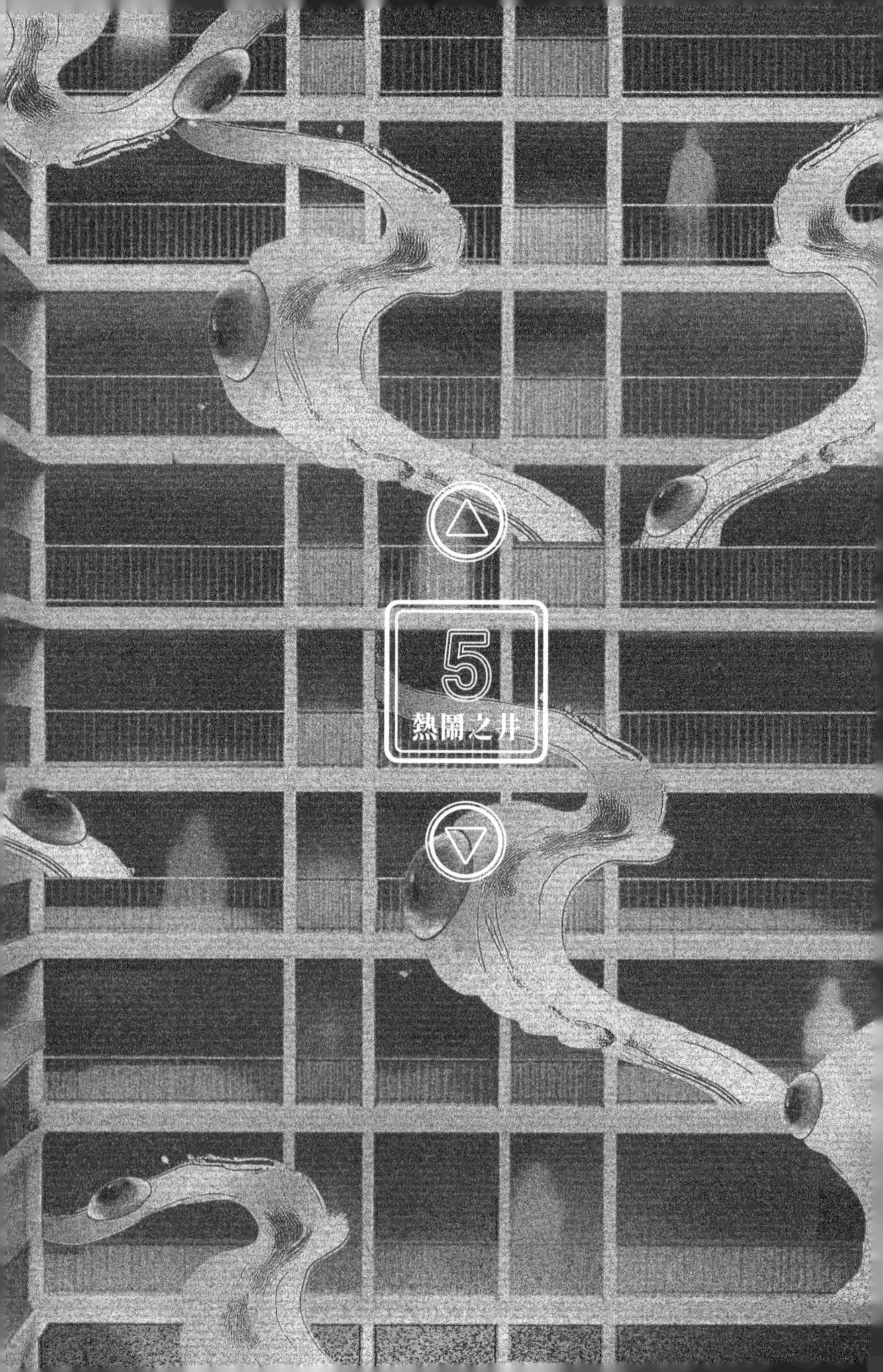
5
熱鬧之井

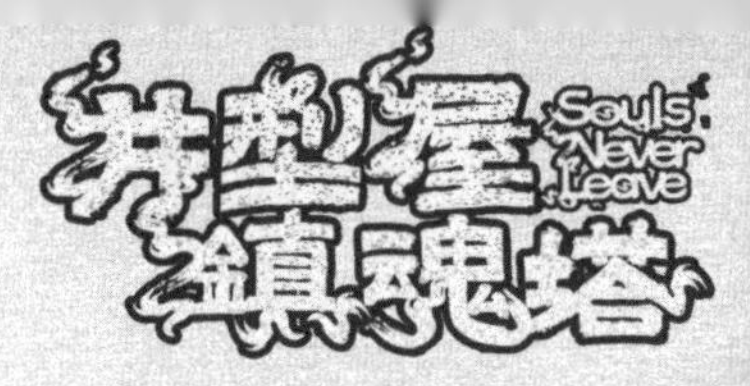

5 熱鬧之井

「嘭、嘭、嘭」！「開門呀老竇！」

「嘭、嘭、嘭」！「開門呀老竇！」

「嘭、嘭、嘭」！「開門呀老竇！」

晚上七時多，正值下班回家的時間，井內迴盪着猛烈的敲門聲和聲嘶力竭的叫喊聲。

「又係十七樓嗰個人呀？」叫喊聲大得連在廚房煮飯的媽媽也聽得到，走出來一看究竟。

「又？我第一次聽到咋喎。」本身正忙着溫習的我對此事並未有多加理會，但看到媽媽出來湊熱鬧後，我也跟着關注起來。

由遠處看，敲門的是一位大約三十出頭的健壯平頭男，手瓜起腱，而且還很識相地穿着「大隻佬背心」搭配緊身熱身褲，毫不吝嗇自己的天賦，大方與人分享。

「係呀，條友成日都係咁㗎啦，都唔知係咪揸白卡。」阿旻發揮她的毒舌本色。

或許這種事真的太常發生，所以同井的其他人都沒有出門查看發生甚麼事。萬萬料不到十分鐘之後，人人也出來湊熱鬧，使全個井都熱鬧起來。

「你而家梗算典呀？」吃飯期間，井內傳來一位中年女士的大

聲質問，遮蓋了電視的聲音，在井內迴盪着。

「咩唔好呀？而家我賺錢養家，有飽飯畀你哋食，你仲嫌三嫌四？」井內傳來一把男聲，憤怒地回答。

「發生咩事？」
「邊層邊層？」
「知唔知做咩？」
「快啲 call 看更上嚟先。」
「報警啦！」

轉瞬間，井內看熱鬧的人多了起來，幾乎每家每戶都走出來一看究竟，同時傳來很多不同的聲音，把吵架聲都掩蓋了。

當然，我們家也不例外，我們全家總動員出門查看，終於發現爭吵聲來自九樓，是一對老夫少妻。

他們真正吵架的原因無從得知，只有不斷的以訛傳訛，但「家醜不出外傳」在井型屋內幾乎是不可能的，這次的事件最終引來了全井上下過百人圍觀，甚至另一面井也有些好事之徒專誠來觀看，最後更驚動到警方介入，前後擾攘了近一句鐘才完結。

這本是住在這裏的一件日常小事，不知是不是心理作用，自從這日之後，這種「全井大事」好像發生得越來越多，而且日漸變本加厲，由家庭內的糾紛，發展到鄰里之間的紛爭，甚至乎跨

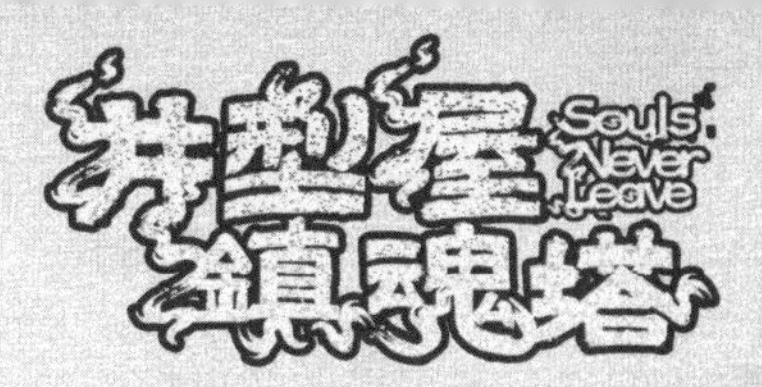

層的爭執。或者是發生得太頻密，看熱鬧的人數也一次比一次少，到最後甚至只餘下那三家最「八卦」的會出來看。

這三家人分別住在五樓、十六樓和二十樓，他們每次都看到最後才回家，雖然看不清樣子，但總感覺他們看得很高興，以幸災樂禍的心態去看每次吵架。

終於，他們三家人把目光同時投向我，我頓時覺得渾身不自在，立刻躲回家，但惡夢從這刻已經悄然而至。

這天是星期六，對學生來說本是一個難得能夠睡到自然醒的休息日，但我在早上七時多便被吵醒了，原因是我的好妹妹阿旻煲乾水，把水煲都燒黑了。

她急得哭了起來，向我求救：「死喇阿哥，點算，阿媽會唔會鬧我㗎？」

我半夢半醒地答：「咁你而家熄咗火未？有無燒親？有無燒着埋其他嘢？」

「熄咗，無燒親都無燒埋其他嘢。」她慚愧地說。

「咁就得，無事嘅，個煲黑咗啫，又無爛，你唔使怕喎。」我一心只想繼續睡，便簡單安慰以打發她。

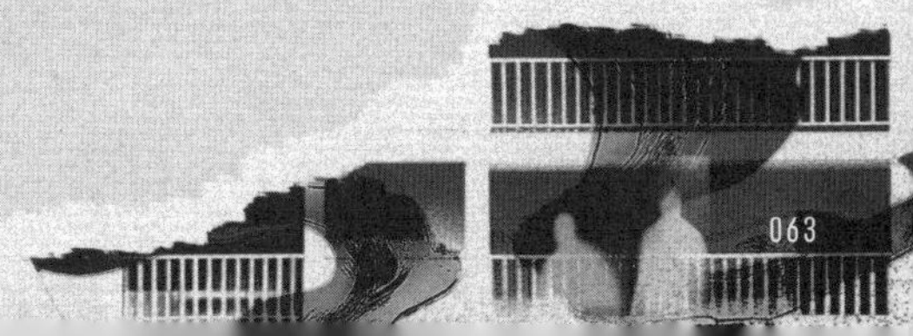

可是她卻鍥而不捨地說：「你落嚟睇下先，我真心驚。」她除了出口，還出手，拉着我的手苦苦哀求，我只好就範，爬下碌架床跟她往廚房查看。

走到廚房，除了水煲燒黑了之外也沒有任何異樣，一切如常，我把水煲在爐頭移到洗手盤，開水喉沖洗，冷熱相遇的「滋滋」聲和水蒸氣不斷冒出，但很快便沒有了。我重新倒滿一煲水然後再煲，還千叮萬囑道：「今次記得睇火。」然後返回床上再睡。

可是又過了一會，阿旻又再來吵醒我。

「阿哥，大件事，我唔記得去學校，而家要走，煲水你睇返。」她說完後便飛奔出門，留下我一人，我只好睡眼惺忪地起床看火。

這看起來很日常的事，在此刻開始變得詭異起來。

水燒開了後，我便把火關上，回頭卻看見阿旻的身影在我眼尾閃過，我沒有仔細看，只是簡單說了一聲：「你唔係要返學校咩？」

沒有回答。

我再往她的房間查看，沒有人。或許是我還未睡醒所以眼花吧！

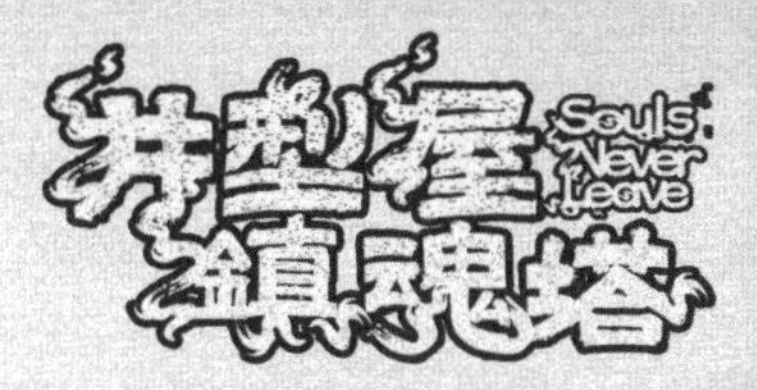

「鏘、鏘、鏘」，有人搖鐵閘，我很慣常地回答：「嚟緊嚟緊……」打開木門，沒有人。

是誰那麼頑皮？

「世界太細了請頒……」電話響了，是不明號碼，我直接掛了線，不一會又響了，又是不明號碼。

「咩料呀？邊個晨早流流玩電話？」有點被惹怒的我再次掛斷了線。

然後，沒錯，第三次響了，我接聽便大罵：「你唔好再擾人清夢！」

而電話另一頭回答的聲音是電腦合成聲：「乜你唔係一早醒咗咩？」我嚇得立即掛斷電話並關機。

「今日究竟發生咩事？一朝早就咁詭異？」我心裏毛毛的。

「嘭、嘭、嘭」！這次是木門被大力敲打，我完全嚇破了膽，嚇得瑟縮在床的一角，用被緊包着自己，不知過了多久，整間屋才回歸平靜。

「咔嚓」，是鎖匙開門的聲音，家裏終於有其他人了，我高興得差點哭出來，立刻從被窩走出來跑到廳中。

甚麼？大門怎麼還是緊緊閉鎖的？剛才不是有人開門嗎？我絕對不會將隔壁的開門聲聽錯成自己家的，我究竟發生了甚麼事？是還未清醒所以分不清現實和夢境嗎？不過現在已經被嚇得很清醒了，反正也睡不了，乾脆去刷牙洗臉吧！

幹！牙膏竟然在此刻用完了，我明明記得昨天還有很多⋯⋯算了，拿枝新的就好了。

梳洗過後，我打開大門通風，才赫然發現鐵閘被塞滿了傳單：區議員的傳單、私煙和電子煙的傳單、鋁窗檢查的傳單、管理處的傳單⋯⋯剛才的鐵閘聲一定是因為這些傳單。雖然這說法有點牽強，但我還是選擇這樣説服自己以減輕恐懼。

而此時，爸媽和阿曦、阿晴從幼稚園的活動回來，家裏終於真正有人了，我拿走傳單，親自開門迎接他們，豈料他們一來便對着我大罵：「做咩唔聽電話？」

我無奈地「吓」了一聲，連忙解釋：「頭先不明號碼係你哋？我有聽喎，不過有把奇奇怪怪嘅電腦聲，之後就 cut 線。」

「咩不明號碼？我哋點會係不明號碼！你唔好講大話，你啱啱一定係無起身去搶機票啦！」媽媽生氣地責怪道，但雙眼卻失去了光芒。

「搶機票？搶咩機票？」我完全糊塗了，我還在夢中嗎？但我

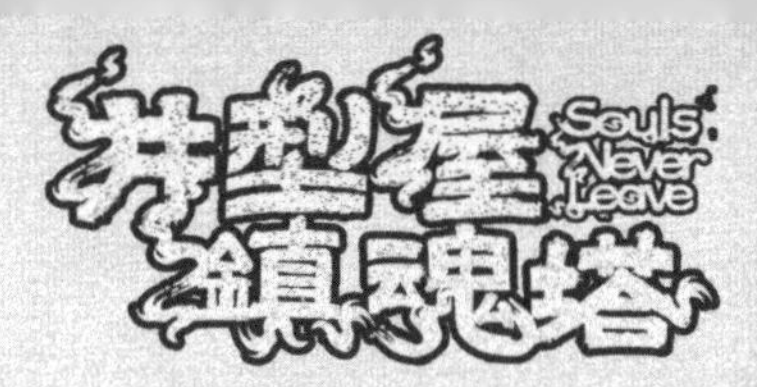

捏自己是會痛的。

「啤晚咪千叮萬囑你九點要搶機票囉，你仲大大聲話包喺你身上。」媽媽繼續罵。

被無中生有、莫名其妙指罵的我，再也不能啞忍，於是便還擊：「我一定無咁講，我都唔知有啲咁嘅事，無啦啦搶乜機票，咁想要你做乜唔自己去搶？假手於人仲怪人！」

媽媽看到我還擊更加火大，也不甘示弱說：「自己做錯仲駁嘴？平時我咁教你㗎咩？吓？今日唔好好教訓下你都唔得！」說罷她便拿出了藤條，是的，我家還是有藤條的存在。

「做咩呀？惡人先告狀，唔夠講就動粗呀？」我不知死活地繼續挑釁，真不知道是哪來的勇氣。而爸爸、阿曦和阿晴則在一旁靜靜觀看事情的發生，表情異常平靜，就像遊戲中的 NPC 一樣。

但我顧不上他們了，因為媽媽的藤條已經以迅雷不及掩耳之勢在我的大腿上留下了一條熱辣滾燙的藤條痕，我忍不住「哇」了一聲，再配合媽媽連珠炮發的咒語「你咁唔聽話？學人駁嘴駁舌？邊個教成你咁？」攻擊的威力加乘，使我除了受到物理傷害外，還受到了精神傷害。

我連忙後退數步，與媽媽保持安全距離。可是作為媽媽兵器譜頭三名的藤條一出鞘，絕不會這麼輕易便收手，我已經做好了

逃跑的心理準備。

說時遲那時快，媽媽又再出手，我走避不及只好用手格檔，頓時手臂多了一條紅腫的藤條痕。再受這種皮肉之苦的話我一定會皮開肉綻，我決定逃離這個空間，但媽媽的攻勢沒有停下的跡象，我完全沒有拿拖鞋的空檔，只能極速開門，赤腳逃到走廊，不過背部還是捱了數下抽擊，藤條絕對是現代版的笞刑，絕不能留！

「衰仔包，唔好走！」媽媽邊喊邊追出來，見狀我更是拔足狂奔，頭也不回地繞着井轉圈。

說來奇怪，平常運動不多的媽媽竟然可以追着我不停跑，還不斷叫喊，氣也不喘一下，相反地，跑了數圈後，我已經氣喘吁吁。

終於，我還是被追上了，身體捱了無數下的藤條攻擊，精神上也持續受到媽媽的責罵。擾攘久了，聲音越發加大，井內圍觀的人也逐漸多了，當然少不了那三家人。

那三家人正看着這齣鬧劇，詭異的笑容，皮笑肉不笑的，令人渾身不自在，他們雙眼沒有眼白，眼珠烏黑，看着他們的眼珠會有被吸入黑暗的感覺。此刻我終於知道，一切都是他們在作怪。

那雙眼睛，難道是都市傳說中的黑眼小孩嗎？怎麼美國的黑眼小孩也會來到香港，而且還長大成人成家立室，難道他們都是

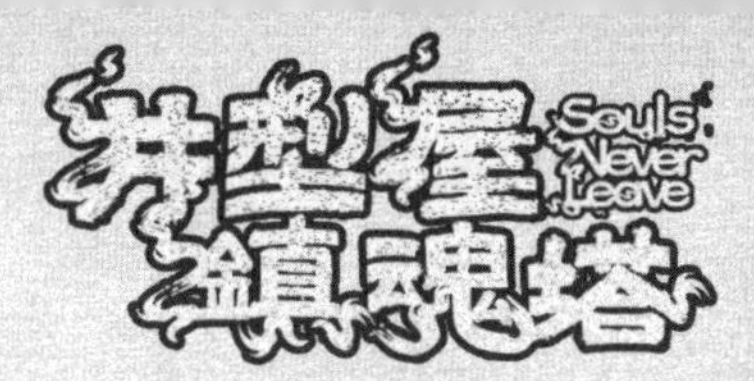

透過「高才通」來的嗎？但「高才通」不會住公屋啊……

此刻的我思緒混亂，唯一想到的就是要先解除家人們的催眠，就用痛楚來解除吧！

我停止了逃跑，反而迎着媽媽跑去，先出手握住她高舉藤條的手，然後一巴掌大力地摑下去，「啪」！聲響大得全井也聽到，全井的人也譁然。

被我這麼一摑，媽媽停了下來，雙眼恢復了光芒，整個人也清醒了。她看見自己拿着藤條在走廊，尷尬得想鑽進洞，即時轉身跑回家。

而我立即掃視那三家人的位置，發覺他們都不見了蹤影，那麼快便回了家嗎？

等等，他們這次所在的樓層好像跟之前不一樣，是我看錯了嗎？我肯定沒有看錯，他們是轉換了樓層，但其他人好像都沒有發現他們，為何古怪的事情總跟在我身邊？

「實不相瞞，井型屋其實係鎮魂塔。」江叔的聲音言猶在耳，難道他真的說中了嗎？那三家人都不是人嗎？

既然人不見了，當務之急是將爸爸、阿曦和阿晴由催眠狀態帶回來，我把他們帶到洗手間，再向他們澆了一大盤冷水，頓時

藥到病除，神情不再呆滯。

為免遭到另一頓的打罵，我搶先在爸爸開口前向他解釋情況，他本來並不相信，但他又的確想不起從外面回家的一段記憶，加上阿曦和阿晴言之鑿鑿地幫口，他才相信我。

「我哋都見到，對眼好大好黑，之後就咩都唔記得。」阿曦說。

「我記得，係哥哥姐姐嚟，金色頭髮嘅。」阿晴補充。

「同我見到嘅差唔多，不過我就見到係有大有細，每次個井有人鬧交就會出現，有三家人，但佢哋今次同上次所在嘅層數唔同咗。」我努力憶述。

「妖！黐鬼線！做乜咁鬼濕？」此時，門口傳來阿旻的聲音，她從學校回來了，但心情不太好。「有飯食未？」她大喊。

「未，啱啱發生咗啲事。」我回答的瞬間已經發現到異樣——她的雙眼失去了光芒，意味着她準備發飆，我得先下手為強。

豈料她卻異常冷靜，沒有大吵大鬧。

這很不尋常，不過我還是要防患於未然。我盛了一盤冷水，偷偷走到她身後，心裏默念了三聲：「一、二、三。」然後「一盆冷水照頭淋」，她的雙眼隨即再現光芒，但隨之而來的是她的「連 hit」。

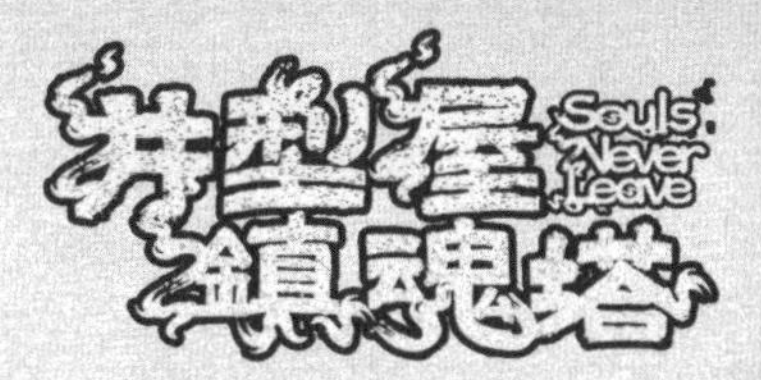

「你係咪黐Q咗線？做乜無啦啦搵凍水淋我？乜天氣呀而家？」她不只出口，還出手奪走了我手上的盆，用盆追打我一番，然後再盛了一大盆冷水向我走來，我也識趣地不再逃跑，任由她澆。

她發洩過後，我便向她解釋，怎料她卻回答：「你都真係忽忽地，催眠？都要我受先催眠到㗎，你真係唔識㗎喎！仲有你哋講嗰啲咩黑眼細路，分分鐘係你哋隔太遠睇唔清楚，眼花睇錯。」

「但你啱啱真係雙眼無光喎，同阿爸阿媽佢哋一樣。」我繼續辯駁。

阿旻沒好氣地說：「肚餓咪咁囉。」

阿旻所說不無道理，但我始終相信自己雙眼，為了求證，我便鼓起勇氣問隔壁的盧老太，她的答案令我震驚。

「細佬，你所講嘅三家人我就未見過，但係聽講呢度啱啱入住嘅時候發生過一場『三家大罵戰』，雖然只係罵戰無郁手，但係之後呢三家人互相詛咒，死咗個靈魂都仲留喺度繼續嘈交。」盧老太最後補充：「不過呢啲都只係傳說，無人證明到真假。」

所有傳說都有根據，撇除迷信成份最重的詛咒和死後靈魂部份，「三家大罵戰」應該是真有其事，但這種事又不會有記載，所以也不能證明它的真偽。

我正在納悶之際，阿旻又再說出了自己的想法：「其實嘈交成日都有，只係我哋喺個井度，應聲啲，大家又容易睇到其他樓層，所以先好似成日有啫。再講阿媽打你，又真係你唔啱，尋晚明明我都聽到佢叫你搶機票，你仲口口聲聲話包喺你身上，而家竟然當無件事，係人都嬲啦。所以根本唔關你講嗰啲咩黑眼細路同催眠事，而係呢度獨有嘅環境造成。」

無可否認，聽完阿旻的科學解釋之後，我的疑惑一掃而空，她說得真有道理，真相應該就是這樣。

數日後，井內又傳來了大叫聲。

「細佬，開門呀細佬！」這次聲音來自十七樓二十八室，一個瘦弱彎腰、滿頭短白髮、年約七十的老人邊拍鐵閘邊叫喊，遠處升降機大堂附近有保安觀看着。

「又係呢個白卡佬，」阿旻聞聲已經說：「佢住十三樓，成日上嚟搵細佬，見怪不怪，佢細佬都唔係成日開門畀佢，佢拍一陣門就會走。」

我快速查看其他樓層，沒有人湊熱鬧觀看，當然也看不到那三家黑眼人，或許一切真的是我自己胡思亂想、眼花看錯罷了。

不過我真的很想說一句：「十七樓真係多白卡。」

6
慈祥的婆婆

6 慈祥的婆婆

其實井型屋並不是只有恐怖、靈異之事發生，當中還有很多鄰里友愛的故事，或許在現在的人眼中看似匪夷所思，不過信我，在井型屋內，這種久違、純樸、互助的鄰里精神一直存在。

見面打招呼、寒暄，有。
向鄰居借柴米油鹽，有。
拜託鄰居暫時照顧小孩，有。
過時過節送節日食品，有。
新年派利是，都有。

基本上，井型屋還保留着從前鄰里之間的人情味，這亦是令我感到驚喜之處。

在我這一層有一個住在二十五室的許婆婆，她已經九十有多，還是每日精力充沛地坐在門口織毛衣。她並不是獨居老人，一家六口、三代同堂住在同一單位，樂也融融。她還特別喜歡阿曦和阿晴，經常逗他們玩，還會請他們吃糖。基於糖果的威力，他倆也特別喜歡這位許婆婆，對她特別有禮貌，時常逗得她笑不攏嘴。

有一天，阿曦高興地對媽媽說：「許婆婆話遲啲織件冷衫畀我！」

而阿晴也興奮地跟媽媽說：「許婆婆話織條披肩畀我！」

媽媽聽到後也替他們高興，但不忘作為家長的身份藉此機會

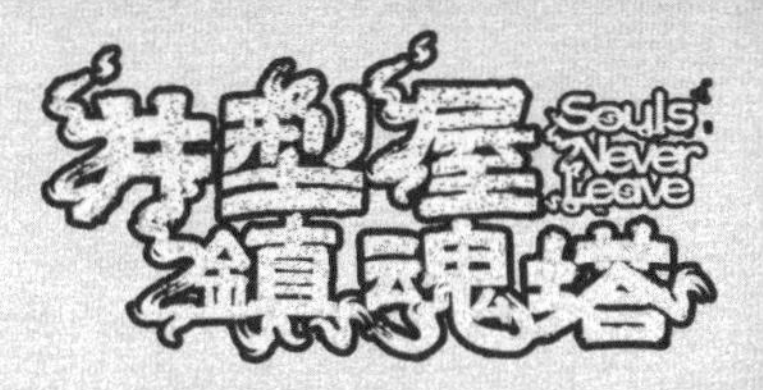

教導他們待人接物的禮貌：「許婆婆咁辛苦織嘢畀你哋，你哋有無講多謝？」

「有呀！有呀！」他倆都雀躍地說。

「咁就乖喇，咁你哋有無諗住送返啲咩畀許婆婆多謝佢呢？」媽媽問。

這次換他們苦惱了，因為他們從來沒有想過，只以圓滾滾的雙眼看着媽媽，期待媽媽的答案。

媽媽並沒有直接說出答案，而是引導他們思考：「你哋諗下自己有咩識做，或者有咩擅長？而送出去之後收到嘅人係會開心嘅？」

阿晴想了想，率先回答：「畫畫。」

阿曦也點頭說：「我又畫，一人一幅送畀婆婆。」

說完後他倆便拿起紙筆畫起上來，媽媽看到後滿意地笑，並看着他們畫畫，不時給予意見，豐富他們的畫作，如是者，他們很快便畫好了。

兩幅畫中都有許婆婆和他們自己，大家都笑得很燦爛，背景也很歡欣，太陽、雲朵、花草樹木、小動物全都掛着笑臉，非常

有幼稚園水平的畫作，乍看之下並沒有甚麼不妥，可是只要把兩幅畫併起來一起看的話，卻有種説不出的違和感，不知道是哪裏怪怪的，我一時間也説不出。

兩人的畫作完成後，便歡天喜地的跑到許婆婆家，許婆婆收到畫作後當然很開心，還大讚他們乖巧，但這日之後，許婆婆便消失了。

詢問了她的家人，説是當晚中風，送到了醫院，一直未甦醒，只能等待奇蹟。阿曦和阿晴聽到後當然很傷心，嚷着要去探病，可是被人家婉拒了，於是他們退而求其次，又再各自畫了一幅畫讓許婆婆的家人送去。

這次的畫分別畫了他們穿着毛衣和披着披肩，在一旁的許婆婆顯得很開心，同樣地，作為背景的各種事物也咧嘴而笑，分開看是很普通的一幅畫，合起來一併看就會怪怪的，但就是説不出怪在哪裏。

接下來的數星期，因為遇不到許家的人，所以未有更新到許婆婆的情況，阿曦和阿晴因此意志消沉了一段時間。然而有一天，許婆婆又再次精神奕奕地出現在阿曦和阿晴面前，並且帶着毛衣和披肩回來，還細心地給他們穿上。

得到許婆婆的禮物後，阿曦和阿晴連忙道謝，接着再回家展示給媽媽看，媽媽看了也不忘稱讚一番。

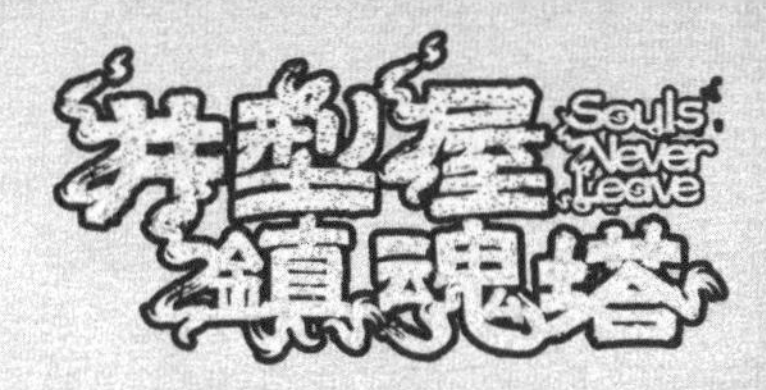

翌晚，我們兩家人在十五樓的升降機大堂相遇，許家的人看到阿曦和阿晴身上的毛衣和披肩，面上露出了驚訝的表情，阿旻立即察覺到異樣，但還是保持鎮定，只是暗地裏拉住我的衣角，她這舉動亦令我意識到事情不簡單。

到地下後，阿旻和我追問許家的人，而他們也不打算隱瞞。

「佢哋件冷衫同披肩，我認得係出自阿嫲之手。」許家大孫說：「呢種織法係得我阿嫲先用，我未見過其他人用。」

「係呀，噚日你阿嫲返咗嚟，特登送畀佢哋嘅。」我回答。

「係喇，呢個就係問題所在，因為阿嫲一直都喺醫院無離開過。佢都郁唔到，唔好話返嚟，就算想織嘢都織唔到。」許家二孫說。

經他這麼一說，又的確在送完衣服和披肩後，她便無聲無息地消失了，我還以為是自己沒有留意到她離開了，現在回想起來，憑空消失的機會也是存在，但有可能嗎？況且她還不能動，又怎樣織出如此複雜的毛衣和披肩呢？除非是靈魂出竅……

「我淨係諗到靈魂出竅先可以做到，畢竟我都親眼見到許婆婆本人。今次雖然我都想用科學解釋，但睇嚟真係有鬼。」我對阿旻說。

然而阿旻維持一貫的信念，始終認為不是靈異之事：「呢個世界無鬼，所有嘢都可以用科學解釋，呢單嘢都一樣，我一定會搵到真相。」

「咁你可能要去見許婆婆本人先得，但我哋都唔知佢喺邊間醫院。」我雖然相信有鬼，但心裏還是希望阿旻可以用科學解釋，畢竟我真的很怕鬼。

「佢哋唔肯講咪跟蹤佢哋囉，佢哋唔會唔探佢嘅，只要見到佢哋一家人同時出街就好大機會係去探許婆婆，我哋留意住就得。」阿旻說得頭頭是道。

就這樣，我們等了數天，終於在星期日等到這天的來臨。

「喂，阿哥，機會嚟喇，快啲換衫出門口。」阿旻催促道。

我一分鐘內換好衣服便和阿旻匆匆出門，幸好還能與許家乘搭同一架升降機，之後我們刻意與他們保持數個身位的距離，不讓他們發現。我們一直走，他們先到街市買水果，然後到超級市場買能量飲料，最後才去乘巴士，整個過程我們都沒有被他們發現，看來我們很有潛質做私家偵探。

大約二十分鐘後，我們便在醫院前下車，果然我們區的病人都是送往這家醫院。我們在人群中尾隨他們到升降機，再由水牌和他們的升降機停的層數推斷出他們的目的地，然後才出發。

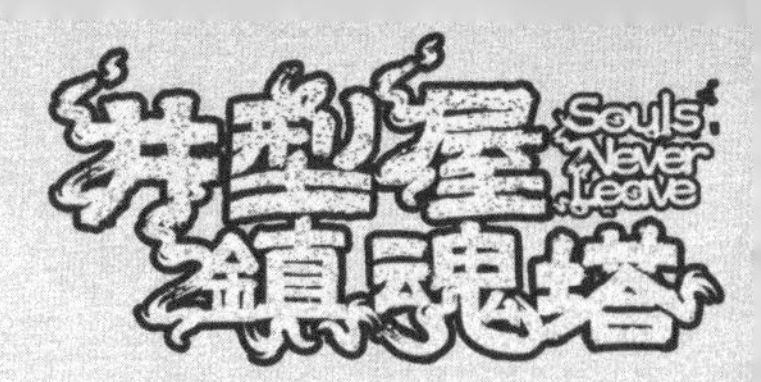

在神經外科加護病房前，我們看到了許家的人，我越來越相信我們真的有做私家偵探的潛質。由於人數限制，他們要分批進去，我們則躲在一角坐下避免被發現，而同時間仔細偷聽他們的對話。

從他們的對話中，主要得到了三個情報：一，許婆婆從未甦醒；二，數日前，許婆婆曾經一度接近死亡；三，許婆婆再有生命危險的話，就不再打強心針要她受苦，讓她就這樣安祥去世。

「咁今次好肯定，我同阿曦、阿晴見到嘅係靈魂。」我斬釘截鐵地說。

「咁件衫同披肩又點解釋先？靈魂唔係實體，唔會可以拎起枝針織嘢。」阿旻反駁道。

「咁可能係佢執念強大，令到佢有法力可以控制枝針呢！」我繼續幻想道。

「一定唔會係咁，所有嘢一定有個科學解釋，我會搵到答案，跟我嚟。」此時許家已經探望完畢離開了，阿旻便趁機溜進病房內尋找許婆婆。

尋找許婆婆的過程異常順利，好像暗中有人指引一般，每行經路口便有護士談起許婆婆，我們沒有走任何冤枉路，一路直達許婆婆床前。

「嚟到呢度都搵唔到啲咩㗎，啱啱佢哋屋企人都講得好清楚，是但講兩句祝福就走啦！」我害怕被發現，忍不住催促阿旻。

「妖！阿哥你咪咁淆底啦！你表現得自然啲得唔得？」阿旻也忍受不了我，對我有微言。

她由頭到尾仔細檢查了許婆婆一遍，再查看了她的抽屜，終於有所發現。她壓抑着興奮的心情，嘗試冷靜地跟我說：「你睇下，係冷同冷針，而且枝針已經無冷，嚿冷又得返咁少，好明顯已經用咗好多嚟織，而家就要搵出究竟係許婆婆自己織定有人幫佢織。」

「你無聽佢哋講咩？隻織法係得許婆婆先用，除咗佢就唔會有第二個，一定係佢靈魂出竅。」我堅信這個定論。

「冷靜啲，唔好咁快下定論，」阿旻維持一貫理性說：「織法獨特但唔代表真係得佢獨有嘅，甚至有啲高手拆返少少就已經知原理，可以直接模仿，唔可以抹殺呢個可能性，總之我就唔會信有鬼。」

「就當你呢個說法講得通，咁送嘢畀阿曦同阿晴無得扮喇啩？」我又提出新觀點：「日光日白，仲要我都見到喎。」

阿旻思考了一會，表達了自己的見解：「呢個情況就好似成日用阿爺名義起誓嘅高中生同死神小學生入面嘅兇手咁，特登畀

你見到，要你相信真係佢本人，用嚟誤導其他人，佢一定有其他目的。」

我眼帶懷疑，阿旻不愧當了我十六年的妹妹，我「趷起條尾就知我諗乜」，於是她繼續加以解釋：「兩個小朋友睇嘢唔會咁仔細，只要扮到同平時差唔多就可以呃到佢哋，況且又有冷衫同披肩分散佢哋注意力；而你就只係離遠矖咗一眼，我叫你喺度定睛望幾個床位外嘅病人你都睇唔清楚啦，嗰時又點會睇得清楚？」

我聽完阿旻的推理，覺得好像有點道理，但誰會這樣做？如何能扮得毫無破綻？這樣做又有甚麼目的？只要這些謎團未解開，我還是選擇相信靈魂出竅之說。

阿旻看穿了我的心，她笑瞇瞇地對我說：「我咁講得，一定有啲證據嘅，你望下許婆婆條頸。」

我眼神充滿疑惑，慢慢將目光移向許婆婆的頸，發現了一些白色的殘留物，是甚麼來的？

「無錯，你都留意到喇，我估係石膏，件事我諗係咁嘅：嗰個人用石膏印咗許婆婆面模之後，就整咗個人皮面具扮許婆婆，返嚟送冷衫同披肩畀阿曦同阿晴，然後再偷偷哋除咗個面具同衫，用另一個人嘅身份離開，咁就做到許婆婆好似憑空消失咁。」阿旻腦洞大開推理道，但有趣的是，我竟然覺得她十分有道理。

「咁邊個會咁做？佢又有咩目的？」我不解地問。

阿旻自信地笑道：「可以神不知鬼不覺咁做嘅，大概只有主要負責照顧許婆婆嘅護士。我估係佢照顧許婆婆期間，許婆婆同佢講自己有咁嘅心願，呢個護士就幫許婆婆完成，但礙於整人皮面具呢件事有違醫德，所以如果講許婆婆醒過嘅話，查起上嚟好易被揭發，所以就講大話話許婆婆無醒過。佢係一個好人嚟，方法未必係最正確，但總算係幫人。」

「你咁講都係嘅，件事我諗應該就係咁，果然呢個世界上係無鬼，都係自己嚇自己。」我自我安慰道。

事情水落石出後，我們便心滿意足地回家，而我們也有共識，不會在阿曦和阿晴面前提起此事。

數日後，阿曦和阿晴拿着糖果跑回家，是平時許婆婆經常送他們的那一款糖果。

「媽咪，許婆婆又送咗糖畀我哋食！」阿曦開心地説。

「我哋有講多謝！」阿晴也愉快地道。

那位護士又來？明明許婆婆心願已了，為甚麼她還來？

「不過許婆婆話佢之後要去好遠嘅地方住唔再返嚟，所以返嚟

同我哋講再見。」阿晴哭着說。

「佢仲話多謝我哋啲畫，話好鍾意，叫我哋以後畫多啲，佢會睇到。」阿曦聲音也有點顫抖。

原來是來替許婆婆道別啊，真是一個心地善良的護士，看來許婆婆快撐不住了。

果然，許家的人很快便匆忙跑過，大概是要去見許婆婆最後一面吧！

我看着他們，心裏留下祝福，同時間眼尾看到他們的單位前有個身影，是裝扮成許婆婆的護士，想不到她這麼大膽不迴避。我定睛看了數秒，突然發覺很眼熟，這身造型跟阿曦和阿晴的畫作中的許婆婆完全一樣，現在我看到才知他們畫中的違和感出在哪裏——第一次的畫中，許婆婆並沒有腳，兩張畫一併看才能看出和畫中的阿曦及阿晴是在同一水平上，換句話說，她是飄浮着，而且背景的動物只有牛和馬是看着許婆婆笑，其餘的都是看着看畫人笑;第二次的畫中，奇怪的地方大致是一樣，只是現在再回想，他們畫的毛衣和披肩竟然和實物一模一樣，是因為那位護士有看過那些畫，所以才故意將所有物品和衣着都造成一樣嗎？

我說的「完全一樣」，意思就是這個護士連畫中沒有腳的造型也百分百還原外，還遊刃有餘地裝出那種年邁的老態，簡直就像許婆婆在現場一樣。我跟她打了個招呼，她以「陰陽路式」揮手

回應我之後，便後退到後樓梯，在煙霧間消失了。

「真探本。」我最後留下這句評語後便關上鐵閘。

那日之後，許家便少了一位家庭成員，阿曦和阿晴也沒有再遇到許婆婆，然而他們還是時不時收到糖果，可是他們對我始終三緘其口，起初媽媽覺得是靈異事件，但經我向她解釋明白後，她便摒棄了這個想法，還大讚那位護士的為人，真不知她還暗中幫過多少病人呢？

7
十四樓的
香煙味

7 十四樓的香煙味

井型屋的優點是空氣流通，但缺點也同樣是空氣流通。鑑於這個特點，其他鄰居煮甚麼晚飯、吸甚麼香煙住戶也都很清楚，偶然甚至會傳來大麻的氣味。關於氣味，有時也挺擾人，特別是傳來一些自己討厭的氣味時，厭煩的程度更會以幾何級數上升。

「妖，樓下又食煙，好臭囉。」阿旻在晚飯時抱怨。

「閂門閂門，唔好嘈。」媽媽選擇息事寧人。

「閂門就會好熱，打落去實Q度投訴佢先得。」阿旻拿起電話便撥號。

「投訴都無用，都投訴過咁多次，最多咪貼張通告。」我夾了一條菜並冷眼旁觀地說。

「咁仲有咩辦法？唔通乜都唔做？」阿旻煩躁地問，大家沉默以對，她見狀便續說：「咪係囉，你哋又無計。」

煙味的確來自十四樓，這位吸煙的男士每次吸煙都會走出家門，從不在家裏吸，不知是因為家裏禁煙，還是想離開局促的家在外放空一下。可惜他呼出的二手煙飄上來，受害的正是住在樓上、經常開門通風的我們家。

「不如試下攻守逆轉，我哋整返啲味畀佢聞。」阿旻精靈的腦袋又想出了鬼主意。

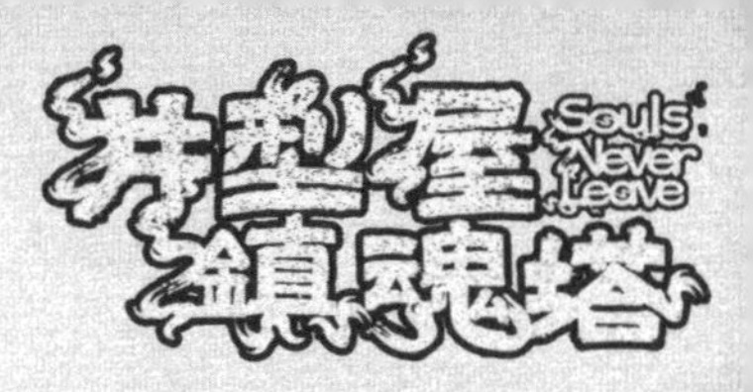

「點整？」我問。

「你兩個唔好教壞細佬妹。」媽媽半認真半開玩笑地說。

「係囉，你哋私底下講就好，唔好喺細佬妹面前講。」爸爸也開玩笑道。

飯後，煙味已經消散，我打開大門，正好看見 Tracy 在我家前。

「咦？Tracy，好耐無見，你特登嚟搵我㗎？」我心花怒放地問。

「嗯，都可以咁講，你而家都無嘢做㗎啦，出嚟啦。」她用近乎命令的語氣說，但我卻很受落，我開始懷疑自己是「M 底」。

「我出一出去。」我大叫一聲便穿上鞋出門，跟着 Tracy 走。

我們來到一四二四室，吸煙男的家門前，Tracy 開口道：「我知你哋想教訓佢，咁啱我都得閒又無聊，同你一齊玩下。」

語畢，Tracy 把三枝香煙點着遞給我，然後自己又手拿三枝，再從信箱口塞進去，我有點猶疑，但最終都是照辦煮碗塞進去。不一會，那男人便怒氣沖沖地衝出來，但我們早已退到後樓梯躲藏，他並未發現我們，只好把香煙丟出走廊，再用粗口罵了數句

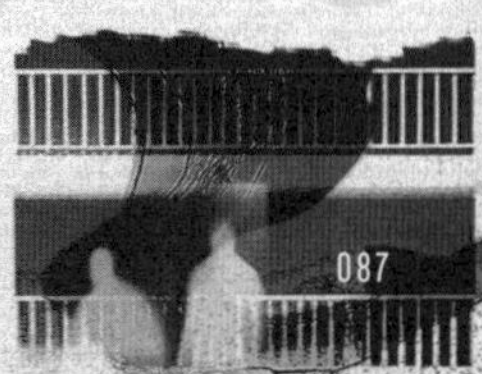

便回家。

「你點知我哋想教訓佢㗎？」我好奇問道。

「我啱啱行過聽到囉。唔好問咁多，過唔過癮先？我哋嚟多次。」Tracy 露出奸狡的面容，俏皮地說。

如是者，我們如法炮製，重複了一次剛才的行動。或許是因為已經有了經驗，又或者是因為第二次做所以罪惡感少了，這次我沒有了猶疑，爽快地塞進去後便直奔後樓梯，而那男的也因為有了戒心，這次更快衝了出來，但我們還是稍為快一點，他憤怒極了，破口大罵，同時把香煙大力丟在地上。

「好險！好彩佢見唔到我哋啫。」我鬆一口氣說。

「我哋嚟多一次。」Tracy 的臉由奸狡變成邪惡，充滿惡意，看來她惡作劇上癮了，但我始終迎合她。

「嚓」的一聲，打火機冒出了小火苗，六枝香煙很快便被點燃，我們小聲地數了三聲，純熟地把香煙塞進單位後便拔腿狂奔，當然這次也是安全上壘、成功達陣，只是之後的事情變得有點不一樣。

一四二四室的大門突然冒出了大量濃煙，我第一個反應是「這次真的玩出火了」。

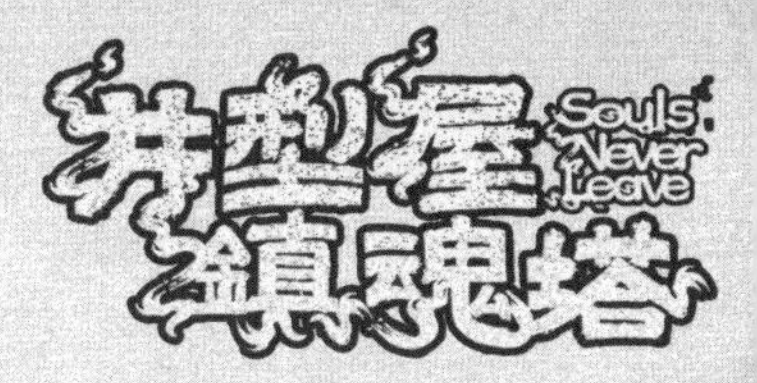

「死喇，火燭，點算？係咪要報警？但報警之後一查實會查到係我哋縱火，我哋走唔甩實俾人拉㗎；但唔報警一陣燒死人仲大鑊，點算好？」我大失方寸，六神無主地問 Tracy。

跟我形成強烈對比的是，Tracy 依然保持冷靜、神態自若地看着濃煙說：「你同我定，睇定啲先喇。」

不知何解，她說完之後，有一個身影在濃煙中慢慢出現，隨着濃煙逐漸消散，身影越見清晰，到最後他終於露出廬山真面目，是一個年過五十的男人。這個男人我從來未見過，他單手拿着我們剛才塞進一四二四室的香煙，雙眼炯炯有神地看向我們，看來他比吸煙男更聰明，至少他知道我們的位置。

「阿曉，我唔方便出面，跟住落嚟交畀你。」Tracy 說完便退到牆後躲着。

「小兄弟，你搵我有咩事？」男人邊問邊吸着煙，仔細一看，他一次過吸着九枝煙，比凱婷壞三倍。

「我住你樓上嘅，你哋啲煙成日吹晒上嚟好臭，想叫你哋唔好再走出嚟食煙，要食就喺屋入面食！」看到他的模樣，我忍不住衝口而出。

「吓？啊哈哈哈哈！就係咁小事就搵我出嚟？講唔通喎。」男人大笑着說。

「小事？」我聽到後覺得他實在是自私自利，加上他嬉皮笑臉的態度，我無名火起，連珠炮發道：「你知唔知啲煙幾臭？知唔知啲二手煙有幾大禍害？知唔知二手煙引致幾多 cancer? 知唔知每日有幾多人死喺二手煙之下？你話小事？你想食煙係你嘅事，但唔好搵啲非吸煙人士陪葬！」

「小兄弟，你講嘅嘢我一句都聽唔明，而且我食煙都唔會影響到你哋，所以你啱啱講嗰啲嘢同我完全無關；而我影響到嘅嗰啲都已經唔會再驚呢啲嘢。」男人毫無悔意，繼續大口大口地吸着煙，還一口噴在我身上。

「咳咳⋯⋯好⋯⋯臭？」不知何解，這種煙沒有平時難聞的氣味，只是一團普通的煙，雖然依然很攻眼，不過就只有這樣而已。這實在很奇怪，但我想這是他在煙上做了手腳，去除了氣味而已，但禍害依然一樣。

「喂！你咁無禮貌，用煙噴人嘅？」我眼泛淚光，雙眼苦澀地說。

「匿埋咗嘅嗰個小妹妹，你搵我又有咩事？」突然，男人把談話對象轉為 Tracy，她也嚇了一跳。

「哈，估唔到你都見到我，不過無咩特別，我只係幫我朋友出返啖氣啫。」Tracy 依然躲在牆後沒有現身。

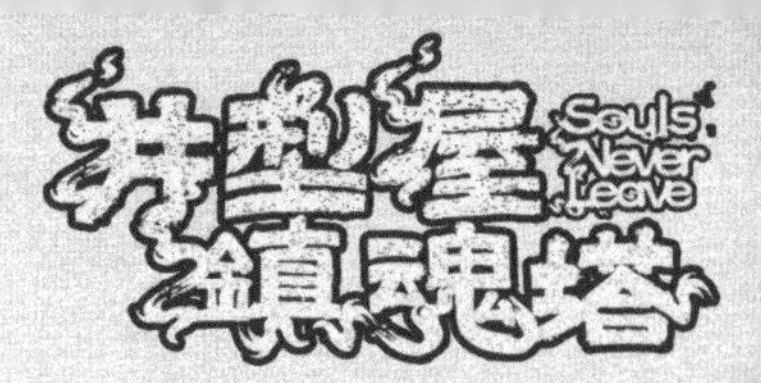

「花咁多心思搵我出嚟，真係咁簡單？」男人抱着懷疑的態度質問着，同時朝着我們走過來。

現在是我在 Tracy 面前表現自己、展現男子氣概的好機會！我鼓起勇氣走上前阻止男人說：「人哋都話佢係咁就係咁，你唔好咁婆媽成個女人咁啦，好肉酸。」

男人聽到後沒有理會，繼續朝我們走來，同時說：「小兄弟，有啲嘢我諗你都唔係好清楚，例如係你嗰位朋友，我建議你哋好好了解下先，唔係你遲啲死咗都唔知咩事。」

我還未弄明白他的說話，他便穿過了我，不！沒可能！大概是我被他的煙噴完後眼睛失靈，人又怎能穿過人呢？他又不是鬼。他一定是經過我的身邊，只是煙太大我看錯了。一定是這樣！

不過他能輕易突破我，想必絕非泛泛之輩，Tracy 有危險了！

我立即想跑到 Tracy 前保護她，可是無論我怎樣奮力跑，距離都好像沒有縮短，這條平常只需三、四秒便能跑完的走廊，我如今跑了十多秒還未到盡頭。

我正在原地跑！

發生了甚麼事？為甚麼會這樣？是鬼打牆嗎？

這邊廂我還在原地踏步，那邊廂男人已經走到 Tracy 跟前，但男人的表情就在此刻變得很古怪。他先是驚訝詫異，然後吃驚害怕，最後倉皇逃跑，同時，我也終於能移動了。

「Tracy！」我飛奔過去，沒有理會在我身邊跑過的男人，抑或是穿過我？怎樣也沒所謂，反正這不是重點，重點是 Tracy 安全。

「Tracy，」我氣喘如牛地問：「你有無事？」

「我咩事都無喎，都唔知佢做咩咁驚。」Tracy 輕描淡寫地回答。

「無事就好，不過係友都忽忽哋，可能又係白卡，無啦啦咒我死，佢死我都未死啦，我後生過佢咁多。」我吐槽道。

我往一四二四室的方向望去，一切如常，完全沒有煙燻的痕跡，只是地上留有吸煙男丟在地上的六枝香煙。

「不過我覺得有啲奇怪，我哋塞咗十八枝煙入去，吸煙男丟咗六枝出嚟，啱啱個男人兩隻手揸住九枝，咁仲有三枝呢？佢唔丟出嚟，或者唔一次過揸晒十二枝出嚟嘅？佢屋企應該禁煙㗎。」雖然有很多解釋，但我還是對他們的做法很好奇。

「唔好理人哋咁多，走喇。」Tracy 轉身便離開，但看得出她

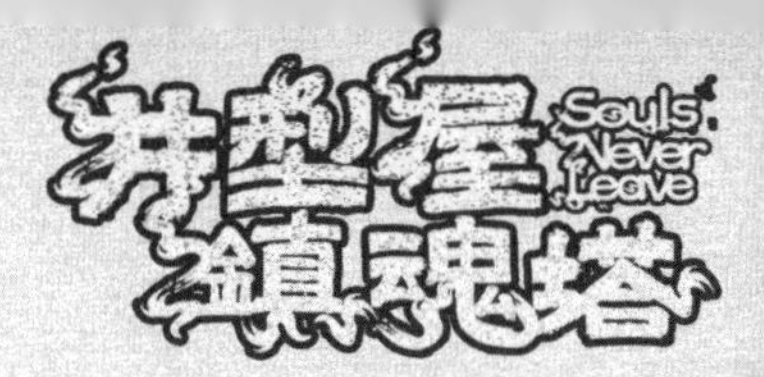

對於剛才那男人的反應還是有點在意。

「睇你而家咁嘅樣，等我幫你查下啱啱條友係咩料。」我自告奮勇，但其實茫無頭緒。

Tracy 也只是「哦」的一聲回應我，想必她也對我毫無期待。

回到家後，我第一時間把剛才發生的事告訴阿旻逞威風，可是她聽完後反而對那男人的事最感興趣。

「你話喺煙霧出嚟嘅男人穿過咗你？而且你一直原地踏步前進唔到？」阿旻單刀直入地問：「咁你覺得係咩原因？」

其實當刻我真的沒有甚麼奇怪想法，但如今回想起來，在煙霧中現身、噴出無味的煙、兩次穿過我的身體、我無法前進，這些事情都很不尋常，我只能用一個答案來回應：「我諗我撞鬼……」

阿旻聽到後立即大笑了，對着我說：「我就知道你會咁答我，只要有嘢你解釋唔到就會話撞鬼，其實一切都可以解釋，呢個世界無鬼㗎阿哥。」

「咁你話點解釋先？穿過我喎，淨係呢樣都已經解釋唔到啦。」我沒好氣地說：「咁都仲唔係撞鬼？」

阿旻滿懷自信地道：「穿過你同埋你前進唔到的確好有撞鬼嘅感覺，但其實所有嘢都可以用一樣嘢嚟解釋，由佢喺煙霧之中現身開始，到噴你煙嗰時就完成，係一個完整嘅催眠。」

「催眠？」我啼笑皆非，我怎會連自己被催眠都不知道？我反駁道：「我又唔係瞓喺度，又唔係坐喺度，都無瞓着，點會中咗催眠？你都無解嘅。」

「邊個話催眠一定要咁？只要你願意接受施術者嘅暗示，你就已經中咗。睇嚟個男人係高手，咁簡單用煙就催眠到你。」阿旻不由得佩服起來。

「等等先，催眠完都要佢解返我先得㗎，佢好似無解過喎，即係我而家仲喺催眠狀態？」我傻眼了。

「阿哥，你咪俾啲戲誤導啦，催眠唔係鬼上身，你唔係半夢半醒嗰下就已經解咗，唔會持續到而家囉。」阿旻繼續解釋，之後又表示懷疑：「之不過又真係咁耐都無見過十四樓有個咁嘅男人，又會咁耐都撞唔到咁奇怪？」

「不過都仲有件奇怪嘢，」我憶述：「唔知點解個男人一見到Tracy就嚇親，之後就雞咁腳咁跑走，明明佢對住我都仲係威係勢，完全唔怕我，點會怕一個女仔？」

「死囉阿哥，咁睇嚟你連一個女仔都不如，人哋完全唔放你在眼內，睇嚟你要 train 下先得。」阿旻開了嘲諷模式，我有點後悔告訴她這件事，所以我硬生生把話題再帶回催眠上：「催眠其實點做到嗰啲嘢？除咗催眠，真係無其他可能？」

阿旻看到我還未明白，便再解釋：「先唔講催眠，理論上嚟講，穿過你係有可能嘅，呢個亦都係啲科學家研究物體轉移嘅方向，就係將一樣嘢粒子化再由 A 點傳送到 B 點，然後再重組返，咁你覺得佢有無可能將自己粒子化穿過你？」

我聽得一頭霧水，但覺得應該是一樣很高級的事情，一個普通人應該辦不到，所以我呆呆地搖搖頭。

「無錯，科學家都未搞掂，一個普通人連傳送裝置都無又點可能得？佢做到嘅話諾貝爾都有得佢攞。」阿旻接着道：「令你原地踏步其實仲簡單，一係吊起你，一係好似跑步機嘅原理咁，但你有無畀人吊起？又或者佢有無可能喺走廊整條輸送帶？」

我再次搖頭，阿旻續說：「咁咪係囉，要同時做得到呢兩樣嘢，除咗催眠我都諗唔到仲有咩。」

然後她便在網上找了一條舞台催眠的短片讓我看，片中全場的觀眾在聽到催眠師的暗示後，大家都站不起來，直到催眠師解除了催眠指示後才再活動自如。我除了驚歎之外，也沒有其他的反應。聽過阿旻的解釋以及看完短片後，我徹底相信剛才的男人不是鬼，果然世界是沒有鬼的。

第二晚，香煙味又再次襲來。

「真係唔識死，琦晚先教訓完佢，今晚仲繼續，再去教訓多佢一次先得。」我穿上鞋走出走廊，徑直往十四樓走去，可是一四二四室前並沒有人，而且也沒有香煙的味道，我沒趣地回到家門前，赫然發現三枝點燃了的香煙豎立在我家門旁，它們正是臭味來源。

我立刻回家拿了一杯水澆熄了火，再拾起煙頭丟掉，可是一切都在我拾起煙頭的瞬間產生了變化。這三根煙頭不就是我昨天塞進吸煙男家的香煙嗎？我特別做了記號所以能認出來，原來他昨晚特地留起其中三枝，留待今晚用來報復我，可惡，真是一個小心眼的男人。

我拿着三根煙頭再次走到一四二四室前大興問罪之師，內心雖然有點膽怯，但這次證據確鑿，不由他抵賴。

沒有門鈴，沒問題，「咯、咯、咯」，我敲了門，開門的正是吸煙男。

「你做乜放三枝煙喺我屋企側邊？仲要好似三枝香咁，咩居心呀你？」我試着以憤怒的表情遮蓋我膽怯的心情。

「吓？你噏乜？我同你三唔識七，都唔知你乜水，點解要咁做？而且你有咩證據話係我做？呢三飛煙咁普通，人人都買到

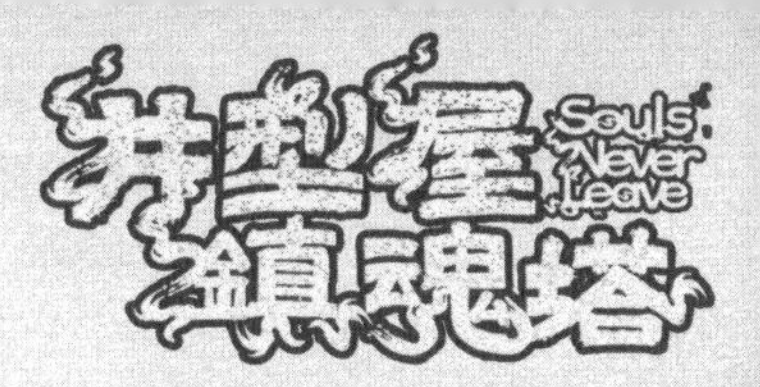

啦。」吸煙男選擇否認，還反問我，不過這是我意料中事。

「我預咗你會咁講，呢三枝煙我係做咗記號，噚晚我……」說到這我停住了，因為我意識到再說下去後果會很嚴重。

「噚晚你咩？唔通噚晚係咁塞煙入嚟嘅就係你？」吸煙男瞪大雙眼，磨拳擦掌，準備教訓我。

我急中生智，連忙否認道：「噚晚……噚晚我聞到你啲煙味，咁就諗住落嚟叫你咪再出嚟食，吹晒上嚟好臭，點知就見到有兩條友喺度，係囉，有兩條友鬼鬼祟祟偷蕃薯咁，之後仲見到你丟啲煙頭出嚟，之後我趁無人就喺煙頭上面做手腳，等你一食就中招，所以咪知係你，咪就係咁之嘛。」

「哦，乜係咁呀？咁你有無見到嗰兩條友咩樣？」吸煙男生氣地問。

我不斷搖頭，一邊後退一邊說：「總之你就唔好再出嚟食煙，要食就行去後樓梯，吹晒啲二手煙上嚟好臭。」然後頭也不回地跑回家。

回到十五樓後，我發現我家門前變得白濛濛一片全是煙，這團煙非常詭異，它始終停在門前不動也不散，我想起了昨晚的男人，難道我不知不覺間又被他催眠了？

我遠距離觀察着它，它好像察覺到我的存在，緩緩轉身望向我，不要問為甚麼我看得出一團煙轉身，也不要問我為甚麼分得出哪面是它的正面，反正此刻我就是有這感覺。這團煙看到我後，二話不說便向我襲來，我身體動不了，它直接穿過我的身體後便消散了。這團煙是無味的，與昨晚男人噴出的煙一樣。

煙消散後，我的身體再次能夠動起來，剛剛煙穿過我的一幕還歷歷在目，回憶起來，煙臨穿過我時，我仿佛看到了昨晚男人的臉，大概是創傷後遺症罷了……

「阿曉，你做乜企喺度唔返屋企？」拿着一大袋垃圾的媽媽剛出門看到我便問。

我如夢初醒，簡單應了她後便回家鎖上房門，專心上網搜尋男人的訊息。

我輸入「XX 樓，一四二四」，沒有搜尋結果。

我再輸入「XX 樓，十四樓」，還是找不到任何訊息。

正當我苦惱納悶、口中唸唸有詞之際，電話的 AI 突然答話：「二零一四年十二月，XX 樓十四樓有一男子徐某因涉嫌強姦和謀殺被捕，後因證據不足而無罪釋放，二零二零年因肺癌在家中離世。」

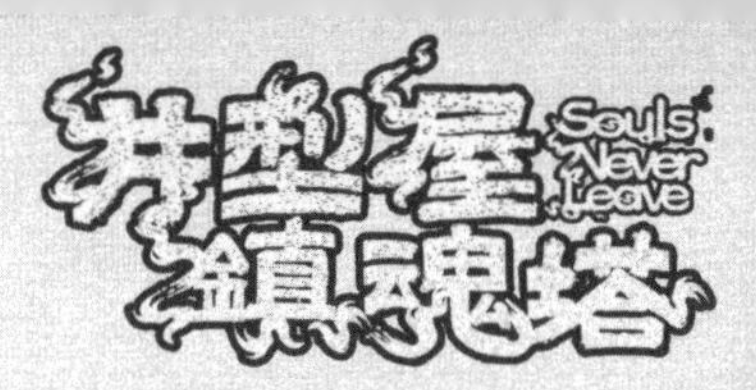

坦白說，它突然答話的確嚇倒了我，但這個資訊卻異常有用。

「畀個男人張相我。」我對電話的 AI 說。

「以下是我搜尋到的相關圖片。」AI 回答並顯示了數張相片，其中一張與昨晚的男人十分相似，而除了這張外，還有一張我覺得有點眼熟，但一時間想不起來，但也沒差，反正我這次的目的已經達成。

我興高采烈地衝出房間，但很快又感到毛骨悚然。我高興的是我終於證明了這世界有鬼，但我驚慌的是我昨晚真的遇到鬼了。

「阿哥，你做乜鬼嘢企喺度戇居居咁？」阿旻口裏始終不饒人。

「嘻嘻，」我意氣風發地對她說：「我終於證明到呢個世界有鬼，尋晚嗰個煙鬼姓徐，你睇下！」

我說完後把電話遞給她，她上下看了一遍後問：「邊度？」

我在屏幕上掃了兩下，不見了？怎麼相片又不見了？我連忙辯解：「啱啱真係有㗎，仲有另一張相個男人好面善㖭，只係唔知點解又無咗……」

「阿哥，我錯喇，你肯定係中催眠太深，仲未清醒返晒。」說

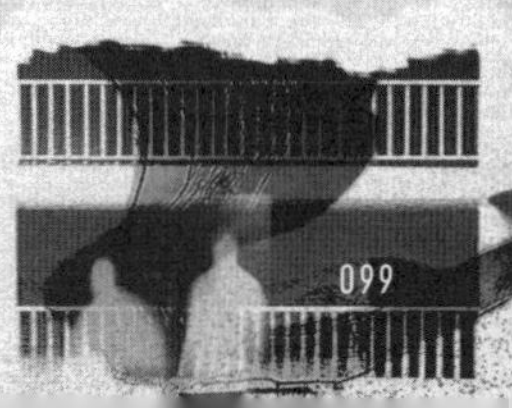

完，她便轉身回房，留下我一個人在客廳發呆。

直覺告訴我，這件事絕不簡單。

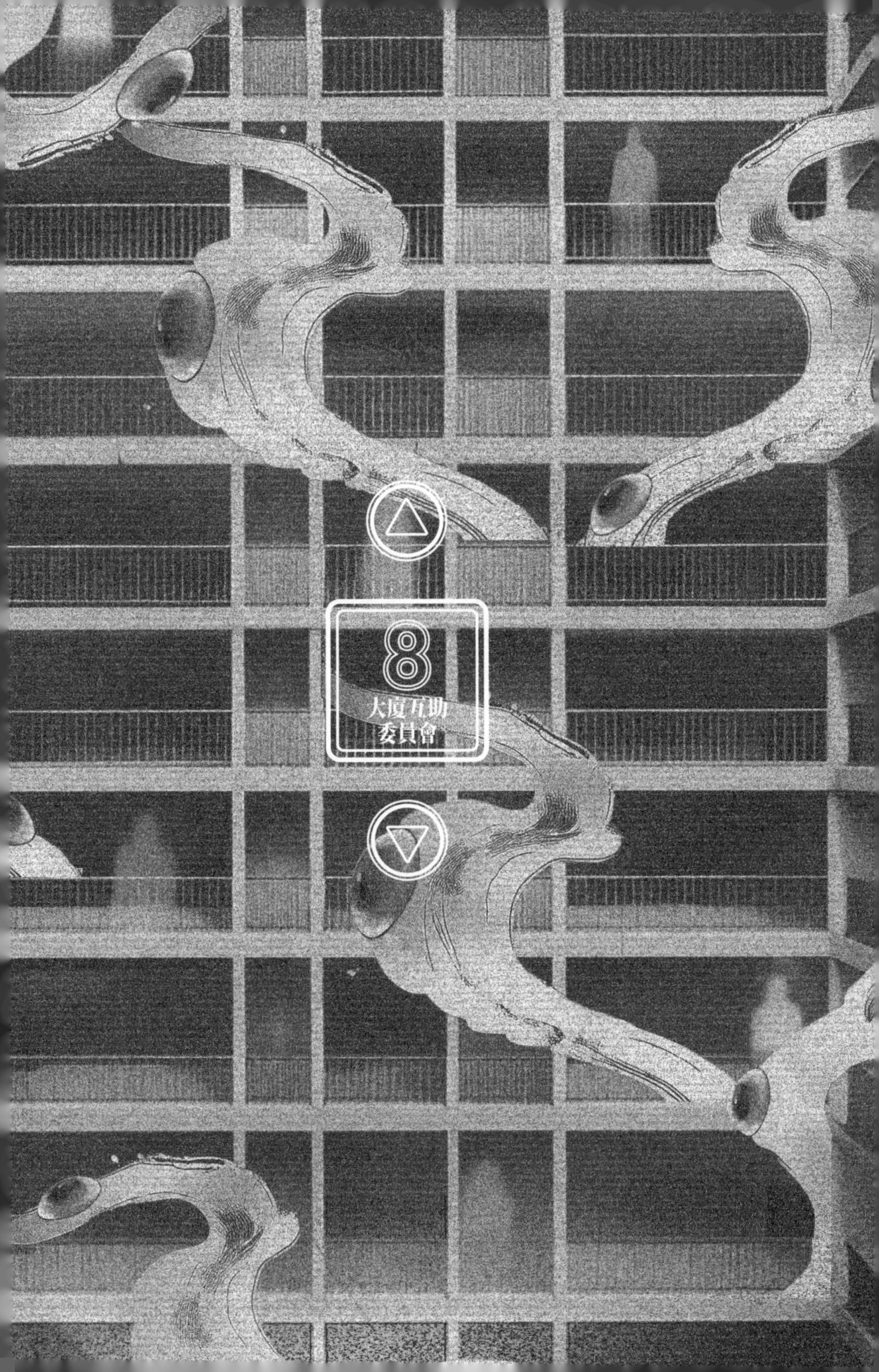
8
大廈互助
委員會

住進這裏不久，我們這一家便已經遇到大大小小、各種各樣難以解釋的事件，雖然我覺得稱為靈異事件會更貼切，但這樣會使得我更加害怕，所以還是稱為不可思議事件會好一點。

面對這些不可思議的事，阿旻始終可以找出原由、解釋清楚，這點我非常佩服。不過我的心終究還是想尋找答案、找出源頭來根除疑惑，畢竟江叔所說的「井型屋其實係鎮魂塔」我一直很介懷，於是我決定問在這裏年資豐富的人。

「盧老太，早晨！」這天我故意早起，好讓我可以與有晨運習慣的盧老太碰面問個明白。

「咁早呀細佬，返學？」盧老太禮貌地問。

我連忙點頭道：「係呀，今日要補課。」時值聖誕節，是 DSE 考生的補課旺季，基本上我在應考前的所有長假期也是在補課中渡過。

「係呢，盧老太，」我不打算轉彎抹角，於是直接問：「之前有人跳樓嗰時你話你哋委員會會做嘢，而且你又話好似你住咁耐就明，我好想知多啲呢度其實發生過咩事，我早幾日搵到單二零一四年嘅新聞講呢度十四樓有人被捕，呢單嘢又係點？而且我仲聽過有人話呢度係鎮魂塔，究竟係咩一回事？」

盧老太聽到我的問題，沒有顯得驚訝，也沒有任何大小反應，

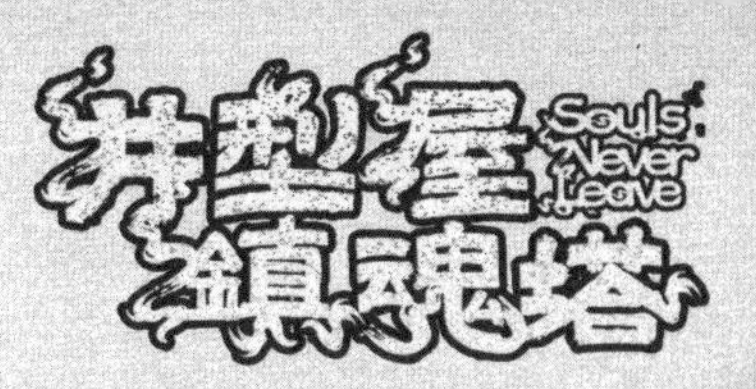

果然薑是老的辣。她始終維持着與剛才一樣禮貌平淡的語調回答：「細佬，你做咩咁想知？」

「因為我遇到好多奇怪事，雖然我妹用科學解釋到，但我始終覺得唔係咁簡單，你喺度住咗咁耐，又係互助委員會十五樓代表，德高望重，平易近人，一定知道啲嘢。」要套出情報，賣口乖是常識吧！

「細佬，賣口乖係無用㗎，我食鹽多過你食米，你屹起條尾我就知你想點啦。不過既然你咁好奇，咁你答我一個問題先。」盧老太邊拉筋邊說。

我點頭示意，她便問：「你有無見過呢度個『王』？」

「『王』？無嗝，係點㗎？」我一臉無知地問。

盧老太自言自語道：「我諗都唔會見過。」然後招手示意我跟她走。我們乘電梯到地下，來到了互助委員會的房間前，她瞻前顧後，然後把門打開至僅夠一個人通過，之後着我鑽進去，接着她也側身鑽入委員會房內，再小心翼翼地關上門，還不忘再三檢查是否關好，好像藏有甚麼寶藏般謹慎。

這房間與我的家差不多大小，除了一張大長方桌子和數張椅子外，其餘都是放滿文件和雜物的鐵架。我隨着盧老太走到房間深處的一個鐵架，這裏楞楞是是放了一個黑色文件夾，已經鋪了

整吋厚的塵，就像電視橋段一樣，一拿起拍一下便塵土飛揚。

「呢本係？」我是猜到的，但不肯定，所以還是問了出口。

「我哋呢座由入伙開始嘅大事件紀錄。」盧老太說：「只不過而家科技太發達，已經無人再用咁傳統嘅方法去記低。」

我接過這本重甸甸又滿是歷史紀錄的文件夾，快速看了目錄一遍——咳，可惜並沒有目錄，我只好很快地翻了一遍。裏面主要是剪報，還有一些對事件描述的手寫字，還有一些相片，不過由於是影印本，而且像素較低，加上年代久遠，許多紀錄都已變得模糊了。

「請問，我可唔可以借一借走？我想搵 AI 修復變返高清同彩色。」我請求。

「唔得！」盧老太突然變得認真且嚴厲，她喝叱道：「呢本嘢係唔可以離開呢間房！」

被盧老太一喝，我頓時變得膽顫心驚，不是因為她的語氣，而是她説這文件夾不能離開這間互助委員會的房間，難道説離開後會發生甚麼恐怖的事情嗎？

「知道，咁我而家喺度睇。」膽小如鼠的我立即埋首其中，盡力去看。

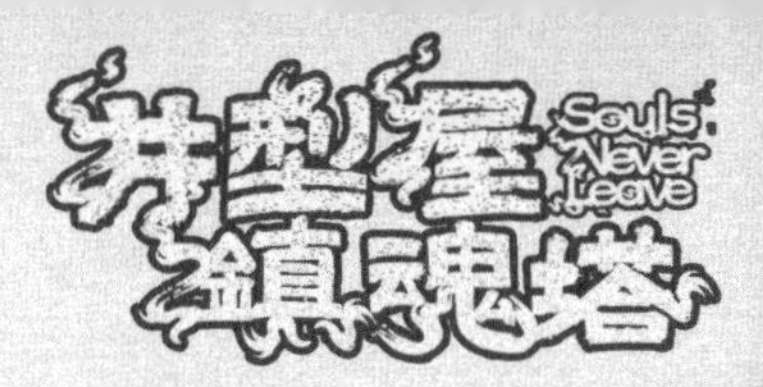

「細佬，你唔係話要補課咩？」盧老太說這句時我已經分不清是關心還是刺探。

我為了不被她懷疑，便亂作原因蒙混：「係呀！你記性真係好呀盧老太，不過無咁早，所以可以睇多陣先。」

我視線沒有離開文件夾，因為我找到了一篇二零一四年十月的報道，大字標題是「妙齡少女被姦殺　四鄰居疑涉案被捕」。我聚精會神看着這些模糊的文字，勉強能看到「被害人梁女」、「伏屍井底，頭骨爆裂」、「四名鄰居王某、萬某、徐某、廖某」、「追尋真相」。

除了這篇外，還有一篇是二零一五年二月的報導，大字標題是「真相大白　為情自殺　梁父誓查真相」、「無辜鄰居：真金不怕紅爐火」。同樣模糊的內文，勉強能看到寫着「四人發現屍體後報警」、「司法不公」、「梁父指女兒愛惜生命」、「尋找真相」。

兩篇報道只看到零碎的文字，很難推測得出其真意，加上這份報紙已經沒有再經營，所以也不能在網上找到昔日的報道；而這間報館被因為其失實和煽動性的報道而被政府禁制，在圖書館亦無法找到它的舊報；加上我也沒有傳媒人脈，更不能利用他們的資源找到這兩篇舊聞。換言之，我只有這些零碎的線索。至於報道的相片，比打了馬賽克更模糊，也是沒有實質幫助。

我正納悶的時候，盧老太走過來了，她問：「細佬，我見你

睇呢版睇咗好耐，做咩對呢單咁有興趣？」

啊！我真笨，怎麼會忘記了，盧老太不就是最好的資源嗎？她在這裏住了這麼久，發生了甚麼大小事她就算未瞭如指掌，也定必略知一二。

「我啱啱咪同你講我睇到一篇一四年十四樓有人被捕嘅新聞嘅，咁啱呢度又有一單類似，所以咪睇耐啲，睇下係咪同一件事。」我簡單回答盧老太，然後嘗試套她話：「係呢，盧老太，你喺度住咗咁耐，無嘢你係唔知嘅，作為 XX 樓活字典，呢單嘢咁轟動你實知道啲嘢，講多啲細節嚟聽，報道講嘅實在太少。」

「細佬，我咪同你講過唔好咁好奇，唔好咁八卦。我帶你嚟畀你睇，係想畀你知你所謂嘅奇怪嘢其實都係一啲大事嘅以訛傳訛同穿鑿附會，你睇埋手寫嗰啲字先啦。」盧老太目光銳利地看着我，同時指着這頁手寫的部份。

「有人說每年十月左右會看到死者出現，委託幫忙找出兇手。聲稱看到死者的人都是她生前好友，在死忌前後日子憶友成狂，在心理作用和思念之情之下，日有所思，夜有所夢而已。」我依着文字唸了出來。

「咁你知道真相啦？」盧老太說：「呢樣就係同呢兩篇報紙相關嘅奇怪事件，不過經查證已經不攻自破。」

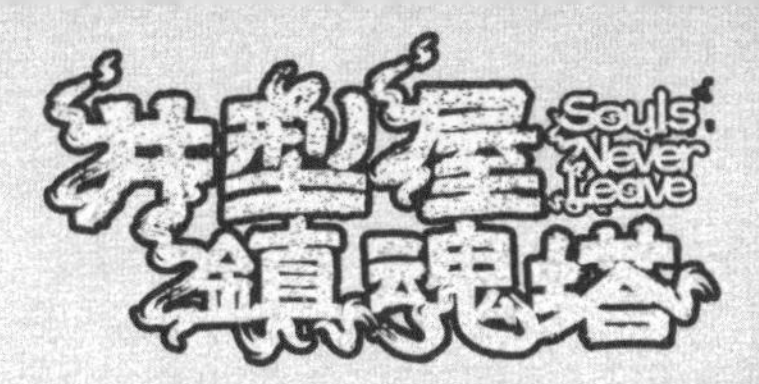

「但係我見到十四樓嗰個人係真係已經死咗，有晒新聞。」我着急地說。

「細佬，你喺邊度搵到篇新聞？畀我睇下。」盧老太語氣平淡，但壓迫感十足。

「我……我喺電話 AI 搵到嘅……」我明顯被她震懾了。

「AI?」盧老太笑說：「阿婆我都知 AI 啲嘢係作出嚟㗎啦，你後生仔點會唔知？仲信到十足十？」

「咁即係話報道入面嗰四個人都仲在生？」我順着她的意思去理解。

盧老太搖搖頭，平淡道：「我唔清楚。」

看來盧老太不會透露太多這方面的訊息，我的如意算盤打不響了。我再次把注意力放回剪報上，這次我集中看相片。低像素的相片還被複印成黑白色，辨析度近乎零。我嘗試從顯而易見的特徵去辨認有沒有十四樓的徐先生，但無論是髮型還是身型，始終沒有一個近似，或許真的如盧老太所說，AI 欺騙了我？

不過我始終未忘心中的兩個疑問，縱然第一個疑問未有答案，但第二個疑問大概盧老太能解答我吧！

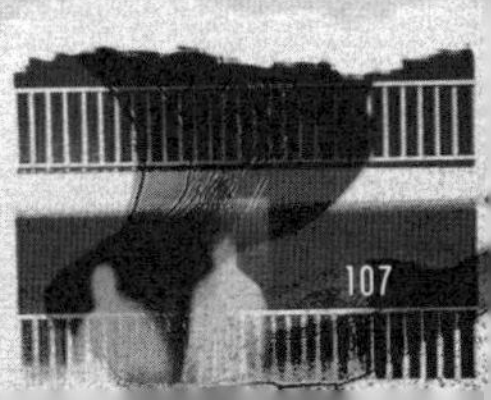

我一掃剛才的疑惑，站起來面對着盧老太，理直氣壯地問：「盧老太，我仲有嘢想問，點解井型屋會係鎮魂塔？呢度好猛鬼？」

聽到我的再三追問，盧老太有零點零零一秒是愕住，然後極速變回若無其事，打趣問：「又係 AI 講？都話唔可信，無……」

「唔係！」我打斷她的話，並說：「係呢度其中一個住客講嘅，你可唔可以講多啲畀我知？」

「鎮魂塔？都係一啲無中生有嘅奇異故事，純粹係啲別有用心嘅人用嚟解釋呢本文件夾入面嘅事，佢哋道聽塗說，唔經科學考證，將所有嘢都話係鬼怪造成。人就係咁奇怪，明明係咁科學嘅嘢又唔信，講到係鬼神嘅嘢就信到十足十。」盧老太語帶鄙視。

本來我也被她所說服，但卻突然想起她之前的一句話，於是我鼓起勇氣大吼：「你唔好再作故仔講大話！我已經聽夠，你好同我講真話！」

盧老太被我的大吼嚇呆了，但並沒有立即從實招來，而是選擇繼續狡辯，她微笑道：「細佬，你亂講啲咩？我講嘅句句屬實，點會講大話？而且你話我作故仔，你都無證據話我係作故仔啦。」

盧老太依然淡定，沒有半點破綻，但這正是最大的破綻！根據我多年看偵探動畫的經驗，每個真正兇手被主角揭穿前都是這

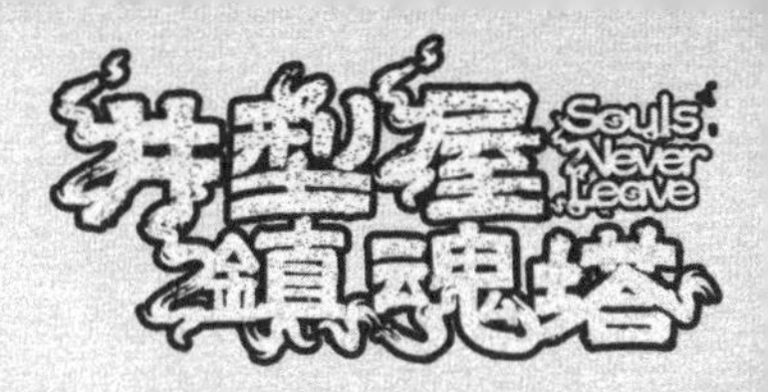

種輕鬆淡定、胸有成竹的表現，但只要說出關鍵的推理後，兇手便會大笑承認，接着便把事件始末和盤托出。今次，就讓我來當這個主角！

我滿懷信心說：「盧老太，你聽埋我嘅推理之後，唔知仲會唔會笑得咁輕鬆。」

盧老太沒有回答，繼續一副「睇你有咩花臣」的表情，我便不客氣地說：「根據你今日一路所講，你係信科學解釋，完全唔信鬼神之說，係咪？」

盧老太點頭後說：「咁又點？信科學就係講大話？」

我自信地笑着說：「盧老太，唔使咁快表現出自己講緊大話嘅，聽埋我講先。你記唔記得十月嗰時有人跳樓？嗰時你同我講過啲咩？」

「咁耐嘅事，又咁瑣碎，我點會記得？」盧老太想也不想便回答。

「我都係咁覺得，如果我經歷過十幾次嘅話，」我以凌厲的眼神望向她，自信地說：「但我係第一次遇到，所以好深刻，嗰時你話委員會會請人做場法事，咁相信科學嘅你點解會咁講？」

盧老太的腦袋被我這突如其來的一着弄得空白了，一時間對

不上話，我笑着道：「不過我都已經幫你諗埋開脱嘅藉口，你可以話因為咁樣其他住客要先會安心，所以你只好咁做，又或者可以撒賴，話我記錯聽錯，你從來無咁講過。的確我係吹你唔脹，但你頭先喺十五樓嗰時又一次自爆咗，呢次你點都無得抵賴。」

盧老太疑惑地問：「哦？我講咗啲咩？」

「你問我有無見過呢度個『王』，雖然我唔知『王』係咩，但咁問得，一定唔會係普通人，你仲要特登問完先帶我落嚟，我估計一定係同我問嘅嘢有關，最合理嘅解釋就係你之前已經遇過有人咁問，而啟發佢哋咁問嘅就係你口中呢度嘅『王』，我諗呢個『王』唔係人，而係鎮魂塔嘅『王』，即係鬼王！」我連珠炮發，一口氣說完。

「哈哈哈哈，細佬，你想像力真係豐富，憑幾句説話就可以作到咁多嘢出嚟，阿婆我真係好佩服你。」盧老太大笑説，又一個典型被揭穿謊言的表現，她解釋説：「的確，我話委員會會搵人做場法事，係因為呢個係傳統，每次發生事之後都會咁做，所以我都照直講，但唔代表我信。另外『王』呢部份你推理得唔錯，只不過佢係人，不斷散播謠言，裝神弄鬼之『王』。」

「既然你仲係唔認，咁我唯有繼續。」我吸了一大口氣便繼續我的表演：「最後就係呢本文件夾，佢一直放喺度鋪塵。你話本身由大廈建成就一直記，直到最近先被電子取代，但呢度一部電腦都唔見，而且如果真係電子化嘅話，點會唔順便將舊嘅呢啲都

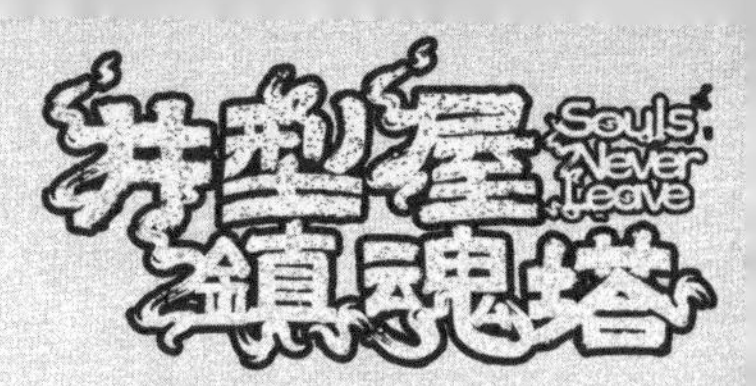

一齊整理？照我睇唔係電子化，而係無再記錄低，亦唔知點解個時間點又會咁啱停喺二零一四、一五年喎。仲有，明明呢本嘢都無人理，但我話帶出去搵 AI 修復你都唔畀，如果真係咁信科學、咁願意接受科技，你點會 say no？會唔會有一種可能就係呢本嘢唔可以畀某啲人知佢嘅存在？或者某啲人唔可以入嚟？例如係呢度嘅『王』。」

盧老太維持她的撲克臉沒有回答，但從她額角那顆豆大的汗珠我便清楚知道我的推理對了。

「好啦，都講到咁，我諗你都無嘢再反駁，不如直接揭盅。」我催促着她。

盧老太走到桌子前坐下，並示意我也一同坐下，然後拿着文件夾，微笑着說：「細佬，阿婆真係睇小咗你，事情就同你推理嘅差唔多，呢本文件夾一直係我負責記低呢座大廈嘅靈異事件，曾經阿婆都好似你咁，對呢啲嘢好着迷。」她的臉上流露出懷緬的神情和滿心歡喜的笑容。

「不過，就好似你而家嘅情形一樣，一直都無人信我呢啲嘢係真，只話係我發夢、幻想、眼花，之後仲提出各種好似好合理嘅解釋去說服我。」說到這裏，盧老太的語氣帶點怒氣，聽得出她的不滿。

「久而久之，」突然，盧老太話鋒一轉，變得溫和又帶點無奈：

「我都俾佢哋說服咗，不斷同自己講係我發夢、幻想、眼花，將之前紀錄嘅嘢都合理化咁寫低解釋，然後發覺一直以嚟都真係我自己亂諗，其實所有嘢都可以解釋到，呢個世界係無鬼神。於是我一直記到二零一四年，直到嗰件事發生，除咗相關嘅資料之外，我就已經無再記。」

「嗰件事？」我困惑道。

「五狼姦殺案。」盧老太帶着恨意地說，同時眼裏泛起淚光。

「五狼？乜唔係四狼咩？報道入面只係提咗四個人名咋喎？」我不解地問。

「五狼係『王』同我講，佢仲知道呢本文件夾嘅存在，想拎嚟睇，想搵返晒啲兇手出嚟報仇。」盧老太忽然又變得歇斯底里，雙眼空洞無神，雙手緊抓着自己，抓出一道道血絲，我見狀立即捉着她的雙手，避免她繼續抓傷自己。

而就在我捉住她的瞬間，她猛然抬頭，用飽受驚嚇的雙眼盯着我，那雙眼既陰森又空洞，仿佛多看一眼也會把我吸進去般。我冷不防她這恐怖的一着，立即縮手退後數步，但她飛快地趨前，我們一退一進，直到我被逼到牆角，無法再逃為止。

盧老太繼續用她那歇斯底里的聲線不斷對我說：「呢個世界無鬼，係我幻想出嚟、呢個世界無鬼，係我幻想出嚟……」

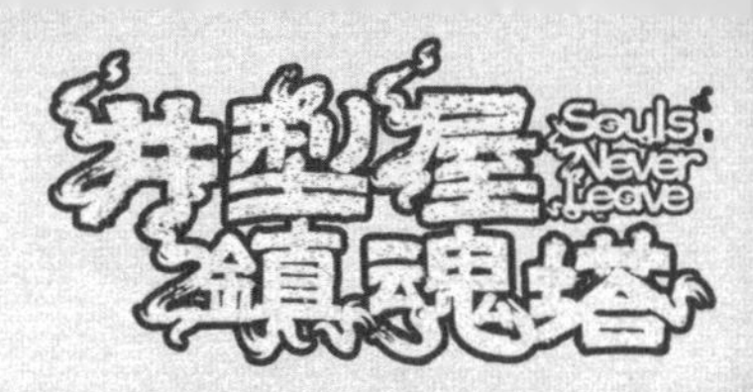

我嚇得立即推開她奪門而去逃出委員會室，頭也不回地直奔樓梯回家，盧老太的聲音也離我越來越遠、越來越微弱，不過還是隱約聽到她說：「唔可以俾佢拎到本嘢，否則呢度會變成地獄……」

然而，即使我回到家中，其實我還是很害怕，因為盧老太就住在我的隔壁，隨時也會碰到，若她還是這樣，我都不知應該怎樣面對她。

不過，這苦惱很快便「一掃而空」，因為在下午，盧老太被發現陳屍在大廈互助委員會室。根據之後的報道，她的死因是因為踏在文件夾上滑倒，然後頭撞上桌子的角，失血過多，導致失救致死，死因無可疑。

我想，盧老太的死，大概與我無關吧？

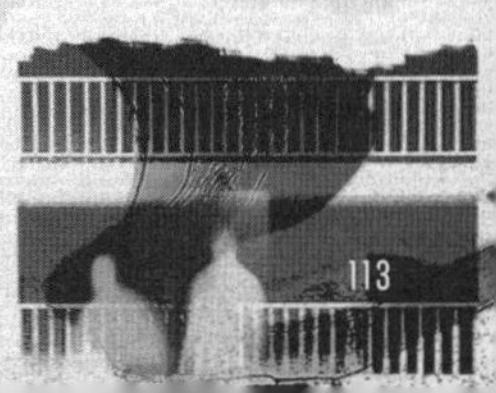

9
鎮魂塔

盧老太的事件，我一直都沒有勇氣說出真相，每次面對她的家人，我也會莫名害怕，同時也會很愧疚，生怕他們突然知道真相然後對付我，久而久之，每次看到他們，我也會不自覺地垂下頭，避免與他們有眼神接觸。

可是，對於井型屋其實是鎮魂塔這件事，我始終念念不忘，特別是盧老太的詭異表現，更加使得這件事真實。既然她到死也不願作答，那我只好找另一個知情人士——江叔。

我再一次來到二零零二室前，與上次一樣，未待我敲門，江叔便說：「曉哥仔，你都熟架步，自己入嚟啦，門無鎖。」

我一臉尷尬地推開門，江叔依舊坐在廳中，他把玩着電話，沒有正視我，只是隨便說：「隨便搵個位坐就得，我而家唔得閒住，生死關頭。」

我沒有聽話坐下，而是在他家中逛了一圈，仔細查看他的擺設和裝飾，而在他層層疊疊的水松板上，我發現了一張江叔和Tracy的合照，照片中的江叔身穿校服，短髮有瀏海，有我半點帥氣；Tracy則與現在無異，只是衣着變成了校服而已。

「估唔到原來佢哋係同學。吓！咁即係Tracy都同江叔差唔多大？難怪佢話我係細路啦⋯⋯不過年齡完全唔係問題，年齡只係數字，佢睇落後生，大家溝通到有話題就得，我完全唔介意同姐姐一齊，嘻嘻。」我想着想着，不自覺下流地奸笑起來。

「喂，曉哥仔，做咩笑淫淫咁呀你？諗咩衰嘢？」江叔冷不防從後拍了我的肩膀，把我嚇了一跳，他依我的視覺方向望去後再說：「鹹濕仔，喺度J紙巾？諗都唔好諗呀你，你J唔起佢，代價好大㗎！」

我立即吸回差點掉到地上的口水，正經八百地說：「乜都無諗，我邊有，就算有都唔使同你交代。我嚟係想問你，你上次話呢度其實係鎮魂塔，係咩一回事？」

江叔瞄了我一眼後嘴角露出微笑，回到座位後示意我坐下，然後說：「上次我咪講過，不過你聽完之後唔多信，而家點解又想知？係咪終於見到鬼所以信喇？」

「係咪見到鬼我都唔確定，只係我諗唔到有咩更好嘅解釋，所以想問清楚。」我環視了四周，確保沒有其他人，便湊到他耳邊小聲問：「你知唔知大廈互助委員會室有本秘密文件夾？」

「喂！」江叔聽到後很大反應，頓時用力摀住我的嘴，然後小聲但兇惡地說：「你點知呢件事？呢樣嘢唔可以喺度講你唔知㗎咩？俾啲惡鬼聽到就麻煩。」

「睇嚟同我推測嘅一樣，佢哋真係唔知本嘢喺邊。」我心想，然後問他：「呢樣嘢同鎮魂塔有咩關係？盧老太嗰時又懶神秘唔講，淨係話『王』想得到本嘢，搵返啲人報仇。」

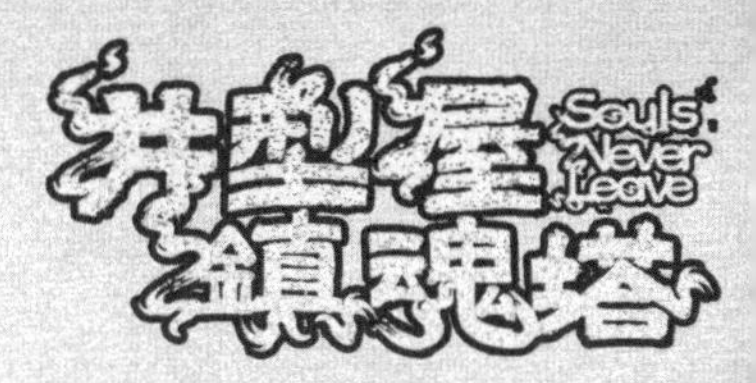

江叔看着我，冷笑一聲，然後說：「睇嚟紙巾搵到個好幫手。曉哥仔，你究竟知道幾多？」

於是我便一五一十，把由十四樓吸煙男開始，直至盧老太的死，期間發生的所有事情，毫無保留全都告訴他。

江叔聽完後搖頭說：「睇嚟你今次已經走唔甩，唯有試下幫你保住條命仔。其實紙巾一直都搵緊人幫佢查單五狼案，但咁耐以嚟都無邊幾個幫到手，你已經算係進度比較好嘅幾個之一，不過根據之前嘅經驗嚟睇，你嘅速度都係唔夠，最後都係會以失敗告終。」

我不解，於是問：「又唔會有時限嘅，假以時日實查到㗎喎，點會失敗？」

江叔一副「少年，你實在太年輕了」的表情看着我，然後說：「不聽老人言，吃虧在眼前。Anyway，鎮魂塔嘅嘢我上次已經講晒你知，至於本嘢，你最好忘記佢，唔係你會俾啲鬼折磨得生不如死，因為佢哋唯一可以離開呢度去返輪迴嘅辦法就係記得返自己係邊個同點死。鎮魂塔只會鎮住啲惡鬼，一般鬼會有十二個時辰走盞，等佢哋可以見埋屋企人最後一面同食餐飯，如果超咗時就要留喺度走唔到，而生前嘅記憶都會同時消失。」

「所以佢哋個個都想要本嘢，難怪盧老太唔畀我帶走。」我如夢初醒，同時想起一個人，於是問：「咁毛全彬佢投咗胎未？」

「哈，毛全彬？」江叔不屑地笑道：「佢本身走到，不過因為你問米，所以最後佢俾班惡鬼捉走咗當玩具，而家咪留咗喺度走唔到。不過佢都唔係第一個，亦都唔會係最後一個，唔使咁介意，反正你都幫佢唔到，佢而家乜都唔記得仲幸福。」

不知為何，江叔這段話我聽完後總覺得有弦外之音，是衝着我而來，心裏有點不是味兒，但又不能反駁，畢竟真的是我一手造成。

我尷尬地說：「咁我嗰時又唔知會咁……」

「所以我咪話你唔使介意、唔使自責囉，同埋你都無咁嘅時間。」江叔立即回應，並說：「你而家好應該快啲去幫紙巾查單嘢，你唔係得返好多時間。」

說完後，江叔強行把我推出屋外並鎖上門，不讓我進內。不一會，我隔着門便聽到裏面傳來「啊」、「嗯」、「呀」、「喔」、「吖」等引人遐想的聲音，我暗裏罵了句髒話後便離開。

在二十樓的升降機大堂，我遇到了Tracy，她對着我咧嘴而笑，這笑容令我有點心寒，她對我說：「江叔應該同你講晒，你而家知我想點啦？」

我點點頭，她便續說：「咁你有咩頭緒？」

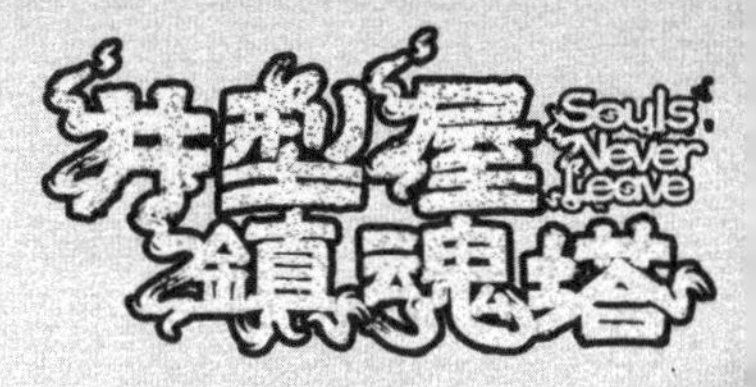

「上次十四樓個男人，佢應該有份。」因為我不太肯定，所以小聲道。

「咩話？可惡！」不能不稱讚 Tracy 的耳朵真的很靈，我這麼小聲她還是聽得到，但她的反應令我不知該怎樣作回應，大發雷霆的 Tracy 繼續怒道：「估唔到隻煙鬼係其中一個，佢仲要已經死咗，我無仇報，太可惡！」

「死咗？」我疑惑道：「即係我唔係中咗佢催眠睇錯，而係 AI 嘅情報係真，佢真係二零年肺癌死咗。」

「可惡，畀佢死得咁舒服！」Tracy 繼續發放怨氣：「無得親手報仇，我要佢做鬼都唔靈！」

語畢，一陣莫名的狂風襲來，我被吹得捣着臉，狂風過後 Tracy 也消失不見了。

「又會走得咁快嘅？」我自言自語。

「你都唔好喺度久留喇。」我身後突然傳來一把陰森的聲音，害我汗毛直豎。

我回過頭，這不是王太嗎？為甚麼她會在這裏？又在老人院偷走出來嗎？

「王太，你做咩喺度嘅？王生都搬走咗，你係咪蕩失路？你偷走出嚟王生會好擔心你㗎，王生電話幾號？我幫你打畀佢等佢嚟接你。」我邊說邊掏出電話，腦中本來斷了的線這刻竟然接上了，原來是王先生！

我抬頭望向王太，但她已經無聲無息離開了，可是多虧她出現，我終於知道那人是誰了。不過王先生本來已經搬離這裏了，為甚麼又要冒險回來呢？難道他藏了甚麼秘密？可是現在單位都已經裝修完了，要是有甚麼秘密的話，他都已經拿走或被清理掉了。要知道真相的話，看來只有親身找王先生問個明白，不過應該怎樣才找得到他？我毫無頭緒，但這發現還是先告訴 Tracy 好了，可能她會有辦法。

我走樓梯回到十五樓，可是王太的說話依然在我心中久久未能忘懷，她的說話背後有甚麼含意嗎？我想得入神，沒有留意梯級，被甚麼東西絆了一下，在樓梯間摔了個四腳朝天、人仰馬翻，幸好梯級不算多，未有嚴重受傷，只是扭傷了腳裸。

我整理完畢，架好眼鏡後便徑直走回家，等等！好像有點不同，是哪裏變了嗎？感覺總跟平時不太一樣，對，是燈！這層的燈變得柔和了，而牆身的「十五」字樣也變得鮮艷不少，四周還傳來歡笑聲，有一種繽紛快樂的感覺。

「細佬，」一把既熟悉又陌生的聲音在我後方傳來，不用回頭便知道是盧老太，她對我說：「幾難先拉到你入嚟，呢度係鎮魂

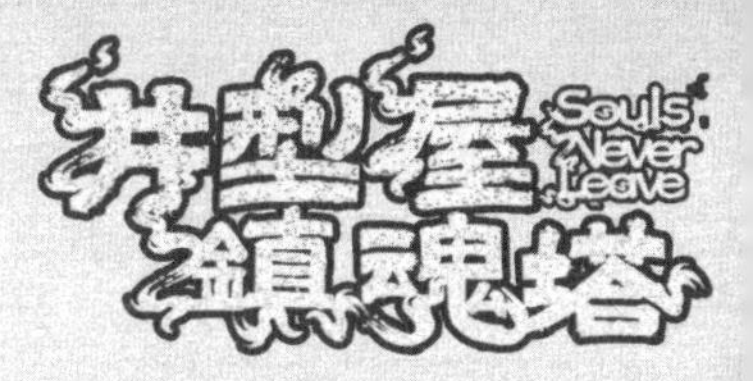

塔入面，我喺度得返兩個時辰，所以時間緊逼，快啲跟我嚟。」

等等，盧老太不是已經過身了嗎？怎麼可能出現在我面前？肯定是幻覺！還要我跟她走？她是要報仇嗎？還說我現在身處鎮魂塔內，鎮魂塔是這麼愉快的嗎？跟我想像的有很大出入，這幻覺真的是太夢幻了吧！

「仲唔行？一夠鐘我就再幫你唔到。」盧老太催促道。

「咁急唔通真係想報仇？」感到事有蹊蹺的我連忙下跪道歉：「盧老太，你係咪打算向我報復？對唔住，我唔係有心殺你，我錯手嘅咋，你大人有大量，請你原諒我。」雖然是幻覺，但這樣賠罪過後至少我會變得心安理得。

「你噏乜呀？做咩無啦啦要報復你？唔好講咁多廢話，行咗先！」盧老太再三催促。

啊？真的不是報復嗎？那就太好了，我即時站起來，再好奇地問：「鎮魂塔咁愉快，點解仲要走？」

「細佬，好多嘢唔可以齋睇表面，我哋邊行邊講啦。」盧老太飄着說：「不過都多得你我先再次認真正視返呢個有鬼嘅世界。我嘅死係『王』害嘅，唔關你事，雖然你無鬥好鬥就走的確係有啲責任，不過嚟到鎮魂塔入面都算係意外收穫，就當你將功補過，快啲行！」盧老太道出她的死亡真相令我如釋重負，不過我相信事

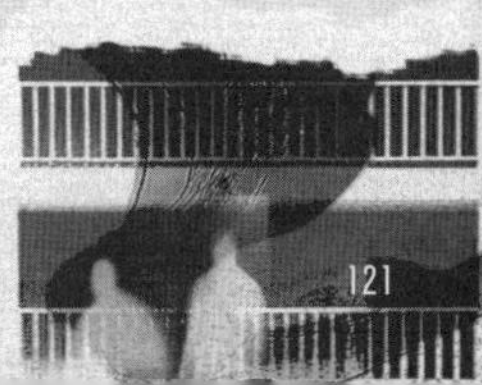

情並非這樣單純。

「唔鬥門都有關係？『王』點害你？點解呢度咁多單位都有個保護罩咁嘅？」我不解地問，不過她再沒有回答，只是一直往前飛到一五零八室——罕有沒有保護罩的單位，我也只好跟着她，一拐一拐地走過去。

「王太！」盧老太對着單位大叫，然後門便自動開了，王太從中探出頭來，向我招手着我趕快進內，然後匆忙地關上門，還連防盜鏈也扣上，生怕有人，不，生怕有鬼闖進來。

「放心坐啦細佬，呢度好安全。」盧老太說。

我看到眼前的王太，心不禁寒起來，剛才還看到她在我面前活生生的，怎麼在鎮魂塔內她又會出現？是因為她早已不在人世了嗎？是何時的事？但江叔不是說留在這裏的鬼都會失去生前記憶嗎？她怎麼會知自己是王太？

「我知你查緊五狼案。」王太率先發聲，我還未弄清現在究竟發生甚麼事，她便繼續說：「我有重要嘅線索畀你，你聽清楚，信就得，唔使問。」

「喂喂喂，等等先，究竟係咩事？你點會知？而且你點會有返記憶？」我認為有必要先弄清楚整件事，縱然這只是非常逼真的幻覺。

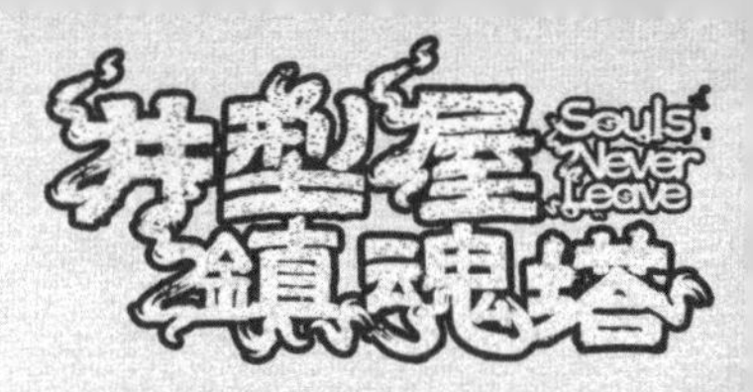

「講咗時間無多都仲要問，而家啲細路真係，我都唔知點講喇。」王太沒好氣地説。

「唔好勞氣，我答佢。」盧老太安撫道，然後轉身對我說：「細佬聽住，呢度嘅時間流逝同人世唔同，好似平時瞓覺咁，你好似瞓咗一陣但其實已經過咗幾個鐘，我哋而家得返嘅時間唔係好多，長話短説，唔係就唔夠時間。」

「吓？哦！」我似懂非懂，不過還是先聽她們説好了。

盧老太續説：「王太其實都過咗身一段時間，本來無晒記憶要留喺度，而我咁啱探索呢度嗰時遇到佢，講返佢知生前啲嘢，佢記憶就返嚟，仲有樣關於五狼案重要嘅線索，我估你而家係俾『王』纏住，所以先特登帶你嚟幫你。」

「吓？我邊有俾咩『王』纏住，我只係幫個 friend 查之嘛，我個 friend 唔係嗰啲妖言惑眾之王。」我連忙否認。

「唉，細佬，阿婆都係好心提醒下你，『王』就正如你上次估咁，係鎮魂塔之『王』，所以你唔好同佢有任何瓜葛，點都好，件事就係咁，之後就交畀王太。」盧老太苦口婆心地説。

果然，我的推理正確，那我更加沒有可能會遇過「王」了。

「無問題咁我就講喇，」王太再次確認後便說：「五狼案我係

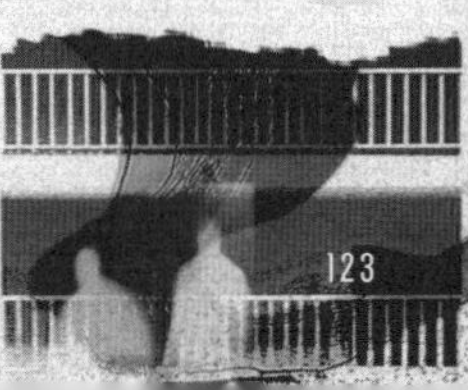

其中一個受害者。」

甚麼？這個訊息量有點大，五狼真的那麼飢渴，連一個其貌不揚的中年婦人也沾污嗎？

我聽到後眼睛瞪得很大，眼珠也差點掉下來，估計王太看到後也吃了一驚，即時糾正道：「我知你諗乜，但唔係你諗咁，因為成單五狼案其實同報紙報道嘅好唔同，報紙為咗賣紙，將煽情轟動嘅部份報出嚟，但事件嘅完整始末就隻字不提，甚至連警察都無深入調查，後來證據不足，成單案就不了了之。」

「咁成件事始末係點？有咩涉案人士？」我馬上追問。

「個女仔係抵死！」王太突然爆發，整個人冒煙，她周圍的空氣也有點扭曲，是那種因為太熱而造成的空氣扭曲。

我見勢色不對，立即後退兩步以防被她誤傷，幸好她很快便調節好自己，整理好心情，然後再說：「個女仔喺我哋座樓嘅開心果，細細個已經好乖巧可愛，好得人歡心。亦因為咁，所以件事發生之後都無人懷疑過佢，哪怕係一點點都無。佢越大越靚，居民都越嚟越鍾意佢，而佢難得都仲係咁乖巧，變成一個完美女孩，拜倒佢石榴裙下嘅人不計其數，當中更包括有婦之夫！」王太情緒又再波動。

「佢表面係乖乖女，但暗地裏就不斷收兵，而且專收有婦之

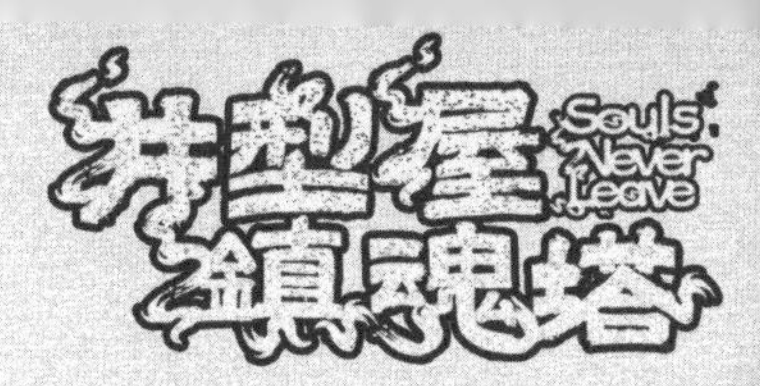

夫，佢雖然矢口否認，但我知佢一定係咁。一個由細到大都被全世界當係掌上明珠嘅人，點會一直咁乖？佢一定被人縱壞晒，當中五狼係縱得佢最多嘅人。」王太話語中有點恨意。

「會唔會有一種可能性係嗰班人真係自……」我話還未說完，王太立即制止我，她已經主觀地認定了，沒有商量餘地。

「我有證據嘅，我偷睇到佢哋嘅對話，嗰種曖昧，一定係有嘢！所以最終佢嘅死係自己攞嚟，邊個叫佢玩男人，仲要玩五個！」王太陷入了瘋狂狀態，越說越偏頗，已經完全失去了理性。

「聽你咁講，你話會唔會係……」我嘗試拉她回到理性層面再探討，可惜還是失敗告終。

「一定、肯定、絕對唔會，全部嘢都係佢玩男人嘅後果，五個男人都以為自己係唯一，直到嗰日中秋節佢東窗事發，紙係永遠都包唔住火，五個男人終於知對方嘅存在，但佢估唔到嘅係嗰五個男人竟然無為佢爭風呷醋、大打出手，反而好冷靜咁坐低傾，最後仲傾掂咗，想畀個教訓佢，點知錯手就變成五狼案。」王太始終如一地向我演繹她所知版本的五狼案，最後終於道出重點：「嗰女仔雖然死不足惜，不過我都唔會掩蓋事實，個女仔被跳樓前已經死咗，係一個意外，但五狼係撇唔甩呢個責任。」

「究竟係發生咩事？點解你知得咁清楚？」我越聽越覺可疑，不禁再次發問。

「咻！咪講咗唔好問。」王太生氣道。

「Sorry sorry，一時情不自禁。」我連忙道歉。

「喂，王太，要走喇，時間差唔多。」此時，盧老太在旁催促，窗外也透進了一道白光，直射到她倆身上。

「總之，呢五隻狼係……」王太未來得及說出最關鍵的部份便被吸走了，而盧老太也留下一句：「小心，保重。」便一併隨光消失，而我則被光的反作用力彈開撞在牆上暈倒。

「啊……痛……」過了不知多久，我在樓梯間醒來，燈光回復正常，「十五」字樣是熟悉的黑色標楷體，四周也沒有了歡笑聲，一切已經如常，是我平時身處的十五樓。我想起了剛才鎮魂塔的事，拿出手提電話一看，時間只是過了兩分鐘。

「睇嚟頭先嗰啲真係幻覺，而且我而家喺樓梯度又唔係喺一五零八室入面，唔使問阿旻都知係我碌落嚟撼親個頭暈咗嗰陣發嘅夢，不過又真係幾逼真，有趣。」我微笑着搖搖頭，整理好衣裝便拖着扭傷的腿回家。

10
那個女孩

10 那個女孩

「大哥哥，你有無事？」阿晴看到一拐一拐的我便問。

我對她微笑，摸着她的頭說：「大哥哥無事，唔小心扭親啫。」

阿曦見狀也走過來扶着我，我也摸了他的頭說：「乖，不過我自己OK喇，你哋做自己嘢啦。」

由於摔了一跤，我一股勁往洗手間走去，洗了澡換了套新的衣服，當我步出洗手間時，阿旻已經在門前等我。

「你上次咪話樓下十四樓有條友之前肺癌死咗，之後你見到佢嘅，係咪咁嘅樣？」她遞上了手提電話，螢幕上的相片正是那個男人，我不斷點頭，頭也差點脫骹。

「佢姓徐，之前好似因為單姦殺案被捕，後來無罪釋放。」阿旻說，或許她以為我不知道吧！

「嗯，我知，呢啲我已經查到，成單案有五個兇手，而被害嗰個係一個由細到大都人見人愛嘅女仔。」我不甘示弱，把所知的事告訴她。

阿旻聽到後豎起大姆指稱讚說：「叻嗰阿哥，估唔到你都查到啲嘢。不過呢五個兇手入面，除咗十四樓嗰個徐生，仲有一個係你同我都識嘅人。」

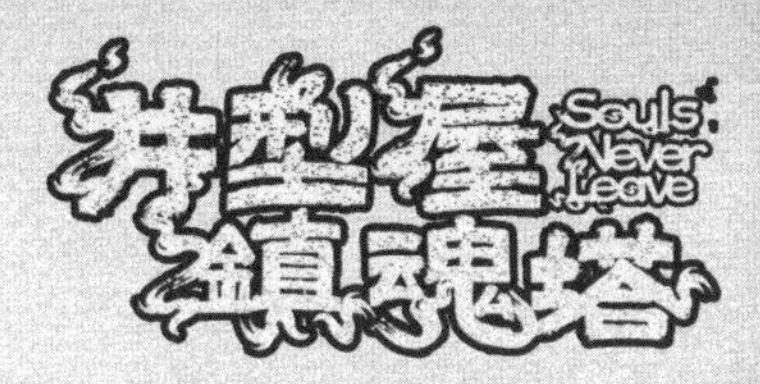

我眉頭一皺，以表情回答了她。

阿旻看到我的反應後也不打算賣關子，直接說出答案：「一五零八王生。佢都係其中一個疑犯，唔知同佢之前返嚟有無關係。」

「哦，王生，仲以為你講邊個，王生我知佢應該有份，我啱啱撞到王太之後就記起張相入面好熟口面嗰個就係佢。」我搶着炫耀自己比她知得更多。

阿旻聽到後立即把手放在我額前，數秒後說：「體溫正常無發燒，但點解你會亂嗡？又中催眠？」

「咩呀？」我一邊撥開她的手一邊說：「你就發燒，我不知幾健康。」

「係健康就唔會見到王太啦，你自己睇下。」阿旻再次把她的手提電話展示給我看，入面有一段很小的篇幅提到王太，標題是「擺脫污名　老伴卻先行一步」。

我仔細閱讀內文，內容主要是圍繞王先生與王太，原來十年前王太已經過身，就是在王先生被拘留的時候。

「即係話，我哋全家一齊發燒？」我腦袋空白，甚麼也想不到。

「雖然我覺得呢個世界無鬼，但以而家嘅情況嚟睇，可能我哋

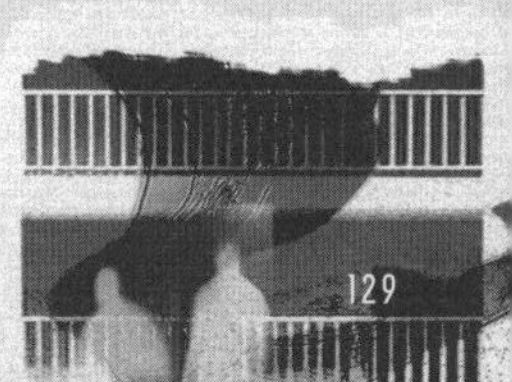

嗰次真係撞鬼。」一向不相信靈異之事的阿旻也解釋不了王太現身借衣架之事。

或許是耳濡目染，這次竟然是我提出假設：「可能係佢孖生姊妹呢！佢有都唔出奇㗎，我哋點知啫。」

「都有可能，或者真係佢孖生姊妹，係囉！一定係孖生姊妹，所以我哋唔係集體撞鬼。」阿旻説着説着便笑了。

這更加證明剛才鎮魂塔的事是夢一場。

王太之謎有解答後，阿旻便繼續説：「俾王太件事 sidetrack 咗嗱，我搵你係想講徐生同王生，仲有單案，因為我搵到啲傳聞。」

「咩傳聞？」我好奇地問。

「關於每年都有人因為呢單案而死嘅傳聞。」阿旻逐個字吐出來，營造出一個緊張的氣氛。

四周的空氣凝住了，就像架起了一個結界般，外間的聲音都靜下，只有我和阿旻的呼吸聲。

阿旻續説：「早排跳樓嗰個人你記唔記得？佢叫毛全彬，佢目擊到成單案嘅發生，但因為當時太黑而又距離太遠，認人嗰時

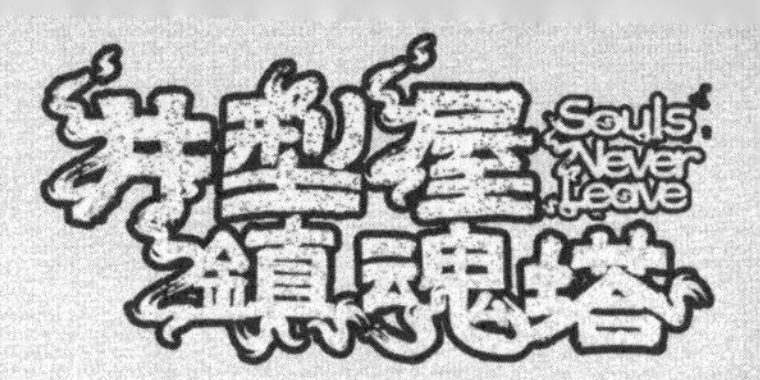

失敗咗，最後單案就告唔入。」

「乜原來係咁……難怪佢會俾人捉走……」我憶起之前問米時的情況自言自語道。

「你口嗡嗡咁，嗡乜？」阿旻問。

「無，我口乾所以口擘擘啫。」我撒了一個連三歲小孩都不會相信的謊，可是阿旻並沒有拆穿，只是繼續她的話題。

「只不過，」阿旻頓了一頓，話鋒一轉，以凝重的聲音說：「成單案最關鍵嘅女受害人，喺任何報道入面都無提過，呢一點真係好奇怪。」

我馬上想起大廈互助委員會室內那本積了塵的文件夾，然後說：「唔係喎，之前盧老太帶過我去大廈互助委員會室，佢嗰本文件夾入面有相關剪報，剪報入面有提過受害人姓梁，應該都有簡單介紹佢，不過啲字太濛，我睇唔清楚。」

阿旻聽到後雙眼發光，拉着我出門，要往委員會室看看那些剪報。

「冷靜啲，我哋都無鎖匙點入去？而且啲人都唔會貿貿然畀我哋兩條友入去啦，我哋都唔係委員。」我制止着她的衝動。

豈料阿旻沒有理會，一股勁便拉着我走，為了讓她徹底死心，我也只好跟她一起去。

到了地下的委員會室前，單位內燈火通明，其他的委員都在裏面，阿旻想也不想便敲了門，應門的是一個留着鬍子的中年男士：「請問你哋想搵邊個？」

「我哋係十五樓嘅住戶，想請問一下盧老太過身之後，佢嘅嘢由邊個負責？」阿旻氣定神閒地問，相反，在她身旁的我卻神經繃緊。

鬍子男先是呆了一呆，然後四周張望，結結巴巴地回答：「十五樓盧老太呀⋯⋯嗯⋯⋯嗯⋯⋯我諗⋯⋯應該⋯⋯好似暫時未有。」

「咁呀⋯⋯唔緊要，佢之前咪有份嘢留低嘅，我係嚟拎返嘅。」阿旻説得理所當然，沒有半點遲疑，非常有説服力。

「哦⋯⋯好呀，你入嚟拎啦，不過我唔知佢放咗喺邊，你哋自己搵，佢成日都話份嘢唔可以離開呢度。」鬍子男説完便讓出門口讓我們進內，之後便打算回到座位。

我見狀立即對他大吼：「閂門！」

鬍子男被我嚇壞了，不，應該是全場的人也被我嚇壞了，紛

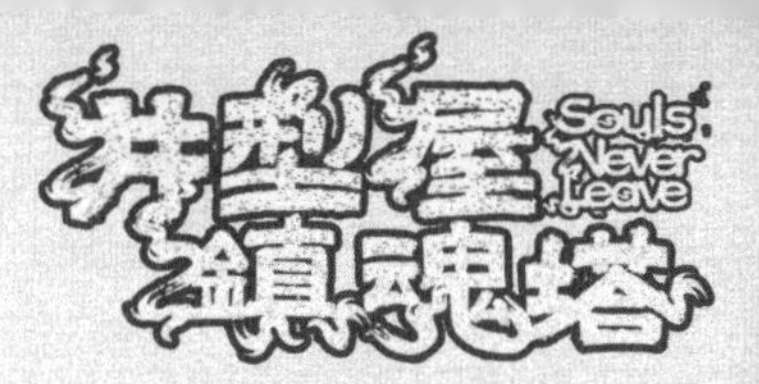

紛放下正在做的事，安靜地看着我，這當中包括阿旻，全場鴉雀無聲，我當下也即時意識到剛才的反應有點過猛，連忙道歉。

「哦，呵呵，唔使道歉，我哋都慣晒。」一位架着銀色金屬眼鏡、盤了一個髻的老婦笑着對我說，其他人也都爆笑起來，我也只好跟着一起尷尬地笑，一時之間，單位內充滿了歡笑聲。

看到我如此尷尬，老婦便解釋說：「細路，你啱啱嘅反應就同盧老太一模一樣，令我哋好懷念，呵呵。」

啊！幸好這一刻的安靜是正面的，否則我也不知道要如何化解這困境。不過話雖然是這樣說，但受眾人注視的我依然感到十分難堪。

「阿哥，快啲過嚟幫手搵。」阿旻看出來了，她再次將我從水深火熱的尷尬中拯救出來。

我立即跑去幫忙，走到放文件夾的地方，幸好他們把文件夾放回原處，省卻了尋找的功夫。

「搵到，我哋走。」阿旻拿着文件夾大步離開。

我一手抓住她，小聲說：「呢本嘢唔可以離開呢度，都唔可以影相，只可以喺度睇。」

「如果唔係呢？」阿旻問。

「如果唔係……如果唔係……」我答不出任何答案，因為盧老太壓根沒說會有甚麼後果，只是說「王」在尋找它。

「咁即係無事啦？阿哥，咪生人唔生膽，我哋快啲走好過。」阿旻說完，再跟其他委員道謝後便離開，我也尾隨她一起走了。

一開門，迎面吹來一陣寒風，把剛才的擔憂都吹散了，畢竟已經十二月，天氣也終於轉冷了。

我們回家後，便埋首於文件夾不同的剪報中，盼望從中可以更了解大廈的歷史，不過花最多時間的始終是五狼姦殺案的剪報。

「剪報入面好清楚寫咗個女仔姓梁，而且啲 background 都寫得算清楚，點解上網嗰啲會 cut 晒？」阿旻百思不得其解，不斷核對剪報和網上報紙的差異。

「都係人為喋喇，只係唔知佢點解要咁做啫。」我說了一句廢話。

「最衰無相，唔知個女仔咩樣……」阿旻努力找不同不果，轉而尋找另外的線索。

「剪報同網上都無，不過聽王太講，佢係大廈嘅開心果，人見

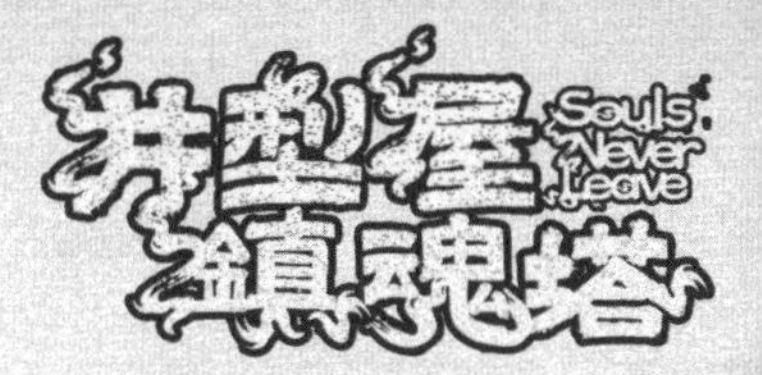

人愛，肯定好多人都對佢有印象，一定有相。同埋篇報道話佢阿爸一直搵兇手，所以搵到佢阿爸都會搵到相。」我嚴肅地說。

「王太？你幾時見過佢同佢傾過偈？」阿旻對於我說的話異常敏感，每每找到我的可疑之處。

我語塞了，因為那次「見面」只在我的夢境，不過為了不失身為哥哥的霸氣，我理直氣壯地說：「我啱啱返嚟之前撞到佢，問起佢佢講嘅。」

「大哥哥、姐姐，」此時阿曦和阿晴來到我們身旁，看着文件夾然後說：「許婆婆話佢有同個女仔影過相。」

坦白說，他倆的出現令我有種如釋重負的感覺，因為若阿旻再追問下去，恐怕我便會穿崩。不過對於他們口中的「許婆婆」，我一時之間想不到是誰，但還是問了句：「許婆婆？咁你哋可唔可以幫我借張相？」

他倆乖乖點了頭，然後離開了房間，此時阿旻說：「佢哋口中嘅許婆婆係咪嗰個許婆婆？」

此刻的我才如夢初醒，不過許婆婆已經過身多時，那護士假扮的又怎會知道這些瑣碎事？大概是他們胡言亂語罷了。

如是者，對於阿曦和阿晴的童言，我和阿旻均採取只聽不信

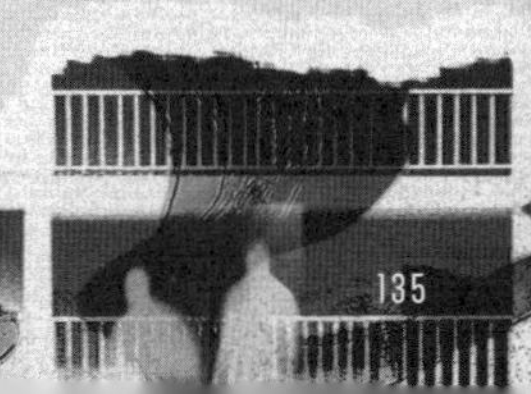

的策略，當作只是他們悶得發慌，或者只是想和我們玩而說的戲言，我們的大方向依然是問街坊拿相片，不過應該問哪家哪戶才對？

「隔籬井好似都有幾個老人家，試下問佢哋，佢哋可能喺度住得耐啲，會知道啲嘢。」阿旻想了一會便說，這想法我也同意。

我們坐言起行，立即出發往另一面井，其實我特別不喜歡另一面井，因為它永遠都比較陰森恐怖，令我渾身不舒服。

「唉，可以嘅話真係唔想過嚟。」我嘟着嘴說，十足一個耍脾氣的小孩。

「點解？」阿旻邊找目標單位邊回答。

我解釋說：「因為呢面永遠都暗啲、涼啲、恐怖啲，明明同一座樓，兩面井分別咁大，有咩鬼都一定喺呢面產生。」

聽到我的答案，阿旻回頭白了我一眼，沒好氣地說：「白痴呀你？我有時真係唔明點解你成績會咁好，但平時就成個低 B 仔咁。」

「咩呀？你先係白痴同低 B，咁都 feel 唔到。」我也不客氣地反擊。

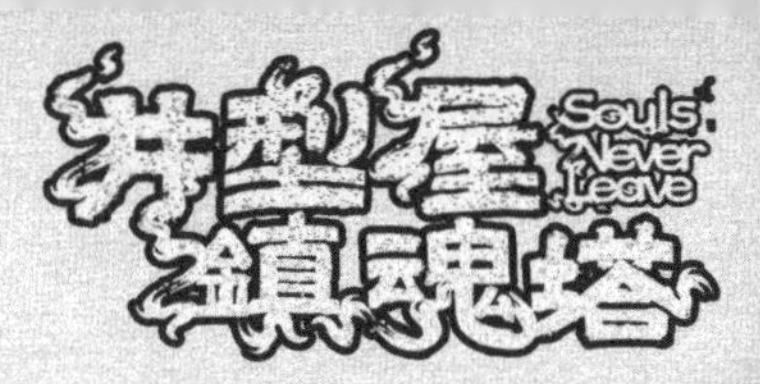

「其實阿哥，你喺度住咗都差唔多半年，究竟有無睇清楚兩面井㗎？我哋嗰面井得二十層高，呢面井有二十四層高，咁暗啲、涼啲都好合理啫，你話你仲唔係白痴同低 B?」我聽得出阿旻已經快不知怎樣跟我溝通了。

「吓？係咩？」我此刻才驚覺原來兩面井的樓層有不同，但作為哥哥，總不能認輸，於是繼續嘴硬硬扛道：「我梗係知，點會唔知？但呢面的確係恐怖啲，佢係幾多層樓都改變唔到呢個事實。」

阿旻雙眼翻到了宇宙，繼續沒好氣道：「同你講多都嘥氣，快快脆脆搵個目標問完就走啦！」

我們繞了一圈，最後決定還是到零四室找張師奶，畢竟是媽媽的熟人，開口應該會容易一點。

「咦？你哋係？」聽到敲門聲的張師奶前來應門。

「張師奶，你好，我哋係隔籬井馬太嘅仔女，我哋有啲嘢想請教下你。」阿旻禮貌地說。

「哦……有咩幫到你哋？」張師奶和藹地答。

「想問你有無聽過十年前嗰單五狼姦殺案？」阿旻單刀直入。

「啊！有呀！不過應該係四狼唔係五狼，我諗你哋係講呢單。」張師奶一聽便知道，證明這件事在當時真的很轟動，然後她語調聲線一轉，非常警戒地問：「你哋問嚟做咩？」

「哦，無，我哋諗住調……」阿旻突然大力踩在我的腳上，疼痛使我說不到下半段話。

阿旻趁機說：「其實我哋有份專題研習功課要做，題目係我哋嘅屋企，我哋睇咗好多資料、新聞，覺得呢單案夠晒爆而且又唔係棟棟大廈都有，於是決定用佢嚟做題目，可惜搵得到嘅相關報道少之又少，所以就想問下班街坊攞啲第一手資訊咁囉。」

「原來係咁，」聽得出張師奶已經放下了一半戒心，但她還是嘗試誘導我們轉換題目：「其實我哋呢度都仲有好多嘢都好有特色㗎，好似話每年農曆七月十四嘅盂蘭勝會神功戲啦，又或者每年籌款我哋都係屋邨組三甲啦，呢啲都唔係棟棟大廈有。」

阿旻笑着說：「呢啲都係嘅，但唔夠爆無咩吸引力，我哋想做單最爆嘅，一次過打大佬拎個好成績。」

雖然是笑着說，但其實她的笑容裏藏着一絲絲殺氣，這正是笑裏藏刀的具現化，而從張師奶表情的變化亦能看出她感受得到，不再試圖誘導我們，乖乖屈服。

「咁你哋想問啲咩？」張師奶平靜地問。

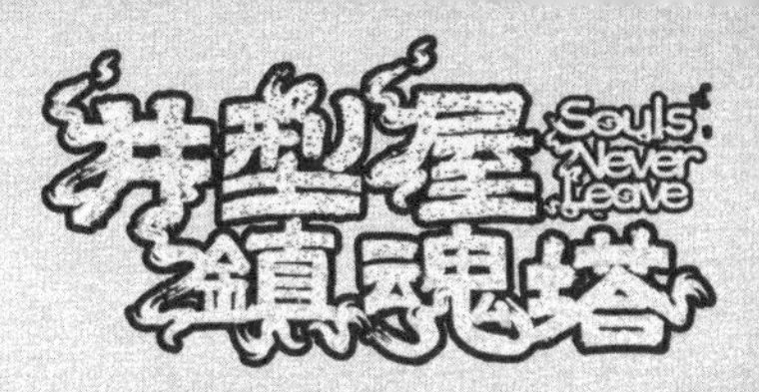

「四狼係邊四個人？點解有啲話係五狼？個受害人又係邊個？」阿旻簡單直接，不再轉彎抹角。

「其實單案到最後都無捉到真正兇手，四狼都只係謠傳，但當時傳得最犀利嘅係一五零八王生、一四二四徐生、二四一零萬生同四二二廖生，可惜嘅係徐生同萬生都已經過咗身，王生又搬走咗，廖生都變到精神失常，單案亦都無咗後續報道，得返四二一梁生堅持搵真兇。」張師奶把她所知的都告訴我們：「至於五狼就真係未聽過，亦都無報道提過，我諗係啲人同其他 case 混淆咗，呢啲好似叫曼德拉效應？而受害人係住四二一嘅，係一個由細到大都人見人愛嘅女仔。」

「你會唔會有佢嘅相？」阿旻問。

張師奶想了一會，然後說：「有，好似有一張，不過要搵，等等我。」

接着便是長達十分鐘的等待，幸好結果還是美好的。

「呢張，不過嗰時佢仲好細，應該六歲左右，佢同我仔差唔多年紀，成日喺公園一齊玩。」張師奶憶述。

我們拿過照片仔細觀看，但由於是多年前的菲林照，而且沒有特別保存，照片已經開始失色泛黃，最關鍵的小女孩樣子更加因為照片沒有放進相簿導致黏在一起，在分開的過程中部份黏在

另一張照片上而模糊不清了。

「唔該晒張師奶，我哋可唔可以影低佢？」阿旻問，張師奶點頭示意，我們在不同角度拍了數張照片便還給張師奶，然後與她道別。

接着我們有默契地同時提議到四二一室找梁先生，可是他剛好不在家，所以我們便到旁邊的四二二室找廖先生問個明白。

廖先生因為精神失常，妻子離開了他，而且他膝下無子女，所以現在是獨居的。

「廖生，我哋係義工，嚟家訪㗎。」阿旻對着緊閉的木門邊拍邊大喊，不過沒有人應門。

「廖生，你喺唔喺屋企？」我也嘗試叫喊，但都是沒有回應。

正當我們打算離開之際，單位內傳來了拖動椅子的聲音，東西擲在牆上的聲音，還有打架纏鬥的聲音。

「你聽唔聽到？」我問阿旻，阿旻也點點頭，於是我們繼續拍門。

「廖生，我哋知你喺入面，你開門畀我哋，我哋係嚟幫你㗎。」阿旻繼續游説，但單位又再次回歸平靜，半點聲音也沒有。

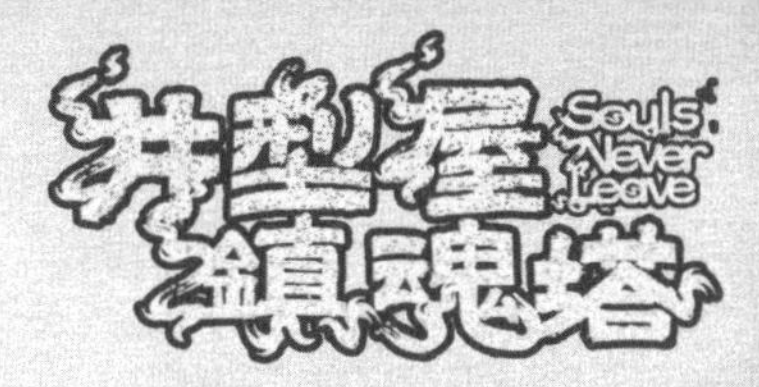

「點算？」我以眼神問阿旻。

「報警！」阿旻以口型回答我。

「吓？會俾人告浪費警力嘔！」我打破沉默說出來。

「我哋話聽到入面有怪聲，好似有賊咪得。」阿旻把手指放在嘴前示意我不要大驚小怪。

於是我拿出手提電話按九九九，一個即使沒有電話卡也可以接通的電話，可是現在卻偏偏接不通。

「九九九唔通嘔……」我拿着手提電話難以置信地對阿旻說，她也拿出自己的手提電話試一次，也接不通。

「好唔尋常……」我惶恐道：「呢度一定有啲嘢阻住我哋，唔想我哋查落去。」

阿旻白了我一眼再說：「唔好又講埋啲咩鬼神論，呢個世界無鬼，只係咁啱呢度有干擾啫。」

「咁我哋走去第二度試下再打。」我提議，可是無論我們走到哪，九九九依然是接不通，甚至連網上報案的網頁也變成「404 not found」，種種跡象顯示，有一股神秘力量正阻撓我們查明真相。

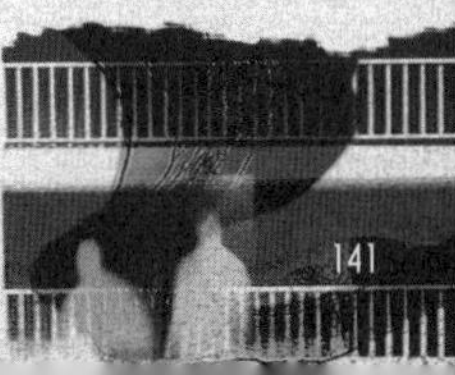

「不如算啦，我哋放棄報警呢個念頭，喺其他街坊口中攞多啲料好過，四樓作為受害人住嘅嗰層，一定有好多人有印象，可以畀到啲唔同答案我哋。」我再提議，阿旻也採納了。

如是者，我們挨家挨戶去問，但都得不到滿意的答案。

「點解呢層啲人一係就唔喺度，一係就新搬嚟，完全無一個人知道受害人嘅嘢，有無咁啱呀？」我忍不住大發牢騷。

「呢層無咪問埋三樓同五樓，我就唔信全部都係咁。」阿旻不服輸地說。

「其實會唔會係佢哋一齊夾埋咁講？」我提出假設。

「都可能係，但我哋都無佢哋符㗎，唯有問埋其他樓層㗎啫。」阿旻雖然有點不服氣，但也束手無策。

此時，四二二室的木門緩緩打開，一個瘦骨嶙峋、一頭白髮和白鬍子、身上有陣陣異味的男子在鐵閘前向我們招手，目測他應該七、八十歲。

我們立即跑到他跟前，他卻只說了三個字：「我無癲。」然後便關上門，我們還未來得及反應，便再一次被拒於門外。

我們縱然無奈，但也無法做些甚麼，不過皇天不負有心人，

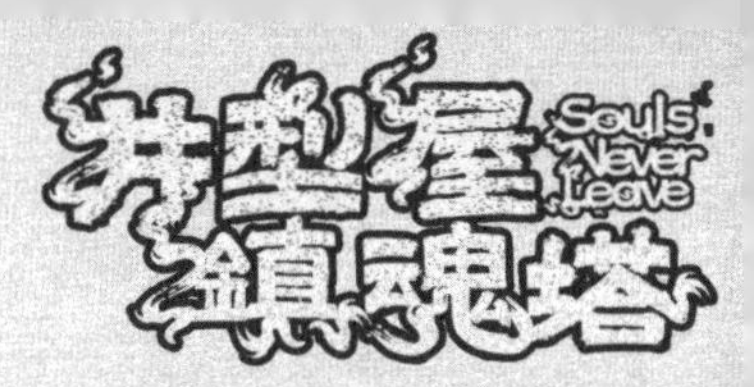

我們還在消化他那句話的時候，他隔着門再對我們說：「個女仔，無死到，唔係我，我幫佢。」之後便回歸平靜，只餘下滿頭問號的我倆站在門前，任我們如何敲門，也再無回應。

那女孩真的沒死嗎？但報紙如何失實，總不會把生和死也胡亂報道吧？而且由張師奶和盧老太的反應看來，絕對是死了。那他為甚麼說沒有死呢？

我們帶着滿肚子的疑問回家，還未想得明白，阿曦和阿晴便手持照片熱烈地歡迎我們。

「大哥哥、姐姐，乜你哋咁遲㗎。」阿曦有點不滿地說。

「許婆婆搵到張相畀我哋喇，你哋睇下。」阿晴把照片遞給我們。

我接過照片一看，相中人是七、八歲左右，一個非常標緻的女孩子，我總覺得有點眼熟，可是始終說不出是誰，不過現在總算有點眉目，今天的努力可沒有白費。

只是這張照片，為甚麼由護士假扮的許婆婆能拿得出來？

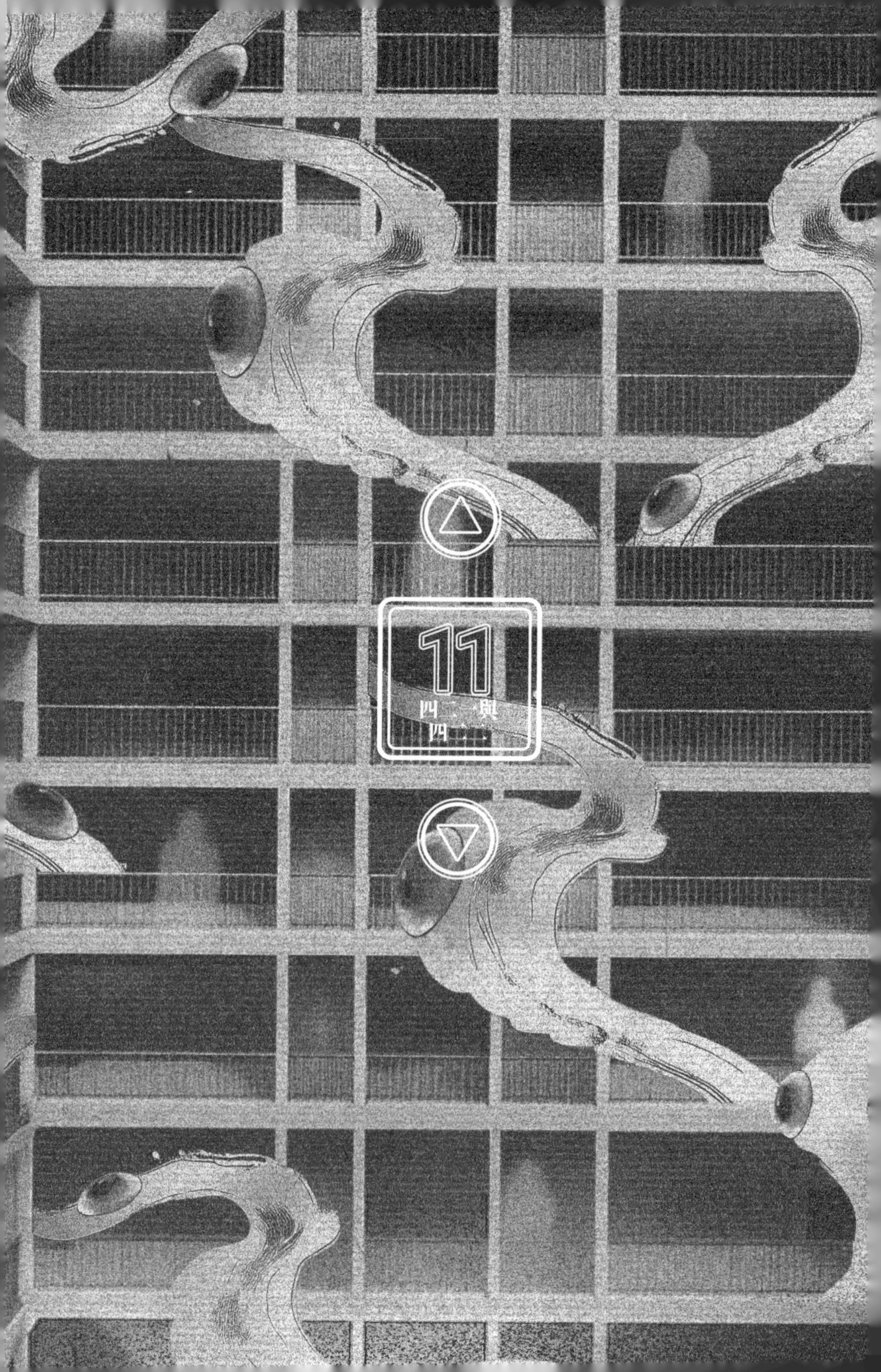
11

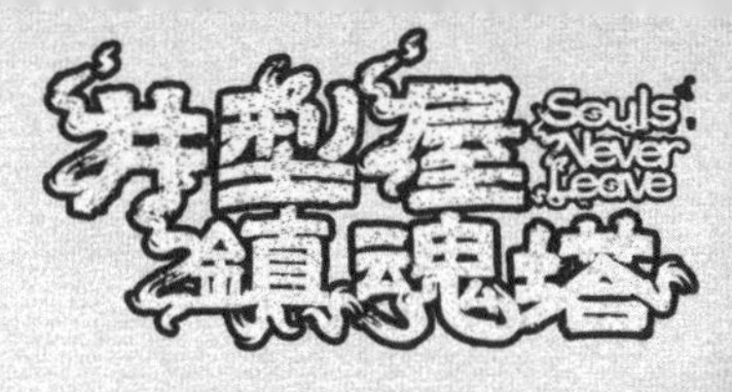

晚飯過後，我和阿旻並沒有停下來，因為我們都在想四二二室那位老伯的説話。

「嗰個阿伯應該就係廖生，但估唔到佢咁老，而家都成七、八十歲咁，十年前當佢六十歲，都仲會咁有心有力咩？唔驚馬上風呀？」阿旻嘴賤地說。

「如果佢講嘅係真，佢真係無做過，只係幫個女仔，咁同佢幾歲又好似無咩關係。」我嘗試相信他的説話，從他的角度去理解事件：「但點解佢會話個女仔無死，啲人又點解會話佢精神失常？」

「佢似無事咩？你啱啱都見到㗎，佢咁都唔係發神經？」看得出阿旻已經認定他是瘋了。

「唔好咁樣認定佢係有問題先，咁樣查唔到落去㗎，凡事都講證據㗎嘛，我認為如果佢真係無傻，而係俾人屈，但解釋極都無人信，久而久之可能真係會俾人標籤成傻佬，俾人社會性謀殺，但問題係咩人要咁做？對佢有咩好處？」我繼續深究這個矛盾位。

「你諗太多就真，一個橫睇掂睇都已經係死咗嘅人，佢竟然話仲未死？咁仲唔係神經失常？其他人當佢傻咗都好合情合理啫。」阿旻的話也不無道理，然而她在分析的同時亦不忘找我的錯處：「仲有，你口口聲聲叫我唔好假設、認定，要講證據，但你咪一樣假設、認定佢無傻，由佢角度幫佢諗原因，同我有咩分別？」

我被她說得毫無還擊之力，因為她的確說出了重點，我完全相信了廖先生的說法，沒有懷疑，果然我沒有做偵探的才能。

「我認為我哋有必要去查清楚佢講嘅嘢，係咪因為佢撞鬼，仲見到個女仔，所以話佢仲未死？」我嘗試把理論帶到實踐階段。

「救命，又係鬼，係咪咩都要連到去鬼你先安心？」阿旻沒好氣地說：「查係要查，不過試下用 AI 將張相由小朋友變到十幾歲先，咁叫做有張近照，查起上嚟都易啲。」

「信唔信得過㗎？會唔會唔似？唔似就完全無用。」我擔憂地問。

阿旻滿懷自信地答：「百分之百信得過，我用過我哋同埋我啲 friend 嘅相試，有九成似，你睇下。」

我看着她的電話，的確十分相似，看起來是可靠的，於是她便把照片用 AI 模擬，得出了一個令我十分吃驚的結果。

「Tracy?」我難以置信得大叫起來：「點會？之前佢仲生勾勾同我點燈籠、落十四樓，點會係佢？果然都仲係有一成機會錯，咁啱佢就係嗰一成。」

「呢個女仔你見過？我一次都無見過喎。」阿旻疑惑地說。

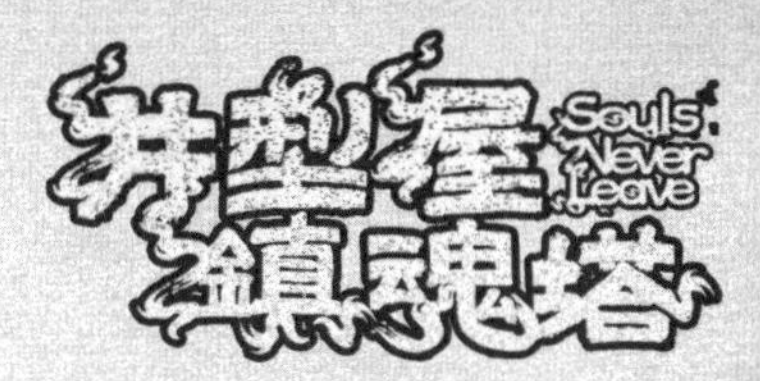

「咁係你同佢無緣啫，阿曦同阿晴都見過，唔信你去問下佢哋。」我為了加強說服力，把他倆也牽扯進來。

阿旻於是拿着電話給他們看，他們也說的確有見過，她才相信是AI出錯，這下總算把Tracy剔除在懷疑名單之外，但既然AI有九成相似，那麼死者很有可能真的跟Tracy長得很相似，難道是孿生姐妹？所以她才對這宗案件這麼着緊，不惜問米也想要知毛全彬的事？

「既然AI模擬幫唔到手，咁我哋唯有搵日揸住張舊相落去再問，四二二同四二一我都覺得有必要深入調查下。」阿旻說。

折騰了一整天，我也沒有時間好好溫習，到了深夜我終於有時間，但滿腦子五狼姦殺案的事佔據着我的腦袋，書本上的內容我完全記不入腦。漸漸，我的心思也由書本轉到手提電話上，我又開始上網搜尋相關的資料，縱使我已經看了無數次，想當而然，這次也是沒有新發現。

「嘶」，屋外傳來了怪聲，夜闌人靜的時候的確很心寒。

「嘶」，又一次，好奇心驅使我走出了房間，但理智令我停下了腳步，沒有再往前走。

「嘶」，第三次了，事不過三，我就看看是何方神聖在深夜騷擾別人。

一開門，Tracy 便站在門前，若無其事地跟我打了一聲招呼，我也很自然地回應了她。

「得閒？陪我行下。」Tracy 一如既往地簡單兩句便把我叫走，我也鬼迷心竅般隨她而去。

我們在各層樓間踱步，沒有怎麼說話，十五樓、十四樓、十三樓……整座大廈只有我們的腳步聲，直至到達四樓，我們在走到四二一室和四二二室前停下來，由於這兩個單位正好處於直角的兩邊，所以站在這個位置便可以看到兩個單位的大門，而 Tracy 也終於打破沉默：「你係咪攞到本剪報？」

她怎麼會知道？是互助委員會的人說的嗎？他們真「口疏」！

「嗯……不過你唔好亂咁同人講，之前盧老太生前好似唔係咁想俾人知，我同阿妹仲研究緊，不過都有啲頭緒。」我不諱言，直接將剪報在我們手上的事告知她。

「有啲咩頭緒？邊個係兇手？畀本剪報我睇下。」Tracy 也老實不客氣地連番追問。

「本嘢可能未咁快畀得你睇，因為都幾殘，要嘗試修復下先。至於邊個係兇手，你係講緊……」我大概猜得出她是問五狼姦殺案的，因為她由始至終拜託我辦的事都圍繞這宗案件，但為安全起見，我還是等她說出口。

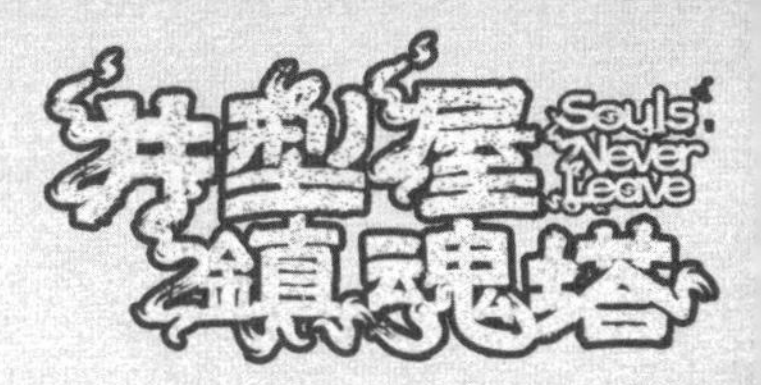

「五狼姦殺案！」Tracy 字字鏗鏘地說。

「哦……」怎麼由她說出口好像有點違和？但我沒有深究，只是自然地回應：「仲查緊，不過都有啲眉目，好似呢兩家，四二一就係受害人屋企，四二二就係當時其中一個疑犯屋企，但佢堅持自己無辜，而家仲神經失常，所以都仲要調查。」

「四二二呀？」Tracy 小聲地自言自語，但由於是靜寂的深夜，所以我還是聽得很清楚，接着她對我說：「咁仲有邊啲疑犯？」

「其他疑犯嘅話，有一個姓萬，但聽講已經過咗身，另外之前十四樓嗰個你都知啦，之後仲有十五樓王生，係呢幾個，仲有一個係完全無人知。」我如實報告。

「咁即係話而家知嘅仲有兩個，你話嗰個王生住十五樓邊度？」Tracy 以質問的語氣問。

「佢？佢搬走咗好耐，唔喺度住㗎喇。」我回答。

「你同我搵佢出嚟！」伴隨 Tracy 的說話，突然一陣狂風吹過，隔着眼鏡也吹得我眼睛睜不開。

「我盡力搵，但未必搵到㗎。」我以手擋着風，勉強張開眼回答，但 Tracy 已經無影無蹤了。

同時，四二二室傳來了「砰砰嘭嘭」、物品墮地、玻璃碎裂的聲音，還有廖先生發惡夢的呻吟聲，或許他睡得太熟，碰跌了甚麼東西，我沒有多加理會，而且也不好這麼晚還多管閒事，還是回家睡覺好了。

我走了沒幾步，聽到了身後傳來開門聲，有一把雄厚沙啞、明顯剛睡醒的聲音說：「阿女，係咪你返咗嚟？過嚟見下阿爸啦，阿爸好掛住你。」

雖然我沒有轉身，但由說話內容能猜得到，此聲音的主人正是四二一室的梁先生——十年前姦殺案受害者的父親。

未幾，背後傳來了飲泣聲，而四二二室也同時安靜了。經過一輪內心戲後，我還是抱着緊張的心情，決定轉身與梁先生展開激情對話。

「梁生，你好，唔好意思咁夜打擾你。」我迅步走到四二一室前，厚顏無恥地說：「我對你個女好有興趣。」

聽到我這樣說，梁先生立時清醒，或許是驚醒，又或許是氣醒，朝着我怒罵：「你老味！你咩料呀？我個女死咗十年，你竟然仲用佢嚟開玩笑咁無家教？唔好睇我老人家就恰我，我而家出嚟就打鑊你，你咪走呀你！仆街！」

我即時意識到我太緊張而說錯話了，連忙補救道：「唔係呀，

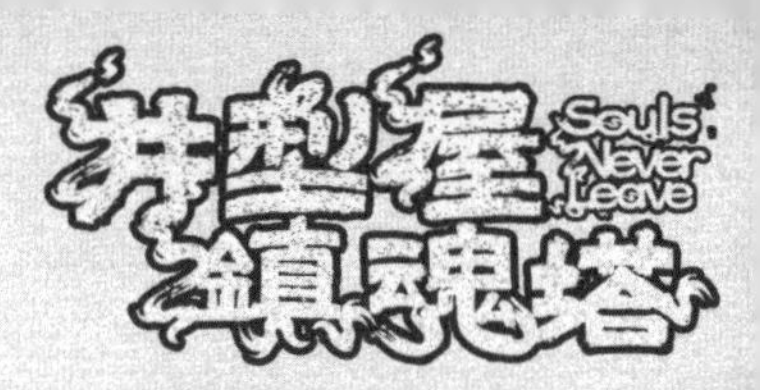

梁生，我講錯咗令你誤會，我係話對你個女單案好有興趣，係單案！係單案咋！我已經有心上人㗎喇！」

無容置疑地，梁先生沒有理會我，他跑出門，還拿着傳說中的「掘頭掃把」來趕我走，我見狀立即逃離現場，但也不忘再三解釋，可是他始終沒有理會，一直追着我打，直到我跑上樓梯把他甩開為止。

氣喘如牛的我回到家已經全身濕透，在寒冷的冬天也能如此大汗淋漓，可見我花了多大的力氣才能成功擺脫梁先生。

出完汗後洗個熱水澡是一件十分舒爽的事，能把所有疲勞都一掃而空，讓腦袋放鬆，心情也愉快點，這些都有助思考。

我躺在床上，閉上雙眼，甚麼也不去想，很快便進入了夢鄉。

夢裏，Tracy 出現了，她全身血跡斑斑朝我走來，手和腳以不自然的姿勢在郁動，頭也以不尋常的角度傾斜，十足喪屍，只是身體沒有腐爛，我想這是因為高空墮樓的緣故吧！等等，她不是死者啊！她還活生生地出現在我面前，這絕對是一個惡夢，一切都是那無用的模擬 AI 的錯。

死者 Tracy 沒有停下，一路向着我走，我立即逃跑，跑到一個死胡同，死者 Tracy 站在我面前。正當我認為要被捉到之際，突然畫面一轉，我們已經站在四二一室和四二二室前，兩間房子

的門都已經打開了，廖先生和梁先生都在單位內向我招手，讓我躲進去。

我二話不說便逃進四二二室廖先生的家，至少他沒有用「掘頭掃把」追着我滿大廈跑。

進去後，畫面又變成了懷舊風，死者 Tracy 不見了，變成相中的小孩梁女，精神失常的廖先生也變回正常的廖先生，而且非常年輕，目測是二十出頭，兇惡的梁先生也變得和藹可親、笑容可掬，整個場面十分溫馨。

我作為第三者用上帝視角看着他們友好互動，好不快樂。然後王先生、徐先生，還有兩個不知是誰的男性帶着不同的玩具登場，他們看着年紀也比較大，應該至少也有四十歲。他們送過禮物後便跟梁先生到屋內，遺下廖先生和梁女在屋外玩耍。

我嘗試用上帝視角走進屋內查看，但一進去後畫面又變了。梁女已經長大，變得亭亭玉立，身邊有很多不同年齡的男士圍着她，她禮貌地請求這些人讓路，不過不用想也知道沒有用，她寸步難行。就在此時，她身後五時方向突然出現缺口，這缺口披荊斬棘直往她衝去，然後拖着她往十二時方向突圍而出，這人不是誰，正正就是江叔！

「呢個乜鬼嘢夢嚟？真係撞鬼，既然日有所思，夜有所夢，又唔見夢到我拖住 Tracy? 不過呢個女仔點解永遠都係得背面，見唔

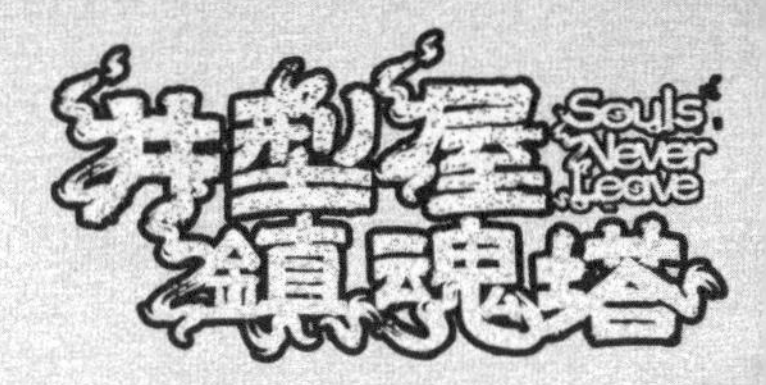

到正面？」我在夢裏吐槽。

江叔拖着梁女直奔到四二一室前才放手，然後在她耳邊説了數句，梁女便開心得合不攏嘴，想不到江叔哄女生也有一手，最後他們卿卿我我數分鐘才依依不捨地道別。

我嘗試跟着江叔，但畫面不受我控制，自動鎖定四二一室，就在我想進去之際，梁先生突然出現，目露兇光緊盯着我，然後大力關門，而我也隨着這巨大的關門聲而被嚇醒。

「哇頂！」我大叫出來，幸好家人沒有被我吵醒，我下床洗了個臉後，努力回想剛才夢中的細節並寫下來，可惜夢就是一個頑皮的小朋友，你越想找它，它就越是躲避，最終我只能記下四位鄰居送禮物和江叔殺出重圍這兩幕。

「記個夢嚟都唔知有乜用，明知都係假，不過唔知我個腦會唔會真係咁犀利，喺瞓覺嗰陣用潛意識幫我整理好晒成件事……」我心裏忽然產生了這個奢望，但很快便打消了：「算，我點會有咁勁，而家先四點幾，都係再瞓多陣好過。」

我在床上輾轉反側，始終未能再次進入夢鄉，於是我再查看文件夾內相關的剪報，同時拿着電話查看之前用 AI 找的相關資料及圖片，夢中那兩個陌生的男人原來在 AI 找的相片中出現過，可惜這都是日有所思，夜有所夢的反映，沒有任何幫助。

不過等等，怎麼這些照片又會再次出現？之前不是消失了嗎，這究竟是甚麼一回事？但既然這次又再出現，還是先儲存好相片再算。

選項，下載，下載失敗。
選項，下載，下載失敗。
選項，下載，下載失敗。

下載不到？那就截圖吧！

「咔嚓」，截圖成功，打開相簿，點擊圖片，對話中照片的部份一片灰色，是死圖，這方法行不通。

沒關係，還有方法，用另一部手提電話拍照吧！我就不相信這樣還會失敗。我偷偷拿了阿旻的手提電話，打開相機，畫面顯示正常，「咔嚓」，查看照片，對話中照片的部份同樣是一片死灰。媽啊，究竟發生甚麼事？

難道我還在夢中？我捏了自己大腿一下，很痛，不是發夢，我是真的遇到這詭異的鳥事！

冷靜，現在最緊要冷靜，要先分析現況。為甚麼不讓我留證據？是因為有甚麼不可告人的秘密嗎？還是只不過不希望其他人看得到？抑或是要令其他人以為我是發神經，與廖先生一樣？

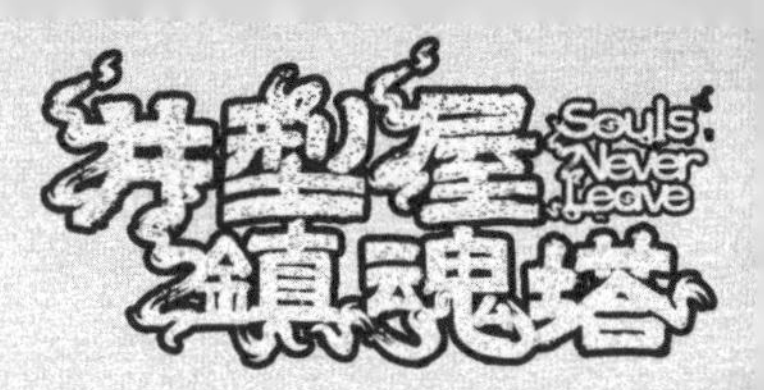

等等，只有我看到，其他人看不到的情況發生過不只一次，中秋那次是這樣，黑眼小孩那次也是這樣，徐先生那次亦然，不過阿曦和阿晴有時又可以看得到，這究竟是甚麼原因？

我想了又想，始終想不到一個合理的原因，要是全部人看不到只有我看得到還容易解釋，但其他人看不到，阿曦和阿晴偶然看到，我全都看到，這究竟是甚麼原因？是因為我和他倆有甚麼共通點而其他人沒有嗎？

在不斷猜想的過程中，我不知不覺睡着了，再次醒來時已經是早上七時，阿曦和阿晴的玩耍聲吵醒了我。我一邊看着他們玩耍，一邊想我們有甚麼共通點，不過我很快便把這問題拋諸腦後，加入他們一起玩耍。

「妖怪大哥哥，受死！」阿曦扮演超人，要消滅我這妖怪。

「嘻嘻，要消滅我？無咁易，看招，鑽鑽頭！」我用頭鑽向他的身體，阿曦被我鑽得身體很癢，吃吃大笑。

「細哥哥，我嚟幫你。」在旁看戲的阿晴此時加入戰團，扮演女超人幫忙攻擊我。

被兩人夾攻的我其實可以應付自如，不過我選擇裝弱被他們打敗，讓他們高興一番。

阿旻亦被我們的玩耍聲吵醒，睡眼惺忪地對我們說：「咁好精力一早起身就玩超人打怪獸，你哋真係有童真。」

被她這麼一說，我突然靈機一觸，想到我們的共通點——童真。阿旻一直比較早熟理性，童真很早便與她割蓆；而我卻恰恰相反，雖然年紀最大，卻始終童心未泯，與他倆可以玩在一起，沒有違和感。

我立即拿出手提電話，打開昨晚和AI的對話查看，照片還在，我遞給阿曦和阿晴看，他們看得到有照片，接着我遞給阿旻看，電話卻突然失靈，自動重新開機。

「果然係咁，」我胸有成竹地宣布：「我哋真係撞鬼，但只有有童心嘅人先會見到，所以我哋三個會見到，而你就見唔到，啱啱個電話 test 已經證明一切。」

「吓？撞鬼？阿哥，晨早流流你又發咩神經？你部機開太耐 hang 咗自動重啟，咁又關啲鬼事？啲鬼連咁小嘅事都要管，都真係好唔得閒。唔好話因為你哋信有鬼，乜都講係由鬼造成，所以見到！我無你哋咁好氣。」說畢，阿旻向洗手間方向走去。

我跟着她，在洗手間門前跟她繼續對話：「我噚晚發咗個夢，喺夢入面我去咗四二一同四二二室前面，後面有隻鬼追殺我，梁生同廖生都向我招手，然後我去咗廖生度，之後畫面一轉就去咗梁女嘅生日會，有齊五狼，佢哋同梁生一家都好熟，然後畫面一

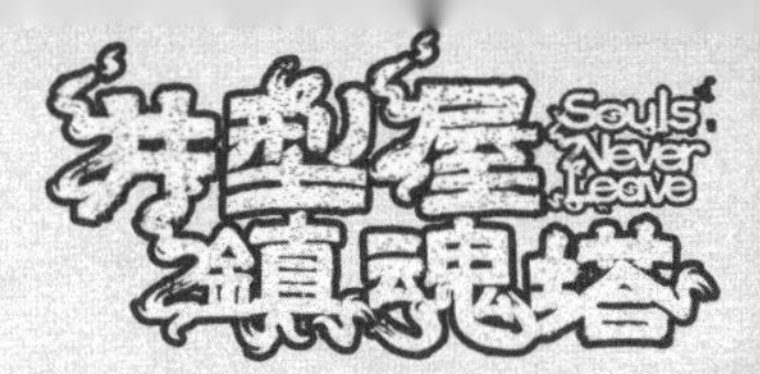

轉，梁女長大咗，有好多狂蜂浪蝶，之後江叔出現拖佢走，護送佢返屋企。」

「嘩！咁精彩呀？咁沉睡小五郎你破到案未？同埋江叔又係乜水？」阿旻帶點嘲諷道。

「江叔係 Tracy 個 friend，識通靈，之前搵過佢問米。」我解釋完後再總結：「綜合埋我見到鬼嘅事，我認為係梁女報夢畀我。」

「你話係就係啦，咁你搵晒嗰啲人出嚟咪破到案囉大偵探。」阿旻沒好氣地說。

「我都唔知佢哋係邊個同喺邊……」我嘟囔說。

「咁咪即係發夢，係假囉！」阿旻說完便回到床上繼續抱頭大睡。

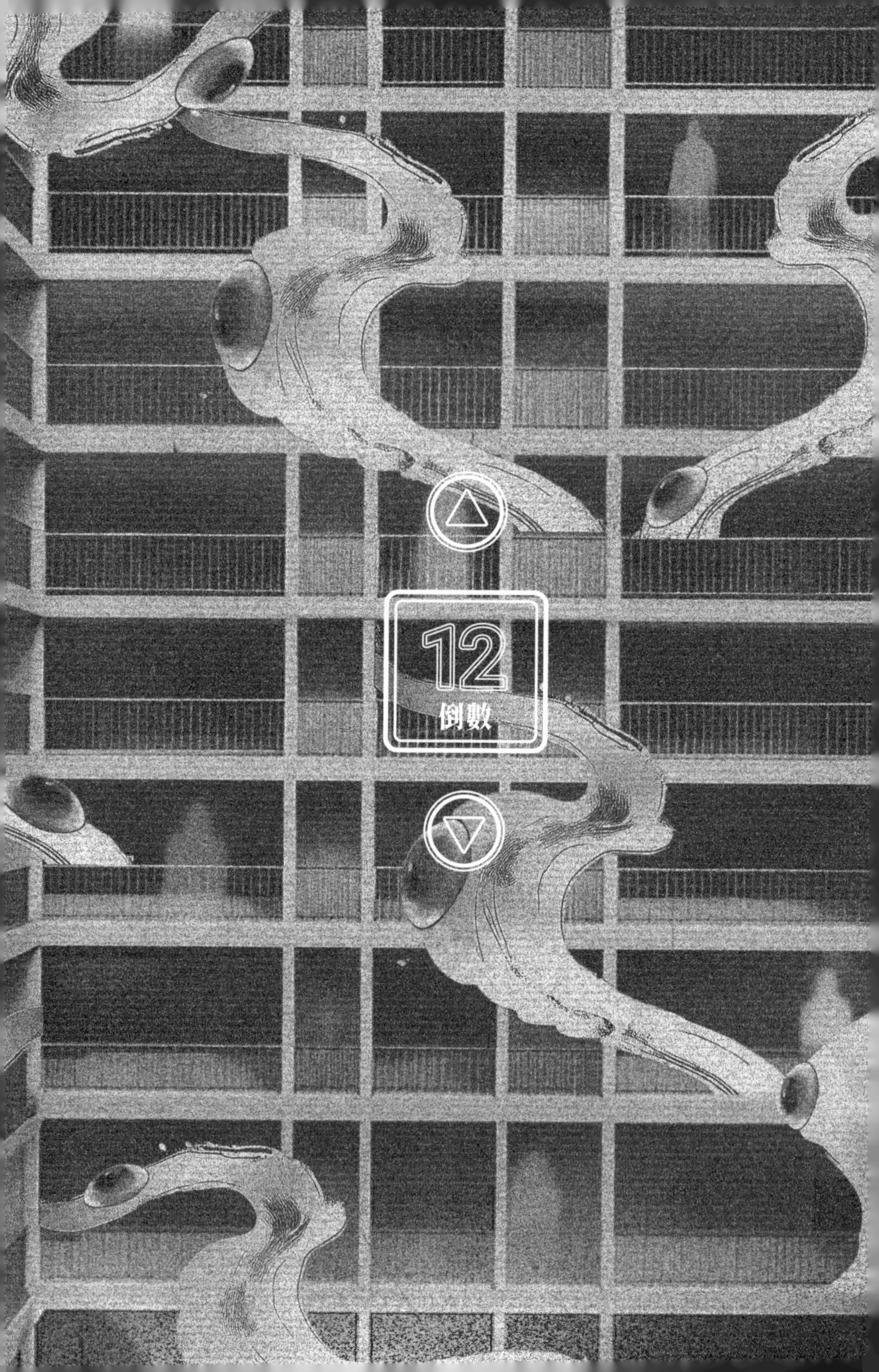
12
倒數

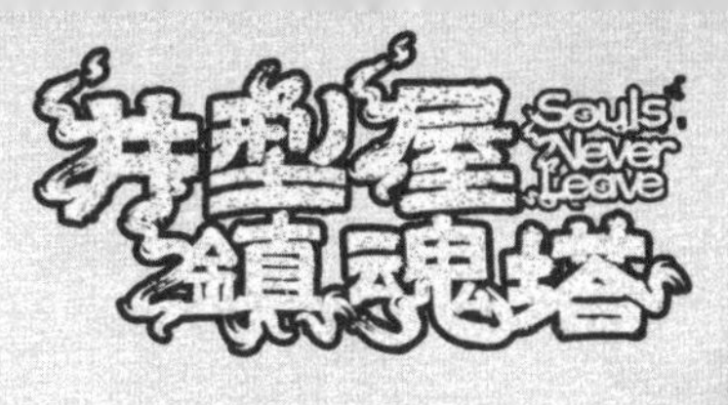

12 倒數

自從發完那個奇怪的夢後，我已經安睡了數晚，或許是因為早上要回校補課所以太累的緣故吧！而Tracy也久久未有再露面，四二一室和四二二室的事也丟淡了，畢竟目前學業還是最重要。

終於，時間來到十二月三十一日，是今年最後的一天，我的好兄弟也約了我一起去倒數迎接新年。晚上六時，我離家出發，我們一行五個男生很久沒有聚在一起，大家一見面便興高采烈地交換近況。眼見他們都生活得不錯，我也替他們高興，輪到我時，我便將最近搬新家後發生的事告訴他們。

「嘩！好猛喎。」阿肥說：「咁你都無事算好彩。」

阿左也說：「你會唔會而家真係俾鬼纏住？見你都好似無咩精神。」

七星也搭嘴道：「你使唔使搵人幫下手？我親戚識呢啲，可以介紹你。」

「阿曉，我都想撞下鬼，帶埋我一齊去。」大哥打趣說，抑或他是認真？我分不清了。

「我呢排要補課先攰啲啫，無俾鬼纏嘅，而且我都係撞到，無跟埋我返屋企。大哥你想撞呀？咁過嚟多啲玩，可能有機會撞到。」我逐一回答他們。

接着我們也聊了很多其他話題，時間在打鬧之中過得很快，我們一起倒數完便各自回家。臨走時，七星給了我一張名片，並叮囑我有事一定要找名片上的人幫忙。

凌晨二時，經歷完一輪長途跋涉，終於回到我的屋邨，有出外倒數過的話便會明白我的意思。平日凌晨的屋邨會很寧靜，但今天例外，雖然夜已深，但屋邨涼亭、公園長椅還是有兩小無猜、三五知己和三五成群在聊天嬉戲，沒有要回家的意思。

我簡單看了他們一眼便專心趕路，一心只想盡快回到家。不知是我錯覺還是我太專注在回家的路上，我路經他們時，他們便會靜音，到我離開後便又熱鬧起來。我也不以為意，可是走着走着，仿佛他們又一次出現在我必經的路上，我看着他們，同時非常肯定我沒有走錯，而且也不是鬼打牆走不出結界甚麼的。

或者是我自己想多了而已，我猜想，我相信，我深信。

但當他們再一次出現在我的路上時，我知道事情不是我想的這麼簡單了。

我看着他們，他們也看着我，時間好像停頓了，平時三分鐘的路程，現在仿佛走了三十分鐘，而四周的景物也好像變了，又好像沒有變，這情況絕不尋常。

「喂……喂！」我心底裏很膽怯，但裝作堅強地問：「你哋望

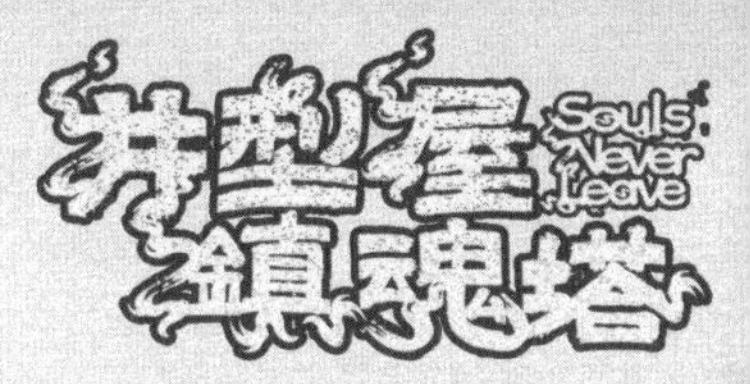

咩？」

他們沒有回答，繼續盯着我看，我被他們盯得混身不自在，逐漸加快腳步，由慢步變急步，急步再變跑步，我的大廈終於在面前。我以平生最快的速度跑過去，身旁的景物也的確被我不斷拋在身後，而那班人也一次、兩次、三次、十次、二十次，已經數不清多次數被我拋在身後了，但我的大廈卻依然在我的前方，距離是有變近，但只是近了兩步。

我是進了結界，還是進了平行時空，抑或進了時間的狹縫？

我看了一看手提電話，時間顯示為二時零二分。與我平時走到這個位置的時間相約，但我已經走了很久，在這寒冷的冬天之下也已經走得汗流浹背，可是我還未回到家。

突然，一切被打破，慣性使我一下子向前衝，差點仆倒在地。而造成這一切被打破的，是一個中年男士，這次我一眼便認出他，因為他正是照片和夢中出現過的其中一人。

「一個人夜媽媽喺呢度行好危險㗎，唔好四圍望，快啲返屋企啦。」中年男士提醒道。

「唔該晒，其實我就係返緊屋企，不過唔知點解……」我嘗試解釋，可是他打斷了我。

「唔使解釋咁多，而家繼續行就係。」中年男士像個機械人，說話沒有任何情緒和起伏。

「知道，但最起碼講我知你叫咩名？」我哀求道。

「我⋯⋯唔記得。」說完他便離開了，而剛才附近的兩小無猜、三五知己和三五成群都消失無蹤了。我趕緊跑回大廈，生怕晚了會再遇到同樣的事。

這次是我首次置身於凌晨的升降機大堂，整個大堂除了保安就只有我，而保安也是低頭在寫甚麼，沒有理會我。

很快，升降機便到了，我邁出第一步，我耳邊便有一把聲音說：「十。」我停了下來，猛回頭一看，沒有人。

於是我再踏出另一步進入升降機，另一聲音又再在我耳邊輕聲說：「九。」這次我甚至感覺到有氣吹過我的耳朵。

「邊個？」我在升降機的入口問道，但當然是沒有人回應。

可能是我的聲音在寧靜的升降機大堂顯明格外響亮，一直低頭寫東西的保安也抬起頭問：「先生，有無嘢需要幫手？」

我沒有理會他，再次確認無第三個人在場後，我便走我的第三步讓整個人都進入升降機，耳邊同時傳來第三把聲的「八」。

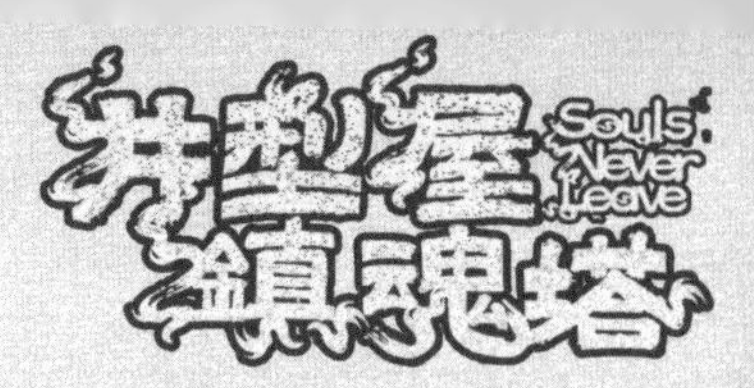

的確是在倒數，而且是按我的步數來倒數，難道我是中了「一日㽹包散」或者「含笑半步釘」？如果倒數到零會怎樣？我很好奇但又不想亦不敢嘗試，目前更重要的是如何解除這危機。

我立即回想，這聲音是從我在按下升降機按鈕，升降機到達，我邁出第一步開始出現，之前是沒有的。即是有古怪的只能是在按下按鈕和等待的途中，但這期間又沒有甚麼可疑的事發生，連半點風也沒有，那出事的只能是按鈕。那按鈕與平時有區別嗎？好像也沒有，我現在還能怎樣做？只餘下八步，我的生命只餘下八步，我要怎樣善用這八步？

「以後唔通要坐輪椅代步？」我的腦袋又在不適當的時候冒出一些奇怪的念頭。不，這不是現在想的，現在應該要想怎樣解除這個倒數。

突然，升降機門打開了，門外傳來一把男聲：「先生，你係咪有咩需要幫手？我見你入咗𨋢咁耐都無撳𨋢，郁都唔郁咁……」

是保安，向他求救吧！正當我想開口求救之際，我的理智制止了我。我告訴他真相他會信嗎？大概他只當我是開玩笑作弄他，甚至是另一個白卡持有人罷了。

「我……我無事，我諗嘢諗得太入神，唔記得轉動作，同埋以為自己撳咗 lift 啫，我而家撳、我而家撳。」說完後我轉身調整

站姿，按了十五樓，同時耳邊又有第四把聲在我耳邊輕聲細語道：「七。」這次是把女聲。

「頂，因為個保安搞到我少咗一步。」升降機門關上後我大聲埋怨，不過這個調整其實也是必要的，至少我可以不用再移動便能按升降機按鈕，同時又可以探頭看升降機外面。

「十五樓，fifteenth floor，十五樓；請勿貼近䡛門，stand clear of the door，請勿貼近升降機門。」兩文三語的機械人聲播放後，升降機門徐徐打開，我按着開門鍵同時探頭出外查看，外面好像與平時無異。

突然，有一股不明力量打向我的肚，我痛得立即躬下身，但雙眼不忘環顧四周尋找施襲者，可惜我始終看不到半個人影，而直覺告訴我，這層十五樓不是我平時的那一層。天啊！為何我經常遇到這種事？

我連忙按關門鍵，希望趁未看見的人進來前與他分隔開，但門沒有反應，於是我連忙按下其他樓層的按鈕，因為升降機的設計是有其他樓層作為目的地時，門便會很快關上，可是這招數也不管用。

我再將頭伸出升降機外查看，還是沒有人，但詭異的氣氛已經逐漸由十五樓漫延至升降機內，我顧不上步數，向後踏一大步至升降機最深處，盡量遠離升降機門。

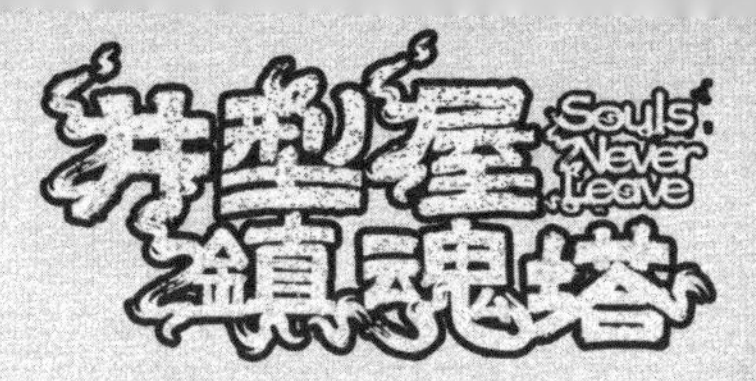

「六。」這次是一把高音的女聲。

數十秒後，門仍未關上，我不死心地再次踏前一步，把其他樓層的按鈕都按了一遍，與此同時，一把幼童的聲音高興地笑着說：「五。」

接着，我身後有一股無名的力嘗試把我推出升降機。起初我還能用手頂着升降機，但隨着時間越長，那股推力越強，最後就像有人踹了我一腳般，我被一下強大的力量推出升降機，我差點失去平衡跌在地上，但步數已經瞬間由五減至一，當然，四把不同的聲音同時興奮地向我報數，我的生命只餘下最後一步了。

我站穩後望着前面，這次終於出現了一個人形，只是一個人形，就像電影裏顯示透明人那樣的透明人形，它由一個小孩子大小，慢慢變大，成為一個兩米高的巨大人形。

長大成型後，它朝我走來，我立即手口並用阻止它，因為我根本沒有步數再躲避它了。

「唔好過嚟，快啲停，我無步數喇！」我一邊耍手擰頭，一邊哀求。

幸好，皇天不負有心人，它好像明白了我的意思，停住了腳步，然後問：「你仲有幾多步？」它的聲音有老有嫩、有男有女、有尖銳有低沉，是多重人聲重疊而成，其中有幾把聲就是剛才倒

數的聲音。

「一步。」我聲如洪鐘地說。

「一步？我數數先。」它帶着懷疑地問，接着它便數手指計算，最後說：「你呃我！你仲有十步！」

幹！它的數學是體育老師教的嗎？

我即時糾正，也學它一樣數着手指說：「首先，入軳前後用咗三步，去到八步；之後保安叫我㩒軳，我轉身又用多一步剩低七步；然後我行入軳嘅角落又一步，再行返出近軳門又一步，得返五步；最後俾你夾硬推出嚟用咗四步，而家咪得返一步。」

「啊……好似係喎，我計錯數，對唔住。」隨着它道歉，它漸漸由兩米巨人縮小變回小孩子身形，然後走過來拉着我的手說：「你嚟陪我玩，唔使再理啲步數。」

我本想拒絕，奈何它的力量大得驚人，我根本反抗不了，只能像玩具般任由它擺弄。而隨着它的拖動，最後一聲的「零」也在我耳邊響起，正式宣告我生命完結，升降機門也終於關上了。

等等，我還有知覺、還有意識、還有感覺，我還未死，那倒數果然是用來嚇唬我的嗎？

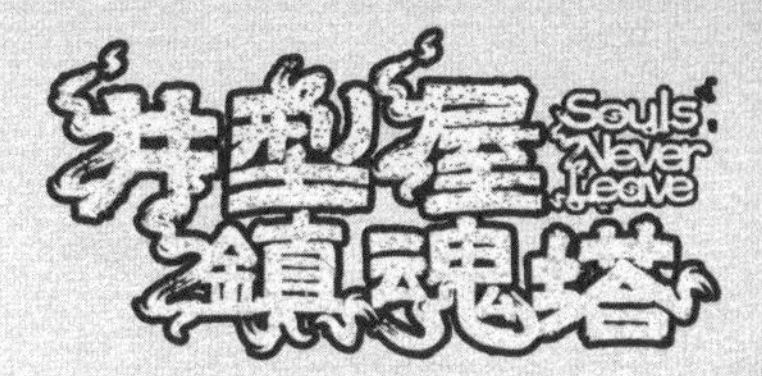

我確認自己還在生後，立刻查看四周，發現很多單位也有保護罩保護，而且整個空間的光線也很柔和，同時亦充斥着歡笑聲。這個似曾相識的感覺，與之前重遇過身後的王太和盧老太一樣，即是說我正身處鎮魂塔內。

怎麼會這樣？所以說上次不是發夢嗎？抑或今次也是發夢？我要怎樣才能離開這裏？

我一面被透明小孩拖着走，一面回想上次的經歷。上次能夠離開是因為被那道光的反作用力彈到牆上撞昏了，難道要再一次被撞昏才可以離開？但會剛好又有人記起生前記憶然後離開嗎？

我還未想得出答案，透明小孩已經把我帶到一個單位內，我剛才專心回憶，根本無留意現在身處在哪層哪單位，雖說每層構造一樣，逃跑路線大同小異，但逃跑時，哪怕只猶疑個零點零幾秒，路線判斷錯誤，也會導致失敗，真是失策，不過既成定局，只好靠臨時發揮了。

「嚟嚟嚟，陪我玩超人打怪獸。我做超人你做怪獸。」說完後它的身形再起變化，變成了一個鹹蛋超人的形象。

「好，就陪你玩下。」我爽快答應，因為我想打敗它然後趁機逃走。

「看招！」

「啊啊啊……」

「受死啦！」

「哎呀！」

「唏！哈！吖！」

「哇！」

一輪大戰過後，勝負已分，在我完全沒有留力的情況下，戰果不言而喻，超人永遠都是最終勝利者，從古到今都是邪不能勝正，我被徹底打敗了。

這結局難料嗎？不！一點也不！從被它拖着走，絲毫沒有反抗能力起便已經預料得到，只是我妄想奇蹟會發生，能夠一戰而已，戰敗的結果顯然是要留在這成為它的玩伴，直到永遠……

這不是我能接受的結局，寧死也不能接受。對了，我為甚麼會身在這裏？我是如何進來的，記憶好像有點模糊。要逃跑？逃跑到哪裏？啊！要逃跑回到正常世界，這裏是鎮魂塔內，我的記憶怎麼好像變差了？我是經升降機進來的，難道説升降機是媒介嗎？伴隨着倒數，升降機把我帶了過來，這會是我逃生的關鍵嗎？

「係嗬，我到而家都未知你叫咩名，我叫阿曉。」我擠出友善地笑容問它，畢竟這次是它帶我進來，它應該有辦法讓我離開，而且依目前來看，它也不壞。

「名？我叫咩名？ Albert? 阿絲？阿強？ Sunny? Rebecca?

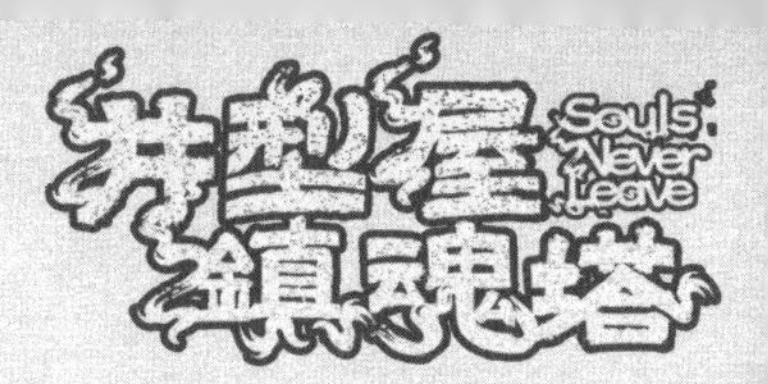

Nora?」它的不同聲音各自回答一個名字，沒有統一的答案，由它的動作看得出，它內在的不同靈魂開始爭吵，而它的身形亦由鹹蛋超人退回小孩子，甚至再變成嬰兒，但爭論依然未停，這遠超我的目的，但也算錯有錯着。

「唔通呢班靈魂都係某啲原因而集結埋一齊，所以先透明無樣？而當佢哋心態弱，或者唔團結嗰陣，就會散開，而佢哋嘅形象就代表住有幾多靈魂喺度，而家變咗做BB仔證明佢已經好弱。」我心裏猜想。

最後，只有一把聲虛弱地回答：「我唔知我叫咩名……」

我聞聲看過去，嬰兒的形象也看不見了，我甚至已經看不到有東西在這裏，但聲音還是照樣傳來：「我淨係想玩。」

我聞聲溯源，終於讓我看到它了，它變成了一粒胚胎！

「其實我唔係屬於呢個世界，雖然我都好鍾意玩，但只限喺我自己世界玩，所以請你教我點樣可以返去我嘅世界。」我對着胚胎說。

「我……我都唔知，係其中……其中一個靈魂識，佢話佢以前喺洛杉磯都試過帶過一個……一個女仔嚟玩，我哋都係跟住佢玩。」胚胎有氣無力地答。

我對它的答案感到失望，但還未絕望，於是再問：「咁識嗰個而家喺邊？我點搵到佢？」

胚胎像呼吸困難般喘着大氣答：「唔知。」然後便再也沒有聲音了。

它死了嗎？鬼也會死的嗎？鬼死了會怎樣？我想也不敢多想，因為目前怎樣離開才是當務之急。

我叫甚麼名字？好像叫阿曉，十七歲，要考 DSE，我有沒有記錯？我住在哪裏？十三樓嗎？還是十五樓呢？

「喂！乜又係你？點解你會喺度？」熟悉的聲音在身後傳來，是剛才在大廈外遇見的中年男士。

他喝叱我的一聲，把我的三魂七魄也帶回來，我是阿曉，十七歲，要考 DSE，住十五樓二十二室。

「睇嚟你都係俾啱啱班百厭鬼纏住走唔到，我幫下你啦，跟我嚟。」中年男士向我招手，示意我跟他走。

我跟在他身後，感到異常安心，他帶我走進升降機，然後像輸入密碼般按了數個按鈕，升降機門便緩緩關上。門臨關上前，我決定向他道謝，當作是報答他：「萬生，多謝你幫我，你要記住，你姓萬，你姓萬呀！」

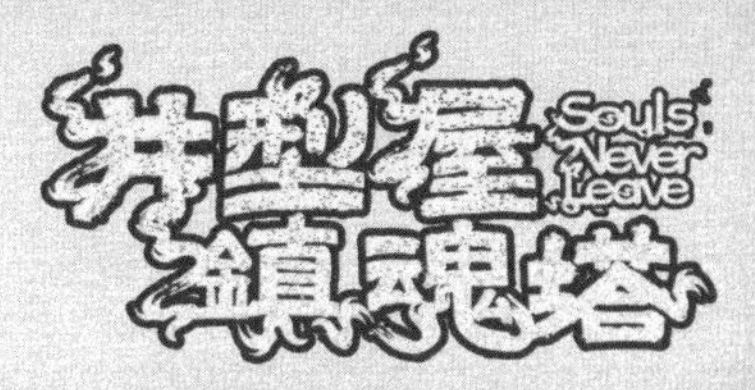

沒錯，我肯定他姓萬，因為五狼當中只有徐先生和萬先生已經過身，徐先生長甚麼樣子我知道，餘下的這個自然就是萬先生。

接着升降機如常運作，在地下開了門，保安看到我便問：「先生，你無事嗎？啱啱喺閉路電視見到你啲舉動好奇怪，係咪發生咗咩事需要幫手？抑或你……有幻覺？」

「無事無事，我咩事都無。」我聽得出他以極隱晦的暗示問我是不是吸完毒，我連忙否認，同時望向大堂的鐘，二時十六分，剛才被困鎮魂塔數小時，在現實世界只不過過了十分鐘多一點，看來鎮魂塔就是精神時光屋無誤。

我再次按下停在十五樓升降機的按鈕，等待約半分鐘，升降機門開啟，我進入升降機再按下十五字，升降機門隨即關上，約半分鐘後升降機門再次開啟，這次是我熟悉的十五樓了，我三步併作兩步離開升降機，直往家門奔去，以防再有甚麼奇怪的事情在今晚發生。

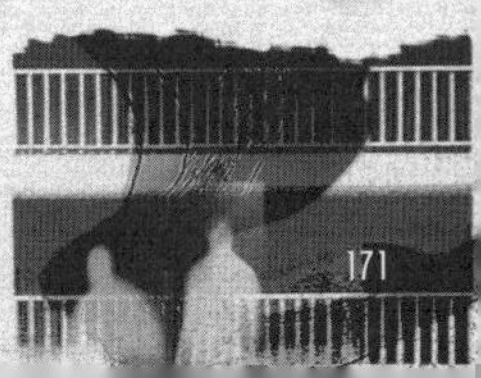

13
梁先生的請求

「啱晚，我又一次入咗去鎮魂塔。」午飯時我在席間發話，除了阿曦和阿晴沒聽懂外，爸爸、媽媽和阿旻都覺得我在開玩笑。

「阿曉，今日只係一月一，愚人節嚟講你早咗三個月喎。」爸爸說。

媽媽伸手摸着我額頭說：「係咪呢排溫書壓力太大，搞到你精神錯亂？」

「阿哥，咩叫『又』？你之前有去過咩？無聽你講過嘅？」阿旻是唯一針對我的說話作出回應的人。

而我選擇統一回答他們：「我唔係講笑，而且都無唔正常，之前我去過一次，但嗰次我以為自己只係暈咗一陣而發嘅夢，但啱晚再去過一次之後，我好肯定嗰次唔係發夢，而係真有其事，我真係去咗鎮魂塔，仲差啲返唔到出嚟！」

「好好好，但無啦啦點解會有鎮魂塔？」爸爸還是半信半疑。

「井型屋其實就係鎮魂塔，所以呢度特別猛，我已經遇到過好多靈異事件。」我說。

「咁鎮魂塔入面係點，點解你會入咗去？」媽媽對靈異之事接受程度較高，故已深信不疑。

我耐心地向她解釋：「鎮魂塔入面同我哋棟樓無咩分別，只係燈光柔和啲，入面充滿住歡笑聲，同好多單位有保護罩咁。仲有，入面嘅時間流逝同我哋而家唔同，喺入面好耐，但現實世界都只係過咗一陣。同埋唔可以留喺入面咁耐，你啲記憶會慢慢消失，最後唔記得自己係邊個就返唔到出嚟，我噚晚都差啲出事。兩次我都係俾人強行帶入去，第一次係因為盧老太，噚晚就係捉我去做玩伴。」

媽媽聽完有點震驚，原來自己差點便失去了一個兒子。

「會唔會係你發夢咋？」阿旻又提出質疑。

「一定唔係！」我斬釘截鐵地說：「同埋你唔係都開始信有鬼喇咩？」

阿旻面紅耳赤，連忙解釋：「唓，澄清返，我無信嘅，只係我嘅知識暫時未解釋到啫。」

「大哥哥，我又想去玩！」阿曦興奮地說。

「我都要、我都要，帶埋我去！」阿晴也搶着要一起去。

「嗰度唔係遊樂場，無嘢玩㗎，而且可能去咗就返唔到屋企，見唔到我哋。」我並非想嚇壞他們，只是有話直說，但都已經令他們害怕得差點哭了。

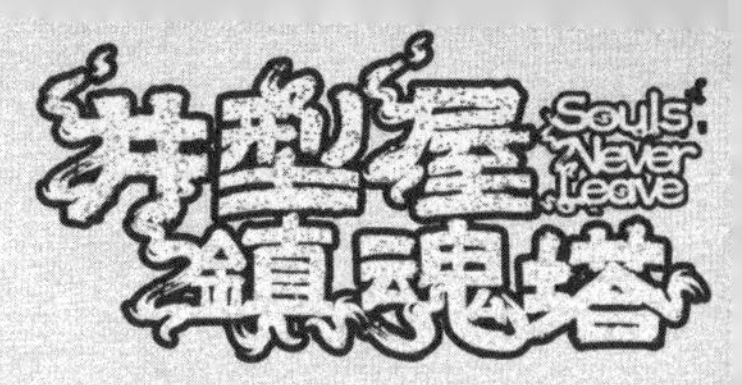

「不過，我懷疑如果無人帶的話，進入嘅媒介係粒，因為嗰晚我走得返出嚟，都係靠萬生，佢好似有密碼咁，撳咗一輪粒掣我就返到嚟。」我憶述。

「萬生？」爸爸、媽媽和阿旻異口同聲說。

「係，就係其中一位已經過咗身嘅五狼案疑犯，佢一直都無離開過，一直都喺附近巡邏。只不過……」我有點後悔說：「我講咗畀佢聽佢叫咩名，可能佢已經恢復記憶，離開咗鎮魂塔，畢竟佢都唔似係惡鬼。」

「咁即係入唔返去，證明唔到。」阿旻立即說，我也反駁不了。

「仲諗住叫你帶我去參觀下㖭。」媽媽也失望地說。

「散場，繼續食飯。」爸爸打圓場道。

如是者，鎮魂塔的話題便暫時完結。坦白說，我也不想再去第三次了。

飯後，我問阿旻：「上次你話拎張相再去問多次，我哋今日去囉？」

「咪搞，」阿旻一臉嫌棄道：「今日我約咗 friend，你自己去啦！」

「咁好囉……」我失望道，其實我心裏想她陪我一起去，至少遇到危險時也有個照應，但我實在不想這件事再拖下去了，所以我最終還是獨自前往。

「廖生，喺唔喺度？麻煩開開門，有嘢想請教你。」我拍了將近十分鐘門，但廖先生始終無應門，單位內甚至連動靜也沒有。

「無辦法，唯有問梁生。」我轉身便敲四二一室的門並喊：「梁生，我有嘢想請教你，關於你一直查緊嘅嘢㗎。」

我敲了數次門，同樣無人應門，心灰意冷之際，單位終於傳出聲音：「你係咪有線索？係邊個殺咗我寶貝女？」

「我都查緊，係有啲頭緒鎖定咗啲目標，我知你都查緊，而且查咗成十年，所以想同你共享情報，會快啲搵到真相。你開門先，我哋慢慢傾。」我在門外叫喊。

「吱」，門打開，梁先生看到我後第一個反應不是興奮，而是憤怒，他怒道：「乜又係你呢個仆街仔？又想搵我個寶貝女嚟開玩笑？上次放過你你仲唔感恩？我今日唔好好教訓你我唔姓梁！」

「唔係呀！你冷靜啲聽我講先，我真係有嘢要問你㗎！」我一面逃跑一面解釋，但梁先生沒有要停下的意思，我沿着井繞圈拼命跑，他在後面窮追不捨。

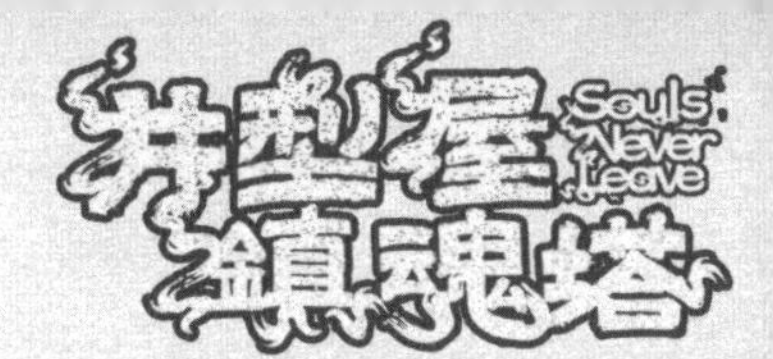

「咁落去都唔係辦法，搏一鋪，死就死。」我停下面對着梁先生，手裏緊緊拿着那張照片。

看到那張照片，梁先生終於停下，他一手搶走照片，雙眼極速充滿淚水，比滴眼藥水還快，他失聲痛哭，甚麼話也說不出，我也只好繼續傻傻地站着等他下一步行動。

「你，查到啲咩？」梁先生強忍淚水，用沙啞的聲音問。

「我知道有五狼，唔係四狼。」我拋磚引玉，一方面測試他知道多少，一方面嘗試套出他有何人選。

「五狼？乜唔係四狼咩？」梁先生驚訝地問：「我查咗咁多年都無突破，原來係因為漏咗一個？點解我無諗過嘅……」由他的反應看得出他不是裝傻，而是真的不知道，看來他的女兒也挺不孝，寧願告訴外人真相也不願告知和她血脈相連的父親，害他父親窮一生精力也找不到真相。

等等，莫非五狼其中一個是他？所以才故意不告訴他以作報復？應該不會這麼戲劇性吧！

梁先生突然握着我的手，懇求道：「細路，可唔可以講我知係邊五個？」他差點跪下來求我。

「好好好，我哋入屋坐低慢慢傾，OK?」我尷尬地問，然後他

便立即拉我進他家，好好地招待我。

我喝了一口檸檬茶，然後說：「以我所知，疑似五狼嘅人，有兩個已經死咗，剩低有兩個仲生存緊，而最後一個我都未查到。」之後我吃了一口檸檬味雪芳蛋糕。

「咁而家知嘅有邊幾個？」梁先生着急地問。

「死咗嗰兩個係萬生同徐生，仲在生嘅係王生同廖生，仲有一個我都未知。」我如實相告，但他的反應令我始料不及。

「我一早知。」梁先生聽完平靜地說：「當時警察拉佢哋之後我就已經知係佢哋，只係我咁多年一直都無證據，我仲諗住你會有另外嘅人選，點知都係佢哋，你都唔係第一個同我講，只係你講有第五個人，我仲以為你會有其他新答案。」

「既然你知佢哋四個有份，我就有嘢要問你，雖然你可能覺得有啲無稽，但我真係好想知，另外我仲有一個新諗法都想講埋你知。」我把這次的來意道出，他以一副願聞其詳的樣子作回應。

「早幾晚我發咗個夢，但我覺得似係你個女報夢多啲。夢入面我見到細個嘅佢，廖生同佢玩緊，然後王生、徐生、萬生同一個我唔識嘅人帶住玩具登場，不過相入面我有見過佢，最後佢哋同你入咗屋，留返廖生同你個女喺出面玩。然後畫面一轉，你個女大咗，俾好多人圍住，但江叔救咗佢出嚟，仲同佢好親嗰。雖然

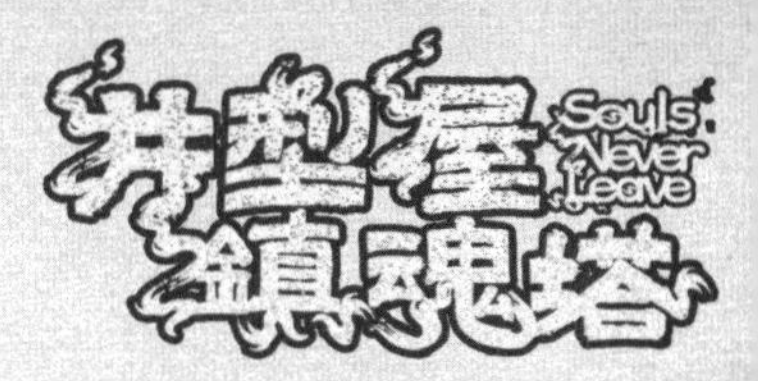

我都知好無稽，但想知你對呢啲事有無印象？」我憶述那晚的夢問道。

梁先生苦思一會，然後說：「我記憶入面無呢啲畫面，我同佢哋幾個係識，但未至於熟到咁，而且你話唔識嗰個人我都無乜印象，不過有一樣係真嘅，就係我個女同江仔呢個負心漢係青梅竹馬，一直好好朋友，甚至我都懷疑佢哋唔止係朋友咁簡單，真該煨。」一提到江叔的時候，他明顯帶着怒火。

梁先生的答案令我既失望又有希望，失望的是因為連他都不知道那神秘人是誰，要找出來更加困難；有希望的是他認證了江叔跟梁女的關係親密，所以 Tracy 絕對不會是他的前度。

「啊！」我突然想起甚麼，拿着照片連忙問：「有無你個女大個嘅相？」

可是梁先生搖搖頭，失落地說：「佢大咗之後已經唔肯再影相，因為佢唔想再俾人纏住，所以我都無佢大個嘅相，連學生相都特登遮住個樣嚟影，淨係見到塊面嘅一小部份，所以你見我車頭相都係用佢小學嘅相。」

既然無近照，那便確認不到她現在的樣子，廖先生說她還在生的言論就很難尋找證據，不能判斷他是真傻還是假黐，那只好相信我的直覺好了。

「我咪話有個新諗法想講你知嘅，」我再喝了一口檸檬茶後說：「我認為廖生係無辜，佢唔係其中一隻狼，佢真係見到你個女，亦都真係傻咗。」

聽到我這個說法，梁先生皺起了眉頭，怒火已經開始燃燒，但他硬是把怒火壓下，盡量心平氣和地問：「你有啲咩證據？」

我搖搖頭，只吐出「直覺」兩個字，他的怒火便再也壓抑不住，對我爆發道：「細路，唔好三分顏色上大紅，我以為你有咩新料先對你客客氣氣，點知無料到，而家仲幫個黐線佬洗白，話佢無辜？佢詐傻扮懵嚟咋！我日日喺度 mon 住佢，就係等佢露出馬腳！」

「咁你等咗成十年等到未？」我淡定地問。

梁先生雖然深深不忿，但又無可奈何地回答：「未。」

我聽到後不禁為自己的小勝利而冷笑一聲，然後對他說：「咁咪係囉，一個人點做戲，都無可能做足十年唔鬆懈，仲要你住正佢隔籬，日日 mon 到佢實，稍為放鬆啲都會俾你捉到啦，咁都無出過事，證明咗啲咩？證明咗佢係真傻，亦都證明咗佢係真係見到你個女，但我懷疑只係你個女嘅鬼魂。」

「鬼魂？呢個世界無鬼嚟！如果真係有，唔係應該第一時間畀我見咗先咩？點會畀個外人見？再講，我個女出事嗰時佢都仲係

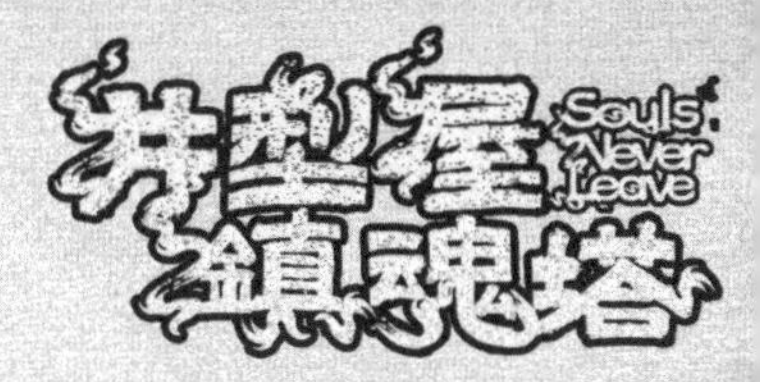

正常，點解佢係無辜？」梁先生不解地問。

我心裏大概知道他看不到女兒的原因，不過我沒有向他說明，只是又一次搖搖頭，回答道：「你問我我都答你唔到，我嘅推斷係建基於佢無講大話之上，所以先話佢真係見到你個女嘅鬼魂，而我認為佢畀廖生見得一定係有佢嘅原因，可能係覺得佢會幫到手查出真相啩。」

「荒謬！我作為老竇唔係仲更加會落心落力幫佢查咩？旨意啲外人？連警察都一早已經 close file 唔再查，成個世界係得返我仲查緊！」梁先生動氣道。

「咁又唔好咁武斷，我咪喺度查緊。」我自言自語道，但梁先生好像也聽到，兇狠地白了我一眼，我連忙轉移話題：「江叔同你個女咁 close，佢有無查過你個女單嘢？」

我一提到江叔，梁先生開始面露不悅，尖酸地說：「呢個衰仔一開始都仲好積極去查，仲特登去學埋啲咩問米通靈嗰啲話幫我個女搵真兇。挑！點知積極完一排就無晒聲氣，仲好似唔識我個女咁，隻字不提，見到我仲要兜路走，我呸！正垃圾！」

看來他對江叔不滿源於他的半途而廢，我想大概是他有新歡所以才忘記舊人吧！糟糕！那新歡難道是 Tracy? 真是一個見異思遷的壞男人！

「梁生，我就同你分享咗咁多，不如你都講返畀我知呢十年你查到啲乜？我哋交換情報，有助破案，可能我會留意到一啲你忽略咗嘅細節呢！」我大膽開口問。

「你都講得啱，咁我就講你聽，你等陣。」說完後梁先生便走到梁女的神主牌前，拜完後在下面拿出了一本厚厚的筆記本，裏面夾滿了剪報和相片。他拿到我面前，翻開跟我逐一解說。

但我的心思此時並不在這本筆記本上，而是落在梁女的神主牌上，梁氏紫茵，梁紫茵，一個挺常見但美妙動聽的名字。

梁先生察覺到我的注意力分散了，在我面前打了個響指，把我召回來，然後繼續解說。他查到的東西，當中有不少 AI 已經告訴了我，可是有一樣是他查到而我很感興趣的——王太的證言。

雖然梁先生以惡意抹黑、胡說八道來評價這段證言，但無可否認這與鎮魂塔內王太的說詞如出一轍，均是指控梁女為人水性楊花，結局是咎由自取，只是這裏她無提及五狼是哪五人。

「既然你認為王生都有份，點解你唔指證佢？」我好奇地問。

「我證據唔夠，而且佢有不在場證明，我推翻唔到。」聽得出梁先生十分自責。

「係咩不在場證明？」我問。

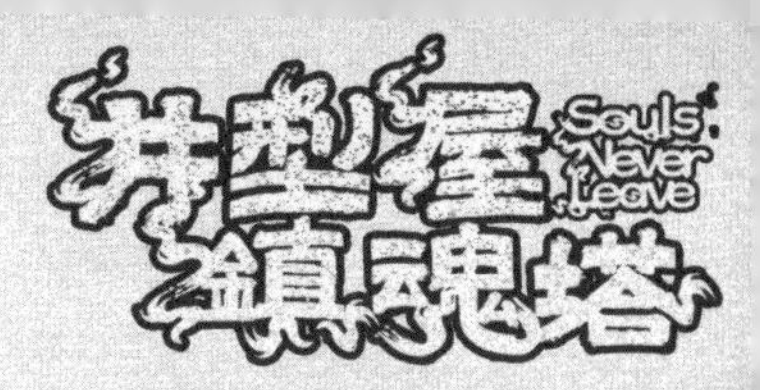

「其實唔只係佢，其他三狼都有，佢哋當時喺屋邨間酒樓飲緊茶，有晒閉路電視紀錄，連王太都喺度。」梁先生眼裏充滿不甘，但很快又好像看到曙光般看着我説：「但你同我講係五狼嘅時候，就所有嘢都講得通，因為第五隻狼就喺單位殘害緊我個女！」

「咁樣好似都有啲道理，只不過王太唔係咁講，佢話五個人想畀教訓你個女，最後錯手釀成意外，唔係一個人造成。佢咁講我會信，始終佢老公係其中一隻狼，如果真係由一隻狼殺咗你個女，無理由會拖晒全部人落水㗎，佢老公又唔係殺人嗰個，所以我認為係由五個人殺。」我選擇相信王太的證詞，並以她的立場去分析。

可是梁先生不同意，他藐視我説：「你真係天真，『最毒婦人心』無聽過咩？我覺得可能有兩個原因，一係王太對老公太失望，想做死佢；一係佢哋唔知我個女死咗，飲完茶返嚟再蹂躪，之後先發覺佢死咗，就以為自己有份，但實情係一早已經死咗，咁就幫佢哋製造咗不在場證明。」

聽他這樣説，又好像很有道理，那究竟真相是甚麼？第五狼又是誰？廖先生真的是無辜嗎？他究竟怎樣幫助梁女？看來無論如何也要再找廖先生問個明白。

「細路，咁耐都未知你叫咩名，同埋點解會查呢單案？」梁先生邊在筆記本上寫下新的想法邊問。

「我叫阿曉，新搬嚟幾個月。」我先告訴他我的名字，然後猶疑要不要編個謊言搪塞過去。

梁先生看到我在沉思，於是試探性地問：「睇你年紀，係咪又係有人叫你嚟查？」

「又」？看來之前 Tracy 委託的人也來過找梁先生，既然他都已經知道，那我便如實相告好了。

「無錯，係有人委託我，我完全拒絕唔到佢，所以就開始調查。」我實話實說，沒有半點虛言。

「阿曉，你知唔知之前嗰啲人嘅下場？」梁先生凝重地問。

我想起了 AI 的答案，但礙於不知真偽，於是以疑問句回答：「除咗一個人之外，全部都跳樓死晒？」

梁先生以淩厲的眼神看着我說：「無錯，就係咁，你自己好自為之，小心啲。」

看來 AI 所說，每年有年青人跳樓所言非虛，畢竟梁先生也不是第一個說這件事的人，我猜大概是「王」的所作所為吧！但只要能找到真相，我便能夠倖免於難，解除每年有人跳樓的詛咒。

「阿曉，雖然我唔知叫你查呢單嘢嘅係咩人，不過我都好多謝

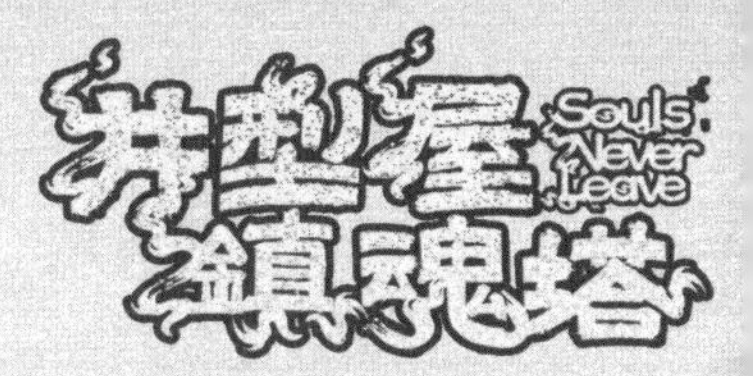

佢同我一樣仲堅持去搵出真相，如果可以，我都好想親自多謝佢，你可唔可以幫我傳句話，同佢約個時間見面？」在我臨離開前，梁先生誠心誠意地請求。

我一口答應了，其實我也沒有拒絕的理由，雖然我也不知道為甚麼 Tracy 要委託這麼多人去查這宗案件，但既然兩人都着緊這宗案件，那麼讓他們見面也未嘗不是一件美事。

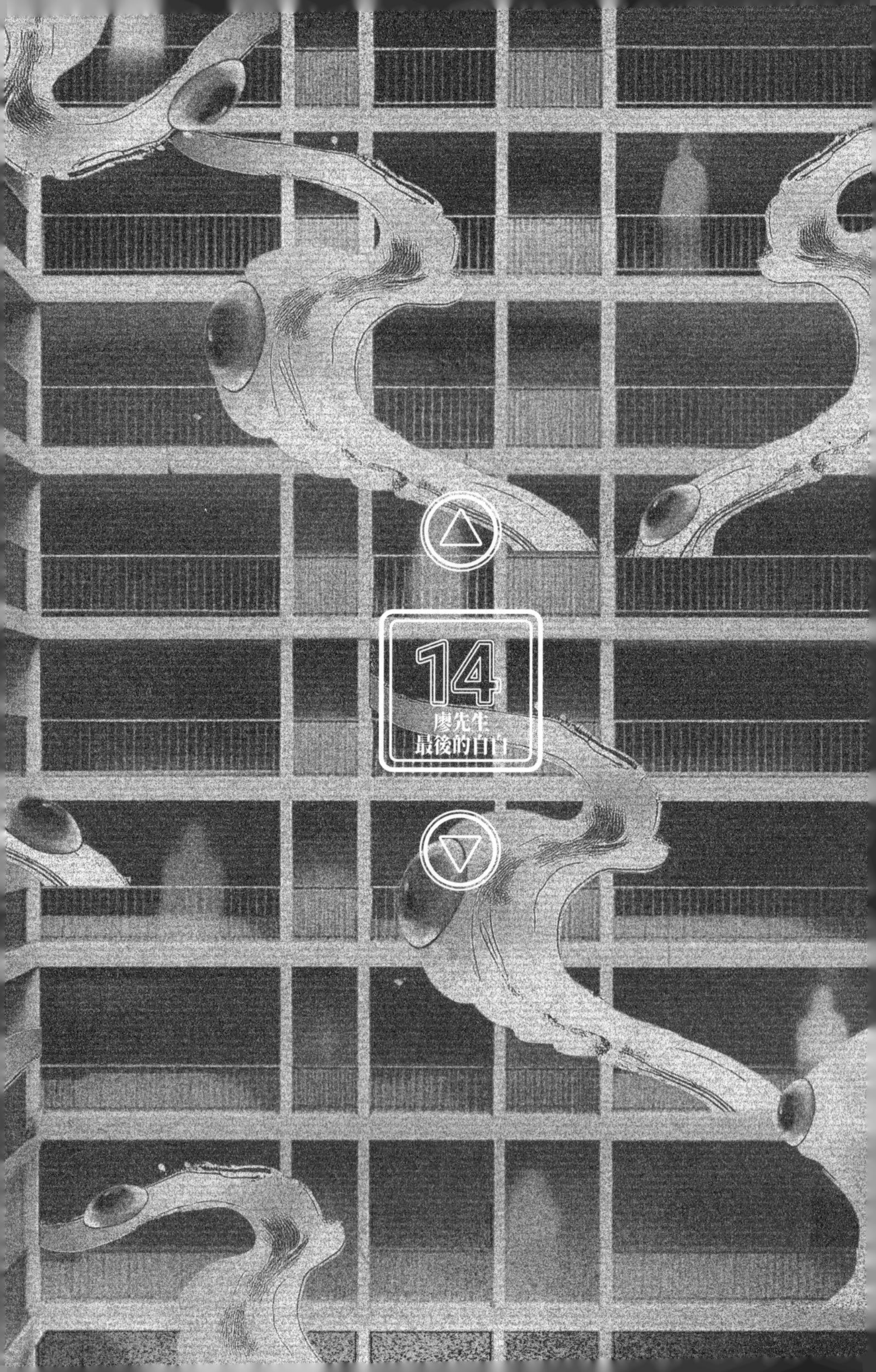
14
廖先生
最後的自白

步出梁先生的家門時，天色已晚，但廖先生的家竟然中門大開，我和梁先生看到後感到奇怪，齊齊進內查看發生甚麼事。

同為二十二室，雖然原裝間隔一樣，但廖先生家中的自行間隔帶着強烈的個人風格，用櫃間了一條迂迴的走廊，中間又垂下多重布簾，就像學校萬聖節時學生會製作的鬼屋般。我們走遍全屋，除了滿地的玻璃碎、垃圾和碗碟的碎片外，始終看不到廖先生的蹤影。

「佢係咪出咗街無閂門？」我問和我一樣迷茫的梁先生。

梁先生呆着看我，回答：「我點知，我同你一齊入嚟㗎喎。」

「之前無試過？」我再問，梁先生搖頭。

看來這是第一次發生的事，那廖先生究竟去了哪？門也不關是趕着逃命嗎？不過這是千載難逢的好機會，不好好調查一下他的家定必後悔，可能會找到些從未發現的線索。

我向梁先生提議一起搜查單位，他也爽快地答應。我們分工合作，我由門口開始，梁先生則由最深處的廚房開始。門口的櫃是鞋櫃，由底到頂的大鞋櫃裏，只有寥寥無幾的三數對鞋，但都鋪滿了厚厚的灰塵，看來已經很久沒有穿過。

沿着櫃走，櫃子全都是裝一些雜物、過期食物，沒甚麼有用

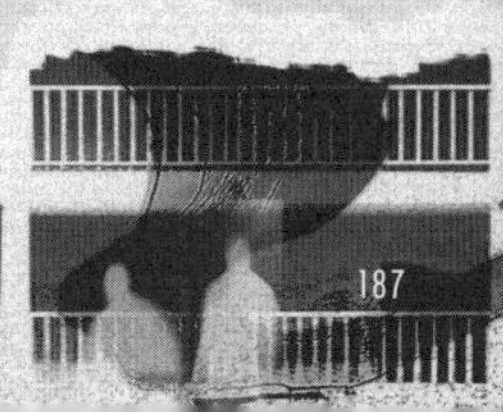

的線索。轉了兩個彎，眼前是一間用布簾間的房，裏面有一張木製雙層床，底層是抽屜，下層是被鋪，上層是雜物。我先檢查上層，盡是一些過時的舊電器，我懷疑都已經壞了不能用，看來廖先生的人設是那種新聞會報道、專門收藏垃圾的長者；而抽屜也只是一些衣服，沒有甚麼特別；在下層的被鋪我反而有所發現，一隻與他格格不入的小熊毛公仔放在枕頭旁，我認出這是我兒時很受歡迎的毛公仔，但生產的公司已經在早年倒閉，所以現在這隻毛公仔已經絕版。這毛公仔最吸引我眼球的地方是它的清潔程度，簡直就和新的沒有分別，與全屋形成強烈對比。另外，除了它的新淨程度，它與梁女的關係亦是我留意它的原因，因為它曾出現在我的夢裏，廖先生和她在屋外玩耍時就是拿着這毛公仔！

我仔細檢查這毛公仔，看看它有沒有收藏着甚麼秘密，可惜甚麼也沒有，就只是一隻保存得完好乾淨的毛公仔而已，儘管是這樣，我還是拿着它，我相信梁先生一定能想起些甚麼。

離開房間後，我繼續沿着櫃子走，沿路檢查櫃內也沒有發現，直到在露台的門前，我與梁先生相遇，大家同時發現了一個奇怪的印記。

這個印記約一隻手掌大，就刻在進入露台前的地磚上，印記很簡單，是一個地球，下面有一個「M」字，而「M」字中間的「V」變成了「Y」。

「呢個印記係咩事？」我不禁問，不過想當而然，梁先生也是

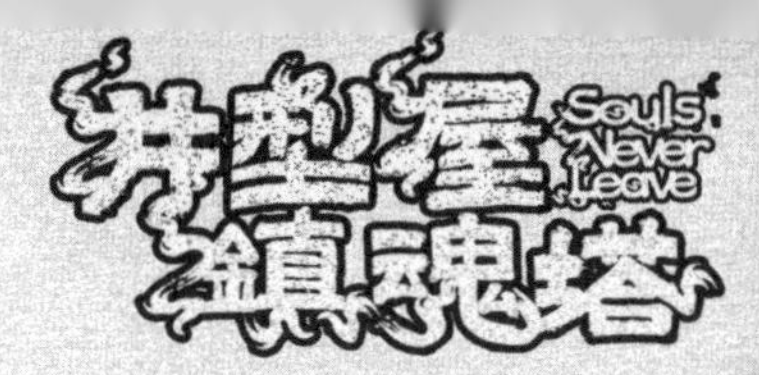

丈八金剛——摸不着頭腦。

「點都好，快啲影低佢，返到去先慢慢研究。」梁先生指揮道，我也不敢怠慢，立即拿出手提電話拍下它，同時，他也發現了我手上的毛公仔，於是問：「你手上隻公仔，可唔可以畀我睇下？」

我聞言便遞給他，同時說：「我已經 check 過，無古怪、無做手腳。」

梁先生接過毛公仔便仔細檢查，完全沒把我的說話聽進耳內，忽然他驚叫：「係佢喇！」

他的一叫差點把我的膽嚇破，我疑惑地看着他，就像問：「你發現到啲乜？」

梁先生也很懂我的表情，簡單解釋道：「呢隻公仔係我個女最鍾意嘅，即使佢咁大個人，晚晚都仲要攬住佢瞓覺。本身我諗住燒埋隻公仔落去陪佢，不過喺佢出事之後就唔見咗，原來係呢條仆街偷咗，仲洗得咁乾淨！」

「會唔會係同款咋？」我問，畢竟毛公仔都是量產的，有同款也很正常。

梁先生將毛公仔的腳遞向我，示意我看，不過由於時代久遠，加上無數次的清洗，以及毛公仔的材質本身就不適合寫字，腳下

的名字早已模糊不堪，我只能勉強看到是「Y」開頭及「y」結尾的英文名，然後配合我的認知和推理，可能是「Yancy」，梁女的名字有「茵」字，如果英文名是「Yancy」也很合情理。

「你睇到呀可？係我個女嘅簽名。嗰時佢睇完《反斗奇兵》，就學 Andy 喺公仔嘅腳板寫自己個名，所以呢個係獨一無二嘅毛公仔，我唔會認錯！」梁先生激動地說。

「咁而家物歸原主喇。」我把毛公仔推回給梁先生，然後問：「你啱啱有無搵到咩線索？」

「啊！」梁先生從口袋拿出一張紙，上面寫了很多日期，我看着不解，他便解釋道：「呢啲日期我死都會記得，上面寫住我個女生日、出事、頭七、回魂、出殯嘅日子，只不過除咗呢啲日子之外，其他我就唔係咁清楚……但一定都同我個女有關，呢個廖生唔係精神病，而係不折不扣嘅變態佬！」

的確，由我們手上的證據來看，他完全是一個變態，完全有可能因愛成恨殺害梁女，但為甚麼他始終堅持自己是幫助她和她未死呢？難道他扭曲成殺了她是幫助她脫離被所有人傾慕和追求的煩惱？但未死又如何解釋？還有那個印記又是甚麼意思？還是上網找找吧！

「喂，你聽唔聽到？」梁先生突然以氣音問，但我剛剛專注思考，甚麼也聽不到。

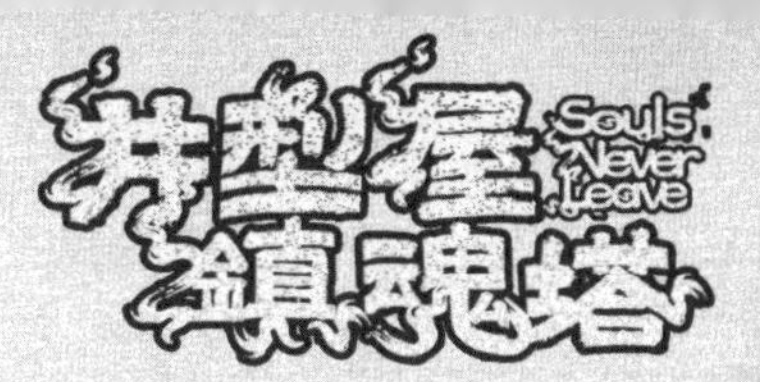

「有呼吸聲，不過好微弱。」他續說，然後循聲溯源，發覺聲音來自其中一面牆身內。

是隔壁單位傳來的呼吸聲嗎？不太可能，雖然公屋隔音是差，但也未至於連呼吸聲也隔絕不了，那即是聲音的確來自牆中！

我敲了敲牆身，是空心的，這很不尋常，一般屋與屋之間的都是主力牆，必定是實心的，這說明牆身被人動了手腳，是廖先生還是四二三室的住戶？

我們不斷敲打牆身以尋找機關，同時牆內的呼吸聲越見急促和沉重，中間還夾雜着「嗯、嗯」的叫聲，應該是嘴巴被塞了甚麼東西所致。

「唔好再敲喇，入面應該真係有人，我哋直接扑穿佢仲快，空心的話牆身唔會好厚，好易扑得穿。」梁先生提議，然後不知在哪裏變了兩個鎚子出來，把其中一個交到我手上。

「小心！我哋而家扑穿幅牆，你唔好亂郁。」我警告牆中人後便開始動手。

我用鎚子敲打了數下後，開始掌握到力度，然後便放膽大力打下去，兩三下功夫便打出了裂痕；另一邊廂，梁先生已經早早打穿了牆身，露出了缺口。

「奇怪，喺個窿望入去唔見有人。」梁先生疑惑地說。

我也同樣望進去，的確看不到人影，但「嗯、嗯」的聲音還是從裏面不停傳出來。

「雖然見唔到人，但聲音確實喺入面傳出嚟。唔好理咁多，繼續扑。」我嘴上一直說，手也沒閒着，繼續敲打牆身。

經過我們一番努力，中空的牆終於被我們打穿了大部份，已經夠一個成年人進出，但裏面始終看不到人影，取而代之的是一個錄音機，不停播放着呼吸聲和「嗯、嗯」聲。

「惡作劇？」這是我第一個想法，不過，誰會大費功夫去準備這一個惡作劇？而且又怎去確保一定有人進來？

「細路，你快啲過嚟睇下。」梁先生指着牆內說：「又係嗰個印記，呢間屋睇嚟唔係咁簡單，你快啲上網搵下，睇下呢個係咩印記。」

我立即以圖搜尋，結果卻令我相當意外，這個並非甚麼邪教或恐怖組織，也絕非甚麼神秘學會或陰謀論組織，反而是一個正正經經的國際協會，而且入會的方法非常透明，只需要通過它的智商測試，到達某個分數就可以。

「呢個協會究竟同呢間屋有咩關係？點解有咁多佢嘅印記？」

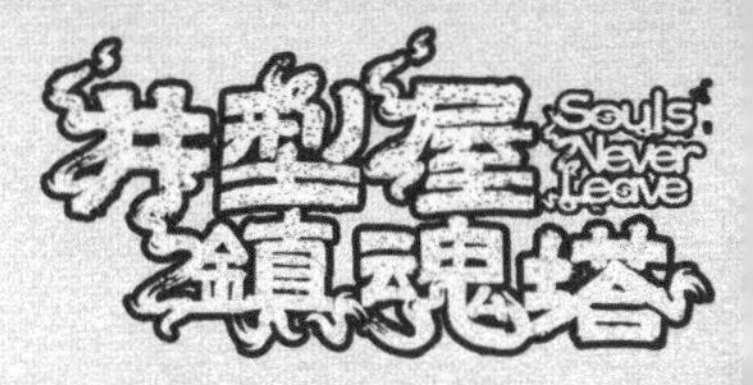

梁先生問，可是我也不清楚，接着我們便迎來長達數十秒的沉默，直到一個人的出現。

「你哋，做咩，喺我屋企，出現？」是廖先生，他上氣不接下氣地問。

看到廖先生出現，梁先生頓時火冒三丈，衝到他面前就是一拳，他還未弄清楚情況便被打得鼻血直流，跌倒在地上，可是梁先生還想乘勝追擊，我見狀立即跑到兩人中間分隔開他們。

梁先生依然未冷靜下來，朝着廖先生破口大罵：「你個死變態黐線佬，你做咩偷咗我個女隻公仔？仲要放喺床晚晚攬住佢陪瞓？你都真係心理變態！」

「你先係，唔好屈，隻公仔，係紫茵，親手畀，升中學，嗰陣時。」廖先生結結巴巴地說，他結巴並非因為害怕或氣不足，而是他獨特的說話方式，但我記得夢中的他說話是正常流暢的，大概是梁女過身後才變成這樣。

「升中學嗰陣時？你唔好講大話！嗰時我仲見到佢攬住嚟瞓。你好快啲講，你幾時偷入我屋企偷嘅？」梁先生火氣十足，一口咬定是廖先生偷的。

聽到梁先生這樣指罵自己，廖先生也終於按捺不住要爆發，他連環反擊道：「你收聲！好意思，話自己，錫個女？了解佢，

你知乜？唔開心，你知咩？要人陪，搵邊個？你只顧，你自己，無關心，好陌生，想改變，搵人錫，要成長，送畀我，多謝我。我重視，好珍惜，幫助佢，而家佢，一齊住。」

雖然斷斷續續，要加點邏輯推敲，但我已經大概了解為甚麼梁女不在自己父親面前現身，如果廖先生所言非虛的話。

只不過，作為父親的梁先生，當然不會承認，所以他繼續辯駁：「而家死無對證，你講乜都得㗎啦，我點會唔了解佢、唔錫佢、唔關心佢？呢隻公仔就係我親手送畀佢嘅三歲生日禮物，而且每年生日同過時過節我都會同佢慶祝，佢都唔知幾開心，你呢啲完全係無稽之談！」

梁先生說完後，廖先生突然轉身，點頭彎腰，然後再面向我們說：「總之你，快啲走，佢唔想，見到你，你唔走，佢發嬲，我報警。」

「裝神弄鬼，我唔會怕你，你最好快啲報，等警察拉你呢個賊仔同兇手！」梁先生堅持不動，我也勸說無果。

廖先生見狀，果真拿出手提電話撥打九九九，可是與我之前情況一樣，始終打不通，看來這裏果然有干擾。

「係咪打唔通？我之前都係咁，我估呢度應該有嘢干擾，或者我哋行開去第二度試下，順便講埋我知呢個印記係咩一回事，點

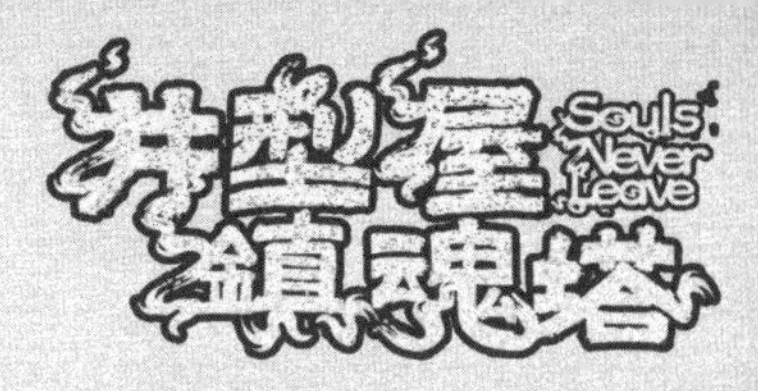

解你屋企會有。」我拿出手提電話向他展示照片。

廖先生看到照片後顯得十分抗拒，他不斷後退直到倚靠着欄杆，之後順勢蹲下，雙手抱頭，讓頭埋在兩膝之間，口中唸唸有詞。

我拿着手提電話走近他，我走得越近他便越惶恐，頭埋得越深，直到我站在他面前，他便嚇得跳起來並大叫，身體不斷向後擠擁，但他已經再沒有半寸退路，除了面對我便無其他選擇。

然而，我終究還是太年輕，忘記了一個無限大的退路——跳樓。他爬上欄杆，搖搖欲墜，我即時停下並勸他下來，可是他不為所動，不斷重複要我離開，為免有人命傷亡，我選擇讓步。我慢慢後退，同時說：「你快啲落返嚟先，上面危險。」

廖先生看到我退讓，他態度也不再強硬，有下來的意思，可是梁先生偏偏在此時煽風點火，走到門前說：「啱喇，你個死變態賊，係就快啲跳落去，唔好丟人現眼喺度獻世，以慰我個女在天之靈！」

他此話一出，本想下來的廖先生再次變得情緒激動，緊握欄杆的柱大喊：「唔係賊！我無偷！係佢送！無變態！」

此番擾攘，在井內圍觀的人開始增多，連保安也上來勸阻，可是梁先生和廖先生兩人針鋒相對、情緒激動、互不相讓，無人能制止他們。

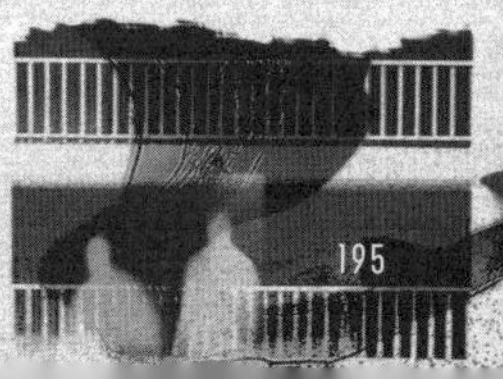

「快啲報警先，我哋搞唔掂。」男保安小聲對身旁的女保安說。

女保安面有難色地答：「我一早試咗，但個電話打極都唔通……」

「你唔好再激佢，你咁樣叫教唆他人自殺，都係罪，要坐監㗎。」我嘗試恐嚇梁先生令他停下，可是並不成功，反而變本加厲，罵得更七情上面。

而廖先生也不甘示弱，在狹窄的欄杆上手舞足蹈為自己辯護，險象環生，好幾次還差點要掉下去。

他倆的舉止越來越不尋常，若廖先生的危站是狗急跳牆，那梁先生的咄咄逼人真的是因為愛女深切？很快地，我便知道他倆這麼激動的原因──黑眼人。那三家黑眼人竟然再次出現，混雜在各層的人群中看着這一切的發生，還露出滿意的笑容。

「喂！快啲捉住佢！」我指着其中一個黑眼小孩大叫，站在他兩旁的人滿頭問號，黑眼小孩用那深邃漆黑的眼睛望着我，露出一個不知該如何形容的笑容，是勝利？是恥笑？還是無邪？然後一眨眼他便消失不見了，不只是他，其他數個黑眼人也同時失去蹤影。

我非常肯定自己沒有眼花，但當務之急是解除梁先生和廖先

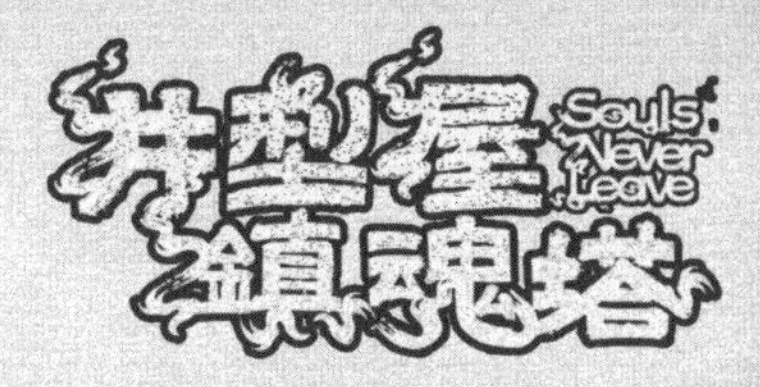

生的異常狀態。我跑進屋內，拿了一個水煲裝滿水，分別朝他倆潑去。

在寒冷的一月，這樣子全身濕透，就算不着涼，也會冷得像冰條，所以他們同時對着我破口大罵，我肯定這是他們有史以來最團結、合拍的一次，不過我也沒有解釋太多，只謊稱希望他們能夠冷靜下來。

雖然方法比較粗暴，但還是收到想要的效果。他們已經回復正常，梁先生也立即跑回家抹身更衣，而廖先生也慢慢從欄杆下來。

廖先生先蹲下，然後慢慢坐下來，雙手依然緊握欄杆，再逐隻腳放下地面，最後安全着陸，這是我本應看到的畫面。可惜不知哪一環節出了錯，他在蹲下的這一步竟然定住了，就像被施展了定身咒一樣，身體一動也不動，他自己也顯得很焦急。十數秒後，他的身體終於能再次動起來，可是不是繼續蹲下，而是筆直的站了起來，雙手還放開了欄杆，「大」字型張開，由他的表情能看得出現在他是身不由己，他不斷重複説：「我錯喇，放過我，我幫你，唔會講。」

然後他的頭就像受到重擊一樣，不自然地向後仰，身體亦隨之向後靠，伴隨着圍觀群眾「嘩」的驚叫聲，三秒後，「啪」的一聲便響徹全井，廖先生躺在井底的血泊之中。由於四樓不算很高，所以沒有立即致命，他不斷痛苦呻吟，口中不斷吐出鮮血。

「仆街！」我第一時間跑下去查看他的情況，同時嘗試報警，可是電話依然接不通。

「你唔好講嘢住，救傷車好快嚟，唔好合埋眼，唔好瞓着。」我把從電視劇裏學到的對白一次過說出來，縱使幫助不大，但說了會比較心安理得。

「我就死，有啲嘢，我要講。」廖先生用盡最後力氣，辛苦地逐個字吐出來。

我挨近他，把耳湊到他嘴邊，希望他不用太用力說話，減輕他的痛苦。

「我走咗，唔係我，我幫佢，想阻止，但人多，幫唔到，佢無死，個印記，佢復活，一齊住，要報仇，我阻止，發脾氣。」廖先生斷斷續續地說了一連串三字經，雖然沒有上文下理，但以我的理解能力，勉強能夠猜出他的意思。

「個印記點解可以復活人？嗰個究竟係咩組織？你同嗰個組織又有咩關係？點解你屋企會有嗰啲印記？」我順着他的說話問，完全忘記了他已經身受重傷。

「個組織，另一個，復活人，好危險，係鬼屋，要破壞，快啲走，快啲走！」廖先生越說越激動，吐出的鮮血更多了，甚至噴到我身上。

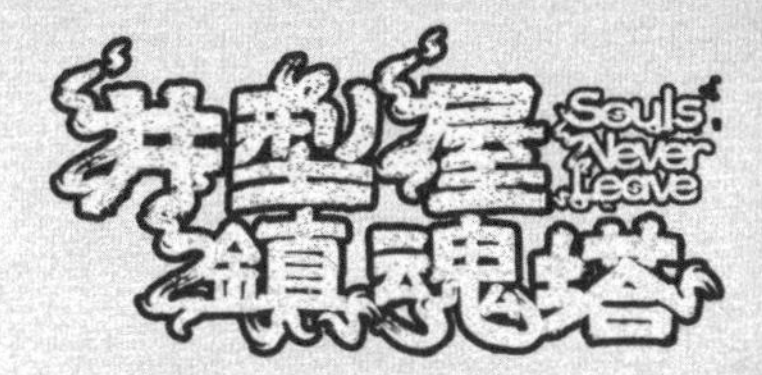

我連忙阻止他再說下去，勸他冷靜並深呼吸，可是他的體溫越來越低，呼吸也越來越急促，雙眼也就快合上了。

我嘗試繼續問他問題以保持他清醒，但他已經聽不到我的說話，神智不清了。他以最後一口氣對我說：「游瑞棠……」

然後他的身體突然抽搐，雙眼通紅，睜得很大，眼珠突出，口吐白沫，最後驚恐地指着我，便斷氣了。

游水堂？甚麼鬼？臨終前這麼辛苦，還要跟我說游水堂，是甚麼想法？他有那麼喜歡游泳嗎？還是游水堂有甚麼線索？但世間有千千萬萬堂游水堂，他說的是哪一堂？我徹底糊塗了，思路完全理不清，腦袋思考不了，或許是一次過有太多的資訊衝擊着我，我只感到混亂和重重的無力感。

「通喇通喇，終於打得通喇！報到警喇！」女保安興奮地說，但廖先生已經返魂乏術，我亦趁無人注意，偷偷離開意外現場，返家清洗滿身的血跡。

15
波子聲

15 波子聲

廖先生跳樓沒有引來很大的迴響，畢竟住在這裏的人已經司空見慣，報章也只有二百多字的極小篇幅報導，大概除了我以外，沒有甚麼人會留意。

其實我也沒有特別去留意，只是剛好免費報章上有報道而去看而已，畢竟第一次在如此近的距離發生這麼震撼的事，我也害怕得不想再去回憶，可是這一看卻徹底改變了我的命運。

「頸部有瘀痕」、「窒息致死」、「死因有可疑」這三句句子率先映入眼簾，深深刻進我的腦內。

「無可能，窒息有可能，因為被啲血濁親，但點會頸部有瘀痕？當時明明得我一個人喺度，都無其他人。」我百思不得其解，很自然又聯想到靈異之談。

「大哥哥，你睇緊咩？」阿曦和阿晴天真無邪地笑着走過來問道。

「睇緊報紙之嘛，無咩特別。」我笑着回答，同時將報紙隨手翻到另一頁。

「大哥哥你快啲睇下。」阿晴拿着一枝鉛筆說：「係老師讚我乖送畀我嘅。」

同時，阿曦也不甘示弱地展示手中鉛筆說：「我都有，都係

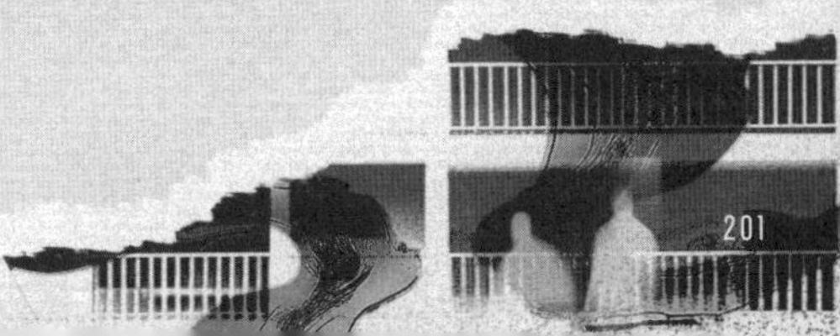

老師送㗎。」

「咁叻嘅，咁以後要用呢枝筆寫字寫靚啲喇喎，唔好辜負老師送畀你哋嘅筆。」我讚賞同時不忘鼓勵他們。

「我哋用枝筆畫咗一幅畫。」阿曦說。

阿晴不知何時已經拿着畫紙，展示着說：「你睇下，靚唔靚？」

畫紙上畫了三個人，兩男一女，一個男躺在地上，指着另外兩個站着的人，男在前女在後。

「呢個係大哥哥，」阿曦指着站着的男對我說，然後再指着躺在地上的男說：「呢個係叔叔，兩個都係我畫，靚唔靚？」

接着阿晴指着站在「我」身後的女說：「呢個你話識玩魔術嘅姐姐係我畫㗎，係咪好叻？」

經他倆解說，這圖畫不就是昨天廖先生躺在血泊中的一幕嗎？但 Tracy 怎會在我身後？不過廖先生的確曾指着我，難道是指我身後的人？但我身後沒有人啊，難道真的是……想到這裏，我背脊發涼，雞皮疙瘩，汗毛直豎。

我陷入了驚恐當中，忘記了回應他倆，直到阿旻走過來拍我，

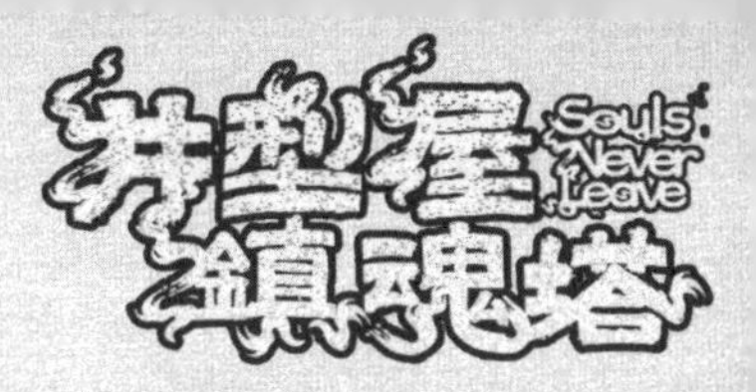

我才回過神來，稱讚他們道：「好叻喎，畫得咁靚，畫到大哥哥咁靚仔，不過你哋點解會有咁嘅構圖？」

「我哋琩晚見到囉。」他們異口同聲說。

「見到？」我嚇呆了，不過不是因為他們看到不存在的一幕，而是因為他們看到血淋淋的畫面。

此時阿旻補充說：「佢哋琩晚同我一齊睇動畫見到，所以畫咗出嚟。」

他們猛點頭，我這才鬆一口氣。接着阿旻故意支開他倆，湊過來說：「聽講琩晚你遇到啲好爆嘅嘢，講多啲嚟聽下。」

「琩晚我拎咗張相落四樓自己查單嘢，中間發生咗好多事，但最後就以廖生自殺告終。」我用兩三句便把事情總結了，可是阿旻明顯不買賬，追着我要更詳細的版本。

我敵不過她不屈不撓的追問，最終一字不漏、原原本本將昨天的事如實相告，包括那個神秘的印記、黑眼小孩和廖先生跳樓的細節，當然最後那一指也沒有刪減，還有那莫名奇妙的「游水堂」。

「綜合埋廖生嘅説話，個組織應該有某種神秘力量，可以復活死人，所以佢話梁女無死，佢屋企有呢個印記，可能佢都係其中

一個成員。」我邊說邊拿出照片給阿旻看，然後她很快便找到這個組織——一個高智商人士才能加入的組織。

「我都搵到，但就係唔明呢個組織點解會同呢啲事有關。」坦白說，我有點期望她能給我一個答案。

「的確，我都唔明……」阿旻仔細研究我手提電話照片內的印記和那個組織的會徽，忽然驚呼：「喂！唔係喎，你睇真啲，個地球係唔同㗎，呢個會徽嘅地球同你手機張相個地球係鏡像反轉，佢哋唔係同一個組織嚟。」

阿旻果然沒有令我失望，但我還是不能輕易相信她，質疑道：「會唔會咁啱係印刷問題咋？」

「一個咁大嘅國際組織，會咁兒戲？仲要全部高智商人士喎，你覺得咁講得通咩？」阿旻鄙視我說。

的確，我這說法真的站不住腳。

「咁黑眼人……」我還未說完，阿旻便打斷我道：「之前咪講過，係你眼花，今次啲花生友嘅反應絕對證明我無講錯。」

「咁廖生跳樓嗰下唔自然嘅頭向後岳，同埋報道講嘅頸有瘀痕，仲有最後指嗰下又點解釋？而家諗返，我覺得似係俾人推咗個頭一嘢之後跌落去，再俾人揸住條頸搞到窒息，最後指住我身

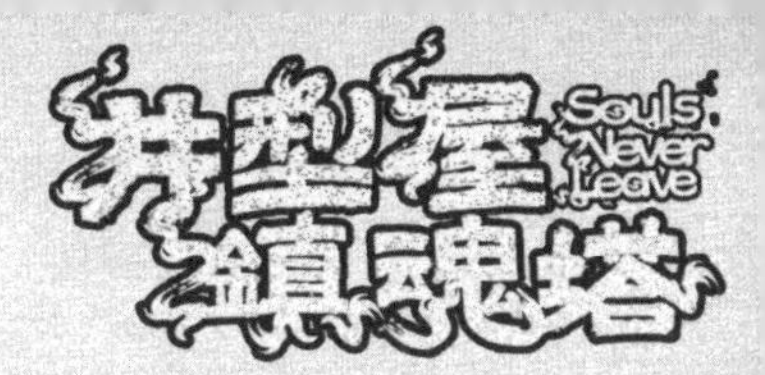

後睇唔到嘅兇手，即係鬼。」我自己分析道，同時把這難題拋給阿旻解答。

「又係鬼，好心你啦阿哥，唔好三句唔埋兩句就話係鬼，其實科學都唔係咁難，點解唔學下？」阿旻尖酸地說：「你話你淋完佢凍水，咁凍之下仲淋凍水，暈一暈好合理；瘀痕其實喺佢瀕死咁唔穩定嘅情況之下，被血嗆親呼吸唔到，自我催眠俾人揸住條頸形成瘀痕都唔奇，大把催眠實例已經證明咗催眠可以令一個人無中生有唔同嘅傷痕；至於最後指住你，究竟係指住你定指住你身後你都未分得清就唔好提。」

阿旻的解釋我也有想過，但不知為何，由她說出特別有說服力，大概她已經成為我心目中推翻鬼神之說的權威了。

「但我始終都諗唔明佢最後講嘅『游水堂』係咩，究竟關咩事呢？」原來阿旻也有疑惑的時候。

「可能我哋搞清楚嗰個組織係咩就會知呢？」我試圖從這個意思不明的遺言中找個開脫的藉口。

阿旻同意後，我們便分開行動，用各自的方法尋找答案。我把照片發給 AI，很快便有答案，可是全部都是關於那個高智商組織。

「唔係呢個，個會徽唔同，我要搵嘅嗰個組織，會徽個地球係

鏡像翻轉嘅。」我對 AI 說。

「我找不到『會徽個地球係鏡像翻轉』的結果，你是不是想找這些組織？」AI 回答並列出了數個會徽中有地球的組織，但這些都不是我想找的。

「滴……滴……滴……」

我再輸入「神秘組織」、「復活死人」這兩個關鍵字，配合那張照片讓 AI 再搜尋，但結果依然不理想，只是增加了一些復活死人的方法。

「滴……滴……滴……」

「啊！好煩，啲波子聲嘈住晒，搞到我乜都諗唔到。」我煩躁地說。

「滴……滴……滴……」樓上傳來的波子聲，由疏到密、由小聲到大聲，使得我不能集中精神。

「咩年代？而家仲有人玩波子？啲細路隨時連波子棋都唔識捉啦！」我吐槽道，可是樓上的波子聲並沒有因而減少，反而越來越多，令人忍無可忍。

「妖！我要上去鬧鬼佢先得！」我坐言起行，懷着滿腔怒火，

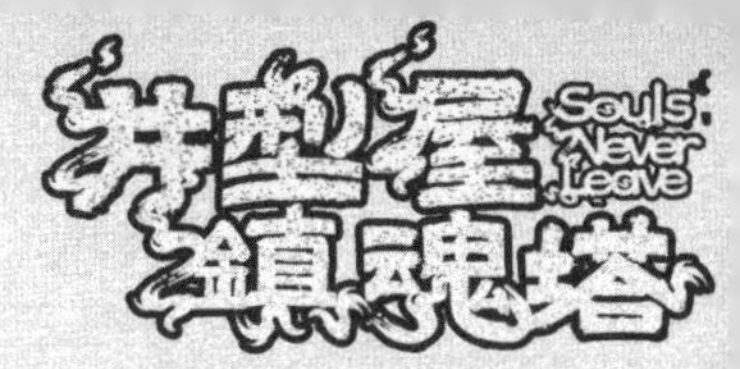

一鼓作氣衝上十六樓，可是去到一六二二室門前卻開始害怕，怒火也澆熄了一半。

但事情往往就是如此巧合，我還在猶疑及模擬之際，門已經開了，出現在我面前的是一位年青女子，目測二十多歲，手抱着一個剛出生、正在酣睡的嬰兒。

我和她四目交投，被嚇到的她率先開口問：「請問……有咩事？」

我剛才的怒火已經全滅，只能結結巴巴地答：「吓？無……無，係咁嘅，我呢，住你樓下，一五……一五二二，啱啱就聽到你呢度有好多……好多波子聲，所以話想上嚟……上嚟一齊玩咁囉。」說完後我也想掌自己一巴，這麼爛的理由我竟然能說出口，在現今社會活像一個變態。

「吓？」少婦的反應很正常，她既疑惑又憤怒地罵：「一齊玩波子？你黐線㗎？變態佬你好快啲走，再唔走我就報警！」

她說我是變態是意料中事，但說到報警就未免有點小題大做，我緊張起來，終於回復正常。

「唔好意思，講錯，其實我上嚟唔係想玩波子，係想同你講唔好再玩波子。啲波子成日跌落地好嘈好應聲，成日滴滴滴咁，嘈到我都集中唔到精神。今次上嚟係想先小人後君子講聲，再有

波子聲我就同保安投訴，扣你分，等你公屋都無得住。」我反客為主，嚇得她無言以對。

「我哋屋企都無波子，而家仲邊有人玩波子㗎……」少婦的答案出乎我意料，但又同時在預料之中。

「無波子？咁點解會有波子聲？」我質問她。

少婦無奈地答：「我點知……」

我偷偷看進屋內，單位裝修以簡約和玻璃為主，整間屋一覽無遺，還放了各種模型和動漫周邊作裝飾，如此年青的設計，的確不像有波子這種上古時代玩意。

「咁可能係你隔籬屋啲聲傳過嚟，我去問佢哋，唔好意思，打攪晒。」我道歉後便到隔壁一六二三室尋找答案。

「滴……滴……滴……」清脆的波子聲此時由一六二二室傳出，少婦立即驚慌地回望空無一人的屋內，我也回到少婦面前。

「啲聲的確喺由你呢度傳出嚟，你都應該聽得好清楚，仲想抵賴？」我故意提高聲量。

「……」少婦支吾以對，一臉尷尬。

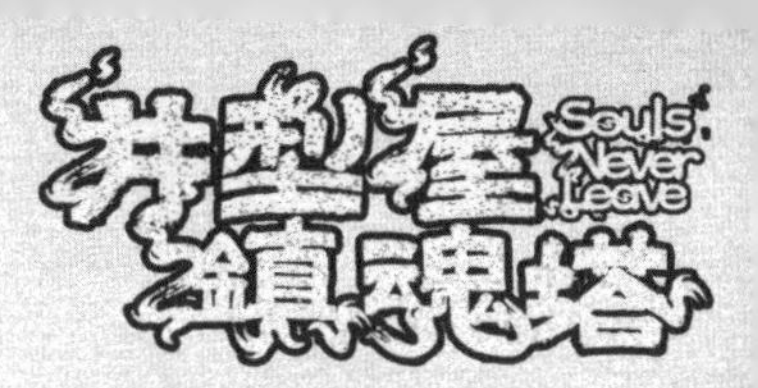

「你唔解釋清楚咁我就只好同保安講，之後扣你分。」我兇狠地說，但心底裏其實十分膽怯。

「唔好唔好，我講。」少婦面有難色地說：「其實啲波子聲係我個大仔整嘅，佢最近鍾意咗玩波子。」

「大仔？咁麻煩你教好佢唔好掉落地，又或者你墊張墊。」我以凌人的眼神盯着她。

「……」少婦有口難言，張開口又合上，只點點頭。

我看得出她有難言之隱，但當下我沒有多加理會，只想盡快離開現場，畢竟第一次便獨自直接找上門的我比她還怯。

回到家後，我頓時安心下來，繼續搜尋關於那個組織的資料。

「滴……滴……滴……」坐下不夠十分鐘，樓上又再傳來波子聲。

「真係唔識死㗎喎，當我亂嗡嚇佢？唔發火當我病貓，就畀啲顏色你睇下。」我心想，然後撥了電話向樓下保安投訴，並要求他跟我一同上單位告誡少婦，雖然言語間他有點不相信，但還是陪我去了一趟。

數分鐘後，我和保安兩人便在一六二二室前，這次有保安在

旁，也幫我壯了膽，而且已經事先警告過她，所以可以更加理直氣壯。

按下門鈴後，應門的是一位老婦人，她有禮貌地問我們來意，我火氣十足地答：「問你個女定新抱，啱啱我同埋講得好清楚！」

老婦聽完後依然保持禮貌，並微笑回答：「小朋友，我老伴早死，獨居咗十幾年，膝下無兒無女，邊度咁有福氣有個女或者新抱先得㗎，你係咪搵錯門？」

此時保安也插嘴道：「刁太，唔好意思呀，打攪晒。我都同佢講咗無可能係你，但佢死都唔信，點都要拉埋我上嚟。」

「唔緊要，」刁太始終笑面迎人，甚有修養，禮貌地問我：「究竟係發生咩事，搞到你要嬲爆爆咁走上嚟搵我？」

「我無可能搵錯，我自己樓上點會錯？啱啱明明係一個抱住BB嘅少婦應門，間屋仲要新裝修，簡約風同玻璃為主，放咗好多模型同 figure 做裝飾。」我偷偷瞄了一下屋內的裝潢，老舊的板間房，傢具都是木製，還有神枱，當然少不了一桌的生果、一壺茶、吃了一半的餅乾和麵包等食物，標準的老人屋擺設，隱約還嗅到那陣酸餿的老人味。

正所謂輸人不輸陣，我繼續維持憤怒的聲線說：「我唔知你變咩把戲，但無論你係少婦定阿婆都好，你唔好再玩波子，啲波

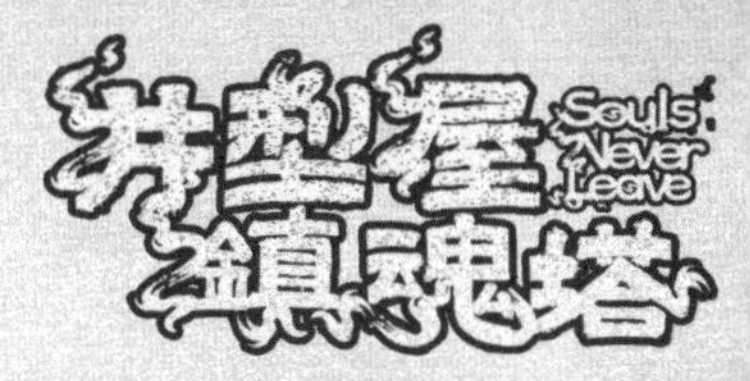

子跌落地好嘈，嘈住我溫書！」

「噢！真係唔好意思，雖然我無玩波子，啲聲唔係由我呢度傳落去，但我都為你嘅遭遇感到難過，我幫你留意下會唔會係隔籬左右，我見到幫你講聲。」刁太慈祥地道。

「好喇，阻住你唔好意思，我帶返佢走先。」保安恭敬地說，然後轉身對我說：「你都見，邊有人玩波子，唔好阻住佢老人家，你跟我落返去先。」

無證無據，而且不知為何連人和屋也變了，我也只好無奈離開。

「滴……滴……滴……」波子聲不定時出現，我也不堪其擾，既然進攻拿它沒轍，那只好選擇防守。我拿了兩團棉花塞進耳內，再戴上耳機，外面已經甚麼聲音也聽不到，我可以專心去調查組織之事。

突然，一隻手搭在我肩上，我嚇得立即跳起來準備迎擊，幸好只是阿旻，她不明所以地問：「阿哥你搞乜？」

「咩話？」我甚麼也聽不到，直至阿旻示意我脫下耳機，我才聽到她的問題，於是我便把剛才的遭遇一五一十地跟她說。

「咩波子聲呀，嗰啲只係水管變動傳嚟嘅聲。因為水龍頭突然

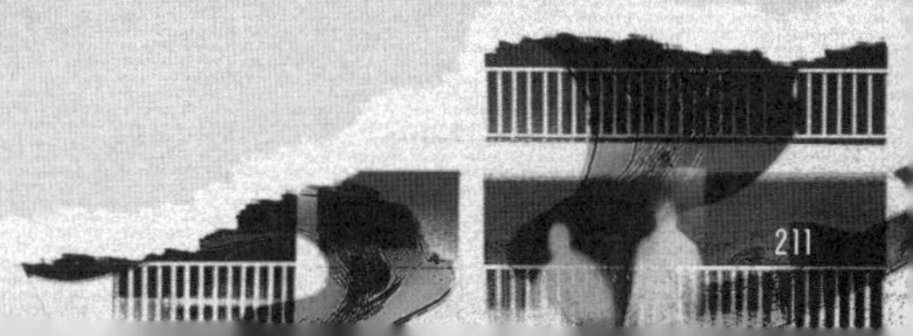

開門，連接嘅水管入面嘅水壓會突然變動，就會產生水錘作用，水錘作用大嘅時候就好似波子聲同拉櫈聲咁，科學現象嚟，唔好又衝出去柒得唔得？真係唔想俾人知你係我阿哥。」阿旻翻着白眼說。

經她這樣一說，我終於明白為何沒有波子也有波子聲，所以這真的不一定跟一六二二室有關，而且這是建築結構上的問題，真的怪不了別人。只不過，一六二二室的人和屋瞬間不同又應如何解釋？

「你去錯第二個單位。」阿旻輕描淡寫道。

但真的是這樣嗎？我對此抱有懷疑，因為我真的十分肯定我兩次都是去了一六二二室，可是，我真的去了同一個空間的一六二二室嗎？對於兩次進入鎮魂塔的我來說，這真的有商榷的餘地。

「喂，唔好講呢啲住先，關於個組織，你搵到啲咩？」我把一六二二室的事先放一邊，問了更重要的事。

「啱喇，我就係想同你講呢件事，你過嚟睇下。」阿旻說完轉身便回到自己的房間，我跟過去後，她便播放一條影片，這是一個專門講述都市傳說、神秘學、陰謀論、超自然科學、未解之謎的頻道，是一對夫妻檔主持，非常受歡迎。

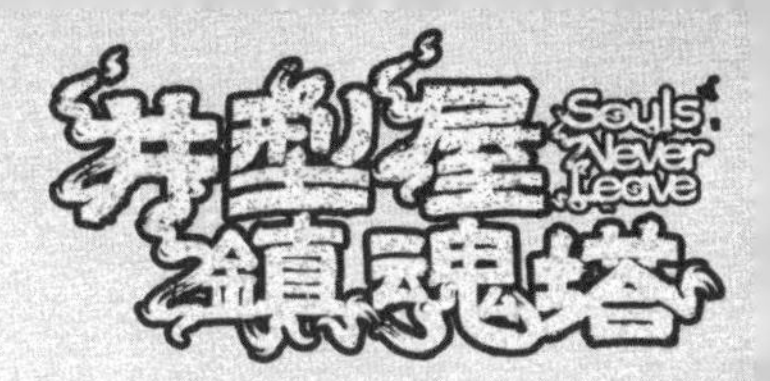

這條影片開頭播了一段數分鐘的短片，是一班人在大屋內追逐躲藏，被捉到的人會死亡；緊接着再播放另一段短片，這段同樣是一班人，這次在足球場上，正在玩數字球，然後突然有一個參加者頭的爆開，非常血腥。影片播放完後，男主持便進行解說。

綜合這影片的解說，這個組織至少有七百多年歷史，最早見於文藝復興時期的歐洲，它每個時期都有不同的名字，推動了世界上很多大大小小的文化、經濟、科學和宗教事件，令世界進步不少。不過，它每次運用的手法都不甚光彩，難以被世人接受，只是它勢力極大，往往也能把這些不好的名聲在歷史長河中抹去。

「咁即係佢用呢棟大廈做據點，又唔知想推動啲咩世界大事，令世界進步？咁我哋咪應該要好光榮？」我反諷道。

「滴……滴……滴……」樓上又再傳來這煩人的聲音。

「你聽下，又有喇，每次開水龍頭都有聲，咁真係煩死。」我抱怨道。

「係咪光榮，係咪令世界進步我就唔知，我淨係知呢啲都係睇完當笑話就算，都係穿鑿附會、斷估無痛苦。」阿旻明顯不太相信影片中的內容，然後她一臉認真地說：「至於波子聲，正常唔會成日有，水龍頭開完，水壓正常返，咁就唔會再有，要等一排，好耐無人開水㗎，水壓唔正常先會出現。」

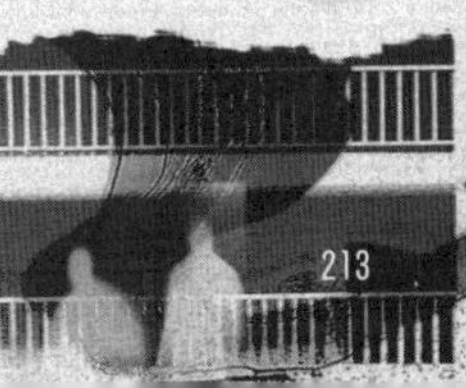

聽完她的話，我頭頂就像有一個燈泡「叮」一聲亮了，突然彈出一個想法，便對阿旻説：「即係啲波子聲咁密係唔正常嘅，好可能係個組織控制緊，唔知要做咩實驗。」

「又懶叻，一定唔係囉，唔好上腦啦，實有解釋嘅，可能真係啲用料太差所以成日水壓唔正常呢！」阿旻堅持用科學解釋。

「我就話一定係有陰謀，我再上去調查下先，睇下有無咩線索，你一唔一齊？」我問，但正如我預計一樣，她拒絕了。

我隻身一人第三次上到一六二二室，此刻單位木門開着，鐵閘則緊閉，綁了一塊絲質布遮擋。我小心翼翼地把布掀起，偷偷望向屋內，依舊是陳舊的木系裝潢，那陣酸餿味也沒有變，但就是看不到刁太身影。我快速掃視單位每個角落，試圖找出那神秘的印記，可是很快我便被單位內的神枱吸引着目光。

我拿出電話，開啟相機，對着神枱上先人的照片放大再放大，我嚇呆了。相中人正是那位少婦！但除了她之外，旁邊還有另一張男士的相片，這個完全出乎我意料，此人正是萬先生！

我立刻縮回雙手躲在一旁，試圖用我那還未弄明白的腦去思考他倆的關係。

神枱上有兩人的相，説明兩人已經過身，即是我第一次是見到女鬼，這一切就説得通了。而老婦人是刁太不是萬太，即是萬

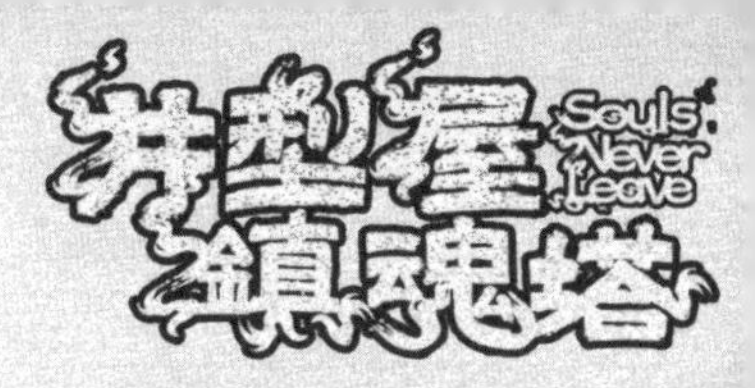

先生不是她的丈夫，但若兩家人沒有關係的話是不會拜祭他的，難道萬先生是刁小姐的丈夫？雖然也有可能，只不過年齡差距確實有點大，而且一直以來的情報都沒有說萬先生是有家室之人，究竟是甚麼一回事？

正當我還在苦惱之際，單位內傳出刁太的聲音：「權仔，唔好咁百厭再玩波子喇，晏晝嗰時差啲就穿煲，俾人發現嘅話，婆婆同媽咪都救你唔到㗎。」

「權仔？婆婆？果然真係波子聲而唔係咩水錘作用，今次你仲唔斷正畀我？人贓並獲無得抵賴喇啩？」我極之雀躍，轉身掀起那塊絲質布便大聲說：「哈，周秀娜，你今次仲唔死？」

刁太面對我的突襲還未反應過來，顯得有點慌亂之時，我已經意識到自己衝口而出說錯了話，正想更正之際，我面對眼前的景象也變得啞口無言了。

刁太一人蹲在地上，從她的動作、姿勢、角度來看，她的確是在撫摸一個兩、三歲左右的小孩子，但問題是我完全看不到那個小孩子！

「刁太，你……無事吖嘛？你係咪有幻覺？」我發誓，我是出於關心才問的。

然而刁太還是處於驚惶失措的狀態，對我的關心置若罔聞，

看得出她正盤算如何向我解釋。

「其實……」刁太一開口，便被我打斷。

「唔使夾硬諗理由，照直講就得，我好開通，唔會歧視你。」我本身只預期她會說自己有精神病之類，豈料她的答案比我所預期的還更震撼。

「咁好啦，」刁太深呼吸，冷靜下來，心平氣和地對我說：「其實係我個孫仔，係佢玩波子。」

「其實我都明白事理嘅，小朋友係貪玩，我都明，不過你鋪張墊畀佢玩，唔好嘈住我就得。」我向她釋出善意。

「對唔住，我做唔到。」刁太答。

果然無改錯名，真是刁蠻，竟然敬酒不喝喝罰酒。

「因為佢唔係人，係鬼。」刁太繼續解釋。

甚麼？鬼？

「我諗你都見到個神枱，上面係我個女同冥婚嘅對象。我個女死得早，好唔容易先搵到人同佢冥婚，而家佢哋生咗兩個，我就養緊佢哋一家四口，你當我係養鬼仔咁理解就得。」刁太說着說

着，忍不住流下了眼淚。

冥婚？養鬼仔？一個如此精瘦的老婦還用自己的陽壽去供養四隻鬼，跟現實的啃老族根本無異，這就是母愛的偉大。

「萬生⋯⋯你個女嘅冥婚對象，佢早兩日救過我兩次。」我如實相告。

刁太聽到後很驚訝，因為終於有人願意相信她而不是嘲笑她，而她亦對我坦白，我終於知道我第一次看見的一六二二室原來是她燒給女兒的家。

可是為甚麼當時我會去到刁小姐的家呢？我又不知不覺闖入了鎮魂塔內嗎？不過根據之前兩次進入鎮魂塔的經驗，現實中有人住的單位都會有保護罩，所以她不可能住在這單位內，而且環境也與平常的世界無異，況且留在鎮魂塔內的鬼魂都是沒有生前記憶的，怎會還能跟刁太如此親密呢？唯一有可能的原因就是那裏並不是鎮魂塔，而是另一個空間。

「我想問，我第一次上嚟係見到你個女同佢屋企，點解嘅？嗰度唔係鎮魂塔，係咩空間嚟？」我大膽發問。

「鎮魂塔嘅傳說你都聽過？」刁太驚訝地說：「你究竟知幾多？」

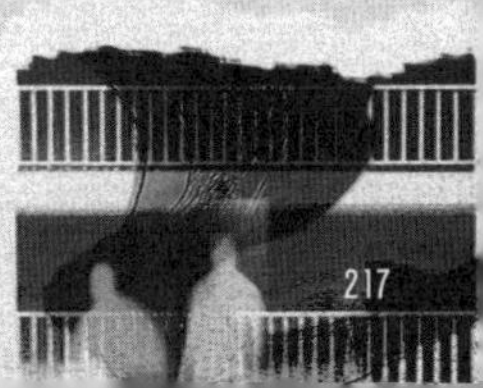

於是，我便原原本本將我兩次進到鎮魂塔內的事都告訴她，她便告訴我一件驚人的事。

「我個女同十年前四狼案個女死者梁紫茵係由幼稚園已經同班，直到初中先讀唔同班，但一直都好好朋友，點知佢遇害之後，過咗一、兩年，我個女都同佢一樣跳樓自殺。我當時一直都察覺唔到佢嘅異樣，如果我當時留意到佢多啲，發現到佢情緒嘅變化，搵到專業人士幫手，佢就唔會……」刁太越說越激動，兩行眼淚不自覺地流下，已經泣不成聲。

「或者你個女唔係自殺，而係查唔出兇手而被『王』所殺。」我本來很想告訴她真相，但我還是忍住衝動，轉為安慰道：「唔好咁自責，你而家已經補償晒，做多咗好多㗎喇。」

「但係點解你會搵萬生同佢冥婚？年紀睇落都差好多。」我懷疑她不知道萬先生是其中一隻狼。

「哦，其實係有次搭𨋢，有個住二十樓嘅後生仔同我講嘅。佢好準㗎，講得出晒我啲嘢，亦都講中晒我個女啲嘢，仲幫我問米，等個女可以同我講聲再見，最後仲教我養鬼同冥婚，我先可以繼續同佢哋一齊生活。當然佢有同我解釋過風險，但試問人世間有邊個媽媽會介意用自己條命去換個女嘅開心幸福？所以我無後悔過。」縱然刁太身體瘦弱，但意志卻堅強得驚人。

原來是江叔的主意，那他一定知道萬先生是其中一隻狼，因

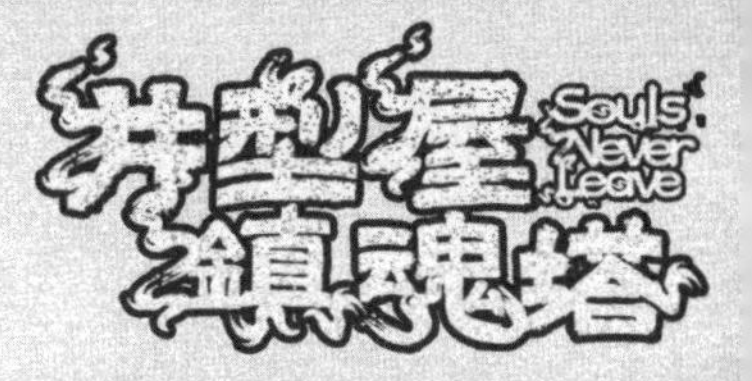

為萬先生正是被江叔揪出來的兇手！可是這個操作是有甚麼玄機嗎？看來我又要再拜訪他了。

最終，波子聲的問題始終沒有解決，但當我知道背後原因那一刻起，就已經不再介意了，反而更慶幸自己因禍得福，找到新的線索，使我的調查有一個飛躍式的進展。

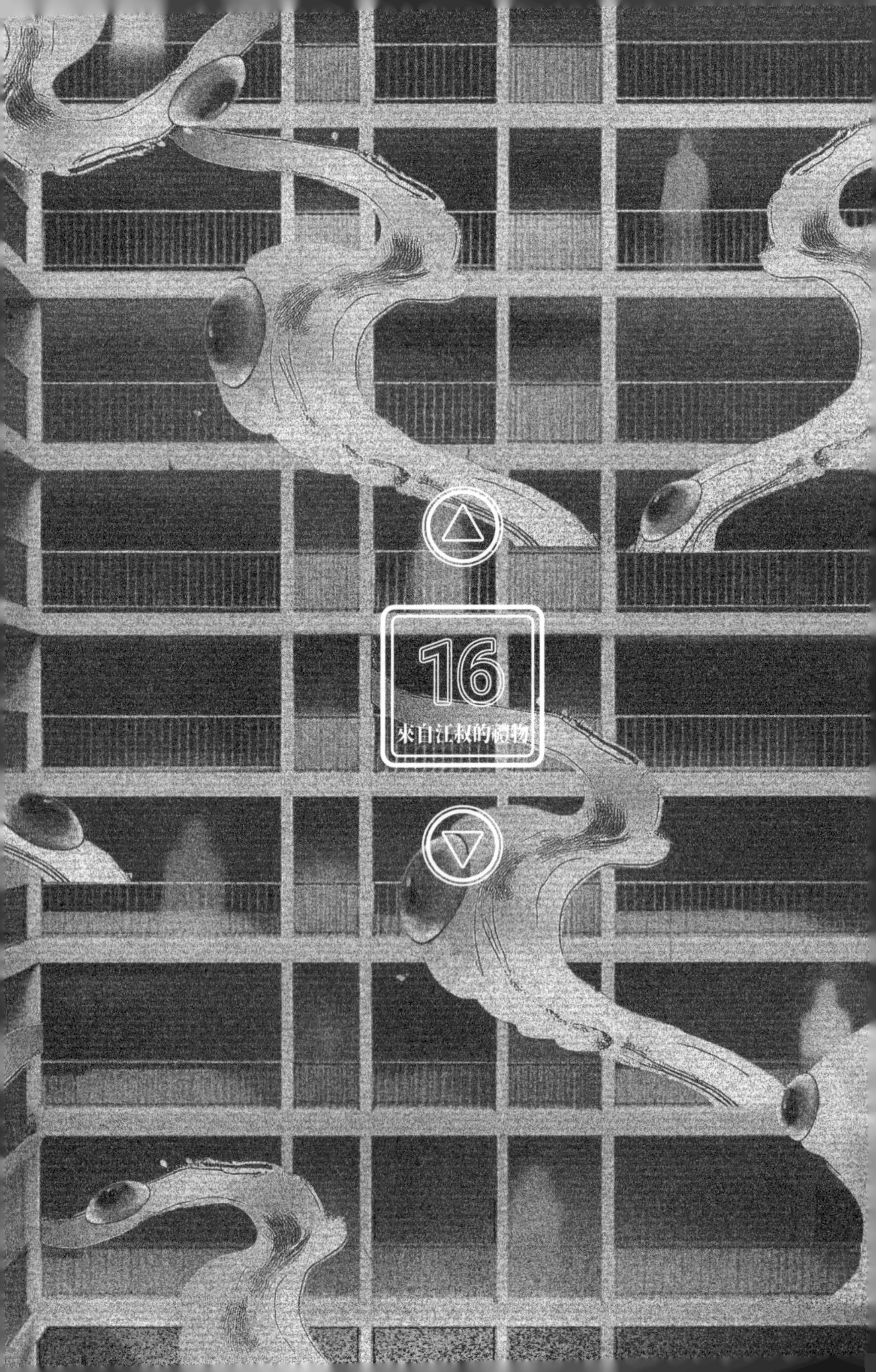
16
來自江叔的禮物

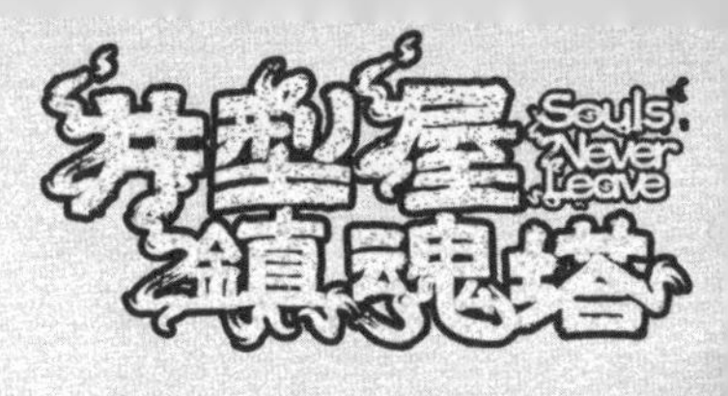

「細路，你係第一個發現？嗰陣係幾點？」一位警察問。

我驚魂未定地答：「八點三左右，我啱啱食完飯。」

警察邊聽邊筆錄，同時又問：「你最後見佢係幾時？喺邊度？」

我還未冷靜下來，情緒依然不穩，但還是努力抑制着答：「大約一星期前，喺佢屋企，二零零二室。」

警察追問：「你住十五樓，點解會走上嚟二十樓？你同佢年紀都差一截，你哋好熟？」

「我同佢唔可以話好熟，但見過兩、三次，有啲傾傾咁，我上嚟搵佢係有嘢想問佢。」我說話的聲音還是禁不住顫抖。

「你發現佢嗰時仲有無見到啲其他人，或者有無啲咩奇怪嘢？」警察再問。

我搖搖頭。

「好，我哋會再調查下，如果有需要，我哋會邀請你返警署協助調查，又或者你記得啲咩都可以聯絡我。」警察給了我一張卡片。

根據法醫初步檢查，江叔已經死了約一星期，沒有表面傷痕，後來驗屍報告指出是死於心肌梗塞，失救致死，但這都是後話了。換言之，我是最後一個看到他的人，亦是第一個發現他的人。

我立即回想起那天他匆忙驅趕我的畫面，還有他鎖門後聽到的「啊」、「嗯」、「呀」、「喔」、「吖」等呻吟聲，現在回想起來的確有點古怪。

無論如何，江叔過身已成事實，我也不懂通靈請他上來問清楚，只是當中有兩個地方我弄不明白：一，當時是甚麼開門給我，讓我發現他的屍體？二，他手中那張寫給我的紙巾遺書，上面寫的「T+ 二」代表甚麼？

當然，這兩件事我都沒有告訴警察。我離開二十樓，打算走樓梯回十五樓，卻在十八樓遇到很久不見的 Tracy，她跑上來與我撞個正着。

「Tracy? Sorry，你有無事？」我連忙上前扶起她，關心地問。

「阿曉？好耐無見，聽講係你發現江叔死咗？」Tracy 上氣不接下氣地問，我這才記起他倆本是朋友，她這麼匆忙肯定是想見江叔最後一面，現在的她想必是傷心欲絕。

「嗯……係，sorry，你一定好唔開心，我……我會一直陪

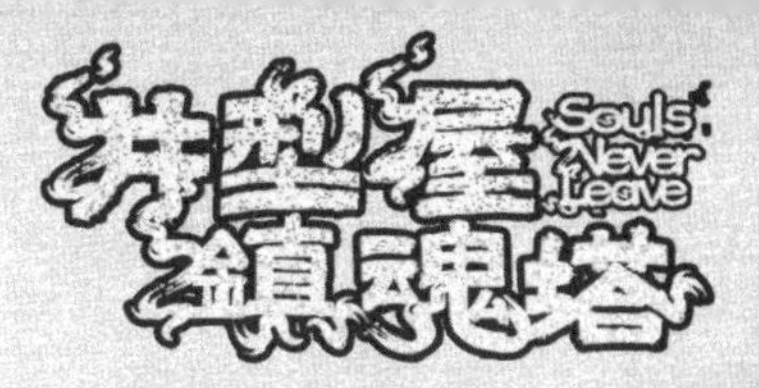

住你，令你開心返。」我不知哪來的勇氣說出這番話，而 Tracy 聽到我的宣言後，本身平靜的情緒也被我擊起千層浪，那強行壓抑的情感徹底爆發，哭成淚人撲進我的懷內。

我要首先澄清一點，雖然此刻的我如同在天堂，但這個結果並不是我的本意，只不過我也完全不介意罷了。

「佢有無留低啲咩遺書之類？」Tracy 抽泣着說。

「係有一張嘅，但我唔明佢咩意思。」我把紙巾拿出來展示給她看。

Tracy 一看到紙巾後有零點零二秒瞪大了雙眼，然後與我首次看到一樣，滿頭問號，完全不知道是甚麼意思。

「你有無咩頭緒？」我問。

Tracy 雙眼在眼框內滾了一圈，答：「無，咩都諗唔到。」

我聽到後有點失望，但也符合我的預期，便無奈地說：「都係，我都估到。」

「不如畀我拎返去慢慢研究。」Tracy 主動提出，我也不好拒絕，怎料她一觸碰紙巾，就像觸電般立即縮手，紙巾更自燃起來，我也立即放手任由它燃燒殆盡。

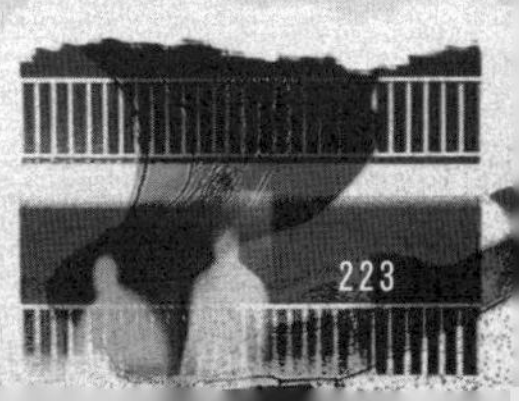

「你無事吖嘛？」我着緊地檢查 Tracy 的手，才發現她的手很冷。

「無，無事，咩事都無。」Tracy 立即收回雙手藏於身後，我看到她暗裏笑了一下，然後她說：「都夜喇，我要行先，下次再見。」說畢她便奔下樓梯，我也即時飛奔追她打算送她回家，豈料她跑得實在太快，已經消失在樓梯間。

「每次都走得咁快嘅。」我心想，然後便獨自回家。

紙巾自燃如果是江叔事先施法的話，的確有可能辦到，畢竟他都說明只供我一人看，有其他人看到的話自焚也很合理。不過真的是這樣嗎？還是問問阿旻好了。

「荒謬！」阿旻冷冷地答：「其實只係一個好簡單嘅化學原理。只要喺張紙巾上面淋啲液態黃磷就做到，因為佢燃點低，大約二、三十度室溫就會燃燒，只不過而家咁凍，得十度左右，所以唔會燒着㗎，但你拎喺手，你嘅體溫會慢慢傳過去，佢自然會到燃點，咁咪着火囉！」

「原來仲有咁嘅操作，即係都唔係啲咩神怪嘢嚟。」我茅塞頓開、恍然大悟。

「你聯想到啲乜？」我把「T+ 二」寫出來問。

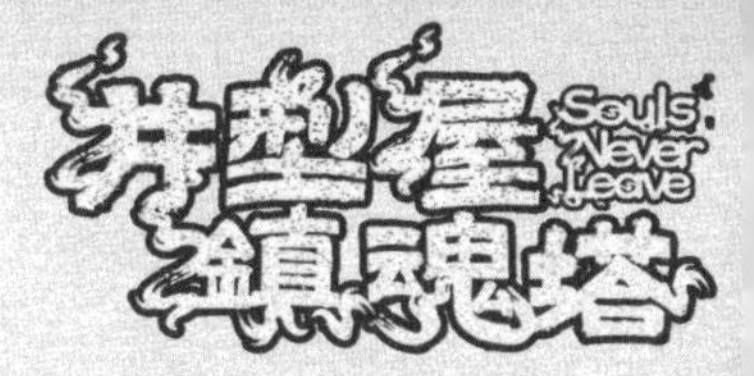

阿旻也沒有頭緒，此時爸爸媽媽也過來湊熱鬧，看到我寫的字謎，紛紛給出答案。

「咪V囉，T後面兩個字母就係V。」爸爸說。

媽媽不認同，她說：「呢個我認為就好似『李+x』咁，係一個人名，『T+二』應該係田嘉兒或者田家義之類嘅同音字。」

意想不到的是，阿曦和阿晴也來湊熱鬧，他們說：「係咪仁字？定係王字？」

「仁王？打機咩？」我笑着說。

「係呀，我睇你之前玩嗰隻game。」阿曦說。

「係囉，好簡單，『T+二』咪就係仁王。」阿晴也說。

「如果係咁簡單，咁點解唔直接寫出嚟，而要咁分開寫？」阿旻提出質疑，然後發表了自己的見解：「除非係有咩特別message所以要咁寫啦。」

「即係話三個字各自都有自己訊息？」媽媽問。

「我就覺得係各自有自己訊息之餘，合起嚟都有一個訊息，即係要分兩part嚟解讀。」爸爸好像對解暗號很有心得。

「T+ 二」如果真的分兩部份來解讀的話，究竟是甚麼呢？江叔知道我正在幫助 Tracy 調查五狼案，他給我的訊息理應是與這有關，但應該如何解讀才對呢？

「T 係 Tracy 姐姐，T、R、A、C、Y。」阿晴笑呵呵地說。

「Tracy 姐姐係仁王。」阿曦也興奮地道。

Tracy 是仁王？不，Tracy 是王！難道這便是江叔留給我的訊息？但哪有可能，Tracy 又怎會是王呢？王是鎮魂塔最惡的鬼，Tracy 明明是人，怎會是鬼？雖然她真的「鬼火咁靚」。況且退一萬步來說，就當她真的是鬼，她那麼弱不禁風，一點霸氣也沒有，怎麼能當王呢？不不不，一定是我想錯，T 是另有其人，或者是另有意思，現在這思路是錯的。

「喂，你諗緊咩？」阿旻看穿了我的內心，小聲問道。

「無，無諗啲咩，咪諗緊句嘢有咩意思。」我心虛地答。

「話說，呢句嘢係邊個畀你？」阿旻問。

「江叔囉。」我爽直地答，然後才想起她應該不知誰是江叔，所以補充道：「住二十樓嘅，Tracy 個 friend，不過佢啱啱被發現已經死咗一個星期。」

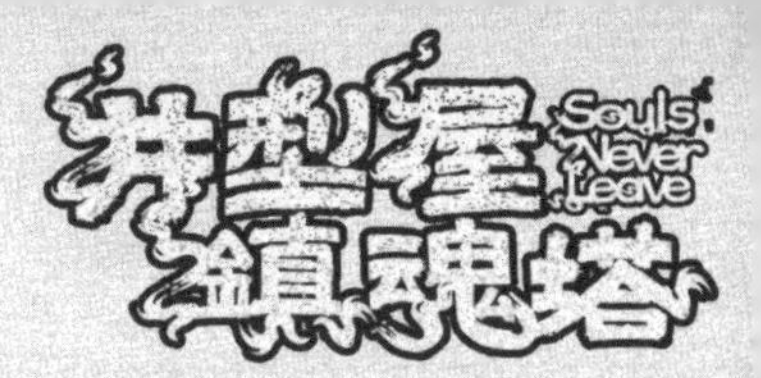

「咁睇嚟 T for Tracy 唔係無可能。」阿旻冷靜分析說：「佢係你哋嘅 common friend，佢臨死前留 message 畀你，寫得咁簡約唔係無理由。不過『+二』會唔會係代表除咗佢仲有兩個人？」

我沒有回答，因為我也沒有答案，本身想問江叔的事情也無從稽考，現在謎團越來越多，我也很混亂。

江叔為何安排刁小姐與萬先生冥婚？江叔如何在已過身的情況下開門給我？「T+二」又是甚麼意思？

真希望我懂得任何通靈的方法，好讓我能向江叔問個明白。

就這樣，我帶着這些謎團進入夢鄉。不是有很多名人也在夢中得到答案嗎？或者我也可以透過潛意識幫助解決這些難解；又或者江叔會報夢給我，替我解答疑問。

只不過事與願違，我很久沒有一覺睡到天亮，期間連夢也沒有發過一個，所以那些問題一個也沒有解決。

「喂，哥哥仔，過嚟。」刁太的聲音由鐵閘外傳來，我打開了鐵閘問：「有咩事呀刁太？」

「我特登拎嚟畀你，我個女今朝叫我畀你㗎。」刁太遞了兩本日記給我，並說：「呢兩本係佢嘅日記，不過有啲嘢我睇完都唔

太明。」

我道謝後接過日記，刁太便離開了。

「趁仲有一日假，今日睇晒佢先。」我在房裹坐下後為自己訂下這個目標，坦白說，我自己唸書也未有這個動力，大概要在模擬試前才拿得出這種狀態。

這兩本日記還很簇新，不像保存了十多年，當我打開第一本看第一篇便完全明白，因為日期是上年一月，這都是她作為鬼時所寫的日記。

我看得很快，因為裹面很多都是記錄日常，直到我看到九月。

「二零 XX 年九月 OO 日 晴

今日是中秋節，老公一如既往要巡邏，留下我和兩個 BB，幸好有媽媽一起過節。

今年的燈籠同樣很美麗，今年被詛咒的男孩，不知下年還會不會是由他來點燈籠呢？」

是指我嗎？

接着是十月的一篇。

「二零 XX 年十月 O 日 晴

又一個人跳樓了，我認得他是很久以前的街坊，終究還是逃不了。老公，你要加把勁，我永遠支持你。」

這應該是指毛全彬。

「二零 XX 年十二月 OO 日 陰

收藏的秘密終究還是被揭開，被詛咒的男孩這一步不知是否明智？但害了一條生命是無容置疑的，但願那本『理應銷毀的書』不會被找到。」

這很明顯是說盧老太的死和那本文件夾。

接着我便翻開第二本，這本只寫了兩篇，因為是今年的，而今年到現在也只過了三天，只是感覺特別漫長。

「二零 XY 年一月 O 日 晴

今日被詛咒的男孩竟然找上門，幸好太陽還未下山，否則我也會被拖累。

不過最後媽媽還是把事情告訴了他，他真的是希望之人嗎？我應該把我的事告訴他嗎？」

這不就是昨天發生的事嗎？看來刁小姐也有秘密，或許我的

猜想是正確，看來有必要再去與她見一次面。

我拿着筆記走到一六二二室，向刁太道明來意後，她便請我進內，然後讓我在全黑的房間裏待着，數分鐘後，刁小姐也進來了。

「刁小姐，上次嚇親你唔好意思，我叫阿曉，係今年嘅調查員，我諗你都曾經係。」我沒有轉彎抹角，而是簡單直接跟她說。

刁小姐沒有太驚訝，反而帶着欣賞的目光對我說：「你果然比我聰明，無錯，我係第二任，不過任務失敗咗。」她的聲音在房間迴盪，好像有點空洞。

「所以就被『王』殺死？」我問。

「無錯，係詛咒，同時都係約定。」刁小姐語調平靜，看來她已經看開了。

「約定？」我不解。

「係我同紫茵嘅少女約定，即係嗰啲不能同年同月同日生嗰種低能無聊約定，但我哋嗰種就嚴肅認真好多，所以我到而家都無後悔同怨恨。」刁小姐回憶着說，嘴角還微微向上蹺，原來不是看開，而是約定。

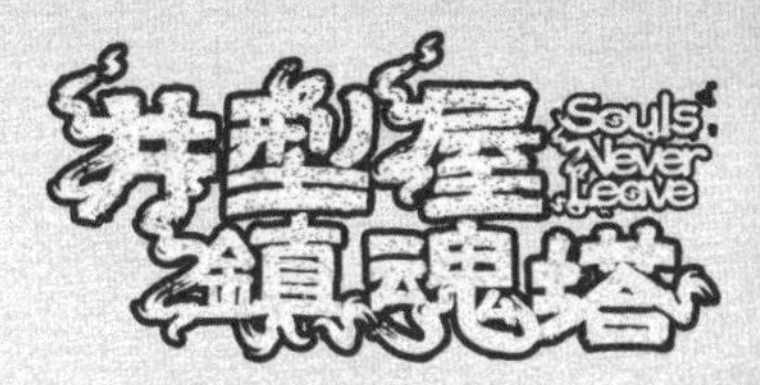

我忍不住問：「既然『王』係紫茵，你同佢咁好姊妹，點解你仲會背叛佢，同其中一隻害死佢嘅狼冥婚？」

想不到這個問題竟然戳中她心底的傷疤，她的情緒也隨之激動起來：「咁係肥江想保護我！因為紫茵佢開始暴走，佢完全變咗第二個人，佢想將我留喺鎮魂塔做佢其中一個奴隸，好似其他鬼咁！」

她口中的肥江大概就是江叔罷，但這又令我產生了另一個疑問：「咁點解江叔，即係肥江，唔係幫你投胎，而係留你喺度？投胎咪一了百了。」

刁小姐合上眼，試圖使自己冷靜下來，待恢復平靜後說：「係我嘅任性要求，同時都係我媽苦苦哀求嘅結果，起初肥江都擔心我會唔安全，後尾就諗到冥婚呢個辦法，仲特登搵同紫茵有仇嘅萬生嚟做對象，咁就肯定可以保護到我。」

「原來係咁，只不過無理由紫茵唔知你喺度㗎？佢統治成個鎮魂塔，實好輕易就搵到你。」我再次發問。

「阿曉，我唔知你去過鎮魂塔未，其實鎮魂塔都會受現實世界左右。你可以簡單理解成鎮魂塔就係呢座樓嘅另一個時空，不過只要個單位係有人住，咁喺鎮魂塔入面就會受到驅靈網保護，即使係最惡嘅『王』都闖入唔到。而肥江仲雙重保障特製埋呢間房，只要我入咗嚟閂埋門，就可以完全隔絕我嘅氣息，咁就無鬼知我

喺度。」刁小姐詳細解釋，也多虧了她，我才終於知道為何鎮魂塔內部份單位會有保護罩——驅靈網——在門外保護。

「況且，」刁小姐還有後續：「我住緊嘅呢個時空就係現實世界，而唔係鎮魂塔嘅世界，所以上次你先可以見到我。」

那就一切都很清楚了，然後我便問她那時調查的結果，以及第五狼的線索。

「恐怕要令你失望，我嗰時連有第五隻狼都唔知，甚至連一個兇手都搵唔到，我只係查到盧太有本文件夾有齊大廈入住以嚟嘅大事件剪報，但佢從來無畀我睇過。」刁小姐語調中帶點慚愧，看得出雖然紫茵想要她做奴隸，但她還是為未能幫到好姊妹而心有不甘。

「咁你老公，我可唔可以見埋佢？佢救過我兩次，我想當面多謝佢，順便問下佢。」我大膽要求。

刁小姐搖搖頭說：「佢只可以趁鎮魂塔有鬼出入嗰時先可以偷走出嚟，我都唔知幾時有機會，始終佢係被鎮魂塔收嘅惡鬼，唔係喺呢個時空。」

聽起來她也挺淒慘，要守活寡，還是應該說是守死寡？總之就是那個意思好了。

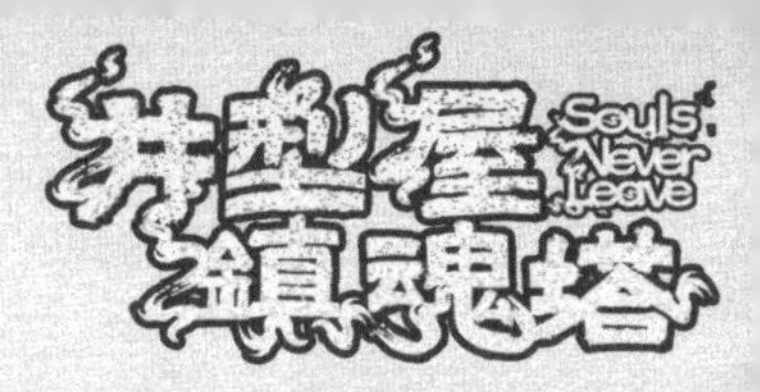

「只不過，有啲嘢我諗同你講應該有用，關於我生前遇過嘅事。」刁小姐說。

「係咪你日記所寫，猶疑緊講唔講畀我知嘅你嘅事？我洗耳恭聽。」我猜想，不過無論好說甚麼，我也會聽。

「嗯，喺我受詛咒嗰段時間嘅經歷。」刁小姐把她那一年內的事向我娓娓道來：「紫茵係我所識最純最乖最聽話嘅人，沒有之一。由細到大都係咁得人歡心，無論作為仔女、學生、同學、朋友都係完美嘅存在，但亦都係因為咁，佢招嚟咗好多 haters，全部都係女仔，不論年齡，但佢都依然係用最好嘅一面去面對呢班人，期望有一日會化解到對佢嘅誤解。但事發之後，我受佢委託開始去調查，先發覺原來基本上無乜人真心鍾意佢為人，大部份人都覺得佢好假好嘔心，或者係咁所以佢先黑化啩……不過我想講嘅係，聽啲人講，喺佢生前同四個男人關係特別密切，去到會互相去屋企作客嘅程度，同我所認識嘅紫茵好唔同。當時我為咗求證就去問佢，點知佢話唔記得，之後我就明查暗訪，最後先發覺完全係生安白造，不過紫茵已經信以為真，仲將呢幾個人當係兇手，要向佢哋報復。」

「等陣先，即係根據你嘅調查，其實嗰幾個人唔係兇手？」我大驚，因為事情竟然有意外的發展。

「我唔敢講，始終我未查得到就已經到期限，又或者入面真係有兇手都唔定，但未必個個都係，不過唔知幾時開始又變多咗一

個出嚟，成件事變到越嚟越複雜。」刁小姐沮喪道。

「五狼我係聽盧老太講嘅，佢話係『王』同佢講。但喺鎮魂塔入面嘅鬼都係無咗生前記憶，會唔會其實成件事都係一個報仇，有心人特登畀錯誤資訊，幫佢植入假記憶？」我回想當初的情景，再大膽假設。

「唔排除有咁嘅可能，因為警察查完都話佢哋四個係無罪。」刁小姐說：「不過關於第五隻狼，我有一個人選，就係七零一室嘅游生，我係幾年前打聽返嚟。」

「啊？」我隨便做了一個反應，證明我正在專心聆聽。

「呢個游生聽講係精神有啲問題，但紫茵無歧視佢，所以游生就當佢女神咁，之後中間唔知發生咩事，後來佢對紫茵就有好大嘅恨意。」刁小姐把所知的事盡量告訴我。

「不過我有一個地方唔明，過咗咁多年，『王』都一早已經知係邊五個人，點解仲要繼續搵人查？直接搵嗰五個人報仇咪解決晒成件事囉！最多我喺佢面前重提多一次係邊五個就可以解除詛咒，反正個委託只係要我搵到兇手。」我突然想到這個問題。

「哈哈哈哈，竟然俾你發現到有個咁嘅漏洞，都話你醒，不過唔知呢。」刁小姐笑了，但我不曉得她是因為覺得我聰明還是自作聰明而笑，只是留下一句：「時間唔早，再夜就到我有危險。」然

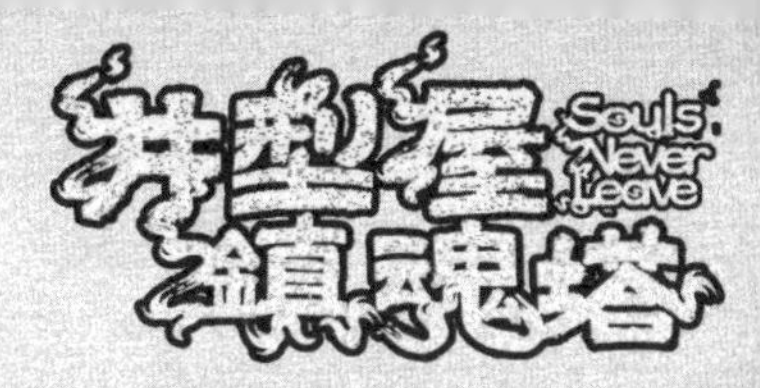

後便匆匆結束會面離開，留下我獨自在房間。

我跟刁太道別後便回家，不過我並未停止思考剛才的對話內容，阿旻看到我便嘲諷道：「阿哥，你做乜諗嘢？成個『諗樣』出晒嚟喎。」

「你就『諗樣』，我係諗緊啱啱同刁小姐嘅對話。」接着我便把整件事完整告訴她。

「全息影像嚟啦好明顯，喺間黑房，你以為得你同佢，但其實只得你一個，你被人呃咗喇。」阿旻一聽便說出了破綻：「佢係咪半透明，唔實在？佢講嘢啲聲係咪唔似由佢把口出嚟咁？同埋點解要喺全黑房先？」

我思索着她的問題，又好像很有道理。

「咁我第一次上一六二二嗰時見到嘅又點解釋？」我問。

「你確定嗰時唔係全息影像？而且咁就更加可以證明佢真係全息影像，第一次明明可以日光日白都見到，點解第二次要全黑房？」阿旻一句說話便正中紅心。

有道理！現在再回想初次見面的情景，又好像不太現實，那時的人和物好像有點不實在，應該真是全息影像。那麼刁太大費周章所謂何事？剛才見面的說話是事實嗎？

我帶着這些疑問難以入睡，可想到翌日便是下學期的開學日，只好強逼自己上床，最終卻意外地很快熟睡。

17
校園傳聞

長假過後，終於迎來下學期的開始，對今年考DSE的我來說，此刻等同大戰的前夕，緊張感亦油然而生。下學期上學不久便是模擬試，之後接着便是正式公開試，時間會過得特別快，再懶惰如我，此時此刻也要開始溫習，否則入大學之路便會岌岌可危。

「各位同學，嚟緊好快就考 mock，平時點唔溫書都好，都畀下面認真溫一溫，當係畀自己嘅一個交代。如果覺得太多溫唔晒，咁就跟住自己科老師貼題嗰啲嚟溫，點都死唔去，努力幾個月就夠，唔好再搞啲無聊嘢，專心一次，之後大把時間你玩。」班主任林 sir 罕有地對全班同學呼籲，不過依然給人一種得過且過的感覺，但千萬別誤會，林 sir 是一個很風趣幽默的好老師，絕不是教畜。

下課後，林 sir 要我小息的時候到教員室找他，雖然不清楚是有甚麼事，但我有預感不會是好事。

「唔該我想搵林 sir。」我對教員室外的傳聲筒說，三十秒後林 sir 便出來了。

「馬家曉，跟我嚟，飲唔飲嘢？」林 sir 輕輕鬆鬆地邊行邊問。

「吓？唔使喇，唔該阿 sir。」我有點受寵若驚，但慣性地拒絕了他。

「好，咁我哋去社工室。」林 sir 直接走到五樓的社工室前。

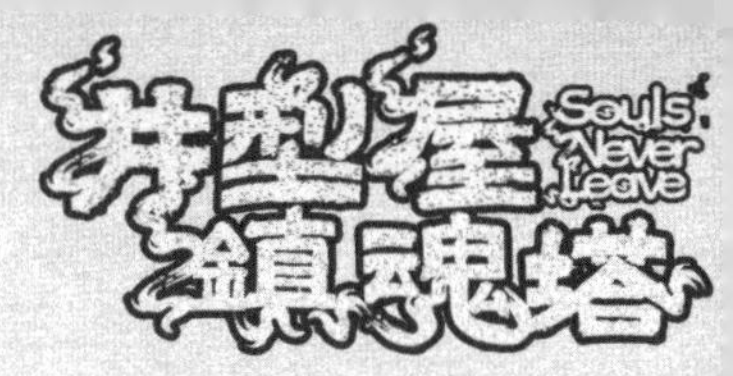

見社工？我在學校表現沒有甚麼問題，成績維持得到，行為也一如以往，為甚麼要見社工？

「入嚟。」陳姑娘聽到敲門聲後在社工室對我們喊道。

社工室內除了陳姑娘，原來還有另一位同學，她正是我們班的 Nicole，她留着一頭磨菇短髮，戴着圓框眼鏡，是一個可愛漂亮的女生。

「馬家曉，今次叫你過嚟，係有嘢想問下你。」陳姑娘說：「你最近喺班房有無見到啲咩嘢？」

「吓？」我被她的問題難倒了，我作為插班生，與同學還不熟稔，基本上不問世事，加上最近還醉心於調查五狼案，根本無暇理會學校的事。

「我知你係插班生，同同學唔熟，所以先特登搵你，因為咁先唔會有 bias，你放心講就得。」陳姑娘鼓勵道。

大概她看到我面有難色，以為是因為我有所顧慮，但事實是我完全不知道到底發生過甚麼事。

「其實係咩事？」最後我還是決定開口問，聽到我的問題，本身一直坐在旁邊一言不發的 Nicole 終於有動靜，她哭了，是小聲的抽泣。

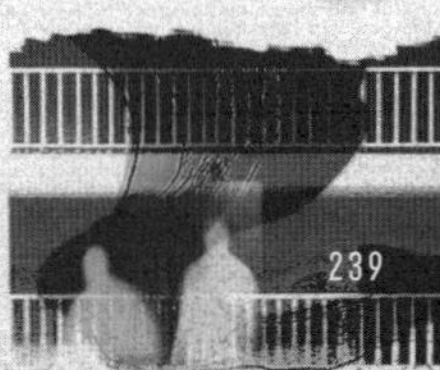

林 sir 見狀，立即安慰她，陳姑娘也着我先行離開，我就像工具人般被人呼來喚去，但始終不知道發生了甚麼事。

好奇心鼓勵我去問個明白，但理智卻勸我先處理學業和五狼案，作為理性的人，我還是選擇了聽理智的話，不過你越不想管的事情，天偏偏越要你管。

「喂，新仔，林 sir 叫你去照肺呀？有無亂講啲咩呀？」說話的是班上的風向製造者，人稱發達哥。

「係囉，唔知就唔好亂講嗬。」附和的是跟班史刁拔，這是他的花名。

我擠出假笑，示意不明白他們的話。

「你真傻定假黐，竟然唔知？件事搞到好大嗬！ Nicole 佢喺班房……」史刁拔顯得很出奇，當他打算說下去之時，發達哥打斷了他。

「唔知就唔好知，費事害咗你，總之呢件事你知越少越好，唔係只會惹禍上身，唔好話我唔提醒你。」發達哥說，雖然他的行為和外表像班中惡霸，但其實他是個善良的好人。

不過經他們一唱一和，我的好奇心已經長得很強壯，已經把理智壓在地上磨擦。

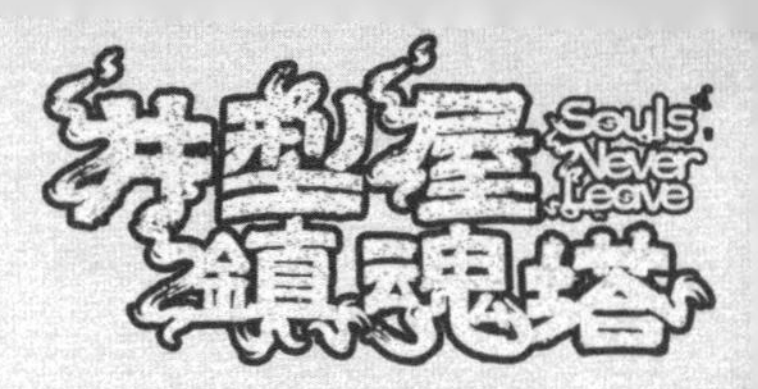

「究竟係咩事？ Nicole 佢喺班房發生咩事？」我一開口，全班也靜了下來，把目光投向我，我立即雙頰發熱，尷尬地垂下頭。

「既然你誠心誠意咁問，我就大發慈悲話你知。」坐在我前面的肥比說：「Nicole 撞鬼。」

「吓？」這個答案令我有很大的衝擊，想不到除了家之外，另一個我每日待最長時間的地方也鬧鬼，我真的那麼跟鬼有緣嗎？

「不過呢個係佢嘅講法，老師唔信，認為只係班上同學嘅惡作劇。」肥比續說。

「件事其實係點？」我問。

「有日放學，Nicole 喺班房溫書溫到好夜，大約八點左右，校工嚟清場，佢就執嘢走啦，點知到佢想行出班房嗰時，房門竟然自己閂埋咗，佢開極都開唔到，於是不斷拍門大叫求救，校工聽到返去開門先救返佢。」史刁拔搭話。

「咁可能只係風大得滯『嘭門』啫，之後風壓太強佢先一時之間開唔返門。」經阿旻長年調教，我已經習慣了用科學去解釋靈異事件。

「梗係唔係咁簡單啦，你唔知我哋學校有一件不思議事件咩？」肥比故意小聲地說，營造恐怖氛圍。

看到我搖搖頭，史刁拔立即開腔道：「聽講以前有個同學喺學校整壁報整到好夜，突然急性心臟病，八點校工巡樓嗰陣冇發現到佢，到第二日同學返學先見到，但當時佢已經斷咗氣僵硬晒……」

「之後就有傳如果有同學到八點都仲喺學校唔走嘅話，呢位壁報同學就會閂實道門唔畀佢走。」肥比緊接着說，他倆一人一句，非常有默契。

「Nicole 就係遇到壁報同學，但係老師梗係唔信啦，咪話係我哋有人恰佢，就叫啲人上去問話。講真，Nicole 人品咁好，又靚靚女女，點會樹敵先得㗎，但啲老師根本就唔信我哋。」發達哥氣憤道。

「咁你哋即係信有壁報同學？咁好簡單啫，今晚留到八點，等佢出嚟同佢當面對質咪得。到時可以還大家一個清白，又可以證明呢個不思議係真。」我提議道，心裏感到萬分雀躍，但表面還是保持一貫冷靜。

可是，他們三人全都用各種藉口拒絕，甚麼要補習、約了朋友溫習、要回家慶祝家裏的魚生日，真是無膽匪類，因此，最後只有我一人獨留到八時。

我偷偷藏在班房的暗角，好讓校工巡樓時發現不到我。

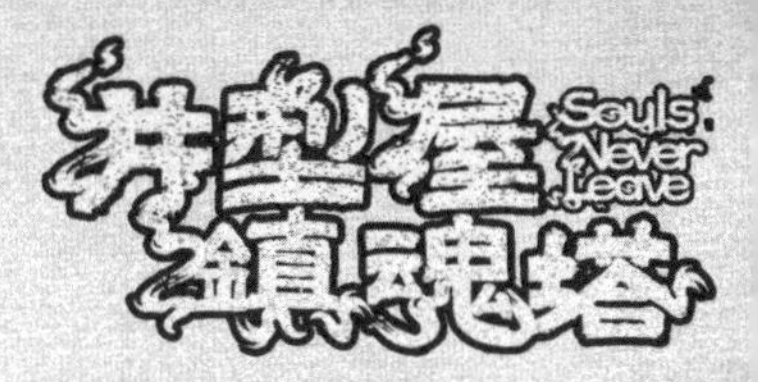

「仲有一分鐘就到八點。」我看着手提電話的時間，心裏既期待又害怕。

終於，八時到了，窗戶緊閉的班房內竟然刮起了一陣風，班房門也被猛力關上，發出響徹天際的「嘭」聲。

「真係咁猛？」我繼續躲在暗角，不，應該説是瑟縮在暗角，因為我心底的恐懼已經佔據着我整個人，我只能緊閉雙眼，祈禱壁報同學發現不到我。

不過，我太幼稚了，作為一隻每晚都在學校徘徊的惡靈，哪怕只是有輕微的變動也立即看得出來，又怎會發現不到我這個不速之客？

「噠、噠、噠……」腳步聲由遠至近，雖然我緊閉雙眼，但依然聽得出是朝我的方向走近。

「噠、噠、噠……」腳步聲越來越大，最終停在我跟前，安靜了，徹底安靜了，我感覺到它就在我的跟前。對於「身經百戲」的我來説，這絕對不是一件好事，在鬼片情節裏，環境突然變得安靜的話，那鬼肯定是在盯着你看，只要一張開眼便會四目交投，被嚇得半死，最後會被整得很慘。

我在腦內迅速描繪了班房的地圖，找到了最快離開班房的路徑，等等，班房門已經關上，我不能徑直衝出去，開門要花一秒

時間，這一秒足以令我被追上，我要先發制人，先令它停止行動一會，等等，它是鬼，我要怎樣才能令它停止行動？

我始終想不到好的辦法，只好見步行步。我緊閉雙眼，雙手向前用力一推，還真的讓我推倒了它，我拔腿就跑，直向班房門奔去。可是，我最終還是在班房門前停下了，因為我剛才好像聽到了一聲「哎呀」。

「點解我會喺現實世界推跌到隻鬼？隻鬼仲會『哎呀』？」我張開眼轉身望去，發覺 Nicole 正在被推倒的書桌和椅子堆中艱難地爬起來。

「Nicole?」我見狀立即跑過去扶起她並問：「點解會係你嘅？你咁夜喺度做咩？」

「我係特登嚟搵你。」Nicole 扶着腰説。

「搵我？咁都唔使特登留到咁夜嘅，你平時喺課室咪搵到我囉。」我不解地問。

可是她搖搖頭，欲言又止般，左顧右盼，最終選擇在我耳邊小聲地說：「因為我要同你講嘅嘢，只可以得你知。」

「吓？係啲咩咁神秘？事先聲明，我已經有意中人，你唔好對我有非份之想。」我立即雙手緊抱自己，以作保護。

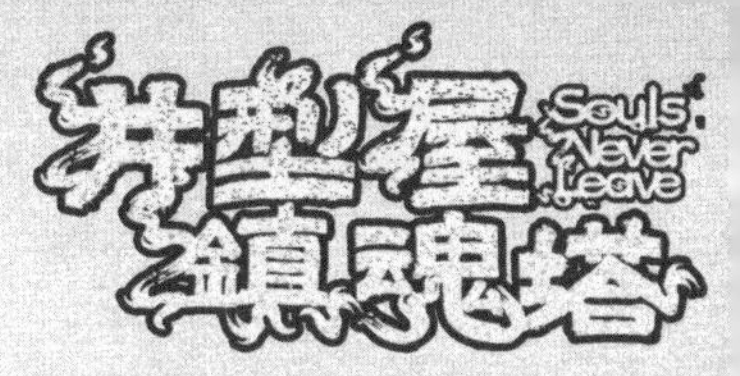

「而家只係八點，有排都未夠鐘瞓覺發夢嗝。」Nicole 沒好氣地說，然後即時又變得嚴肅起來：「你命不久矣。」

「笑咗，你噏乜呀？我命不久矣？我長命百歲就真！」我為她的發現感到驚訝，但為免有其他人會受到牽連，我極力裝瘋扮傻。

「Anyway，你隻背後靈唔係普通嘢，我都被佢整到幾次，我上網學完，喺呢度 set 咗結界佢先暫時入唔到嚟，但都唔頂得太耐。珍惜生命，快啲搵個有料嘅師傅幫手。」Nicole 善意提醒。

我簡單敷衍了她便離開，只是萬萬想不到，班房的門竟然真的打不開。我轉身對她說：「喂，唔好玩啦，快啲開返道門，我要返屋企。」

可是 Nicole 一臉無辜，以她那雙水汪汪的眼睛望着我說：「我乜都無做過。」

甚麼？難道真的有壁報同學？回想一下，剛剛那突然刮起的風也確實詭異，雖然對肥比和史刁拔說是自然現象，但親身體會時又是另一回事，始終有太多不合理。

我倆合力拉開班房門，但班房外就像有人同時拉着般，我們出盡九牛二虎之力也開不到。

我嘗試透過班房門的窗往外看，赫然發現外面有一個短頭髮

垂着頭的半透明女學生正單手拉着門把，她看起來是那麼的輕鬆，甚至還沒有發力。

「喂，Nicole，繼續耷低頭用力拉就啱，就快開到。」我怕她看到壁報同學後會嚇得花容失色，所以便撒了一個善意的謊言：「同我哋門拉嘅度力開始減弱，我哋已經開到少少。」

我邊説邊緊盯着窗外的壁報同學，但她始終維持着同一姿勢。此時我想起了一個驅鬼的方法——説髒話，相傳鬼怕惡人，説髒話就代表你是惡人，鬼便會因為害怕而離開。

我毫不猶疑，以最惡的樣子説最髒的髒話，想不到還真的奏效，只是一炮雙響，壁報同學和 Nicole 同時鬆開手，但門總算順利打開。

「Nicole，跟住我！」我轉身抓住她的手，然後拉着她走出班房，向學校大門奔去。

沿路我一邊顧着 Nicole 的速度，一邊提防壁報同學的突襲，平時離開學校的路此刻變得異常遙遠，幸好最後還是有驚無險，順利抵達。

「呼，終於出到嚟，而家應該安全喇。」我看着弓身喘氣的 Nicole，發覺這個角度的她與剛才班房外的壁報同學很相似，我不自覺後退了一步。

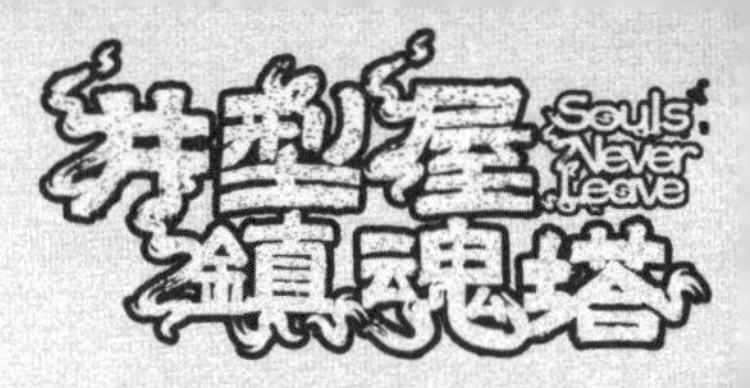

Nicole 似乎也留意到我這個小動作，她喘着氣說：「你終於發現喇？」

「唔通你就係……」我驚訝地說。

「我就係壁報同學。」Nicole 說出驚人真相的同時，我立即向後再退幾步，但她也立即以異常的速度靠近我並說：「唔使咁驚住，聽埋我講先，我係壁報同學個妹。」

我楞住了望向她，不知應否選擇相信她，在我猶疑之間，她抓住我的手，口中唸唸有詞。

「喂，你做乜？」我回過神，一把甩開她的手，怒道。

「係護身符，我上網學嘅，希望可以保護到你。」Nicole 笑着對我說。

「你有咩目的？點解要對我咁好？」我半信半疑地問。

「因為我唔想我家姐嘅悲劇再發生，嗰時我乜都幫唔到佢。」Nicole 聲音顫抖，聽得出她正竭力壓抑悲傷的情緒。

「成件事係點？」好奇心又令我多管閒事，真該死。

「佢嗰時同你一樣，都係俾呢隻背後靈搞，最後為咗擺脫佢，

所以選擇喺學校結束自己生命，因為呢度有佛光保護，隻鬼入唔到嚟。」Nicole 回憶說。

「咁你啱啱仲喺班房 set 結界咁多餘做咩？」我只是好奇地問，但說出口後感覺用詞像不太友善，幸好她並不在意。

「因為換咗校長，佢將個佛像移咗位，令到個保護網出現漏洞，隻鬼就入到嚟。」Nicole 解釋。

「你話係同一隻，唔通你家姐都查過單五狼案？」我大膽地問。

「係四狼案，佢嗰時的確係幾留意單案，因為個死者係佢小學同學。」Nicole 說。

「原來係咁，咁就所有嘢都講得通。」我恍然大悟，然後問：「咁佢嗰時有無查到啲乜？」

Nicole 搖頭說：「我唔清楚，不過我估應該無，因為佢好快就放棄咗。」

看來 Nicole 的姐姐在這宗案件上完全零貢獻，還以為能問到甚麼線索。不過我也是應該向她道謝的，畢竟她留到這麼夜是因為擔心我，於是我充滿自信地對她說：「放心，我會解決呢單嘢，唔會再有你家姐呢啲悲劇發生。」

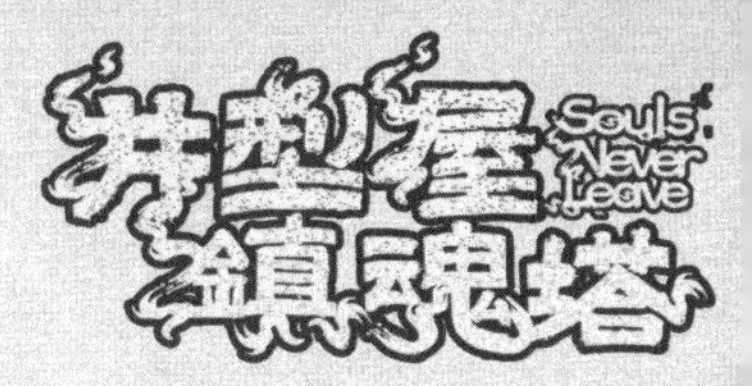

不過其實我有地方還未弄明白，每年也有人跳樓死亡，但Nicole的姐姐是在學校死亡，理應查不到那邊上，而且她也查不到兇手，但怎麼還是每年有人跳樓，紀錄沒有中斷呢？難道說「王」同時找數個人調查？還是當Nicole姐姐死後立即找人補上呢？但時間不就少了？

這些無關痛癢的還是別多想了，只是今日小息在社工室的事令我有點介懷，我忍不住問：「今日你點解喊？」

Nicole面色一沉，凝重地說：「唔只今日小息，之前夜晚喺班房嗰時，我都同隻背後靈對峙過，但兩次我都敗陣。其實佢都認得我，所以先約我傾，警告我唔好再阻住佢，我拒絕所以佢先搞我。」

幸好不是因為我的說話，我放下了心頭大石，但與「王」作對絕非明智之舉，特別是「王」原來可以離開鎮魂塔。等等，如果真的是「王」，作為Nicole姐姐的小學同學，Nicole會不認得嗎？換言之這個背後靈並非「王」，而是其他鬼，難道這就是它要捉其他鬼的原因？

「我想知，你講呢隻背後靈係咩樣嘅？」我大概是問了一個很愚蠢的問題。

「吓？」Nicole對我的提問始料不及，但還是很仔細地描述：「佢係一個小朋友，大概六、七歲左右，陸軍裝，平時眼神無辜，

成日笑騎騎，好貪玩咁，十足嘓啲村童。」

「果然唔係『王』，不過點解要搵個細路咁做？究竟『王』諗緊啲咩？」我心裏想，但為免連累到她，我沒有多説，而是與她道別，各自回家。

可是這晚之後，Nicole 便沒有再在學校出現了，也沒有人再提起過她，點名簿上也沒有她的名字，曾經屬於她的學號、座位也被其他同學所取締，仿佛大家對她的記憶都被消除了，她的存在完全被抹殺掉。

18
訪客

18 訪客

一月過得很快，可能是因為每天放學後也要補課的緣故，時間總是覺得不夠用，回過神來的時候已經是一月尾，農曆新年快要到來，大廈也充滿節日氣氛。

大門入口掛了春聯，升降機大堂貼滿揮春，還放了一盆桔，連保安員的座頭也放了水仙花和攢盒，小孩也特意過去拿糖果吃。

「唉，咁快就新年，之後就 mock，然後就 DSE，時間真係過得快。」我抱怨時光這個壞人太冷酷，停留耐些也不許。

這段日子裏，Tracy 也識趣地沒有出現，可是我她越不出現我便越掛念她，自從江叔過身後，我便沒有見過她了，不知道她現在在做甚麼呢？

而不速之客，往往就在最意想不到的時間出現。

在人人也大掃除的年廿八，早已不住在這的王先生出現了在我們的面前。

「小朋友，你哋仲記唔記得我？」只是數個月不見，之前還是腰板挺直的王先生，現在已經老態龍鍾，要撐着拐杖走路了。

「王生？點解你會知我哋住喺度？請問有咩事？」我問。

「係我叫佢嚟嘅。」剛從洗手間出來的阿旻說：「佢而家都無

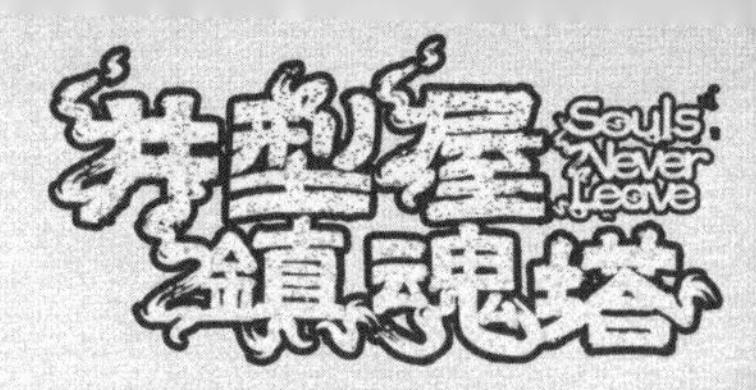

人無物，獨居老人，我咪叫佢嚟，等佢感受下人間溫暖。」

「你有咁好死？」我質疑，但她只報以一個意味深長的微笑便去招呼王先生。

心水清的我很清楚，只要王先生出現在這大廈，便會招來殺身之禍，所以我立即拉阿旻到一旁跟她說清楚，怎料她說這正是她的計劃。

「呢個世界有無鬼，今次我就證明畀你睇，王生都係想從呢件事當中解脫，所以先肯嚟。」阿旻壓低聲線說：「佢同我承認咗單案當時佢係有份，只不過佢係提供場哋同收埋條片嗰個。」

「收埋條片？咩片？點解佢會同你講呢啲嘢？」我驚訝地問。

阿旻笑而不語，再次走到王先生身邊跟他閒聊，然後從房中拿出那幾篇剪報，王先生也同樣在袋中拿出了一張記憶卡，這刻我大概猜到王先生會向阿旻坦白的原因離不開這幾篇剪報。

「嗱，開電腦睇睇，記得幫王生徹底 delete，要還㗎。」阿旻故意大聲說，充滿默契的我立即明白她的意思，連忙關上房門儲存在電腦並播放。

由於是十年前的影片，所以解像度不高，肯定不是甚麼高清畫面，影片中人的樣貌也比較模糊，但大概還是能猜得出來。影

片中有一名女生躺在沙發上一動也不動，由髮型能得知這位是死者梁紫茵。而五個男人，包括拿着攝影機的王先生、徐先生、萬先生、廖先生和夢到過的最後一位不知名男人圍着她，正對她毛手毛腳，除了廖先生。正如他臨終前所說，他正竭力阻止其餘四人侵犯她，可是雙拳難敵四手，他最終還是徒勞無功，更被其他人趕走，沒有再出現在影片裏。

影片繼續，他們已經漸漸不再滿足於毛手毛腳，開始有進一步的侵犯行為，第一個嘗試的是徐先生，他直接撲上去，然後很快又驚慌地跌坐地上，指着梁紫茵說：「佢全身都好凍。」

其餘的人蜂擁而上，一論測試後，最終得出她已過身的結論。眾人慌張起來、六神無主，怎料那位不知名男竟說：「反正佢都死咗，唔好嘥，你哋唔上我上。」

影片就此結束，雖然之後的部份沒有影片，但已經想像得到發生了甚麼事，只是不知道是不是所有人也有份，以及誰提議偽裝成自殺。

有這影片為證，我頓時覺得廖先生無辜枉死成代罪羔羊最淒慘，至於其餘四狼最多只能證明他們猥褻屍體，這是否真的有罪我也不清楚。

此時，阿旻正好進內查看我的進度，我把影片重播一次，看過後她義憤填膺、憤怒地罵道：「呢班堅係仆街嚟，雖然香港無

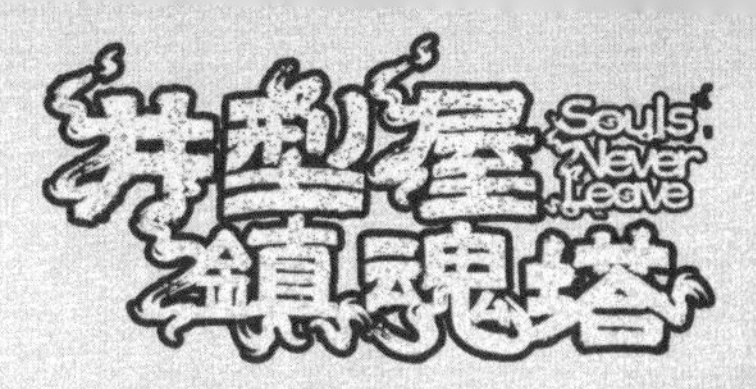

猥褻屍體同姦屍罪，但佢哋肯定中非法處理屍體，點解嗰時咁都告佢哋唔入？無天理！」

「因為嗰時係告我哋強姦同謀殺，而唔係非法處理屍體。」王先生突然搭話，我們也嚇了一跳。

「我哋唔係咁嘅意思，我哋只係……」我慌忙解釋，以免引起他的殺意。

但王先生卻打斷我道：「唔緊要，我都睇化晒，過咗咁多年，日日都孭住呢個秘密生活，都真係幾辛苦。而家得返我同阿棠，一個殘一個癲，都真係報應，有時我寧願死咗一了百了。」

「咁又唔使咁灰，非法處理屍體都係坐幾年，無咩嘢嘅，應該仲出得返嚟呼吸自由嘅空氣。」阿旻又發揮毒舌本色：「一係我幫你報警？」

「喂！」我喝了她一聲，她才沒趣地收聲。

「王生，」我語重心長地對他說：「雖然你可能唔係兇手，但單憑非法處理屍體呢單我都應該要憎你，不過都見你年時已高，又多病痛，已經係活受罪，我勸你以後都係唔好返嚟，唔係你都會好似徐生、萬生、廖生咁，被『王』捉去跳樓死。」

「呵呵，小朋友，多謝你關心，我作孽太深，茵茵係咪我殺都

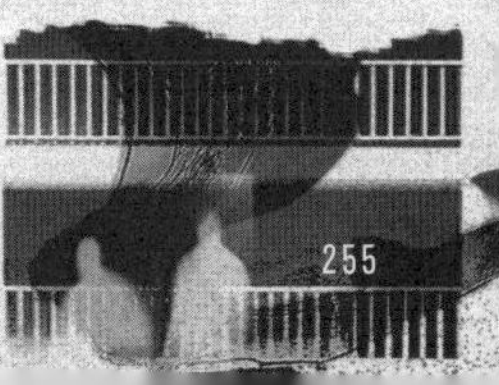

好，我而家都會話係我殺，我今次返得嚟都預咗，我已經無人無物無牽掛，早啲死咗去陪伯爺婆仲好，佢自己一個會好唔慣。」王先生稍稍抬頭望向窗外的天空，雙眼無限嚮往與王太團聚。

我正糾結要不要將王太已經去了投胎的事告訴他，但阿旻已經搶先一步說：「王生，其實人呢，死咗就係死咗，唔會有咩慣唔慣、陪唔陪㗎。」

「呵呵，世界之大，你未死過又點知呢？就當係我呢啲老一輩嘅浪漫囉。」王先生笑呵呵說。

「咁王生，啲剪報你就睇完，有無咩發現？」阿旻認真地問。

王先生也收起笑容，樣子嚴肅起來，氣氛一下子變得很凝重。他字字鏗鏘地說：「好彩剪報夠齊，呢幾年跳樓死嘅人，好多都係呢度嘅鄰居或者係舊住客，但我唔清楚佢哋同茵茵嘅關係。」

「王」的力量明明只能在這裏發揮，一離開就甚麼都不是，為何它能把不是住在這大廈的人也帶來殺死？之前 Nicole 的姐姐也好，我身上的背後靈也好，為何在離開大廈後仍能跟着我？

「咁點解搬走咗嘅你，之前仲會出現喺一五零八？明明有個雲生住緊。」我突然想到這個問題。

王先生聽到後淡然地說：「我只不過入去攞返條片，雲生佢

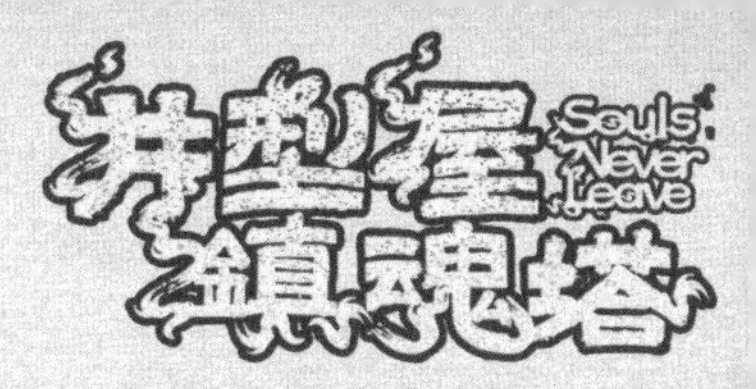

而家都仲係住緊喺入面。」

「吓？」我和阿旻異口同聲道：「個單位而家打拆完仲丟空緊喎！」

「無錯呀，佢仲係住緊喺『入面』。」王先生重複一次，不過這次他特別強調了「入面」兩字，這令我產生了一種不寒而慄、兇殘血腥的想法。

「等等先，你話攞返條片，點解有人住緊你都仲認為可以攞返而無俾人掉咗？」我嘗試轉移話題好使我能忘掉那恐怖的想法。

「因為我將佢放喺牆入面。」王先生露出得意的眼神，為自己的小聰明而沾沾自喜。

放在牆中？這手法不就是與廖先生家中的錄音機同樣嗎？難道也是出自他的手？難道他是那個神秘組織的一員？

「你話雲生仲喺單位入面，唔通佢又被你封咗喺牆入面？」阿旻難以置信地問，本想着試探他，豈料他直認不諱，絲毫沒有辯護的打算。

眼前的這個人，我剛才還説放過他，實在是太過天真了，他簡直不配做人，他是惡魔！

「點呀，小朋友，係咪覺得我罪無可恕、罪該萬死？」王先生以挑釁的語氣問：「但係我一直都逍遙法外，係咪覺得好唔公平？哈哈哈哈……」

「我要報警告發你！」我忍無可忍，拿起電話，但阿旻阻止了我，她在我耳邊理性地說：「佢講呢啲你唔覺得係特登想挑釁我哋咩？唔知佢有咩陰謀，冷靜啲，睇定啲先。仲有，如果真係有鬼，佢而家乜都認晒，啲鬼肯定會拉佢去跳樓，所以可以等多陣。」

我稍為冷靜下來，的確，這樣的話我便可以解除詛咒，不再面對死亡威脅。而且再想深一層，他的說法與日前刁小姐的說法有出入，是因為他一心求死所以順應別人的版本，抑或是他所說的才是真相？可是當年的報道他明明堅稱自己無辜，王太之前也說他是無辜，甚至有不在場證明，那麼他現在堅稱自己是兇手確實有點奇怪。只是，這段影片又的確是涉案的數人與死者，雖然是低清，但勉強也能認得出，這不就是最好的證據了嗎？他一定就是兇手之一！

「做咩呀？唔係要報警拉我咩？仲等乜？唔夠膽？」王先生用激將法刺激我們，可是阿旻好像早有準備，早料到他有此一着。

阿旻笑着對王先生說：「如果你真係想俾人拉，大可以自己自首，唔使咁樣激我哋。你而家咁做，我覺得只得一個原因，就係證明自己真係無辜，同埋順便隊個替死鬼出嚟。」

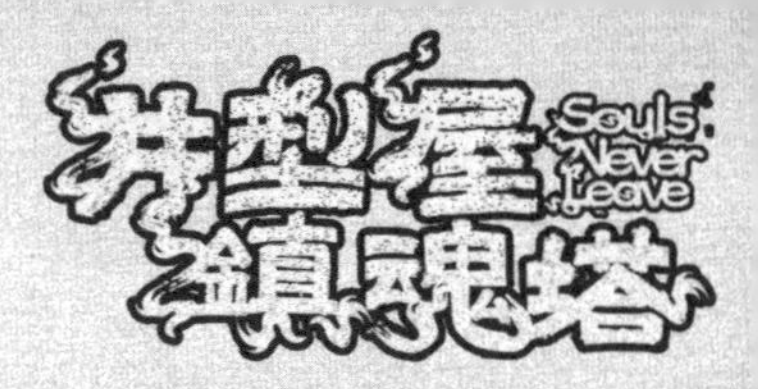

「吓？證據確鑿，有片又講埋殺人藏屍，仲點無辜？同埋咩替死鬼？」我把雙眼瞪大得差點掉下來，完全猜不透她此番說話的根據。

「唔係，你試諗下，條片一嚟咁矇，都睇唔清邊個打邊個，點做證據？就算可以高清修復到，成條片你有邊個鏡頭見到王生？係無，咁點做證據隊死佢？反而會幫佢更加清脫嫌疑，唔好中佢計。」阿旻冷靜分析，又的確有道理，而王先生則在旁陰險地笑。

「而佢啱啱提過一個人叫阿棠，呢個就係佢搵嘅替死鬼，但我相信佢係片中人之一，即係嗰個你唔知佢係乜水嗰個，你有無諗起啲咩關於阿棠嘅嘢？」阿旻引導我思考。

「阿棠？無喎。」我甚麼也想不到。

「有無搞錯，咁都唔記得，」阿旻沒好氣地說：「『游水堂』，阿棠，你記得未？你話廖生臨死前提起過嘅，睇嚟『游水堂』係一個人名。」

「哦，係喎！我記得喇！原來係個人名嚟。」我像被阿旻打通任督二脈般，所有記憶都回來了。

「條片無用啫，咁殺人藏屍有喇嘛？」我繼續問。

阿旻搖搖頭，又再解釋：「你仲信佢嘅說話？你諗下，一個

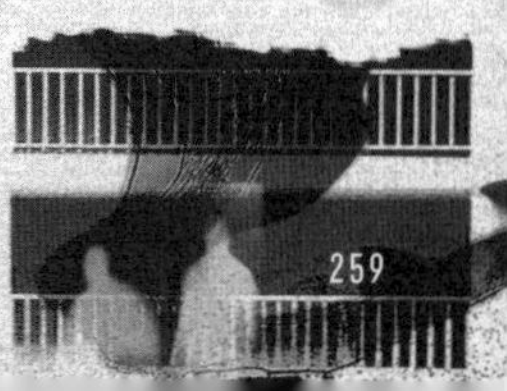

老人家，點夠力去對抗一個年青力壯嘅人？就算係埋伏都唔可能全身而退，但我哋見佢嗰時佢似有傷咩？好明顯佢講緊大話，想挖個坑畀我哋踩，令到我哋無人信，之後有咩實證都無人理。」

「乜原來係咁？估唔到王生你下緊盤咁大嘅棋！如果唔係阿旻夠清晰，我真係中咗你計。」我對王先生表示出佩服。

至於王先生，他聽過阿旻的推理後，不禁鼓起掌、由衷地讚賞道：「精彩！出色！準確！你講得好啱，呢個就係我今次應約嘅目的，估唔到俾你呢個妹妹仔識穿，真係英雄出少年。」

雖然明知眼前人是殺人兇手，但礙於證據不足，我們對他也束手無策，心有不甘是一定的，可是甚麼也做不了，只能眼白白地放虎歸山。

王先生取回記憶卡後便離開，我問阿旻：「呢刻你係咪好想呢個世界上有鬼，可以殺咗佢呢？」

「佢雖然罪該萬死，但都要受法律制裁，唔可以行私刑。」阿旻異常冷靜地說：「但怨魂索命就不在此限。」看來此刻的她也希望世上有鬼。

突然，刮起了一陣大風，強得我倆睜不開眼，直至聽到「嘭」的一聲巨響從井底傳來，風才停下，我們也立即出外查看井底發生了甚麼事。

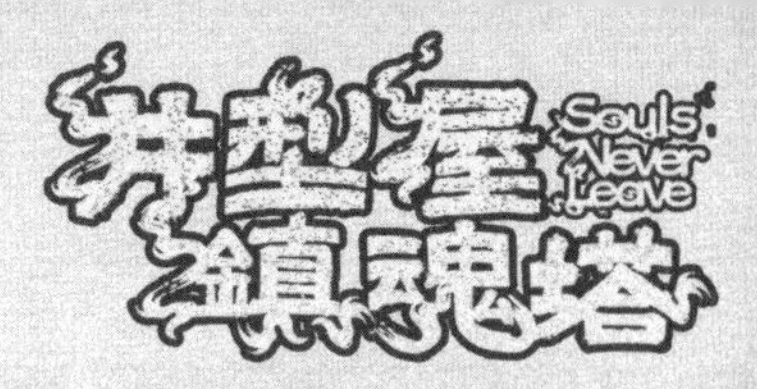

又一起跳樓事件發生，是連續第二起不在十月發生的跳樓事件，而死者正是王先生，我們是從他的衣服判斷出來的，因為他的頭已經撞得稀巴爛，可以說是脖子以上的部份都消失了，我想連技術最高超的法醫和遺體化妝師也無法把他還原。

我望着井底，問阿旻：「咁你而家仲信唔信有鬼？」

「我唔會信一啲我無親眼睇到嘅嘢，啱啱都可能係陣風太大，王生一時企唔穩先會跌落去，」阿旻依然堅持自己的想法，但聽得出有些少動搖，因為她最後很小聲地說了一句：「我估。」

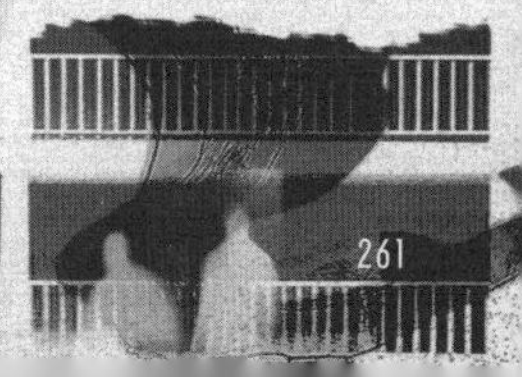

19
拐子婆

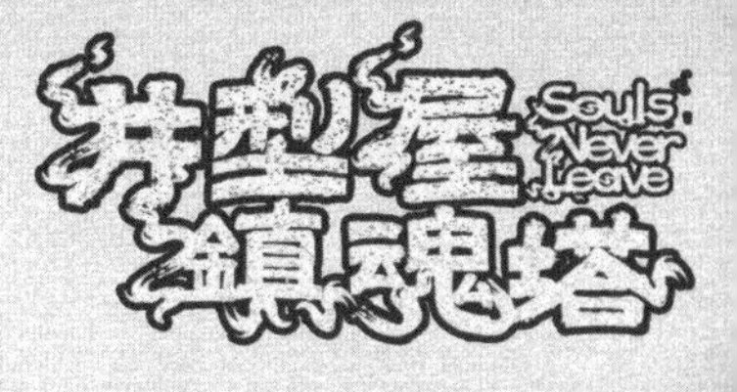

19 拐子婆

隨着王先生的死，涉案的五狼只剩下游瑞棠一人行蹤未明，可是我對此人毫無頭緒，加上農曆新年的到來，我已經把此事暫時拋諸腦後。

對於還未成家立室的人來說，農曆新年絕對是一年中最重要的節日，因為可以見到一班親戚，當中甚至有一些一年只見這一次，大家可以見面傾談、交換近況，是一件賞心樂事。

當然，這麼說絕對是官方答案，心底最真實的答案是「揼利是」！這是一個最接近不勞而獲可以獲取金錢的途徑。

大年初一、二都是我們家外出拜年的日子，亦是我最豐收的兩天，而年初三是赤口，傳統上不會出外拜年，所以我們一家都留在家渡過這一天，我也趁這天把握時間溫習。

時間來到五時許，我埋首書本已經一整日，已經達到與世隔絕的境界，直至媽媽的驚呼才把我重新與世界接軌。

「阿曦同阿晴唔見咗！」媽媽驚惶失色。

「佢哋係咪過咗隔籬井玩咋？」爸爸以最符合常人的想法問。

「我已經睇過，甚至問埋平時會去佢哋屋企嘅鄰居，都話無見過佢哋。」媽媽焦急得快要哭出來：「唔知係咪遇到拐子婆。」

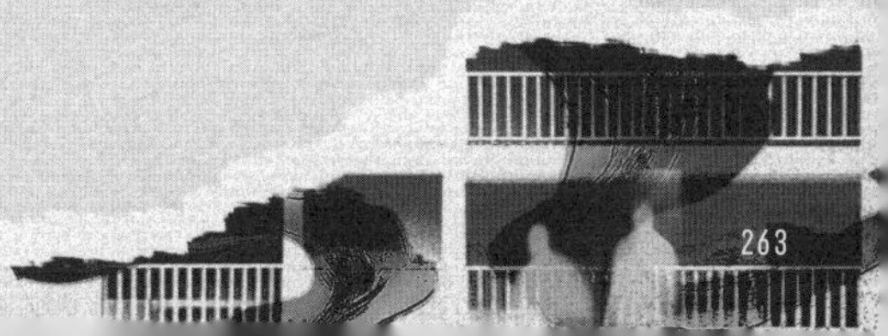

「呢幾日過年咁多陌生人出出入入，有啲人混水摸魚都唔奇。」爸爸冷靜地說：「落去問下看更有無見到佢哋。」

這場騷動隨着爸爸和媽媽問完保安回來後越演越烈。保安表示沒有看到他們進出，換言之他倆依然在大廈內，只是不知被藏在哪裏。

「會唔會係有拐子婆？最近新聞有好多，啲大陸婆走過去就拖走個細路。」阿旻提出意見，卻令媽媽哭得死去活來。

「唔好亂講，看更都話無見過佢哋，個看更守呢度咁耐，一早認得晒我哋全家人，加上農曆新年呢段日子，佢哋更加金睛火眼，無可能見唔到，所以佢哋應該只係去咗平時少去嘅人屋企玩啫，我哋細個嗰時都會啦，鄰居搭鄰居就會 friend，之後就會去咗佢屋企玩，到肚餓食飯嗰時就會返嚟，唔使擔心嘅。」我立即大腳解圍。

「唔係喇，一於報警。」媽媽拿着電話說。

「未夠四十八個鐘，警察都唔會理。」我說。

「你細個嗰時走失過都係唔夠四十八個鐘啦，一樣係報警警察搵返你。」媽媽反駁。

很快，警察便來到家門前，循例問了話後便查看大廈閉路電

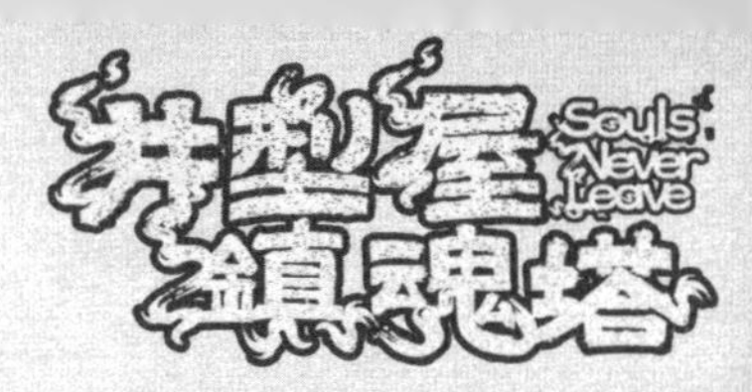

視，然後問鄰居，再在附近簡單搜索，最後安慰數句便收隊，完全零進展。

看來只好靠自己了。我看着阿旻，她立即意會到我的意思，根據警察調查，在他們失蹤前，有鄰居在大約三時看過他們和一個老人家言談甚歡；有鄰居聽到老人家說帶他們到塔內玩耍；有鄰居說那老人家很面善，不過可能是大眾臉而已。

其中最可疑的肯定是「到塔內玩耍」這一線索，阿旻猜到我想說甚麼，於是搶先說：「一定唔係你諗嗰啲，唔好自 high。」

「但唔係我講，係人哋講，咁都仲有錯？」我駁斥說：「呢度真係鎮魂塔呢，唔係點會話去塔入面先？而且佢兩個之前又有講過話想去玩，而家又周圍都搵唔到佢哋，可以定案喇。」

「咁你話嚟，點入去個塔？」阿旻一句便把我難倒，我確實不清楚方法，但腦海中有一個人選或者會知道。

我帶着全家人拜訪一六二二室，尋求刁小姐的協助，可是時間已經是晚上八時，刁太為了保障刁小姐的安全而拒絕，無論我們怎樣哀求，她始終拒絕協助，要我們明天請早。

「阿哥，我都話你見到嗰個係全息影像嚟㗎啦，而家一人多有機會穿煲，佢就要手擰頭，今次你仲唔信我？」阿旻趁機得意地說。

我又一次無言以對，畢竟除了我以外，他們沒有親眼見過。另外，以我兩次在鎮魂塔的經驗，現在現實時間過了超過五小時，即是他們在鎮魂塔內已經過了數天，這麼長時間，他們很大可能已經忘了自己是誰，要永遠留在塔內成為其他鬼的玩物，一想到這，我便更加意難平，誓要用最快時間救他們出生天。

就如劇本一早已經寫好一樣，在我最無助之時，Tracy 再次像天使一般出現在我眼前，向我伸出援手。

「我知道你屋企發生咩事，我知道點入去鎮魂塔，但只限你一個，有無問題？」Tracy 站在樓梯前悄悄地對我說。

「得我一個？點都好，無問題，得我一個都要去，佢兩個而家好危險，一刻都唔可以再拖，快啲講我知點先去到！」我急得如熱鍋上的螞蟻，假如要我跳樓才去到我也願意。

「文件夾。」Tracy 簡潔地說：「佢哋想要本嘢，你帶住本嘢，再是但入去一個空置單位，咁就去到。」

得知方法後，我連道謝也趕不及說，便衝進屋內拿出文件夾，往最就近的空置單位——一五零八室——跑去，只是，我該怎麼進入已經上鎖的單位？與此同時，家人們也留意到我的動向，也跟着我跑到單位前。

「阿曉，佢哋係咪喺入面？」媽媽着急地問。

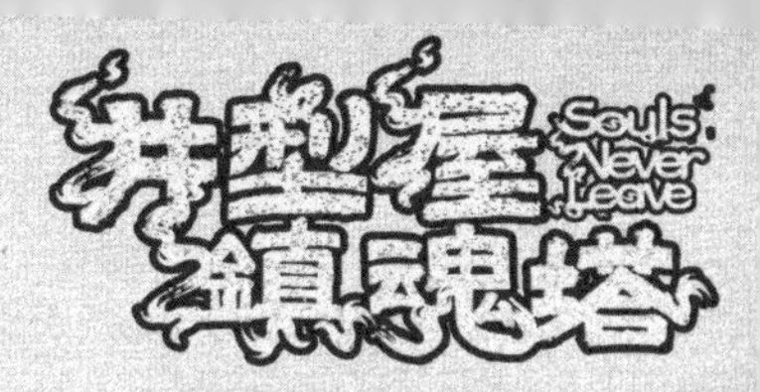

「嗯⋯⋯都算係嘅⋯⋯」我支吾以對。

「係就係，唔係就唔係，咩叫都算係？你講清楚啲！」爸爸也緊張起來。

我面有難色，但還是勉強回答：「佢哋係喺入面，但呢個入面又唔係嗰個入面，總之佢哋就係喺入面，我會救返佢哋出嚟。」

「呢度鎖住咗你點入去？同埋你拎住本剪報做乜？」阿旻問。

「我自然有辦法，呢本嘢係門匙，你哋返屋企先，我會帶佢哋返嚟。」我並沒有十足信心，不過我沒有其他選項。

「唔得，我哋同你一齊去，人多好辦事，同埋點可以畀你一個自己冒險。」媽媽說，母愛的偉大大概就是如此。

「邊有冒險，我入去帶返佢哋出嚟咋嗎，一出一入，好簡單，無險要冒，而且對方只係准我一個人去。」我故作輕鬆，一方面不想他們擔心，另一方面要支開他們，好讓我能進入鎮魂塔。

「好喇好喇，既然阿哥都咁講，我哋就乖乖哋返屋企等佢哋返嚟，你煮定飯差唔多。」阿旻看得出我的意圖，幫忙游說兩老。

「係囉，快啲返去先，越拖得耐佢兩個越驚，你畀我快快脆脆帶佢哋返嚟咪仲好。」我再補上一句。

經過一番擾攘，兩老逼於無奈只好讓我獨自前往。我對着重門深鎖的一五零八室，其實也茫無頭緒，只好先敲門試試。

「咯、咯」，裏面無動靜，門也無異樣。

我正煩惱之際，身後不遠處傳來一把老婆婆的聲音：「歡迎光臨，嘢係咪帶咗嚟？」

我回頭一看，原來是許婆婆，我再環顧四周，原來我已經不知不覺身處在鎮魂塔內。

「許婆婆？點解你會喺度？你唔係應該去咗投胎咩？」我吃了一驚。

「咩許婆婆？我都唔知你噏乜，廢話少講，你係咪要救返兩個塞豆窿？本嘢係咪帶咗嚟？」許婆婆忿怒地重複一次說。

看來眼前這個許婆婆已經失去了記憶，被「王」抓住做了奴隸，她在醫院過身，靈魂正常不會在這，大概是回魂夜當晚被抓了，「王」真可惡，連老人也不放過。

「我已經帶咗嚟，佢哋人呢？」我將文件夾緊抱在胸前，拍了數下。

「畀我檢查下真定假先。」許婆婆雖然老，但絕不糊塗。

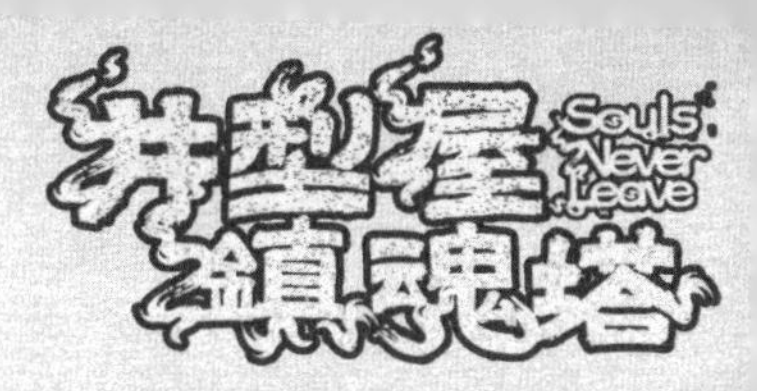

可是未看到阿曦和阿晴，我是不會把文件夾給她的，所以我對她大吼：「我要見到人先！」

「敢同阿婆討價還價？好大膽！不過你揀錯場合，呢度係我主場，我叫你畀我係畀臉你，你唔好敬酒唔飲飲罰酒，我啲同伴隨時都可以郁手搶！」許婆婆暴怒，面容扭曲，已經面目全非，我也被她嚇倒。

「佢哋敢郁一下，我就即刻燒咗佢，大家一拍兩散！」我輸人也不能輸陣，在褲袋拿出鎖匙裝成打火機威脅道。

顯然，許婆婆忌諱我的行動，不敢輕舉妄動，乖乖吩咐其他鬼把阿曦和阿晴帶來，無他，因為她實在負不起文件夾變成灰燼的責任。

「大哥哥！」在走廊盡頭傳來了阿曦和阿晴的聲音，太好了，他們還記得我，證明並未失憶。

「阿曦、阿晴，你哋唔使驚，大哥哥嚟帶你哋返屋企！」我大喊回應，同時向他們走去，不過許婆婆始終擋在我們中間，不讓我們見面。

「放低文件夾咪可以帶佢哋走囉。」許婆婆以典型反派的口吻說。

「我要見到佢哋先，而家只係聽到聲，未見到人。」我差點便鬆懈，幸好懸崖勒馬，堅持要見到真人。

「嘖！麻鬼煩！」許婆婆不情不願又不滿地說：「帶佢哋上前。」

「大哥哥、大哥哥……」映入我眼簾的無疑是阿曦和阿晴，但他們明顯已經失憶，只是牙牙學語地對着一枝玩具鎚說着大哥哥，難怪許婆婆不想讓我看到他們。

「阿曦！阿晴！」我朝他倆大喊，試圖尋找最後一絲希望：「係大哥哥呀！大哥哥而家嚟接你哋走喇！」可是現實是殘酷的，他們對我沒有記憶。

「人就見到嘞，係時候畀本嘢我喇。」許婆婆伸出手對我說。

我只求盡快帶他倆走，以免失憶繼續加劇，所以爽快地與她交換，而她也沒有使詐，將兩人交還給我，也沒有派人多加阻撓。

「要盡快離開先得，但要令佢哋記得返啲嘢先走到，點算……」我心裏乾着急，因為我擔心「王」很快便會發現我對文件夾動了手腳，然後派人將我們抓住當奴隸。

同時，許婆婆拿到文件夾後也立即消失了，整層十五樓只餘下我們三人。

「小朋友，知唔知我係邊個呢？」我以輕鬆有趣的腔調問阿曦和阿晴，以免嚇倒他們。

只不過他們反倒嚇了我一大跳。

「大哥哥，我哋點會唔知你係邊個。」阿曦精靈地說，完全不像是裝出來。

「你話過嚟呢度會唔記得屋企，所以我哋好努力咁記住屋企。」阿晴活潑地說，也是自然流露。

「你兩個……係唔係扮知呃我㗎？」我還是不敢相信他們剛才的演技。

「我叫阿曦，佢叫阿晴，係我妹妹，我哋住一五二二。」阿曦嘗試說更多來證明。

「我係阿晴，係屋企最細嗰個，我哋啱啱搬嚟幾個月。」阿晴也說出一些事實來說服我。

「睇嚟係真，咁我哋快啲返屋企，阿爸阿媽好擔心你哋，我哋快啲走。」我緊緊拖住他們，只是我並不知道該如何離開。

「點樣嚟，就點樣走。」我耳邊忽然傳來一句聲音，但我回頭看卻找不到聲音的主人，可是我還是採納了它的方法。

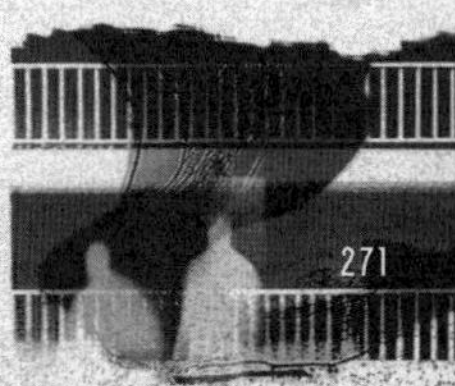

我先讓阿曦和阿晴抓住我的衣服，然後我伸手碰了一下一五零八室的木門，之後看看我身旁，阿曦和阿晴也在，再看看身後，是我們原來的世界，我們終於回來了。

阿曦和阿晴對望一眼，露出了耐人尋味的笑容，然後便大笑着飛快地奔回家，我在他們身後也跑起來，免得他們又再失蹤。

忐忑不安的媽媽一直在家門前守候，當看到他倆時，那種由心而發的喜悅是我從來沒有看過的；神不守舍的爸爸也罕有地流下了久別重逢的男兒淚，摸着他倆的頭；至於阿旻，她表現得比較含蓄，只是微笑着擁他們入懷。

幸福快樂未必是大富大貴，一家人齊齊整整，迎來一個大團圓結局，看似平淡，其實都已經可以很幸福。

「阿曉，你都無事吖嘛？」媽媽問道，幸好終於有人記起我了。

「哦，無咩事，我都話好簡單就搞掂，唔使擔心㗎啦。」我露出勝利的微笑。

「你去咗個幾鐘，我哋都唔知幾驚，走返過去睇又唔見咗你。」爸爸也對我表現出少有的關心，不是說他平時不關心我們，只是說出口的關心比較少而已，是一個不折不扣的傳統男人。

「我都話唔使擔心㗎，阿哥都話已經兩進兩出鎮魂塔，今次只

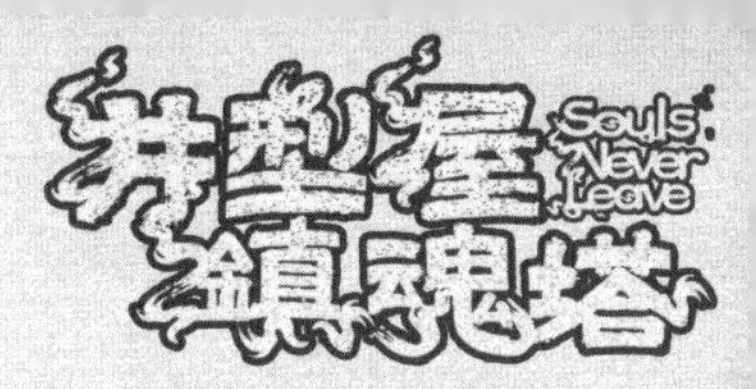

不過去多次之嘛，又點會有問題？佢可能已經拎埋 pass 㖭。」阿旻半開玩笑又半挖苦道。

「睇嚟你終於都信。」我直接迎擊。

「無信喎，咁唔科學嘅嘢，我點會信？我估係你中咗啲迷魂嘢，俾人帶咗唔知去邊，之後演咗場戲畀你睇。」阿旻搖頭道，接着再問：「本嘢呢？」

「我肯狠定係入咗鎮魂塔，唔信你問佢兩個。而本嘢我用嚟交換咗佢哋返嚟。」我笑着說：「不過最重要，關於單案嘅嗰幾張剪報我已經抽咗出嚟。」

「佢兩個掛住玩，點會知咁多？不過你咁夠薑出蠱惑，唔驚班人嚟尋仇？佢哋連細路都捉喎。」阿旻擔心起家人的安全。

我胸有成竹對她說：「驚？都未驚過。佢哋喺鎮魂塔入面出唔到嚟㗎，而且只要我哋喺屋入面，佢哋就乜都做唔到。」

根據刁小姐所說，鎮魂塔內的鬼要走出來現實世界，是要在特定條件之下才有機會，並不能隨意出入，那個條件雖然不難，但也講機緣，這亦是我願意放手一搏的原因。

「最好佢哋真係鎮魂塔入面嘅鬼。」阿旻投降，放棄再與我爭論。

晚上，為了慶祝阿曦和阿晴的失而復得，媽媽特意做了滿桌子他們愛吃的菜，但他們一反常態，只專注吃白飯和叉燒，對平常愛不釋手的煎雞翼、椒鹽鮮魷和蒸魚不聞不問。

20
白卡佬

20 白卡佬

農曆新年過後，緊接着的便是模擬試，對於花了時間認真溫習的我來說，這完全沒有難度，而距離真正影響人生的考試——DSE，在時間上亦非常充裕，我已經編好每日的溫習時間表，升讀大學心儀學科可以說是囊中物。

「嘭、嘭、嘭」！「細佬，開門呀細佬！」一七二八室又再傳來白卡佬的叫喊聲。

「哎呀！嘈夠未？嘈住晒我溫書。」我不耐煩地關上大門，家裏頓時變得清靜無比。

「大哥哥，做咩閂門？好熱呀。」阿曦用無辜的眼神盯着我問。

「大哥哥要溫書，出面嗰個人嘈住佢，所以閂門囉。」阿晴很快便替我回答。

「咁去叫佢收聲唔好嘈咪得。」阿曦興致勃勃、雙眼發光、蓄勢待發。

「咁好玩我又去，大哥哥一齊去。」阿晴無邪地嚷着。

自從他們由鎮魂塔回來後，對於外出撩是鬥非變得特別熱衷，與以前乖寶寶的形象有很大出入，肯定是塔內的鬼教壞了他們，所謂「學好三年，學壞三日」就是說他們。

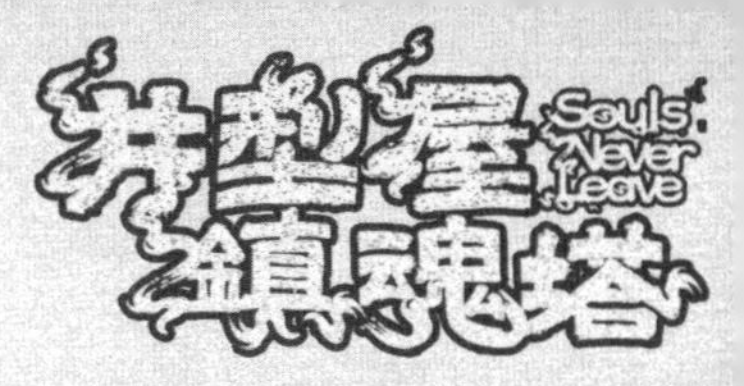

「唔得咁㗎，雖然人哋係嘈住我哋，但而家呢段時間內係合情合理合法，我哋唔可以剝奪佢嘅自由，唯有忍下。」我以身作則，為他們樹立好榜樣，祈望他們能變回乖寶寶。

「大哥哥渣斗，唔敢去叫佢收聲。」想不到這句說話竟然出自阿晴的口。

「係囉！大哥哥無鬼用，大哥哥係鴕鳥。」阿曦也出言挑釁。

「你哋兩個點可以咁講嘢㗎？咁樣無大無細唔啱㗎，要尊重長輩，快啲同大哥哥道歉，之後自己去玩，唔好阻住大哥哥溫書。」媽媽及時出現說教，替我打破這尷尬的處境。

「唔得喎，哈哈哈哈。」他倆同時說完後便跑到露台玩耍，媽媽被氣得七竅生煙，我只好安撫她。

「佢兩個都唔知喺邊度學到咁曳。」媽媽慨嘆。

「唔知呢，可能係睇咗啲 Elsagate 嘅片啩，又或者係從其他小朋友身上學返嚟，佢哋呢啲年紀唔識分好壞，貪好玩就學咗㗎喇。」我嘗試用正常邏輯解釋，只不過我心裏始終相信是與鎮魂塔有關。

「嘭、嘭、嘭」！突然，有人大力拍打我們家的大門，媽媽開門一看，正是白卡佬。

白卡佬看到我們開門，立即求救：「救命，救下我細佬！」

「發生咩事？」媽媽擔心地問。

「我細佬唔應門，佢有危險，要快啲救佢，快啲！」白卡佬着急地說。

「冷靜啲，佢成日都唔應你門㗎啦，而且而家係返工時間，佢唔應門都好合理。」媽媽解釋道。

「唔係，今次唔同。」白卡佬氣急敗壞地續說：「今次係佢叫我上嚟搵佢，我收到電話已經即時上去，但佢無應門，但我聽到入面有聲。」

我聽到他們的對話，覺得事有蹊蹺，但更加吸引我注意的是阿曦和阿晴的竊竊私語。

「係報仇。」阿曦說。

「第五個兇手。」阿晴說。

「終於搵到佢。」阿曦說。

「成件事終於完。」阿晴說。

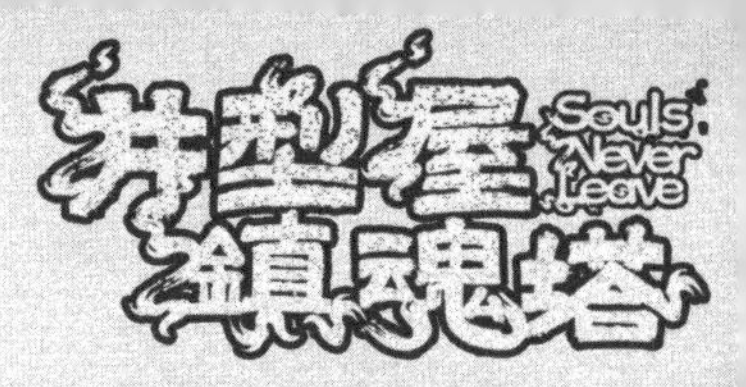

「你哋講咩？點解會知呢啲嘢？」我一個箭步走到他倆身旁問。

「因為大哥哥，」阿曦說完阿晴接着說：「同姐姐成日講。」說完他們露出燦爛得詭異的笑容，令我不禁心寒起來。

雖然他們所說的是其中一種可能，但「王」為甚麼要濫殺無辜？相關剪報我已經抽起，而且報道也並沒有提及到有第五隻狼，更遑論知道他的真實身份，這真的是「王」的所為嗎？抑或只是純粹巧合？還是給我的警告？

怎樣也好，還是應該先報警。

「喂，我哋報警先，之後再上去試下爆門。」我對白卡佬說。

不過與之前一樣，電話又一次受到干擾，無法撥出電話。

「唔通真係『王』所為？點解要搞啲無辜嘅人？」我想不明白。

很快我們便來到一七二八室前，單位內不停傳出清脆的玻璃打破聲、重物倒地聲、頻密的雜物碰撞聲，可以想像得到一門之隔的單位內，現正經歷堪比龍捲風破壞力的恐怖事件。

「我哋一齊用力拉道閘，睇下可唔可以拉爆佢。」我指揮白卡

佬，然後便一起發瘋似的用蠻力拉開鐵閘。

數分鐘後，我們都筋疲力竭，可是鐵閘卻始終堅守它的工作，紋風不動的守護着這個家。

「啊……」單位內傳出慘叫聲。

「細佬，頂住呀！」白卡佬因為弟弟的慘叫聲，再次充滿力量，甚至超越極限，像得到界王神潛能開發般，發揮出百分之二百的能力，竟然一下便把鐵閘拉開，彷彿我們之前的努力都是笑話。

「細佬，等多我幾秒！」白卡佬對着單位大喊，然後飛身一撞，木門應聲被撞開，滿目瘡痍、飽受摧殘、玻璃雜物遍地開花的景象盡收眼底；而在露台窗邊，白卡佬的弟弟已經大半個人懸掛在外，搖搖欲墜，只靠雙手勉強抓住鐵窗。

「細佬，我嚟救你！」白卡佬不顧遍地的玻璃碎，直奔露台，但同時，鐵窗終於支撐不住他弟弟的體重，螺絲鬆脫，他連人帶窗跌下樓。

「細佬！」白卡佬拼了老命縱身一跳，自己半個人也掛在窗邊，在千鈞一髮之際，勉強抓住了他弟弟的右手，白卡佬以肚作支點，雙腳作力點，牢牢纏着露台的石柱，慢慢把他弟弟拉上來。

就在成功在望之際，石柱連同鋼筋因為日久失修而斷掉，一

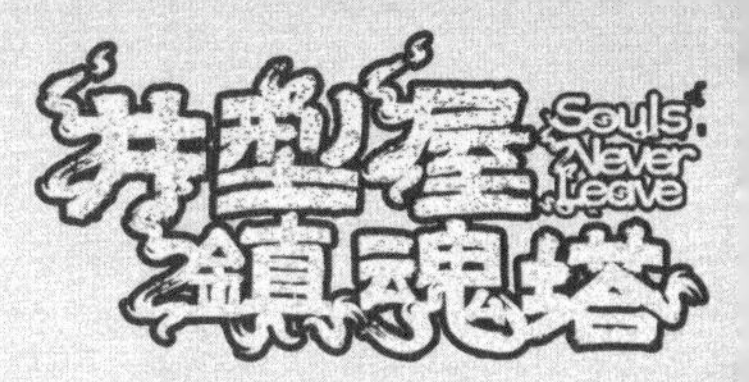

下子失去借力位的白卡佬支撐不到他弟弟的重量，上半身瞬間跌出窗外，僅靠雙腿和肚勉強夾着窗台，情況岌岌可危。

「幫手呀！」白卡佬大叫，一直在旁發呆觀看事態發展的我這才如夢初醒，立即上前幫忙拉起他弟弟。

「唔該晒，好彩有你哋。」白卡佬的弟弟安全後第一時間向我們道謝。

「唔使客氣，我都係盡人事。」我謙虛地說，而白卡佬則依然喘着大氣，不能說話，不過這也正常，他已經七十有幾了。

「究竟發生咩事？」我坐在地上，簡單又認真地問。

「其實我都唔知，一開始係啲細件嘢無緣無故自己跌落地，然後就到傢俬，最後連我都被一種無形嘅力拉住，一路拖出露台窗口。」白卡佬弟弟心有餘悸地答，他和白卡佬也跟我一樣坐了下來。

「係騷靈現象，但日光日白都出現咁猛？之前有無試過？或者最近你有無惹到啲『朋友仔』？同埋……」我追問，同時，我也留意到白卡佬變得面青口唇白，雙眼呆滯，於是立即轉移去關心他：「喂，你有無事？睇你個樣好唔掂咁。」

白卡佬聽到我關心他，立時強裝出氣定神閒、若無其事般，

然後勉強說：「無事，係太耐無做劇烈運動，年紀又大咗，有啲應付唔嚟，唞多陣就無事。」

看到他特意裝作無事，我也不好意思揭穿他，只好順着他意對他說：「你話無事就得，見你都成七十幾，要小心啲。」

「咩七十幾？」白卡佬激動地反駁：「我五十八咋！係個樣生得老啲啫！」

「吓？」我對他的答案感到非常驚訝，想不到原來他這麼年輕。

「唔好研究我住先，細佬，你喺邊度招惹埋啲咁嘅嘢返嚟？」白卡佬將話題重新引導至事發原因上。

白卡佬的弟弟搖搖頭，無奈地答：「我都唔知，我發覺最近屋企啲嘢成日都移位，今日放假直情連我都移埋，我都係同平時一樣返工放工，都無時間得罪任何嘢。反而係大佬你，係咪你又闖咗咩禍累到我？」

「喂，唔好亂講！我呢十年都過得好規矩，無再搞啲咩，見過鬼仲唔怕黑咩？嗰次無事我已經執返身彩，唔敢再亂嚟。」白卡佬激動地說。

十年？沒事？難道說白卡佬……

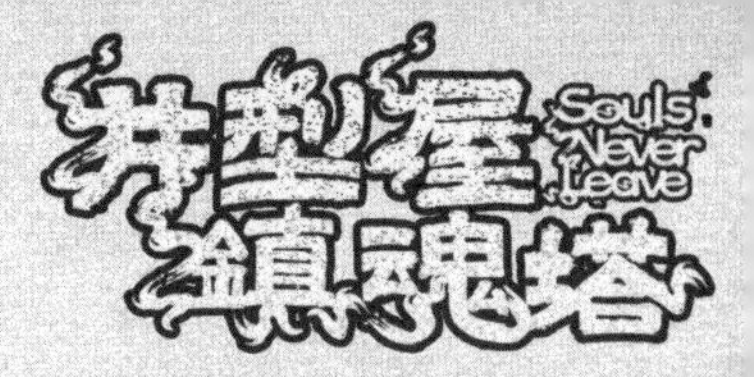

「小兄弟，唔該你幫手，我哋兩兄弟會慢慢執返啲嘢，你返去先，唔阻你咁耐。」白卡佬感激道。

「唔使客氣，大家鄰里，係要互相幫助嘅，話說咁耐都未知你點稱呼，我叫阿曉。」我自然地問，完全不突兀。

「多謝你幫手，阿曉小兄弟，你可以叫我阿棠，好高興識到你呢個朋友。」白卡佬阿棠說。

阿棠？難道真的是天網恢恢，疏而不漏？我要找的游瑞棠就是眼前的白卡佬？若是真的就簡直是踏破鐵鞋無覓處，得來全不費功夫了。

「游瑞棠？」我轉換了聲調，進入認真模式。

聽到自己的名字由我口中說出，阿棠立即警惕起來，並沒有裝瘋賣傻，而是正面迎戰，嚴肅地問：「你點解會知我全名？」

現場氣氛一下子變了，本身溫馨友愛、輕鬆愉快，現在劍拔弩張、緊張凝重，雙方神經繃緊，準備隨時開戰。

「係廖生臨死前同我講，」我坦白地說：「我諗我知點解你細佬會出事，佢差啲做咗你嘅替死鬼！」

「你想表達啲咩？」游瑞棠頓時築起城牆保護自己。

「你放心，我唔會對你做啲咩，我只係想知道真相，或者我仲可以幫到你㖭。」我本着求真的精神問。

「咩真相？你同我見到嘅嘢都一樣，我都想知我細佬點解會遇到咁嘅事！」游瑞棠嘗試將話題轉移到今次的事上。

可是我又怎會輕易被他誤導？我知道他知道我指的是甚麼，所以我放慢語速，逐個字說：「你知我指咩㗎。」

「阿曉小兄弟，你知道幾多？」游瑞棠老謀深算地說，從他複雜的眼神來看，心裏肯定盤算着些甚麼。

「至少知道你細佬點解會遇襲。」我重申一次。

「講嚟聽下。」游瑞棠從容不迫地試探道。

想不到他竟然反過來套我話，看來我不拋磚引玉肯定問不出甚麼。

「因為『王』要報復你，」我邊緊盯着他雙眼，看他有沒有任何微表情，邊凝重地說：「佢已經知道你就係第五隻狼。」

意想不到的是，先有反應的不是游瑞棠，而是他的弟弟，他聽到我說完後「哇」的一聲叫了出來，然後倒在牆邊。

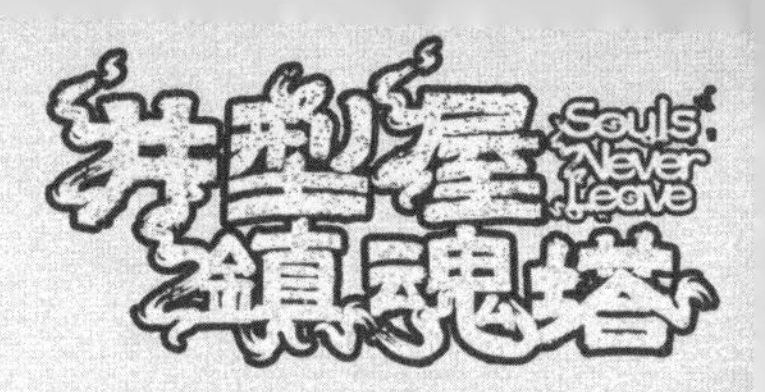

「細佬！」游瑞棠非常緊張，立即上前保護他，而我也很警剔地看着四周，以防有鬼再度襲來。

「無事無事，係我唔小心跌咗去後面啫，唔使咁緊張。」游瑞棠的弟弟尷尬地笑着說。

看到游瑞棠的表現，有一個問題不禁浮上心頭，而我也確實是按捺不住問了：「其實點解你阿哥對你咁好，你都成日唔開門畀佢？」

聽到我的提問，游瑞棠十分敏感，立即搶先開口道：「我哋兩兄弟嘅嘢，唔關你啲外人事！」

「大佬，我睇阿曉小兄弟都知唔少，都無謂再瞞佢，你就照直講，畢竟你都屈咗喺心咁耐，仲要用心良苦扮傻搞到全世界都怕咗你，你再唔講就真係屈到變真癲。」游瑞棠弟弟游說道。

聽到弟弟這樣說，游瑞棠內心也複雜起來，他深情地看着弟弟，雙眼泛起點點淚光，呼了一口大氣，轉身看着我，而我留意到他的視線離開弟弟時是帶點依依不捨，而當目光投放在我身上時卻是堅定無比，就像與家人臨終道別，下定決心上刑場，無懼死亡一樣。

「真相，哈……」游瑞棠苦笑了一下，緊閉雙眼續說：「真相就係我游瑞棠錯手殺咗梁紫茵，再叫埋其餘四個人一齊污辱佢，

最後夾手夾腳掉佢落樓扮跳樓！」

「其餘四個人？」聽到這句說話我感到很突兀，但沒有說出來。

「咁你係點錯手殺咗佢？」我追問，其實我心底希望他就是真兇，而剛才說的「其餘四個人」只是口誤，這樣我便可以真正解除那煩人的詛咒。

然而，游瑞棠沉默了，他微微張開口看着我，欲言又止般，久久未能說出一句話，他弟弟也不耐煩，催促他說：「大佬，你咪照直講，阿曉小兄弟我睇佢都信得過。」

「我唔會報警。」我為了令游瑞棠放下戒心，故意這樣說，但其實我也沒有說謊，因為我只打算對「王」說。

「嗯……我……我嗰時……我嗰時就係搵枕頭錯手焗死咗佢，係囉，就係咁。」游瑞棠雙眼游離，時而移向左上，時而移向右上，斷斷續續說。

一旁的弟弟也插嘴說：「大佬，唔使咁驚，放膽講就得，唔使吞吞吐吐，你係同佢爭執，錯手將佢個頭撞咗落枱角，之後再用枕頭焗死佢，再姦屍，再提議掉佢出街扮自殺。」

「撞咗落枱角？之前從來無聽過呢個說法，佢點會知？」我心

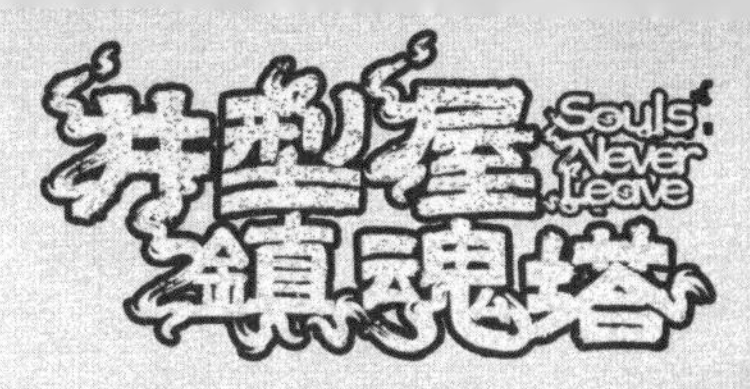

想。

「你都好清楚喎，唔知仲以為係你做。」接着我再問：「咁兇案現場係邊度？」

游瑞棠先瞪大眼瞥了他弟弟一眼，再猶疑了一會說：「七零一室，我之前住嗰度。」

「咁你而家住邊？點解可以換到單位？」我半信半疑地問。

「而家住一三一零，我搵房屋署申請所以搬到。」游瑞棠說，然後他問：「『王』點解知我係第五個？明明啲報道都無講過，除咗我哋五個人，無其他人知。」

「『王』每年都會搵人查呢單案，然後喺咁多人多年努力之下，已經查到好多嘢，而且其實除咗你哋五個之外，仲有其他人知，我就係聽盧老太同王太講過所以知。」事到如今，我如實作答也沒有所謂。

「又係呢啲多事嘅三姑六婆，不過好彩……」游瑞棠小聲說，臉上擺出不屑的表情。

「好彩啲咩？」縱使他小聲地說，但憑他的口型我還是看得出來。

游瑞棠立即慌張道：「無嘢無嘢，而家你都知道晒真相，應該可以啦？」

我滿意地點了點頭便跟他們道別，想不到調查竟然在意外的地方有突破性的發展，連最後一隻狼也找到出來，詛咒這次能夠名正言順地打破了，我也能成為繼江叔之後的另一位倖存者了。

當我步出一七二八室，在走廊盡頭的轉彎處，有兩個細小的身影一閃而過，鬼鬼祟祟、形跡可疑，我立即跑過去，可是已經消失在樓梯中，不知是上是下，我也只好意興闌珊地走回家。

「大哥哥，」阿曦看到我回來，立即迎上來問：「白卡佬點樣，佢係咪第五隻狼？」

「大哥哥，」阿晴也搖着我的手問：「救唔救得返佢細佬，係咪『王』要報復白卡佬？」

「多事，呢啲你哋唔知好過知。」我暗自驚嘆他們所知太多，決定不再在他們面前提起這件事，以免再荼毒他們。

阿旻正好此時放學回到家，看到樓下堆滿人，於是問：「知唔知樓下搞乜，咁多人嘅？」

阿晴鬆開我的手，立即跑去拖着阿旻的手道：「白卡佬細佬啱啱差啲跌落街。」

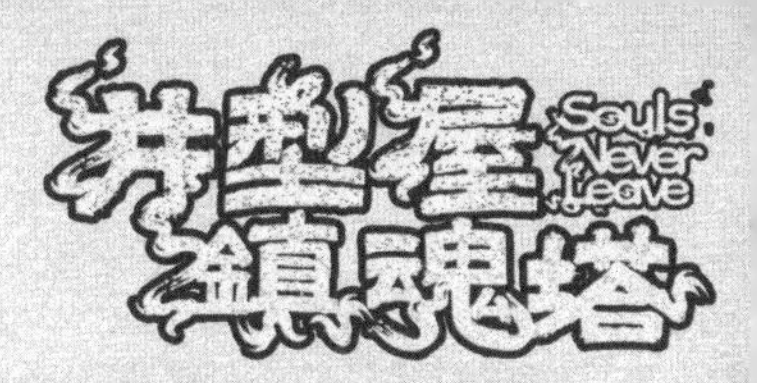

我眉頭一皺地看着阿晴，阿曦也轉身對阿旻說：「係『王』報仇，佢係第五隻狼。」

阿旻聽完後說：「嘩，咁驚險呀？好彩最後無跌落去咋，不過點解你哋咁叻，知佢係第五隻狼嘅？」

他倆二話不説立即指着我，我即時為自己辯護，可是已經百辭莫辯，阿旻支開他倆後便拉着我進房訓話。

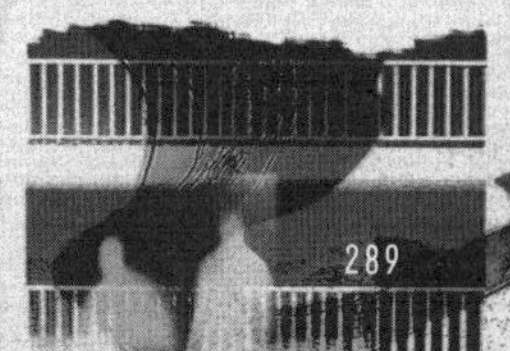

21
阿曦和阿晴

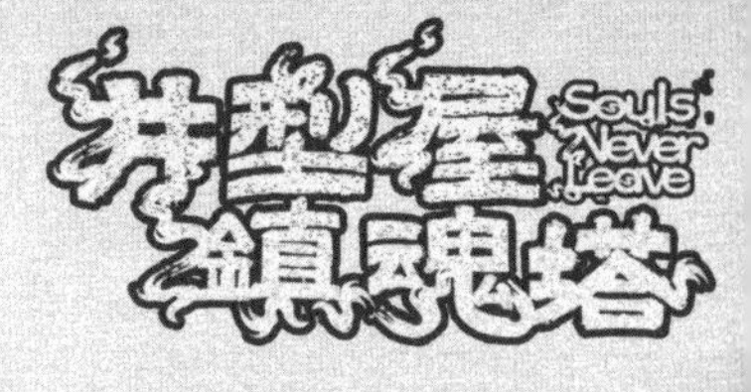

「我有兩樣嘢想同你講。」阿旻鎖上房門，走到房間最深處，壓低嗓門第一句便說。

「我都有一樣嘢想講。」我模仿她，也輕聲說。

「咁你講先。」阿旻罕有地禮讓。

我也不客氣直接說：「啱啱我去一七二八幫白卡佬救佢細佬，原來白卡佬就係游瑞棠，即係第五隻狼，佢細佬被『王』點錯相，差啲做咗冤魂。」

「都話無鬼咯。」阿旻沒好氣地問：「你啱啱又見到啲咩『靈異現象』？等我解釋下。」

「今次一定係鬼，我同白卡佬喺門外嗰陣聽到入面啲嘢冧晒嘅聲，入到去成間屋啲傢俬雜物都俾人推冧、打爛晒，而且佢細佬仲半天吊喺窗邊，白卡佬救佢嗰時用嚟借力嗰啲石柱仲要碎埋，差啲一齊跌落去，好彩我身手敏捷拉得住佢哋先無人死。」我憶述說。

阿旻聽到後，想也不用想便給出了完美解釋推翻了我的想法：「咁你有無親眼見到啲嘢冧？無吖嘛！你見到嘅都係事先 set 好嘅場景，佢趁你哋喺門外自己再推倒同打爛啲嘢，然後再半天吊自己喺窗邊。」

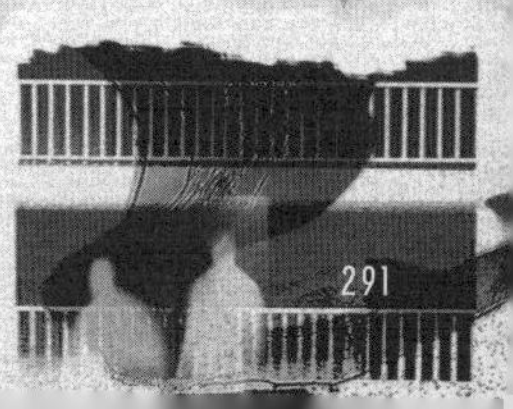

「的確係有咁嘅可能，但動機呢？」我問。

「你啱啱咪講咗，因為佢阿哥係第五隻狼，而且又白卡嗝，我估佢都唔係咁鍾意佢阿哥，所以平時咪成日都唔開門，然後策劃場咁嘅戲，扮成意外乘機除去呢個包袱。」阿旻分析得頭頭是道。

「的確佢細佬係知佢就係第五隻狼，啱啱都認咗仲講埋成個過程，但佢兩兄弟嘅表現又唔似你咁講，我見佢哋好 close。」我帶點懷疑地說。

「一切都係戲嚟。」阿旻簡單地說。

「真係咩……」我也沒有答案，但總算得到了一個較合理的解釋。

「你嘅問題解決晒喇，咁就輪到我。」阿旻說：「第一樣嘢，個組織你仲記唔記得？」

她未待我給出反應便拿出手提電話，打開了那個夫妻檔頻道，播放了一條最新的影片。影片內容大概是兩人向觀眾道歉，說之前關於那組織的介紹都是錯誤的，受到了網上錯誤資料的誤導，所以相關影片已經下架云云。

「吓？即係我哋諗多咗？其實真係一個普通高智商人士組織，個印記只係咁啱整錯咗？」我不解地問。

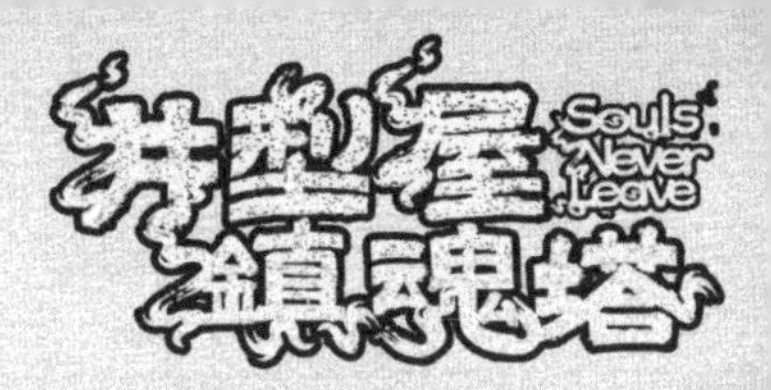

「單純咁諗就係，但如果你仔細留意條片，你會見到有啲反光物隱約見到好似有人喺度，同埋佢哋段稿入面有啲求救訊息，不過希望係我過度解讀啦。」阿旻説得似是而非，令我更加想尋找真相，奈何時間並不許可。

「簡單嚟睇，下面啲留言都無人咁講，應該都係我自己疑神疑鬼，所以個組織都真係無咩問題，正如佢哋喺片中所講，之前網上流傳嘅只係流出嘅棄用電影片段，係佢哋未 fact check 就亂咁跟風用咗。」阿旻很快便下了定論，不再糾結在這件事上，因為接着她要説的才是最關鍵的事。

「阿哥，」阿旻一臉認真地看着我問：「關於阿曦同阿晴，由你帶佢哋返嚟之後嘅表現，你有咩評價？」

被她突如其來的一問，不知為何我並沒有感到錯愕，反而有種「終於都有人察覺得到」的感覺，那些一直藏在心底的看法一下子傾瀉出來，有如滔滔江水連綿不絕，又有如黃河泛濫一發不可收拾。

「當時唔覺，但過咗咁多日，發生咁多事之後，而家回想，由鎮魂塔返嚟食晚飯開始，已經有啲唔妥。佢哋正眼都唔望一下最鍾意食嘅餸，淨係食叉燒，要知道鬼最鍾意就係舐叉燒，唔係話叉燒唔好味，只不過點解會咁啱？另外，佢哋突然變到好曳，成日搞破壞，又殘害啲螞蟻、簷蛇，好反常。仲有佢哋講嘢無大無細，又唔聽話，成日駁嘴駁舌，今日白卡佬嚟喺上面嘈，我去閂

門嗰陣，佢哋都寸我。同埋佢哋唔知點解突然知好多單case嘅嘢，啱啱你都見到佢哋提到『王』同第五隻狼，而白卡佬嚟求助嗰時，佢哋仲提到報仇、第五個兇手、終於搵到佢、件事終於完咁。最後仲有一件最神奇嘅事，佢哋竟然知白卡佬細佬差啲跌落街，明明我從來無提過，亦都無第四個人喺現場見到，而家諗返，我喺一七二八出返嚟嗰時見到兩個細小嘅身影，唔知係咪就係佢兩個。由以上種種睇嚟，其實我有一個結論……」我一口氣說到這，冰雪聰明的阿旻已經知道我的結論是甚麼。

「阿哥，我知你想講乜，雖然你有好多證據，但我係唔會認同你嗰個鬼上身、奪舍嘅結論，因為乜都賴畀鬼實在太唔負責任。的確，我都覺得佢哋行為好異常，所以我今日揸咗書睇，我懷疑佢哋係有 PTSD 同埋其他嘅心理問題。」阿旻再次為他們的異常找到合理的解釋。

「咁咪要搵心理醫生？」我問。

「錯！呢個世界並無心理醫生，只有心理學家同精神科醫生，當然呢兩種人都幫到佢哋，只係唔知阿媽會唔會畀佢哋去睇。」阿旻擔憂地說。

「哇！你哋兩個搞乜？」客廳忽然傳來媽媽的尖叫聲，我們立即出外查看，可是眼前的一幕卻令我後悔萬分。

阿曦和阿晴手中各自拿着半截的倉鼠，笑嘻嘻地把玩着，倉

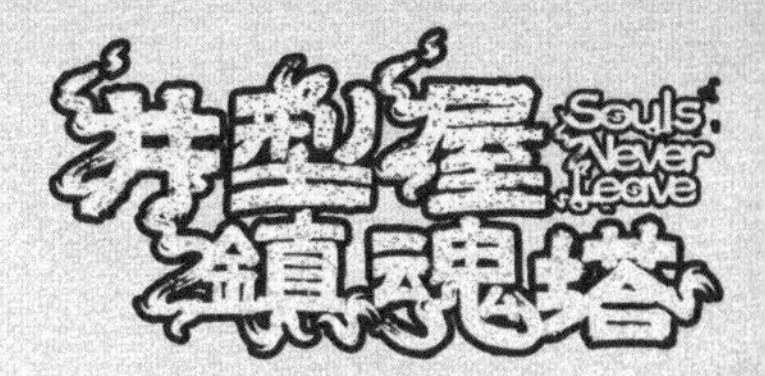

鼠並未斷氣，在完全清醒的狀態之下被分成兩半，牠的心臟甚至還在跳動。我悄悄地跟身旁的阿旻說：「咁樣真係 PTSD? 我認為佢哋真正嘅靈魂俾許婆婆換咗，而家佔用佢哋身體嘅係殺人唔眨眼、嗜血殘忍嘅惡魔！我一定要再去多次鎮魂塔入面救返佢兩個出嚟！」

不過我話音未落，阿曦和阿晴便目露兇光看着我，配以一個勝利者的笑容，彷彿嘲笑我未能及時識破他們的身份，把假冒的阿曦和阿晴帶了出來。

此時的他們，身上散發着一股厲鬼般懾人的寒氣，好像要把身邊一切的事物也吞噬掉。

「隻倉鼠唔係我哋殺㗎，我哋見到佢嗰時已經係咁。」阿曦突然變得委屈地說。

「係呀，啱啱有人掉入嚟。」阿晴也補充道。

「唔好講咁多，快啲放低佢去洗手，等我處理。」媽媽說：「你兩個大嘅，快啲幫佢哋用番梘捽乾淨雙手。」

洗手期間，他們又回復了小朋友應有的童心在玩水，之前那種魔鬼般的凌人氣息消失殆盡，簡直判若兩人。

「我知你兩個唔係阿曦同阿晴。」我邊洗邊説，本想用力地捉緊阿曦，但害怕弄傷了他的肉體，所以最後還是作罷。

「你講咩呀大哥哥，我點會唔係阿曦。」阿曦用他那委屈的聲線説。

「大哥哥，你唔認得我哋？」阿晴也用她那水汪汪的靈動眼睛對我撒嬌。

「阿哥，」阿旻也忍不住罵我：「你咪嚇親佢哋，都話你諗多咗，佢哋而家咪同之前一樣。」

我默不作聲，極不忿氣，心想：「哼！我會證明畀你哋睇。」

這日之後，媽媽帶了他們去看臨床心理學家，情況看似有所好轉，他倆的叛逆、異常行為也沒有再出現，但我心裏知道，他們越正常，就代表他們越不是本來的阿曦和阿晴。

然後，有一晚，我溫習到深夜，夜闌人靜之時，門外傳來了久違又熟悉的鐵閘「鏘、鏘」聲，是 Tracy。

「出嚟，跟我行一轉。」Tracy 用近乎命令的語氣道，不過我十分受落，乖乖地跟着她走。

「我哋去邊？」雖然乖乖跟着她走，但我還是想知道目的地，

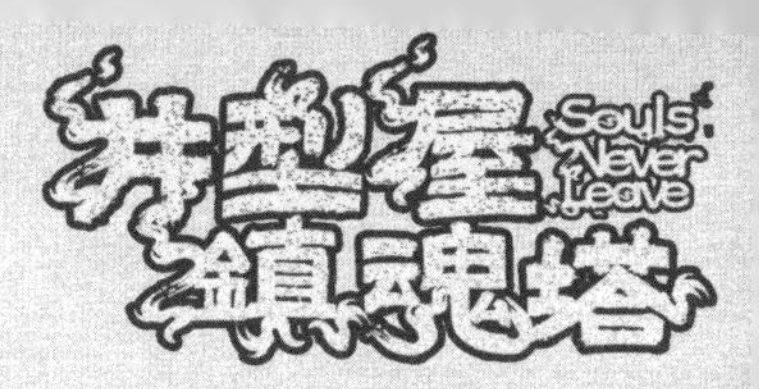

可是她並沒有回答，整條樓梯只有我倆的腳步聲在迴盪。

「我已經搵到個真相。」我再說，希望她能理睬我。

Tracy 停下了腳步，回頭看着我，由於我們正在上樓梯，她以居高臨下的姿態看着我，我有一種「小人稟報大人」的既視感。

「關於第五隻狼？」Tracy 徐徐開口問。

不知怎的，之前的違和感油然而生，可是我始終選擇忽視它，直接回答：「係，第五隻狼就係游瑞棠，住喺一三一零。」

「一三一零？唔係七零一咩？」Tracy 喃喃自語，然後對我說：「如果佢真係第五隻狼，咁你就唔使死嚕。」

雖然對她說出「七零一」有點驚訝，但我未有多加理會，反而為她替我高興而沾沾自喜。

「係呀，之前你咪問過我有咩係死前想做嘅，而家雖然唔使死，但我都一樣咁想做。」我害羞得低着頭說，同時等待她的提問。

可是 Tracy 開口再說的不是我期待的問題，而是單刀直入說：「我哋下次再去一三一零，而家有樣嘢好緊急，係你最目前想做嘅第一位。」

「Tracy，你終於應承我喇。」我感動得差點落下淚來，立即跑上前想牽她的手，可是她非常靈敏，輕盈的一個後跳步，害我撲了個空，還差點失去平衡摔了一跤。

「你搞乜呀？」Tracy 看着我不解地問，然後催促道：「快啲行，如果你仲想救返你細佬妹嘅話。」

阿曦和阿晴？無錯，他們的事才是當務之急，我要救他們。

「唔好意思，我太心急想救佢哋所以差錯腳，我哋快啲行，佢哋時間無多。」我立即補救說，以免被她看得出我的別有用心。

我跟隨着她走到二十一樓，在三十四室前停下，這個單位剛剛才完成還原工程，是空置單位，對於鬼魂來說是不可多得的容身之所。

「你快啲入去救返佢哋兩個出嚟，靈魂離開自己肉身越耐，越難搶得返，後遺症都越多。」Tracy 着緊地說。

「但佢哋兩個嘅肉體唔喺度，點帶佢哋嘅靈魂返嚟？同埋又點趕返嗰兩隻鬼出嚟？」我進去前才想到這關鍵問題。

「拎住。」Tracy 拋了兩個稻草人給我，然後說：「將佢哋靈魂放入去再帶出嚟，然後放喺佢哋肉身嘅額頭上面，咁就得。」

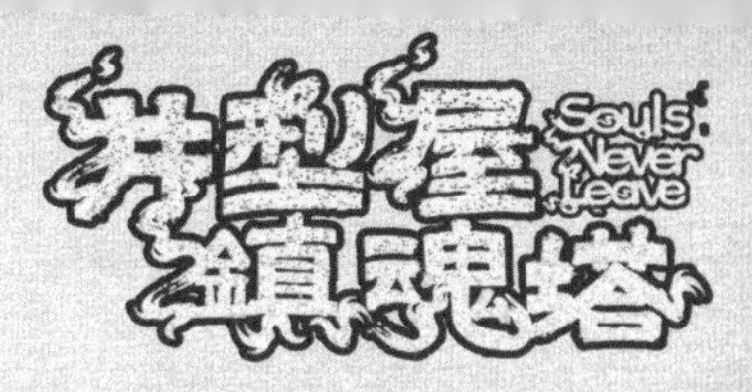

我接過稻草人，看到上面貼了江叔的標籤，知道是江叔的作品後，不知為何就安心不少，信心大增。

與之前一樣，我一碰門鎖便進入了鎮魂塔內，無論甚麼時間，塔內環境始終都是一片祥和，開心愉快。

我隻身進入二一三四室，裏面有幾隻鬼在嬉戲，但我一出現，他們便立刻停下來並緊盯着我，頭隨着我移動而移動，而當我想進入裏面查看廚房和洗手間時，他們便立刻擋在我面前。

「行開，我要搵人！」我怒吼，他們當然沒有讓開，繼續緊盯着我。

「你哋唔行開就唔好怪我唔客氣硬闖！」我警告道，但他們依然無動於衷。

「你班仆街鬼，死咗都要阻頭阻勢，食屎啦！」我忿怒地大叫，同時用盡全身力氣衝擊他們。

正當我以為他們會和我硬碰硬、正面擋着我、與我互相角力之際，他們竟然齊心一半往左、一半往右跳開躲避我，失去預算的我沒有了緩衝，收掣不及，直接撞上了牆，鼻血直流，眼鏡也撞歪了，而那幾隻鬼趁我還在迷糊的時候便一窩蜂上前把我反綁，丟進廚房。

「皇天不負有心人」，「踏破鐵鞋無覓處，得來全不費功夫」，這兩句說話正好道出了我此刻的心情，因為阿曦和阿晴模樣的靈魂正正就在我眼前！他們沒有被反綁，也沒有被待薄，反而被待以上賓。各種各樣的美食佳餚不斷送上面前，他們吃得非常開心，肚皮也撐大了不少，快有撐破肚皮之勢。

「阿曦！阿晴！過嚟幫我鬆綁，我帶你哋返去。」我以氣聲說，但他們沒有半點反應。

我蠕動到他們椅子下，再說一次：「阿曦！阿晴！幫我手，我帶你哋走，再唔走就趕唔切。」可是他們依然只顧着吃，正眼也沒有看過我。

難道已經太遲，他倆已經忘掉了一切？那我更加要快點解救他們了，不過要先鬆綁，有甚麼能用的嗎？

「嘭呤」，一把金屬刀掉在地上，是巧合嗎？抑或是他倆在協助我？不管怎樣，先把繩切斷才是正確選擇。我再次蠕動身體，拿到了刀，然後不斷嘗試切斷綁着我的繩，然而肉眼看不見加上角度始終不對，瞎忙了一輪，徒勞無功。

或許可以像電影般，把雙腿穿過雙手，讓手回到前面，看得到的話繩結絕對會更容易解開。於是我便坐言起行，屁股率先穿過雙手，輕而易舉，接着到雙腿，卻卡住了。沒關係，重新來過，先單腳穿過，然後再穿另一隻腳好了。但理想很豐滿，現實卻很

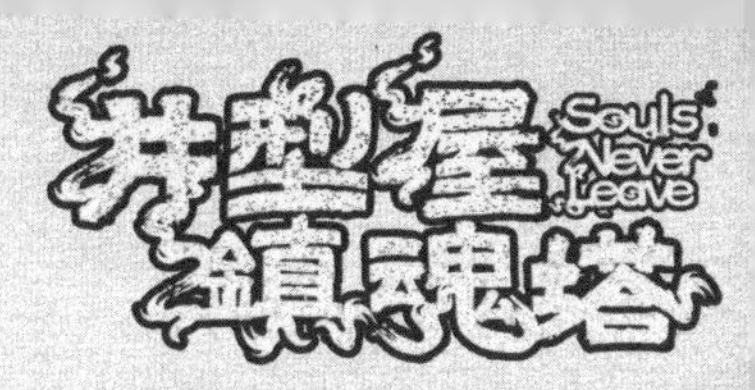

骨感，由於平常沒有拉筋的關係，我的腿完全不能屈曲向後，勉強試了數次後甚至落得抽筋收場。

我現在真正陷入了「束手無策」的地步，但我的腿還是很「無拘無束」，無錯，他們沒有綁上我雙腳，這就是破局！

我倚着牆站起來，走到阿曦和阿晴面前，用頭把他們桌上的食物通通掃到地上，那嘈吵的聲音把他們一下子拉了回來，不再沉醉於美饌當中。然而他們的表情始終維持，一個皮笑肉不笑的大笑容不變地掛在臉上，目不轉睛地盯着眼前這個暴殄天物的壞傢伙。

「快啲醒，唔好再被佢哋控制，我係大哥哥呀，記唔記得我呀？我嚟帶你哋走㗎，快啲記返起啦！」我朝他倆大喊，但他們沒有任何反應，表情如一。

「無用㗎，放棄啦，佢哋無可能記返起，佢哋喺度咁開心，唔會願意記返起外面世界嘅痛苦。」許婆婆不知不覺出現在廚房門口勸我道。

「佢哋一定會想返去現實世界，外面同我哋一齊生活一定比喺度開心，你少喺度妖言惑眾！」我反駁道。

「你咪即管嘥時間嘥心機喺度，直到連你都唔記得自己係邊個，要永遠留喺度！」許婆婆狡詐地說：「你估我無把握嘅話，會

唔會畀你哋三個見面？」

她所言甚是，但我相信人定勝天，憑我們的血脈和數年的相處時間，我一定能喚醒他們，將他倆帶回現實世界。

剛剛許婆婆提過，他們在這裏面生活愉快、無憂無慮，衣來伸手、飯來張口，在這樣一個「天堂」裏，樂而忘返是很合理的事。可是，他們剛才也有對我提供幫助，真的是偶然嗎？還是他們心底裏也想離開這個「地獄」？現在這個愉快表情，是被人強戴的面具嗎？

為了撕破這個虛假的面具，我不斷嘗試勾起他們的記憶，由他們出生，敍述到他們失蹤，可是始終沒有效果，在一旁的許婆婆看得歡喜，不斷對我冷嘲熱諷。

如果描述生平沒有用，那集中在有記憶的時間點或許幫助更大。要他們也有記憶的時間點，不能太過久遠，一定要是近期，但進了鎮魂塔一段時間的我，記憶也開始糢糊，想不到甚麼特別的記憶點。

我想着褲袋裏的稻草人，時間一分一秒地過，恢復他們記憶的機會也一點一點地減少，應該怎麼辦？此時的我才發覺，平常忙着唸書、打機的我，與他倆一起玩的回憶極少且印象毫不深刻，作為大哥的我確實很失敗，這次帶他們出去之後，我一定要花更多時間在他們身上，畢竟他們是我可愛的弟妹。

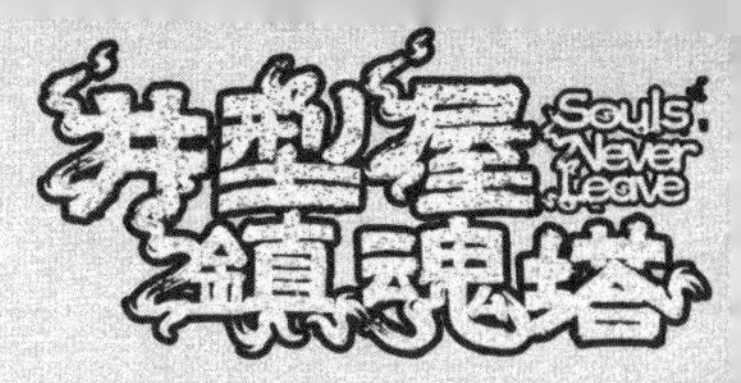

「阿曦、阿晴，你哋走失之後，阿媽好擔心你哋，日日以淚洗面，你記唔記得佢帶你哋去動植物公園玩？同啲馬騮影相，仲有張相係有隻蝴蝶停係阿曦你髆頭，你喊晒咁好驚，阿媽影低咗呢張相？阿晴，你又記唔記得你喺嗰度偷偷地摘咗朵花送咗畀阿媽？佢而家好掛住你哋，你哋快啲諗返起自己係邊個啦！」雖然我與他倆的回憶不多，但媽媽與他倆的回憶倒是非常多，既然目的只是要喚醒他們的記憶，那就不限於只和我的記憶了。

而這招明顯奏效，雖然那個笑容仍然不變，但他們的眼角有淚珠流下來了，我乘勝追擊，繼續說他們與媽媽之間的故事：「上年阿媽生日，你哋用利是錢買咗個蛋糕送畀佢，佢喊到豬頭咁，你哋記唔記得？佢仲錫咗你哋一大啖！」

阿曦和阿晴不約而同發出了「噗」的一聲笑聲，那皮笑肉不笑的笑臉變成發自內心的真笑臉，淚痕也更加深了。

一旁的許婆婆着急了，不斷說話阻撓，但面對我的連珠炮發回憶殺，一切都已經太遲了。

「仲有仲有，」我得勢不饒人，要說到他們完全回復正常為止：「你哋今次走失，阿媽四圍去搵你哋，得知你哋喺度仲想衝入嚟救你哋，俾我阻止之後就一直喺屋企門口企喺度等你哋，唔知企咗幾多個鐘，直到假嘅你哋出現佢先放心返，但假嘅你哋不斷蝦阿媽，佢明知係假都唔可以打佢哋，因為驚你哋肉體受到傷害，所以先再派我嚟救你哋。你哋仲想留喺度睇住假嘅你哋蝦阿

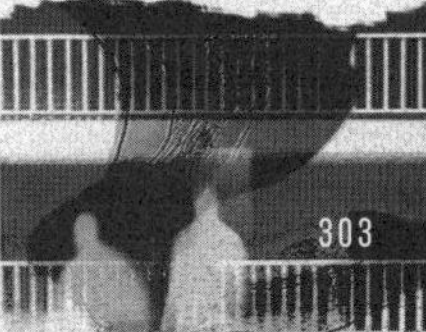

媽幾耐？」

聽完我這段說話後，他倆的眼淚立即傾瀉下來，樣子也終於變回常人，加上他們由衷的一句：「大哥哥，我哋好掛住媽咪！」我便知道他們真的恢復記憶了。

「好，咁我哋快啲走。」我即時衝去他們身邊：「快啲幫我鬆綁。」

「可惡，你哋無一個可以離開！」許婆婆惱羞成怒，下令道：「同我殺晒佢哋，等佢哋永不超生，唔好畀佢哋返出去！」

收到命令後，作為小嘍囉的普通鬼魂便把我們重重圍住，他們手拿武器向我們步步進迫，幸好此時我的雙手已經重獲自由，我二話不說把門關上，然後對阿曦和阿晴說：「你哋過嚟，我要暫時將你哋安置喺稻草人上面，然後帶你哋走。」

我背頂着門，把稻草人放在他們的額頭上，他們便像洗手盤去水般被吸入到稻草人內，神奇的是變成稻草人的他們竟然還能活動，但我一把便把他們放進褲袋，準備突破猛鬼陣。

「坐穩捉實，我哋嚟玩鬼屋喇！」我興奮地說，手拿着剛才他們坐的椅子，心裏數三聲，然後奪門而出，邊跑邊胡亂揮舞，沒有鬼敢阻止我們，我們非常順利地逃出二一三四室，許婆婆躲得遠遠的，以那些嘍囉鬼作盾牌，他們步步為營，但始終忌憚我手

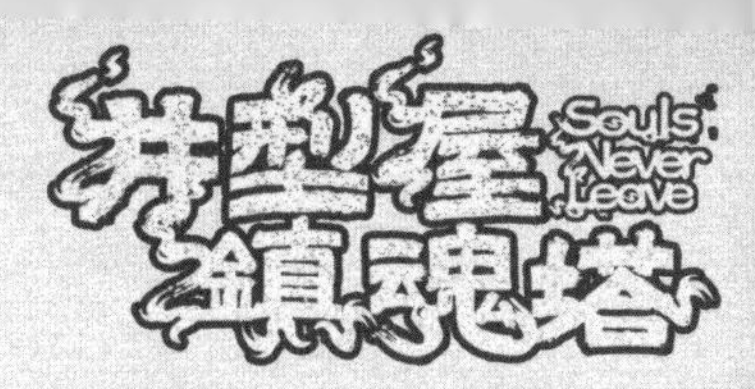

上的椅子。

「我哋走喇，拜拜你條尾！」說完我把椅子拋進屋內，雙手用力拉鐵閘，就在鐵閘關上的一刻，我們便回到現實世界，Tracy在旁邊看着我。

「咁慢嘅？以為你唔想返嚟，我差啲就走。」Tracy無情地說，但這種無情卻是她的魅力所在。

「啱啱喺入面發生咗好……」我還未說完，Tracy便打斷道：「我無興趣知，你快啲將佢兩個靈魂放返入佢哋自己身體，唔係得返好多時間。」

「遵命，多謝你。」我對她行了個禮，便快步跑回家，靜悄悄地走到阿曦和阿晴的床邊。

他們好夢正酣，正好就是我的最佳機會，我拿出附有他倆靈魂的稻草人，確保沒有弄錯後便準備把它們放到阿曦和阿晴肉身的額頭上。

下一秒，我雙手被捉住，「阿曦」和「阿晴」瞪大雙眼，好像早已知道我會出現，可能是鎮魂塔的鬼通風報信。他們慢慢坐了起來，以天真無邪的聲音問：「大哥哥，咁夜仲搵我哋玩公仔？」這把裝作天真的聲線真的很討厭。

「係呀，我搵到兩個我細個嘅玩具想偷偷哋送畀你哋玩，好似聖誕老人咁，點知俾你哋發現咗，無咗驚喜。」我也即時配合用謊言掩飾，但他們把我雙手抓得很緊，血液已經不流通，雙手漸漸變得冰冷。

「咦，咁核突，我哋先唔要。」「阿曦」和「阿晴」一手搶過稻草人，然後用手指穿過稻草人的身體，再張開，試圖將稻草人撐破！

就在真正的阿曦和阿晴生死存亡之際，一隻大手把兩個稻草人從他們手中拯救出來。那人不是別人，正是爸爸！在危急關頭，爸爸還是最可靠的。

「阿曉，要點做？」爸爸問。

忙着把假的阿曦和阿晴按在床上已經使我分身不暇，有人幫忙絕對是如有神助。

「將兩個稻草人放喺佢哋額頭上面，不過要分清楚，一個係阿曦，一個係阿晴，唔好搞錯！」我出盡九牛二虎之力拑制二人，已經忘記了哪個才是正確的配對。

爸爸也跟我一樣，看着兩個一模一樣的稻草人束手無策，因為剛才的重創，阿曦和阿晴的靈魂也受了傷，一時之間也回復不了，所以這兩個稻草人並不像剛剛收復靈魂時還能活動，暫時真

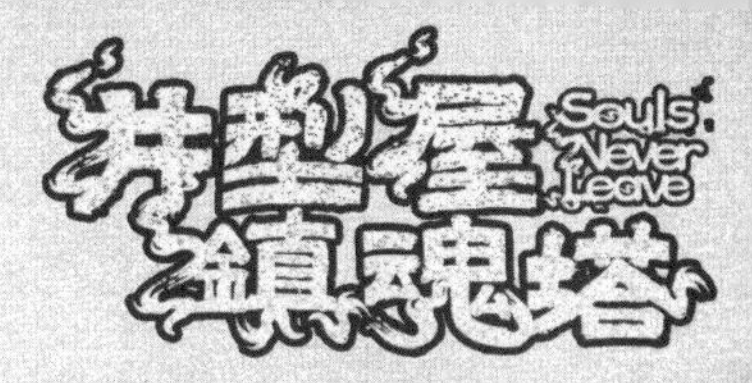

的成了無生命的死物。

「交畀我，你幫阿曉撳住佢哋！」媽媽從我背後出現，一手拿走爸爸手上的稻草人，看也沒看便把兩個稻草人分別按在假的阿曦和阿晴前額，二人激烈地反抗，幸好爸爸及時施以援手，他們才沒有掙脫。

一輪掙扎過後，是無盡的寧靜，現場只餘下我們的呼吸聲。隨着每一下沉重的呼吸，緊張感也越見強烈，我們能做的只有等待，等待命運的最終宣告。

一直未出現的阿旻，她就像手術室的護士般，拿紙巾替我們逐一擦汗。

「媽咪……」阿曦和阿晴說，這感動絕對不亞於他們牙牙學語時第一次成功說出「媽媽」的時候，接着便是嚎啕大哭，不是只有阿曦和阿晴，而是媽媽、爸爸、我和阿旻，我們全家也一起大哭起來，不知哭了多久，直至大家都筋疲力盡，不知不覺睡着了。

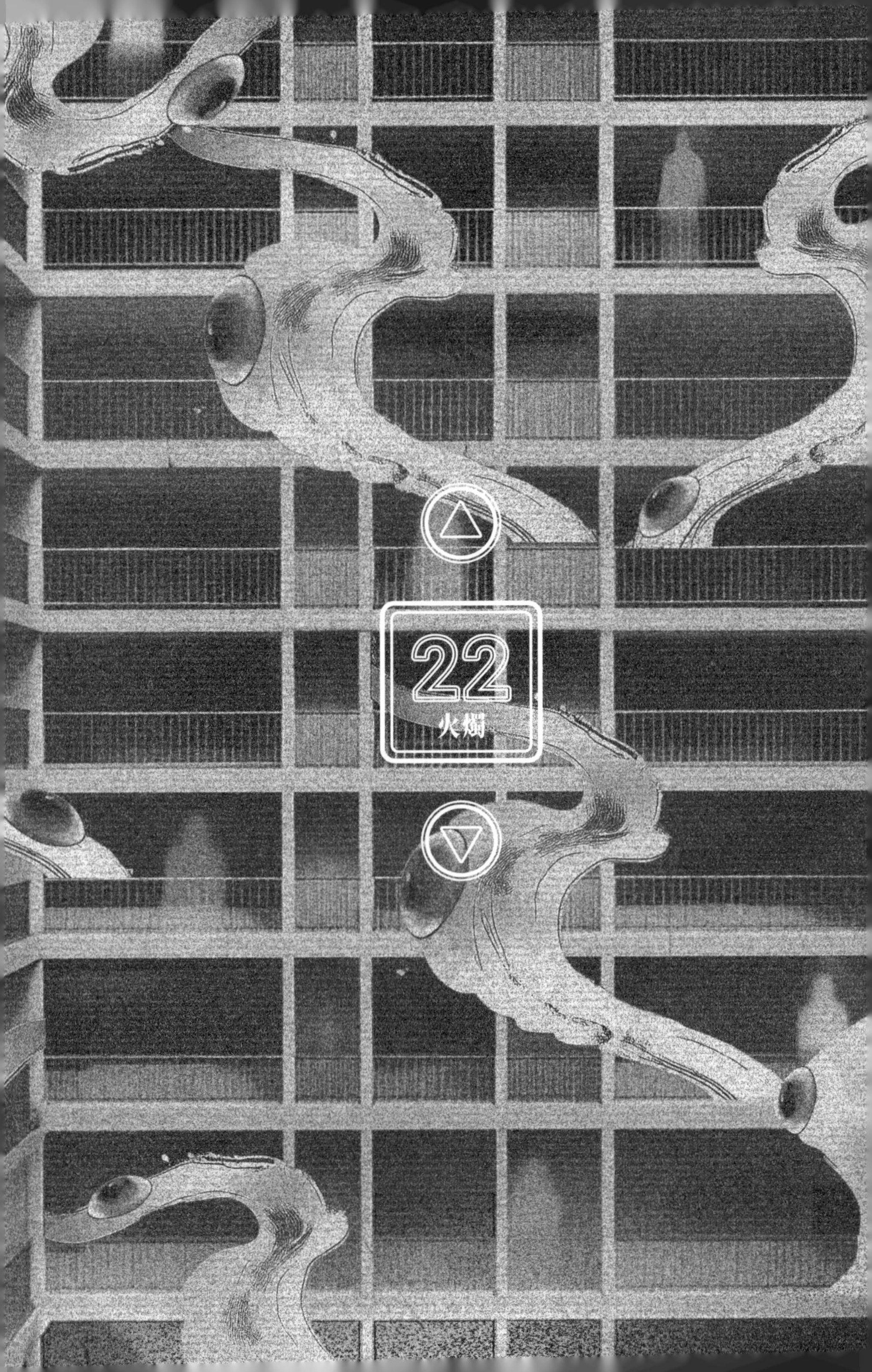
22
火燭

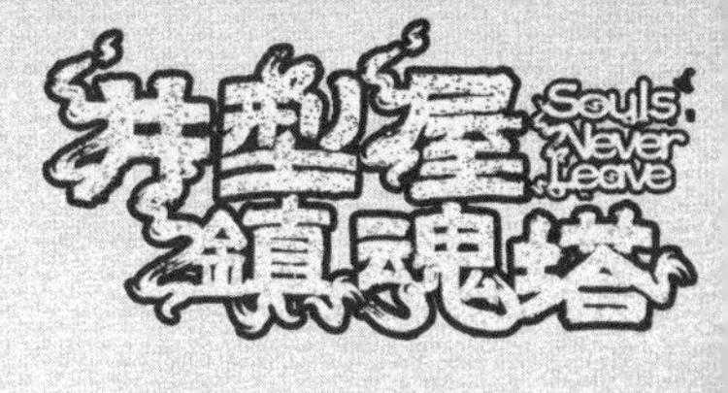

翌日醒來，阿曦和阿晴已經像往常一樣精靈地打鬧着，又再與我一起玩超人大戰怪獸的遊戲，一切就如以前一樣。可是，我心底始終害怕他們是假的阿曦和阿晴，畢竟稻草人當時已經被破壞了，沒有生命跡象。不過他們的行為舉止的確是回復原貌，而且還有最有説服力的人——媽媽的官方認證，她一句：「我陀咗佢哋十個月，點會分唔到？」令人不能反駁，久而久之，我也沒有再懷疑了。

至於那兩個附了惡鬼靈魂的稻草人，我跟隨網上的方法，把它們都火葬了。在熊熊烈火中，還彷彿聽到了他們的哀叫，但這都是他們應得的報應。

這次靈魂交換事件，阿旻的科學解釋是 PTSD 令他們產生了另一個自我保護的人格，而我們全家的愛，讓他們感受到溫暖，所以產生的人格被封印在腦內深處，主人格再次取得主導身體的權力。好吧！乍看之下還挺合理的。

這事過後，Tracy 又不見了，我又回到每日溫習的無聊但和平的日子當中。然而，這些和平的日子只維持了數天，便被一場火警所破壞，肇事的單位不是別的，正是白卡佬游瑞棠所住的一三一零室。

他被燒成火人，再墮井而亡，很顯然是「王」的報仇，而且比其他人來得更殘酷，不過這也很合理，因為他正是整件事的始作俑者。

至此，所有涉案人士都已經死亡，「王」的詛咒也終於解除，我也重獲自由，不再受死亡威脅。

不過，這只是我的一廂情願罷了。

游瑞棠逝世當晚，Tracy 現身了，她在我門前的欄杆遊蕩，我立即衝出去調侃她：「掛住我，特登嚟搵我呢？」

「唔係，唔係，唔係，唔係咁……」Tracy 不斷重複。

「我知你唔係掛住我，都唔使講咁多次啩？」我假裝不滿地說，但她還是沒有理會我，只自顧自地來回踱步。

突然，她衝到我面前，瞪大雙眼對我說：「唔係咁，唔係佢，仲有第二個！」她那雙充滿血絲的憤怒眼睛，令我心寒萬分，不由得後退數步與她拉開距離。

「咩唔係佢？你講咩？」我反問。

「游瑞棠唔係第五隻狼！」Tracy 肉緊地說：「我無記起任何嘢，第五隻狼係另一個人！」

「吓？你要記起啲咩？」我不解地問。

「總之，你個詛咒仲未解除，你得返半年左右時間。」Tracy

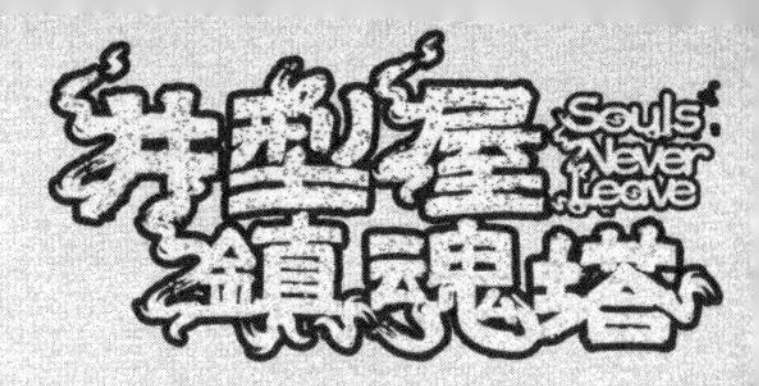

兇惡地說，然後又一次消失在走廊盡頭，留下我一個人在原地。

她說的是真的嗎？但她為何會知游瑞棠不是第五隻狼？那麼她知道誰是第五隻狼嗎？

我的心情由天堂墮落至地獄，死亡威脅原來從未結束，我還要為查出第五隻狼是誰而努力。

或者游瑞棠的家會有線索，又或者他的弟弟會知道些甚麼，一於兩面也去調查。

我趁着深夜沒有人，偷偷潛入還在封鎖的一三一零室，裏面被火燒得很嚴重，單位內飄着很多粉塵微粒，傢具全都化灰或變形，散發着陣陣灰燼味、臭膠味，還夾雜着一些刺鼻的奇怪味道，即使已經過了大半天仍然未散去。

「早知戴個口罩，呢啲味吸得多都唔知會唔會生 cancer。」我小聲吐槽。

單位全都被濃煙燻黑了，加上地上還積有救火時的水，在深夜顯得格外昏暗。我小心翼翼地用雙眼檢查，盡量不留下任何指模，發現了一個蠻有趣的現象——被燻黑的地方只有廳的部份，房間、露台、廚房、洗手間全都不太受影響，證明當時這些門都緊閉，使廳成為了一個密室。

火燃燒需要氧氣，密室氧氣有限，而且現場不大，雜物不多，除非火是一下子大爆發把游瑞棠全身都點燃，否則他絕對可以逃出火場，頂多只是燒傷，不至於成為火人，這相當有可疑。

除此以外，整個單位沒有甚麼異常，只能說調查完後對游瑞棠了解更多，知道他喜歡自製麵粉玩偶，而且像真度極高。他做了他弟弟和五狼共六隻的玩偶放在床頭的玻璃櫃內展示。剛好五狼的玩偶均倒下了，只有他弟弟的依然屹立，巧合得令人心寒。

既然夜探一三一零室沒有甚麼特殊發現，那麼明天便要拜訪他的弟弟了。

我躡手躡腳地離開現場，最終還是有一個有趣的發現——組織的印記。它在大門前的一塊爆開了的瓷磚之下，那組織不是建築和建材公司，為何它的會徽無處不在？可是之前已經澄清了這只是普通的國際組織，所以我也沒有再深究，畢竟找出第五隻狼才是當務之急。

我回家後，阿旻還未睡，憑我身上的灰燼味，她一下便能猜中我去了哪裏，於是問：「你去得即係件事仲未完啦，點？有咩發現？佢唔係第五隻狼呢？」

只能說我的妹妹真的太聰明，一開口便猜中了。

我點點頭，把剛剛的所見所聞詳細描述一次，她很快便給出

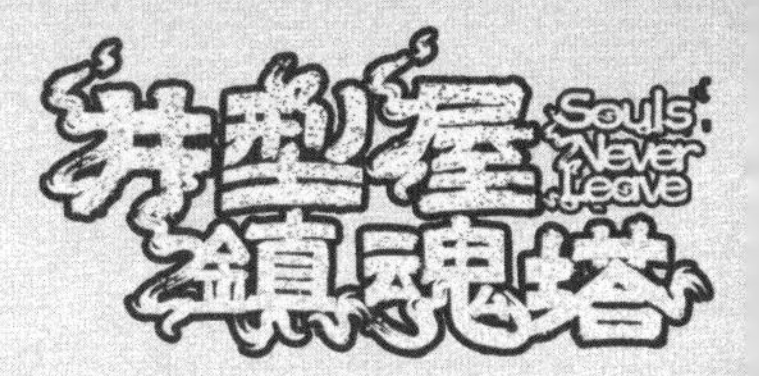

一個答案：「我諗當時應該係塵爆，佢平時成日整麵粉公仔，成間屋一定充斥住麵粉，所以一燒起上嚟，佢成個空間都會爆炸，白卡佬被炸成火人一啲都唔奇，佢身上都大把麵粉。」

我一臉「原來係咁」的樣子，接着說：「至於第五隻狼，如果唔係白卡佬，咁有可能係佢細佬。」

「點解咁認為？」阿旻問。

我回憶當天在一七二八室的事，然後將疑點和我的推理逐一說出來：「首先，佢嗰日被鬼搞，我認為唔係自編自導自演，而係『王』知道第五隻狼係游氏兄弟其中一個，所以就揀一個嚟威嚇，而揀細佬就可以達到威嚇晒兩個嘅效果，因為細佬唔會關心個阿哥，但阿哥就勁關心細佬，你睇今次火燭之後，個細佬都無咩反應就知。」

「呢個理由好薄弱，不過你繼續講，我聽埋其他先。」阿旻說。

「其次，亦都係我當時覺得最奇怪，但而家諗返就好合理嘅地方。」我有點恨自己當時怎麼那樣遲鈍：「當我嗰日提到『王』，第一個有反應嘅唔係白卡佬，而係佢細佬，佢嚇到企唔穩；然後我問白卡佬案情嘅時候，佢講之前嘅表情好微妙，而家諗返有啲似幫人頂罪咁，而且佢仲提到『其餘四人』，如果佢真係兇手，肯定知最後係得三個人，唔係四個人，因為廖生俾佢哋趕走咗；到我追問案情細節嗰時，佢對眼係一時望右上，一時又望左上，明

顯係邊回憶邊老作，反而佢細佬就一口氣好流暢咁講晒出嚟，連從來無人、無報道提過嘅細節都講到；最後白卡佬問我點解知有第五隻狼，我話係盧老太同王太講，佢好大反應之餘，最後仲細細聲講咗句『不過好彩』，而家諗返先知佢嘅『不過好彩』係好彩話佢自己就係第五隻狼，而唔係知道佢細佬先係。」

「咁聽落去，又真係好可疑。」阿旻點補充着頭說。

「仲有一樣，不過唔係咁直接，就係 Tracy 話白卡佬唔係第五隻狼，因為佢無記起任何嘢。」我補充。

「佢又點知？佢要記起啲咩？」阿旻滿頭問號，問了和我一樣的問題，我也只能搖頭表示不清楚。

「不過啱啱嗰啲都係你推測，要真係去問先知喎。」阿旻表情奇怪地看着我說。

「所以我打算聽日去搵佢問清楚。」我不知她葫蘆裏賣甚麼藥，故意迴避她的眼神回答。

「等我聽日陪你去，你一條友肯定搞唔掂。」阿旻奸笑道。

「你就搞唔掂！做咩突然又對件事有返興趣？」我也着實好奇。

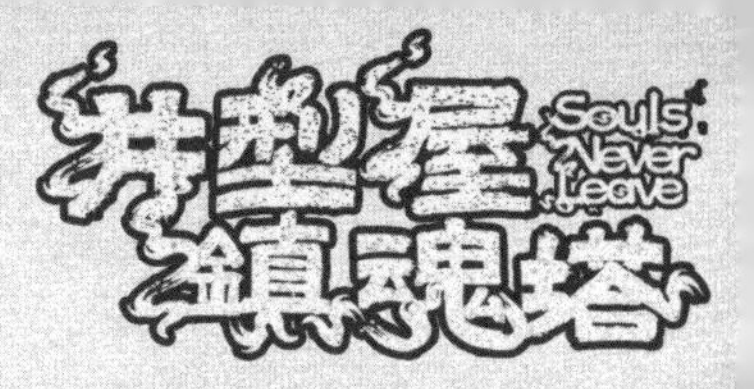

「件事發展到而家，幾曲折有趣咁，而且你講到游氏兄弟咁有嫌疑，我都想知真相，睇下點解個細佬好似局外人咁，但又超清楚事情始末。」

「好，咁聽日預埋你，瞓醒見，我沖涼先。」我說完便往洗手間走去，一輪簡單梳洗後便上床睡覺。

翌日早上，我和阿旻懷着緊張又刺激的心情去拜訪一七二八室的游氏弟弟。

「應該唔會摸門釘啩？」剛步出家門，阿旻便說出掃興話。

「咪過你把烏鴉口，𡃁口水講過。」我立即推了她一下。

就這樣，我們打打鬧鬧，緊張感全無，心情輕鬆了不少，神情也變得自然起來。我想這就是阿旻的用意，她必定是看到我太緊張，所以才故意逗我，她清楚知道人只有在輕鬆的狀態下才能發揮得自然。

「咯、咯」，我好不容易才能把手穿過鐵閘敲門。

「噠、噠、噠……」屋內傳來拖鞋拍打地面的聲音，聲音在木門前停止，十數秒後木門才打開，一陣燃燒冥鏹產生的臭味從屋內傳出來。游氏弟弟咳了兩聲，然後開口說：「阿曉小兄弟，有心喇，我無事。」

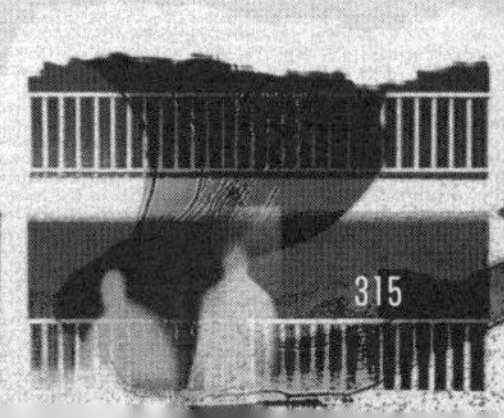

我想他大概以為我是來問候他，也好，就順着他意去，反正我也未想到如何開口進入話題。

「無……」我才剛開口，阿旻便硬生生把我擠開，脫口道：「游生你好，我係佢阿妹，阿旻，我哋今次嚟係想問你關於五狼案嘅細節。請問你叫游？」

「游瑞慈，」游瑞慈沒有為阿旻的冒昧而感到被冒犯，反而有禮地答：「不過我諗我幫唔到你，犯案嘅係我大佬，知道事情始末同細節嘅都係得佢，而家佢人已經死咗，所有真相都無從稽考，單案都要正式 close file。無論真相係點，佢哋五個都已經得到應有嘅報應。我都要執返間屋，多謝你哋關心。」

他說完便想關上門，可是阿旻一手按住，這突如其來的舉動令他有點意外，我也當然是楞住看着她。

「真係咁咩？」阿旻眼神一變，由和善變成淩厲，就像利劍一下子刺向游瑞慈，她隔着鐵閘續說：「我認為你大佬只係代罪羔羊，你先係最後真正嘅殺人大豺狼！」

她此話一出，根據電影和電視的情節，游瑞慈一定會先大笑否認再問她證據，我也正期待這一幕的出現。可是現實始終不是電影和電視，游瑞慈再次打開木門，依然禮貌地對我們說：「我大佬係兇手，佢都認咗，呢個係不爭嘅事實，阿曉小兄弟都親耳聽到。真心講，我比任何人都更加希望佢係無辜。而家佢人都死

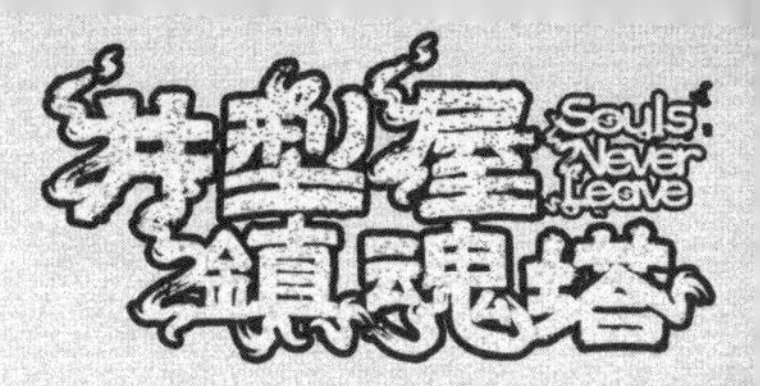

咗，你哋就放佢一條生路，等佢一路好走啦。」

「佢係為咗保護你呢個真正兇手先話自己係兇手！」阿旻語出驚人，直接將我們的懷疑說成是事實，高招。

「我唔知你點先會信我，但我真係唔係，雖然單案係發生喺舊屋，但案發嗰時我唔喺度。」游瑞慈情緒依然保持平靜，完全沒有兇手被揭發時的氣急敗壞或急於辯護，他始終維持着置身事外、事不關己的旁觀者態度說話。

要不他是高手，要不他真是無辜，這是我此刻唯一的感覺。

「人嘅腦係好特別，會識保護自己，免受傷害。假如經歷過一啲好深刻，又傷害性好高嘅嘢，人腦係會自動將佢封印，就好似失憶咁，學名叫解離性失憶症。解離性失憶症又可以再細分成四類，而你好明顯係當中嘅選擇性失憶，會選擇記得件事嘅某部份，又選擇忘記件事嘅某部份。一般嚟講成件事嘅完整版本你係唔會記返起，件事就好似從來無喺你面前發生過，你只係第三者聽人講咁，但透過一啲場景，又或者方法，就可以喚醒返呢段記憶。」阿旻詳細地解釋道，這大概是她昨晚在網上尋找到的資料。

游瑞慈很驚訝，同時又感到很有趣，於是問：「你嘅意思即係話單案其實係我做，不過我做完之後受到太大衝擊，個腦自動幫我忘記佢？然後我大佬又因為太錫我，所以就咩都攬上身話係自己做？」

阿旻點頭稱讚道：「係有啲慧根，無錯，就係咁，所以你先係真正嘅兇手！」

我在一旁看着他們的交鋒，始終一句話也搭不上，無力感十分重，但在此刻，我終於能說上一句：「無錯，所以當時你聽到我講『王』嘅時候，你潛意識其實係知，所以先驚到腳軟跌咗埋牆；當我問起殺人細節嗰時，你先可以講得出具體係點。而且最關鍵係，你大佬喺人數上面講錯咗，因為廖生一早被你哋班狼趕走咗，所以成件事到最後應該係得返四個人，但佢嗰時話『其餘四個人』，已經係錯，正確應該係『其餘三個人』，佢如果喺現場係主謀嘅話，點會唔知？唯一解釋就係佢知啲唔知啲，因為佢根本無份！」

「乜真係咁咩……」游瑞慈開始混亂了，他懷疑自己一直以來的記憶，更驚嘆原來身邊最親的親人竟然如此保護他，甚至為他付出了生命。他開始用手拍打自己的頭，然後又將頭撞在門上，最後甚至「撼頭埋牆」，力度之大、次數之多，已經超出了正常人演戲的極限，這説明他真的崩潰了！

我們看着他的表現，不斷以言語阻止，又試圖強行拉開鐵閘，但始終沒有用，最終在撞頭這行為維持了數分鐘後，他終於停下來，轉身看着我們，雙眼呆滯無光，血流披面，行屍走肉般向我們走來，同時不斷重複説：「我諗唔起、我諗唔起、我諗唔起……」

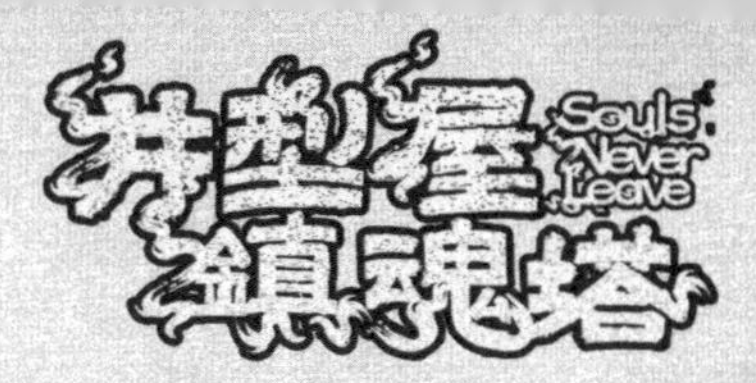

「喂，你冷靜啲先，我啱啱咪講咗有方法幫你記得返囉，但係咁撞個頭肯定唔係正確方法，一陣腦震盪仲大鑊。」阿旻驚慌地說。

「係囉，游生，你開門等我哋入嚟幫你。」我嘗試遊說他開門。

或者因為他已經崩潰了，所以特別聽話，他乖乖地開了門，我們立即衝上前扶他到沙發坐下，並替他消毒止血。

突然，他發難了，把我們都推開，死死地看着沙發的椅柄，眼神也變了，由之前的呆滯，變到驚訝，進而銳利，最後兇殘，接着是一輪失心瘋般的瘋子式狂笑。

在一旁的我們，看着他如此有深度和層次的變化，已經嚇得退避三舍，奈何他就在門前，我們想逃走也不能，只好隨手拿一些雜物作武器自保。

「點解你哋要逼我記返起呢件事？」游瑞慈看着沙發上的血問：「明明我都將佢封印咗，我大佬都認咗，順理成章等件事完結咪算，點解你哋硬係要咁多事？」

「原來解開回憶條 key 係梳化有血，不過睇嚟佢原來嘅性格唔係咁好相處。」阿旻在危險中不忘吐槽。

「仲有心情講笑？而家我哋走唔走得出呢個門口都成問題。」

我邊說邊踏前一步保護她。

「嗰時我都係錯手撞咗佢個頭落枱角啫，點知佢會咁就失血過多先得㗎？佢唔反抗咪無事囉，佢自己攞嚟㗎喎，邊度關我事？」游瑞慈越說越激動。

「睇嚟佢有躁狂，所以嗰時先激動到殺咗人都唔覺自己有錯，然後仲逃避現實，搵自己大佬做替死鬼。」阿旻不顧我們的生命危險，繼續挑釁。

我回頭白了她一眼，小聲說：「拜託你睇下而家係咩情況先出聲啦，你仲激嬲佢，我哋點走到？」

「而家你哋知道咗真相，咁就唔可以畀你哋走，如果唔係我大佬就枉死。我諗你哋需要遇到一場致命意外，就喺呢間屋入面，最後我努力救你哋但救唔到，仲搞到自己周身傷晒。」游瑞慈邊說邊關上門，決心不讓其他人得知將會發生的事。

面對未知的恐懼，我下意識吞了一口口水，好讓自己能冷靜。或者是因為面對生命危險的緊張感導致五感全功率開啟，這吞口水聲異常巨大，仿佛門外的人都能聽見。

「決定好，」游瑞慈步步進逼，喪心病狂地說：「就用火燒死你哋，以祭我大佬在天之靈，嘩哈哈哈哈……」

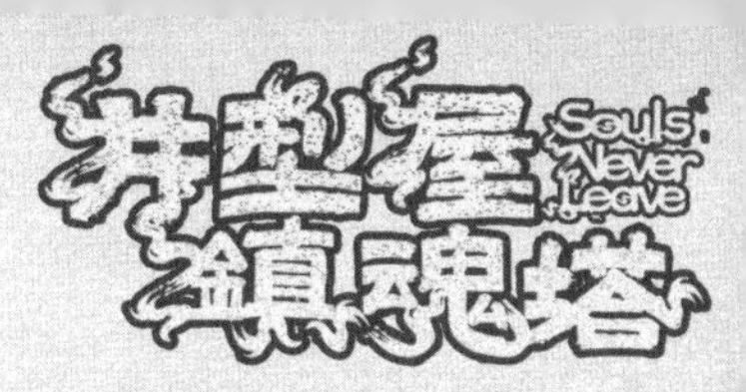

他把我們逼出露台，那些冥鏹已經燃燒怠盡，不斷冒出刺鼻的濃煙，他看着那堆灰燼，隨手又將一些冥鏹放進去，想不到竟能死灰復燃，火焰一下子又再熊熊燃燒起來，火舌有一個成人那麼高。

「嘭」，盛着大火的鐵筒被他大力抽射進廳，燃燒着的冥鏹滿天飛舞，落在充滿易燃雜物的室內，頃刻之間便火光處處，而擺放鐵筒的地下驟眼看竟留下了組織印記的烙印，實在太巧合了，但也沒有足夠時間讓我們深究。

「屬於你哋嘅意外現場已經 ready 好，請好好享用。」游瑞慈以瘋狂的語氣對我們説完後，便拖着我們進入火場。

我們雖然奮力反抗，但在他面前顯然是徒勞，他牢牢地抓住我們雙手，帶領着我們在火光之中翩翩起舞。在轉了不知多少圈後，他忽然大力一甩，我倆被甩到火勢最嚴重的桌子處。幸好燒得正紅的桌子和椅子一撞上便散架，反倒成為我們的緩衝，才沒有受到很大的傷害，但高溫還是灼傷了我們，在手臂、臉頰等無衣物保護的地方留下了痕跡。

在高溫的環境下，我們沒有哪怕一秒鐘的時間商討對策，能依靠的，只有相處十多年培養而成的兄妹默契，亦是我倆唯一比他有優勢的地方。

我們對視了一眼便立即衝出火場，前後包夾着游瑞慈。我高

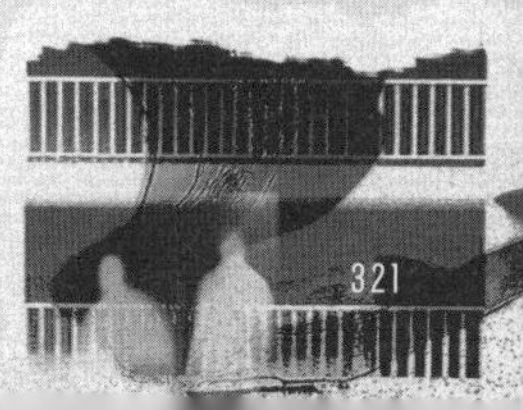

舉一隻手指，然後伸出第二隻手指，手臂再用力向下擺，便朝他奔去，蓄力揮出一拳。

「啪」！被他輕易接住了，不過這也是我計劃內可以接受的誤差，畢竟阿旻會從他背後補上一拳，這才是真正的計劃。

「吱」，此時，大門被打開了，一線曙光從被打開的門縫闖進來。

而我同時亦被游瑞慈舉高高，再大力擲向火堆，而整個過程中，我只維持着一個表情——瞪大雙眼、難以置信地看着大門處，那個貪生怕死、背信棄義、六親不認的好妹妹阿旻。她不僅沒有從後攻擊游瑞慈，更乘我和他纏鬥的空檔溜之大吉，留下我等死。

「哈！做大嘅都係一樣，你咪做咗我大佬嘅角色，犧牲自己保護個妹，我應該欣賞你，但你嘅犧牲係白費，因為你兩個都要死！」失去理智的游瑞慈邊說邊踹我，然後便奔出門追趕阿旻，而我則已經無力再站起來阻止他，滾出火堆已經用盡了我最後的氣力，我只能眼睜睜看着他離去。

可是，當他一踏出家門，他的動作便僵硬了，然後就像被人控制般緩慢地走到欄杆前，他的動作極不自然，明顯在反抗，同時口中不斷大喊：「停手！你想點？快啲放開我！」

但是他依然沒有停下來。

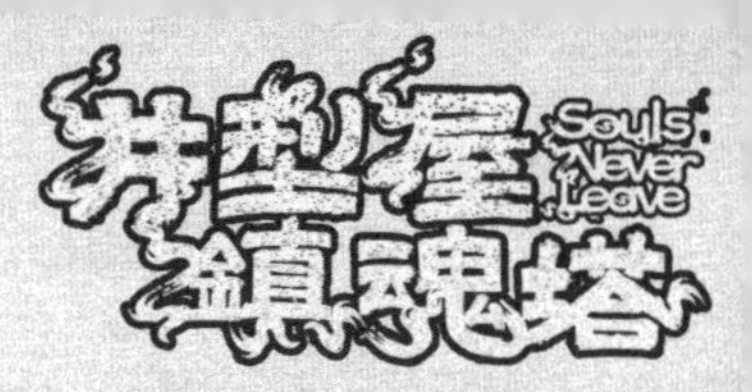

他翻過欄杆。

他大叫：「我抵死！」

他縱身一躍。

完了，第五狼都死了，整件事真的完結了，我真真正正從詛咒中解放了，不枉我努力這麼久，把五狼都找齊。

濃煙嗆得我眼淚直流、不停咳嗽，甚至開始感到缺氧暈眩，我很累，很想睡，眼皮越來越重，我想小睡一會應該沒關係吧？想着想着，在濃煙中，我不知不覺睡着了。

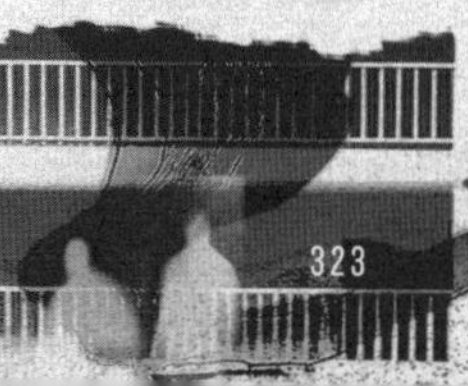

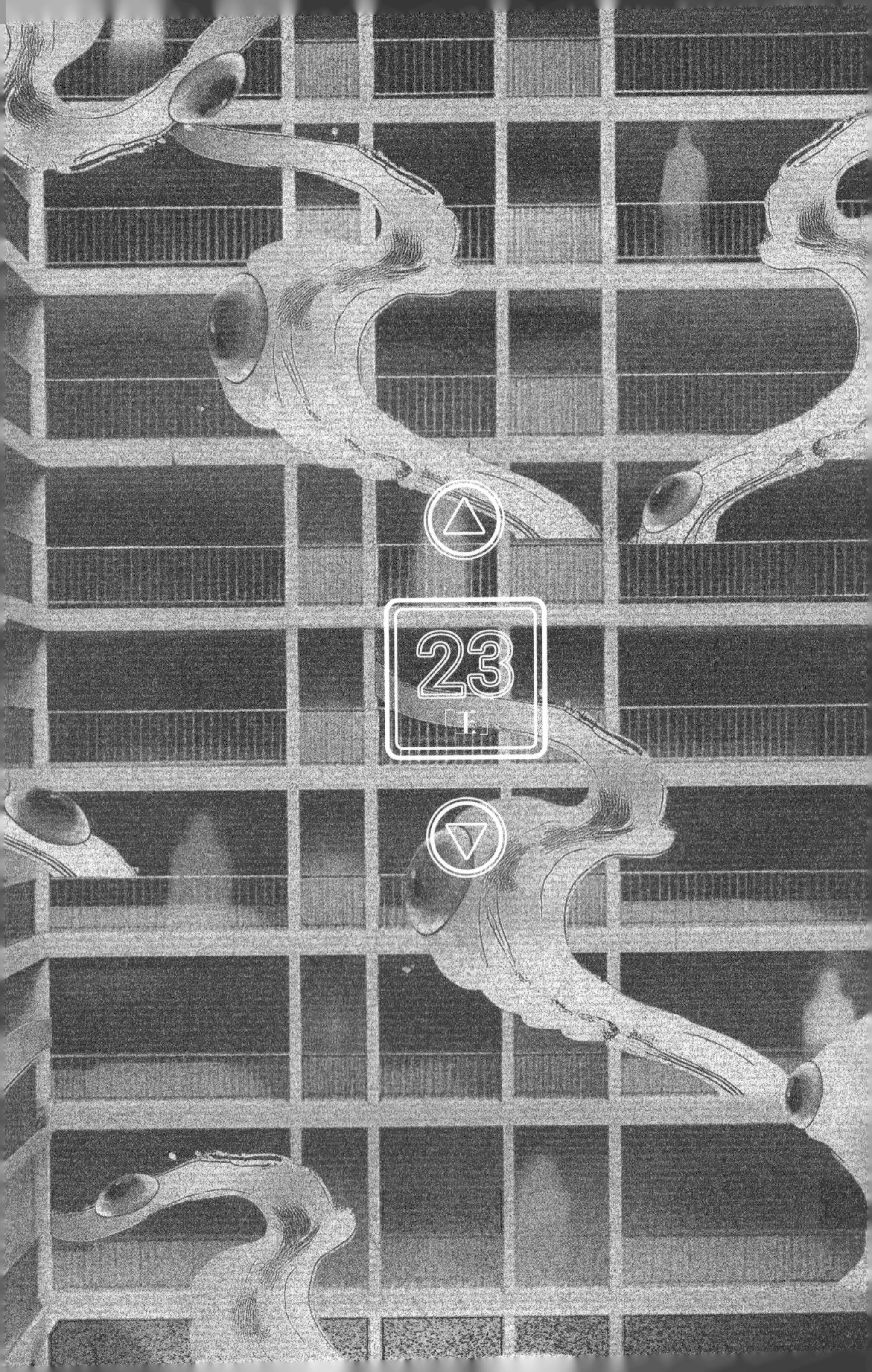
23

再次醒來，我在一間純白色的房內，穿着一套老套的鬆身睡衣，這裏是天堂嗎？我最後還是難逃一死嗎？

「阿曉，你醒喥？」媽媽拿着一壺湯，看到我慌張的性情不禁笑了。

「呢度係醫院，你吸入太多濃煙昏迷咗，好彩阿旻通知我哋先趕得切去救你咋。」媽媽邊說邊盛湯。

「嚟，趁熱飲，參蓮銀膠木瓜湯，養陰潤肺，健脾補氣，益胃生津，養心安神㗎。」媽媽把盛好的湯放在桌上，同時替我調較好病床。

我邊喝湯邊問：「我昏迷咗幾耐？」

「一晚啫，醫生一陣檢查完就可以出院。」媽媽神情自若，沒有半點擔心和緊張，這說明我的情況非常樂觀，沒有大礙。

我大口喝着媽媽的湯，不知不覺把整壺都喝完了，然後才想起游瑞慈，於是問：「咁嗰日跳樓嗰個人最後點？」

「跳樓？邊有人跳樓，你係咪發夢？」媽媽的答案令我驚訝。

「點可能係發夢？游瑞慈嗎，我明明見住佢跨出條欄杆跳咗落去。」我憶述昨天發生的事，還歷歷在目。

「死囉，你現實同夢境都分唔清，一陣要問下醫生先得。」媽媽擔心道。

為甚麼屍體會不留痕跡、憑空消失？游瑞慈真的跳了下去嗎？還是我被濃煙嗆得缺氧，因而產生了幻覺？如果是這樣的話，他人呢？這些疑問我一個都解答不了。而醫生的專業見解是我大腦缺氧意識迷糊時產生了幻覺，由於最近身邊經常發生跳樓事件，甚至在我面前也發生過，印象深刻，潛移默化進入了潛意識，所以跳樓的幻覺只是剛好而已。雖然我不太相信這解釋，但也沒有比它更好的解釋能解答我這個疑問，所以我也只能暫且接受，而游瑞慈則成為了失蹤人口。

醫生為我詳細檢查過，證實無大礙後，媽媽便替我辦理出院手續。回到家後我第一時間便跑到一七二八室，這裏理所當然也成為了警察封鎖的現場，大門和鐵閘也緊緊閉上，木門被燒黑。我透過氣窗窺探裏面情況，單位內部也被燻黑，滿地積水和灰，露台的天花燈也因為高溫而變型。

既然火災是真事，那游瑞慈跳樓也不會是幻覺，我非常相信當刻眼睛看到以及耳朵聽到的畫面和聲音，只是他憑空消失實在是怎樣也想不通。

我帶着疑問回家，直接與阿旻討論當時的事。

「其實我都聽到，甚至跑緊返屋企嗰時眼尾睄到有嘢跌咗落

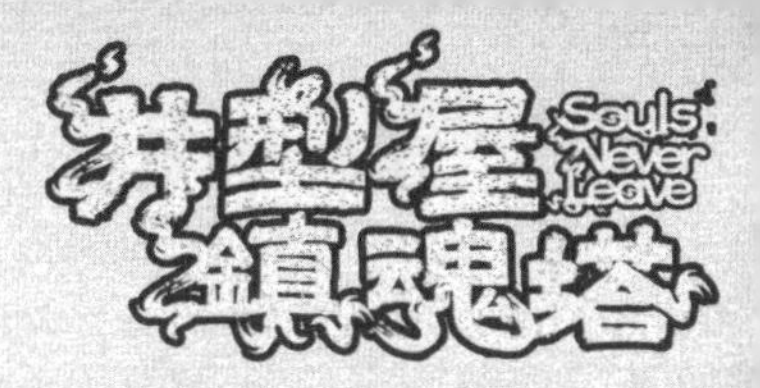

嚟，但當我望落井嘅時候，個井係乜都無，半滴血都無，其他樓層都唔見有殘肢，我而家都仲未搞清楚發生緊咩事。」阿旻回想時也想不出合理解釋。

阿旻解釋不了的事情加一，再進一步商量之前，我想起了一七二八室逃走事件，於是我責問道：「喂，係喎！嗰時明明做晒手勢同你講一齊夾攻游瑞慈，你條粉腸竟然自己走咗去，剩低我一個被佢虐待？」

「吓？咩呀？」阿旻聽到後很是驚訝，理直氣壯地說：「我跟足你吩咐，你話你一個人頂住，唔使兩條友一齊送頭，叫我快啲乘機走喎。」

我無言以對，想不到跟她培養了十多年的默契是如此不堪一擊，但總算有驚無險。

「唔好講呢單，」我再次將話題轉回游瑞慈身上，我大膽猜測說：「我懷疑游瑞慈喺跌緊落樓期間被『王』捉咗去鎮魂塔入面。」

阿旻做了一個厭煩的表情，仿似對我投訴：「又嚟？」

我沒有理會她，繼續我的猜測：「佢跳樓係我哋親眼見到嘅事，井底無屍亦都係事實，除咗咁我真係諗唔到點解。」

阿旻不屑地反駁：「如果真係跌緊落去期間就被捉咗去你所講嘅鎮魂塔入面，首先都證實唔到係咪真係有鎮魂塔呢樣嘢。同理其實我都係眼尾睄到有嘢跌落去，嚴格嚟講，我係確定唔到嗰嚿『嘢』係咪真係游瑞慈。仲有，就當係真，點解要捉走佢？『王』都係想佢死啫，捉走佢為乜？」

其實我也沒有答案，只能猜想和狡辯：「但你都話見唔到有任何殘骸，最好最合理就只有呢個解釋，就算你話嚿『嘢』唔係游瑞慈，但咁大嚿『嘢』跌咗落井，你又點會喺井底見唔到？至於捉走佢，可能係想虐待佢發洩嘢，想肉體同靈魂一齊虐待，以解被殺之恨。」

阿旻沉默了，罕有地她沒有再反駁，大概是默認了我的猜測。

「我要再入鎮魂塔查下究竟係咩一回事。」我說完便離開，可是阿旻叫住了我，原來她不是認同我，只是在想其他合理的解釋。

「我覺得可能係游瑞慈嘅一場戲，目的就係為咗令自己甩身，佢咁狡猾，未必無可能。」阿旻試着解釋：「首先，佢準備咗一個同佢一樣大細嘅人偶，趁我哋唔為意就換咗代佢跳樓，跌散咗之後就收返啲線回收，所以我哋先見唔到有屍。」

「你咁講，又有可能。」我記起當他步出單位後的異常動作，猶如被人控制一樣。

「即係話我哋要刮佢出嚟，不過茫茫人海都幾難，佢又無晒親人，好難估佢有可能去嘅地方。」阿旻洩氣道。

如是者，我們的討論到此無奈被逼結束，最後甚麼結論也沒有。

不過，只要我將第五狼是游瑞慈這答案告訴「王」，那樣我就能順利解除詛咒了。既然確保生存，那就要為人生繼續努力，考好 DSE。

第一科是中文口試，沒有甚麼能溫習，索性跳過它溫習第二科好了。我收拾心情，埋首書堆，時間就像快轉般，一下子便到晚飯時間。齊齊整整的家庭，有說有笑地吃着晚飯，伴着公式劇情的電視劇，一個典型的香港家庭，雖然簡單但很滿足。

席間我們談到這段期間發生的不可思議事情，電視劇也寫不出的劇情，既驚險又難忘，幸好最後有驚無險，有一個大團圓結局。

這麼好的家，這麼好的家人，我能擁有實在是太幸福了。

晚飯過後，吃過水果，我又再次回到書中尋找那間黃金屋，不知不覺便去到深夜。夜闌人靜，家人都睡了，我也累了，打了個呵欠，關上枱燈正想上床睡覺，鐵閘又傳來動靜了。

「每次都咁識揀時間嘅。」我邊笑說邊開門迎接 Tracy，然而這次出現在我面前的卻是刁太。

「刁太？咁夜仲唔瞓嘅，有咩事？」我好奇地問。

「哥哥仔，我個女叫我落嚟搵你，話有事要同你講，叫你而家即刻上去。」刁太以近乎命令的語氣說，這腔調似曾相識。

「但都已經咁夜，有咩留返聽日先講啦，我要瞓覺喇。」我拒絕道，畢竟她不是 Tracy。

刁太聽到我拒絕後，便以威嚇的方式逼我就範：「件事關乎『王』同埋你條命，你真係想拖到聽日？聽日我唔知我個女仲會唔會咁好心講你聽。」

好的，我承認我貪生怕死，所以我最終還是答應了。

「你終於嚟喇，我收到消息，『王』已經搵到第五隻狼，仲捉咗佢困咗喺鎮魂塔入面折磨佢。」刁小姐擔心地說：「佢仲想捉埋你入去陪佢，因為你幫到手。」

我聽前半部份時沒有甚麼感覺，但一聽到後半部份時震驚得下巴也掉到地上碎了，我不解又不滿地抱怨：「咩料？唔係應該放過我咩？點解要捉埋我入去？唔啱數喎！即係幫唔幫到佢都要死？」

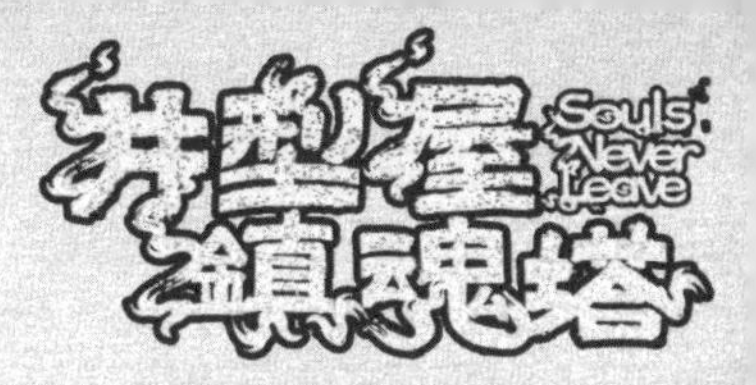

「所以我就即刻叫你嚟話你知，等你可以走得甩。」刁小姐友善又着緊地說。

「真係唔該晒你，但係我可以走得去邊？呢間係公屋，唔係話搬就搬，退咗租就無屋住。」我面有難色地說。

「我梗係明，」刁小姐提議：「所以我有個建議，我哋聯手，一齊消滅『王』。」

消滅「王」？有可能嗎？

「我老公已經集結晒一班不滿『王』嘅鬼，只要你肯幫手，就水到渠成。」刁小姐胸有成竹地說。

「點解要我幫手先水到渠成？佢哋人多都夠做㗎。」我不解地問。

「有你幫手就百分百成功，因為『王』信你，所以唔會懷疑你，你就係最好嘅刺客！」刁小姐興奮地說。

「咁我要點做？同埋點解而家夜晚你又出現到嘅？」我順着問。

然而，刁小姐只是詳細向我說明刺殺計劃，並沒有回答我的第二個問題。不過既然計劃內容我已經清楚了，其他也不太重要，

活命要緊。

「『王』嘅『宮殿』喺二四零四室，事不宜遲，而家就出發，殺佢一個措手不及。」刁小姐衷心地對我說，並着刁太將行刺的兇器——一條紅色的頸繩交給我，並教了我用法，之後便出發。

「我老公萬生會喺塔入面等你，你去到二四零四就自然會知點入去。」刁小姐最後叮囑道。

我袋好頸繩，乘升降機上到二十四樓。這是我人生第一次上來，正如阿旻之前所說，另一面井樓層更高，所以我住的井是沒有二十四樓的，自然沒有路可通往我住的井，但透過欄杆可以看得到原來天台是一個花園般的地方，明顯還有人在打理，只是居民不能享用而已。

欣賞完美景，平伏了心情後，我一步一步地走到目標單位前，可能是因為要與最終魔王對決，來到門前時，心情又再緊張起來，心跳直逼每分鐘二百次。我連續深呼吸數次，強行使自己冷靜下來，接着便伸手敲門。

「吱」⋯⋯未待我敲門，門便自己開了，開門的正是 Tracy。

可能是因為她的出現令我從心底開心起來，本身漆黑寧靜的深夜都變成明亮熱鬧、充斥歡樂的白天，原來心情真的能影響視覺，一切看上去都是那麼漂亮柔和。

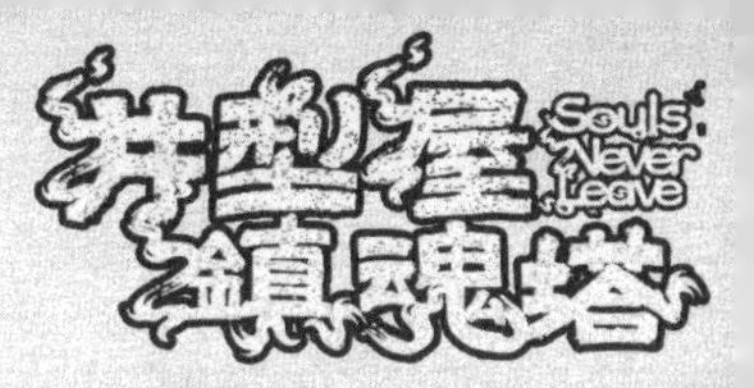

「阿曉？你點解會喺度嘅？」Tracy 率先發問，態度有別於平時的命令式語氣，是溫柔婉約兼有禮。

我被她的出現嚇了一跳，立即語塞，張開口久久說不出話來，尷尬非常。

看到此畫面的 Tracy 嫣然一笑，又再開口說：「每次見到你都咁搞笑嘅，不過都多謝你，我知道晒成件事喇，之前為你添咗咁多麻煩，真係唔好意思，嚟緊 DSE 你要加油畀心機考好啲。」

「哦……係，知道。」我只能斷續地回答簡單的答案。

「哈，傻瓜，我要走喇，你以後要好好生活，活埋我嗰份。」Tracy 始終保持漂亮的笑容道別。

「走？」我反應很大：「走去邊？住得好地地做咩要走？」

Tracy 沒有回答我，只是向我報以最燦爛、最陽光的微笑，然後朝升降機大堂走去，直至慢慢消失在我的視線範圍，但我竟然呆着站在原地，沒有追過去挽留她。

到我清醒過來的時候，升降機已經到達地下了，或許我已經錯失了與她的緣份。緣盡了，Tracy，希望你以後也可以活得快樂。

我收拾心情，再次回到二四零四室前，附近氛圍依舊是祥和喜悅，是我的心情還未平伏嗎？不，這種感覺我已經經歷過數次，不知從何時起，我已經進入了鎮魂塔內。

鎮魂塔內的二四零四室中門大開，裏面簡約整齊，裝潢時尚輕奢，而且香氣四溢，想像得到住戶是一個對生活有要求、懂享受、有品味的人。

「估唔到『王』咁識嘆，捉埋捉埋啲鬼做奴隸，就係奴役佢哋做呢啲嘢，等自己可以嘆世界，真係一隻可惡嘅鬼。」我對「王」的恨意隨着房子的美而不斷攀升。

可是我找遍全個單位，始終找不到「王」的蹤影。我納悶之際，門外傳來了擾攘聲，我走出去查看，赫然發現 Tracy 被萬先生等鬼押解，我見狀立即上前阻止，並把她搶過來。

「你唔係同我哋同一陣線咩？做乜阻住我哋？你快啲離佢遠啲！」萬先生生氣道，其他的鬼也跟着一起起鬨，當中更包括王先生和雲先生。

面對蠻不講理的他們，我也怒不可遏，當面喝叱：「我係應承幫你哋對付『王』，但你哋而家捉個無辜嘅人入嚟鎮魂塔，我點可以坐視不理？呢個人仲要係 Tracy，我點可以唔阻止？」

我拿出紅色的頸繩對着他們揮舞，好讓他們不敢接近，同時

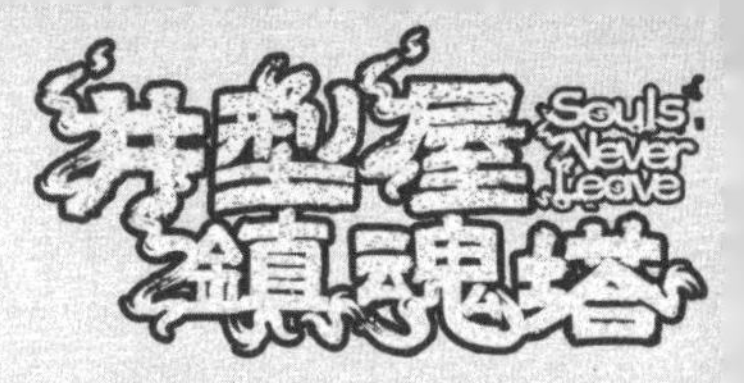

帶 Tracy 退入二四零四室並鎖上門。

「你無事吖嘛？無神神俾佢哋捉入嚟鎮魂塔，你一定好驚，好彩有我喺度，我會安全帶返你出去。」我溫柔地對 Tracy 說。

Tracy 斯文禮貌地微笑着說：「有你真係可靠，不過我唔想連累到你，你已經幫咗我好多，趁而家仲有轉圜餘地，你快啲交我出去自己走啦。」

我猛力搖頭，堅拒道：「要走一齊走，我唔會留你一個喺度。」

「傻瓜，我知你擔心我有事，」Tracy 指着我的鼻尖說：「但係你同我根本就唔同世界，我唔值得你為我犧牲。」

「我覺得值就得。」我倔強地說。

「快啲離佢遠啲同交返佢出嚟，我哋仲可以當無事發生過，如果唔係就當你係佢同黨，無情講，一齊殺埋！」門外的萬先生不停叫喊，但我繼續無視。

「我哋一齊返去正常世界，我會搵到路。」我牽起 Tracy 的手，她冷得像冰，顯然是受驚過度，所以才會雙手冰冷。

我回想之前數次往返鎮魂塔的經歷，要回到正常世界，都是

經原路回去，但我今次是何時、如何進入也不清楚，可以怎樣回去？

外面的鬼由叫囂，逐漸演變成拍門，我也越發着急，但越急就越想不到辦法，面對這個惡性循環，最後還是 Tracy 把它解決。

「你見唔見到呢個 logo?」Tracy 指着門後的一個印記——那個在其他數隻狼的單位也看見過的組織印記，她續說：「你只要用手指沾啲血掂住佢，再合埋眼諗一個喺呢棟樓度你想去嘅單位，你再擘大眼嘅時候就會去到。」

「咁神奇？」我對這印記的用處感到不可思議，同時亦驚訝為何她會知道，不過我也沒有懷疑，直接依照指示行動。

我嘗試咬破手指頭——電視上那些道士輕易便能咬出血，但我怎咬也流不出半滴血來。

「你做咩？」Tracy 看到我滑稽的舉動忍着笑問。

我尷尬非常，脹紅了臉說：「我想學電視咁咬穿手指俾啲血出嚟囉，不過都唔 work 嘅。」

「唔係咁㗎，」Tracy 捉着我的手，把手指送進她的嘴，我緊張得緊閉上雙眼。

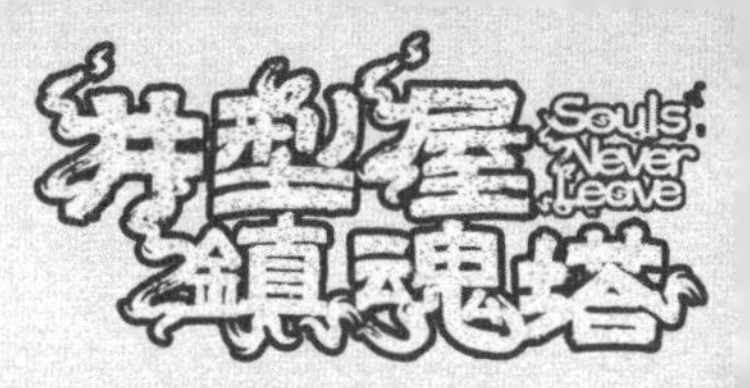

「哎呀……」我最終還是忍不住小聲叫了出來，她調皮地笑了，我張開眼看，原來不是咬，而是用刀在我手指頭上劃了一下。

深紅色的血在手指頭上剛好凝聚了一滴，我立即握着 Tracy 的手，同時把沾了血的指頭按着印記，合上眼，心裏想着我認為最安全的目的地──二零零二室。

再次張開眼睛，眼前是熟悉的裝潢，雖然江叔已經過身一段時間，但不知為何房屋署還未為單位進行打拆工程。

「我哋安全喇，Tra……cy?」我轉個頭想跟 Tracy 說，但她根本不在我身後，這是甚麼原因？難道她沒有合上眼？還是這個傳送方法只限自身移動？抑或她想的地方是另一個，所以傳送到其他單位？

時間已經是黎明，我也不好大叫大嚷去尋找，但有一個人，不，應該說是一隻鬼要我去找她晦氣的。

我怒氣沖沖地走到一六二二室，一身紅衣的刁小姐已經預先在門前等着我的到來。之前說一到晚上就要躲藏「王」不能露面，現在卻肆無忌憚、大搖大擺地在迎接我，真的很令人懷疑。

「你壞咗大事！」刁小姐迎頭第一句就是責罵：「『王』對你咁信任，你都唔好好把握機會，早知就聽老公講唔好對你抱咁大期望！」

「講起就嬲，『王』我就見唔到，我淨係見到你哋亂咁捉人屈人，我真係無辦法同你哋同流合污。」我反駁道。

「天真！事到如今，得返呢個辦法……」刁小姐憤怒了，對着我口中唸唸有詞，然後雙眼一瞪，接着我便眼前一黑，眩暈過去，再次醒來的時候，我已經被五花大綁，丟在熟悉的黑房內。

24
刁婦

「你醒喇？」在漆黑的房中傳來刁小姐關心的聲音。

「快啲放開我！」雖然明知不可能，但我還是說出這句廢話。

「我都想放咗你，但為咗你好，我唔可以咁做。」刁小姐難過地說。

「我明你話『王』想帶我落去幫佢，但我有信心可以說服佢。你放咗我先，有咩我哋坐低慢慢傾。」我循循善誘，希望能夠說服她。

「其實，你點講都說服唔到『王』，」刁小姐哭着說：「佢點都會殺你，你唔先下手為強的話，就只有咁先救到你。」

「唔係喎，江叔咪無事囉，一定有辦法嘅。」此刻我想起了江叔，便以他作為鐵證。

刁小姐啜泣道：「佢最後都係死咗……」

的確，我反駁不了。

「所以可想而知你嘅狀況幾咁危險，我要保護你，避免再有呢種悲劇發生，而家粗暴啲都無辦法，對唔住。」刁小姐說完便離開，留下被反綁的我自己一人在黑漆漆的房中。

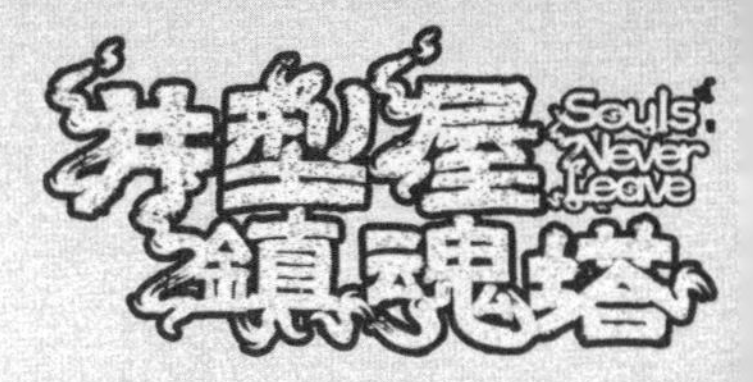

由於房間太黑，而且已經黎明，一整夜沒睡而太累的我不知何時已經睡着了，再睜開眼睛時，我已經不再在黑房，而是在一個空置單位的正中央，被牢牢地綁在一張椅子上動彈不得，口被塞了東西，只能發出「嗚、嗚」的簡單聲音。

「咩玩法？呢度喺邊度？」我嘗試掙脫，可都是徒勞，眼前亦四下無人，根本找不到人幫忙，就算有人，也不覺得他們會幫忙。

動不了便只好靠雙眼收集目前的情報，從環境來看，我還是在人間，這更令我摸不着頭腦，以我作誘餌的話，不是應該要在鎮魂塔嗎？

「哥哥仔，你醒喇？」刁太的聲音在單位內徘徊，形成回音，但始終找不到她的身影。

「你醒咗就好，即刻送你去鎮魂塔入面，大家等緊你。」刁太話音剛落，四周環境便立即變得柔和起來，外面也傳來歡笑聲。

「Welcome back，多謝你肯返嚟為鎮魂塔嘅安全盡一分力，今次你乜都唔使做，乖乖地坐喺度就得，其他嘢我哋會做。」萬先生彬彬有禮地説，臨走前還向我鞠躬。

我雖然想澄清，奈何嘴巴只能發出無意義的單音，比鬼吃泥還含糊，「澄清」完也沒有人會聽得明白。

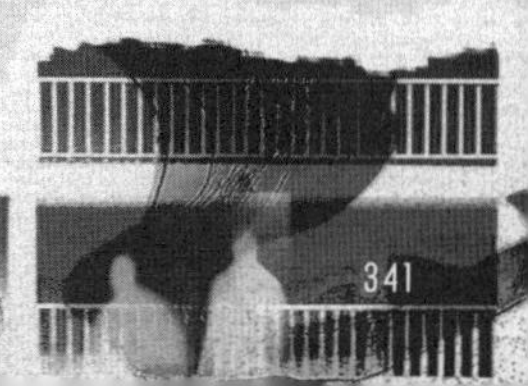

萬先生與他的伙伴在單位找到藏身之所後，便打開大門等待「王」上釣。十數分鐘後，大門出現了一個熟悉的身影，是Tracy！想不到一場大龍鳳過後，「王」等不到，卻引來了無辜的Tracy。

「我嚟救你！」Tracy 進屋前已經小心翼翼地檢查了門口到我座位的路徑，確定沒有機關才進來，但當她走到一半時，萬先生和他的伙伴便跳出來把她重重包圍。

「嗚、嗚、嗚……」我不斷搖晃身體，同時盡我所能發出聲音，可能是分散萬先生一伙的注意力，可能是警告 Tracy 快點逃走，可能是向塔內其他鬼求救，其實我也不清楚自己的目的，只是覺得這樣的情形之下，不發出一點聲音會很奇怪。

面對萬先生一伙的步步進逼，Tracy 並沒有遊戲般的大絕把他們一下子擊倒，也沒有電影主角般的身手將他們一一打退，有的只是普通的談判能力。

「我同你哋其實都無咩交流，又無咩仇恨，我唔知點解你哋死都要捉我，不過既然你哋都只係想捉我啫，咁一換一，捉咗我，放佢走。」Tracy 選擇犧牲自己換我安全。

萬先生正氣地答：「你已經係甕中之鱉，根本走唔甩，憑咩同我哋講條件？當初我哋同你講條件嘅時候，你咪一樣唔放過我哋！你，我哋捉硬；佢，我哋都唔會放！」

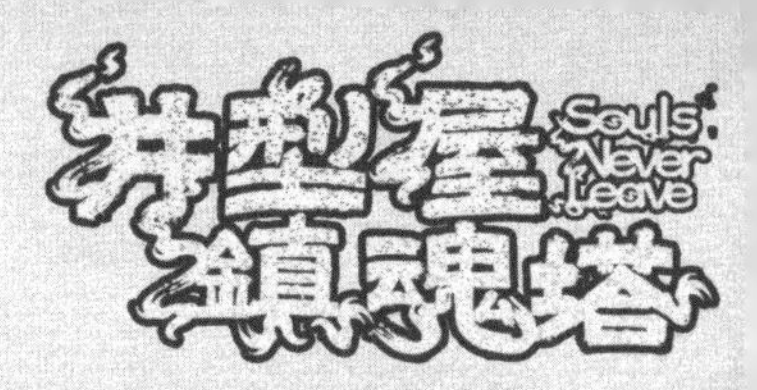

「咩話？由一開始我就係棄子？」我心裹驚呼，但嘴巴卻只能發出憤怒的「嗚、嗚」聲。

未待 Tracy 回答，萬先生等人便先下手為強，一湧而上把 Tracy 拿下，五花大綁丟在我身旁。

成功捉拿 Tracy 後，萬先生一改剛才嚴肅兇狠的臉，變成和藹可親、笑容滿臉，走到我跟前說：「辛苦晒你喇小兄弟，你嘅任務已經完成，呢度已經無你嘅事，而家我哋即刻送返你去人間。」

一秒後，鬼消失了，環境變得真實，歡笑聲也沒了，我又回到那個空置的單位，唯一看到的是刁太，她已經在替我鬆綁。

「你哋想對 Tracy 點？快啲帶我返去，我要救佢！」我衝着刁太大喊。

「人鬼殊途呀哥哥仔，你又何必咁執着呢？」刁太冷淡地答，同時把綁着我的繩全部解開。

「黐線！你個女就係鬼，Tracy 明明係人，你哋夾硬捉佢去鎮魂塔將佢變做鬼，估唔到你哋係咁陰毒，真係知人口面不知心，好眉好貌生沙蝨。」我對她發動激將法，可惜她完美迴避。

「我哋咁做都係為你好，你再沉落去，真係命仔都無埋，快啲

返屋企，沖個熱水涼，瞓返個覺，當發咗場夢啦，你已經安全，唔會有事。」刁太邊說邊離開，留下我一人在單位內。

「黐線，我點解要聽你講？」我心裏罵道，接着便衝出單位。

「七零一？咁熟口面嘅？」我離開時不忘看看她把我關在哪個單位。

我趕到升降機大堂，其實也就是一走出單位轉彎便到，刁太正在等升降機，她並不像 Tracy 般神出鬼沒。

「我有嘢要問你，點解你哋一定要捉 Tracy，點解唔直接捉『王』？」我厲聲問道。

刁太笑而不語，只是輕輕搖搖頭，她這種態度看在我眼裏簡直令我抓狂。我氣上心頭，一把抓住她衣領，威脅道：「你唔好以為我唔會打阿婆，我癲起上嚟連自己都驚！」

然而，刁太依然三緘其口，我氣上心頭，舉手儲力，一拳打在她肚上。她吃了我一拳，可是依然面不改容，繼續笑而不語，輕輕搖頭。

「可怒也！」我默唸，又一拳，再一拳，左一拳，右一拳，接連揮出十數拳，每拳都實實在在打在她身上，但她就好像沒有受傷一樣。任一個人再能捱打，也總不會連接十數拳而沒有反應。

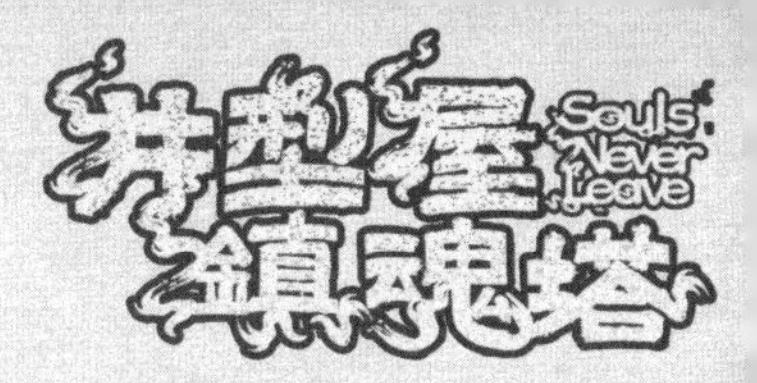

盛怒的我用盡全身力氣再揮出一拳，這次我金睛火眼看着拳頭命中她，不！不可能！拳頭在離她兩厘米左右被定住了，就像她有保護罩般，任我揮出多少拳，每次都精準地停在這個距離，沒有例外，打擊感是實在的，只不過打在了空氣牆上而已。

「哥哥仔，有事慢慢講，暴力係解決唔到問題。」刁太氣定神閒地說。

「點解……」我陷入了震驚之中，說不出其他話。

「叮，七樓……」此時，升降機到了，刁太施施然步入升降機，留下我一個人在七樓。

要找人幫忙，一定要找人幫忙！不過應該要找誰？現在對付的是鬼不是人，我也不認識懂驅鬼的人，真的不知該如何是好。

而老套的情節往往就是在這些時候出現，一張卡片不知從何處掉下來，正好落在我的腳前。

「呢張卡片……」一般情況之下，我都不會理會這些卡片，但不知何故，這次我竟然彎腰拾起它。

卡片上印了一隻銀色的鷹，翻轉後面，印着「紅色地產代理有限公司」，「Senior Salesperson」，「Charles」以及聯絡電話。

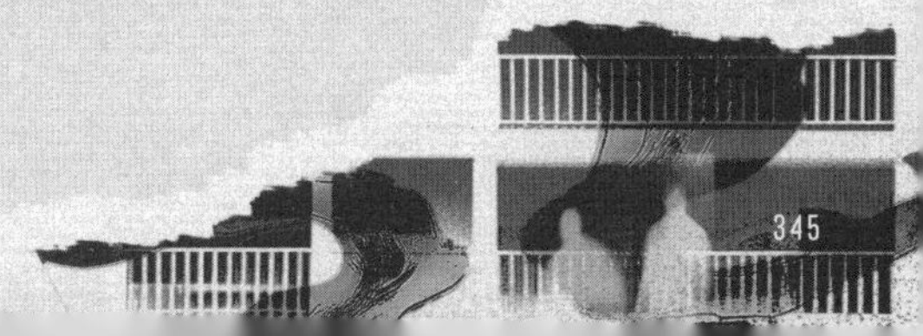

這張卡片似曾相識，好像之前見過，我拼命回想，最終想起了七星，他曾經給過我一張卡片，說有事可以找卡片上的人幫忙，好像就是這一張！

「又會咁啱跌咗出嚟嘅。」我心裏奇怪，但並未有多想，拿起電話便直接撥過去。

「嘟、嘟……嘟、嘟……」電話響了數十秒，終於有一個女人接聽，她說出了一段很熟悉的話：「呢度係……」

「Shit! 遺言信箱，」我罵了一聲，然後看看時間，下午二時，心想：「日上三竿都唔聽電話，仲話做地產，肯定無數，唯有照留咗言先。」

我把自己的身份、地點和發生的事情都交代好之後，便一口氣跑到十六樓，再找刁小姐理論。

「阿曉，點解你仲係唔死心？我都係為你好咋。」刁小姐苦口婆心地勸導。

「我明『王』好可惡，但 Tracy 係無辜，點解要捉佢？」我繼續圍繞這個問題問。

「阿曉，你唔記得肥江畀你嘅遺書咩？上面唔係寫咗『T+ 二』咩？你咁醒無理由唔知係指啲咩㗎，咁你都仲要夾硬嚟？」刁小姐

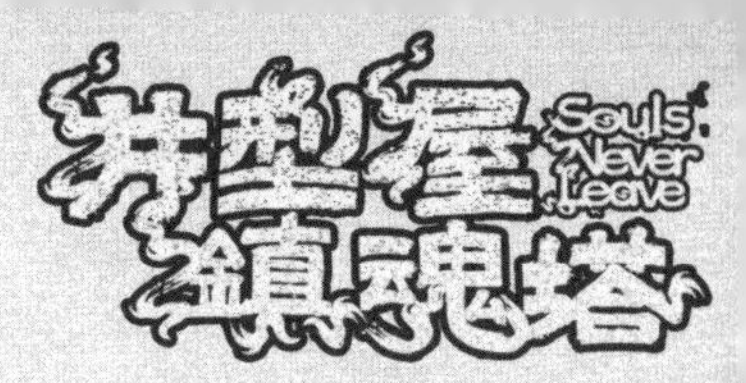

不解地問。

遺書？無錯，那個謎語般的遺書連我都忘記了，想不到刁小姐還記得。

「『T+ 二』，其實我到而家都未知點解，甚至嗰次之後就忘記咗呢件事。」我有點心虛地說。

「T for Tracy，而『T』加『二』字，就係『王』字，Tracy 就係王，你明唔明？」刁小姐解釋道。

晴天霹靂！這個答案真的令我大吃一驚，殘暴的「王」就是 Tracy？雖然她比較冷酷，但絕不無情啊，只是屬於冰山美人那種，又怎會是殺人不斷的殘忍之徒呢？

可是，她又的確經常有一些非常詭異的行為，最常見的就是轉彎消失，而且身體異常冰冷，還有剛才的瞬間移動方式，是普通人的話真的能做得到嗎？現在回想，好像每次遇到她都是在晚上，如果她是鬼的話，一切都說得通了。

我腦內一片混亂，我始終相信 Tracy 是人而且不是「王」，但種種證據和環境證供卻一致指出她是鬼而不是人。刁小姐看得出我的苦惱，便又再補上一句：「我同佢情同姊妹，無理由要屈佢，你話係咪先？你唔信我都信肥江啦，而家隊 Tracy 出嚟嘅係肥江，你都有見到佢哋嘅合照喫，仲會有假？Tracy 係『王』係

鐵一般嘅事實，所以我哋要搵你幫手就係咁解，所有一切嘅嘢都係佢造成！」

回想江叔跟我說過的話，不就是暗示 Tracy 並非人嗎？

「我都同你提過，以前嘅佢真係好人一個，但俾五狼誤殺之後，佢已經變咗第二個人，連我都倖免唔到你就知，仲有咩需要猶疑？你都見到佢點濫殺無辜喋！明明兇手係游瑞慈，但佢連完全無關嘅游瑞棠都殺埋，仲有無辜嘅王生、徐生、廖生同我老公萬生佢都殺埋，佢哋根本咩都無做過，只係一時誤信讒言，無及時送佢去醫院搶救咋！成件事你查出嚟，你最清楚！」刁小姐越說越激動。

「仲有，Tracy 佢咪同你講佢知道晒所有嘢，係因為佢每殺一隻狼，記憶就會恢復一部份，佢殺晒五隻就會全部恢復晒，所以佢先會話佢知道晒成件事，呢個都係佢就係『王』嘅鐵證！」刁小姐打蛇隨棍上，將證據一一說出來，務求令我深信不疑。

「的確，佢係有咁講過……」我無從反駁，不過她真是殺人如麻的「王」嗎？剛才遇到她也絲毫感覺不到她的暴戾，是她的演技太好嗎？

在刁小姐不停的猛烈轟炸之下，我的信念亦開始動搖，漸漸相信 Tracy 真的是兇殘的「王」，最後破我防的，就是刁小姐的補充：「仲有你個同學，係咪人間蒸發咗？其實佢已經被『王』殺

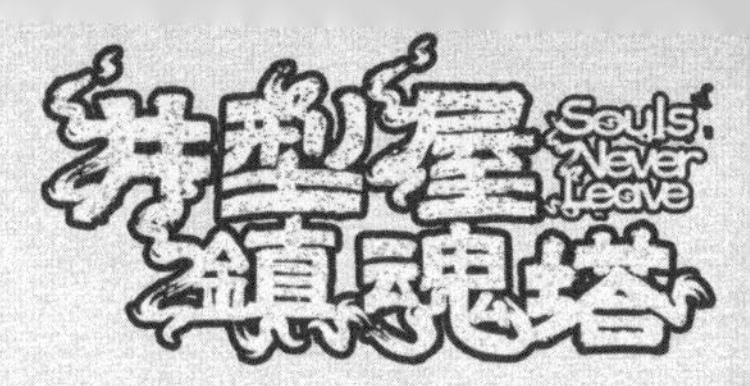

死咗。你諗下，佢唔係住戶，都同件事無關，咁都無辜受牽連被殺，『王』，Tracy 真係值得你攬咩？」

刁小姐提到 Nicole，我便想起 Nicole 曾經提起的小朋友背後靈，難道……

為了求證，於是我問道：「『王』係點殺唔喺呢度住嘅 Nicole?」

「咪就係透過你同學提過嘅陸軍裝小朋友鬼。」刁小姐想也不想便答。

「果然。」我得到了與我猜想一致的答案，這亦有助我立定決心：「『王』兇殘成性，一定要將佢消滅！」

刁小姐看到我終於被說服，總算放下心頭大石，放心地對我說：「而家我哋要將佢永遠封喺鎮魂塔入面，唔畀佢再出嚟害人。」

「我有咩可以幫到手？」我積極地問。

刁小姐眼睛一轉，笑笑口對我說：「要令 Tracy 徹底被封印，一定要傷到佢心嘅最底層，令佢完全死心，再無任何求生意志，我認為呢個角色最適合你，只要透過你把口將我教你嘅嘢講一次，佢肯定玩完。」

接着她便在我耳邊說了數句話，聽過後我奸笑着說：「果然最毒婦人心，女人最了解女人，咁絕嘅嘢你都諗得到，抵你贏。」

「只不過，」我雙眼炯炯有神地望向她，熱烈地邀請說：「我認為你都應該同我一齊去親眼見證歷史嘅發生，睇住『王』點樣被封印，唔可以再出嚟作惡，等呢棟大廈、呢個鎮魂塔恢復正常運作，雙方都可以住得開開心心，唔會再有人跳樓。」

「嗯，言之有理，」刁小姐點頭稱讚道：「唔怪得之 Tracy 會咁賞識你，咁我就同你一齊入去，見證住呢個咁重要嘅時刻。」

「Yes!」我高興得忍不住叫了出來。

「除咗條紅色頸繩，仲有啲咩可以對抗『王』，同埋一大班鬼？我怕佢一陣發難，佢啲信眾會衝出嚟救佢。」我一向也安全至上，會做足準備。

「肥江之前準備咗好多武器，放咗喺床下底，我拎唔到，你去攞下。」刁小姐指着一張碌架床說。

我順着指示，在床下找到一個紙箱，裏面裝着各種各樣的物品，但看上去也只是普通的日常用具，沒有如電影般很誇張厲害的武器。最後，我拿了一枝墨水筆、一對手套和一樽水便出發，這些武器我不知道有何用途，但我相信江叔是絕不會害我的。

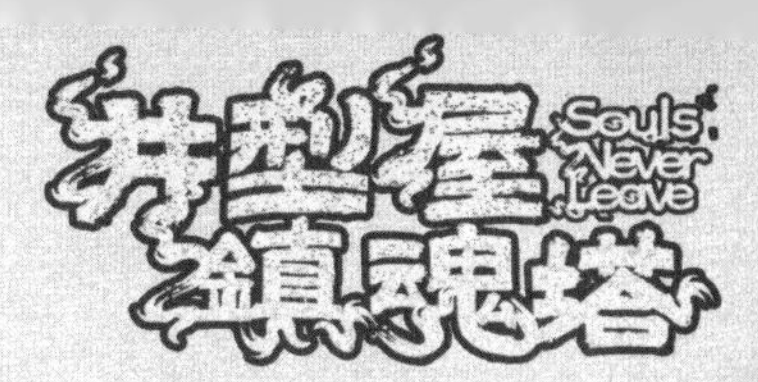

我把墨水筆插在褲袋，戴上手套，拿着水，跟刁小姐又一次進入鎮魂塔，今天已經不知是第幾次到塔內了，不知會不會有甚麼後遺症，但為了消滅「王」，少少犧牲在所難免。

時間來到下午三時四十七分，我與刁小姐來到囚禁 Tracy 的七零一室，萬先生等三狼正在虐打 Tracy，廖先生被其他鬼押住動彈不得，兩位游先生卻未有露面。

「點解唔見兩位游生？」我問。

「佢哋係真兇，唔知『王』將佢哋收埋咗喺邊，我哋都仲搵緊。」刁小姐說。

「既然你哋都唔係真兇，點解仲要對佢懷恨在心，要虐打 Tracy?」我對刁小姐打了個眼色，便衝上前以身阻擋他們的毒打，保護 Tracy。

「唔使驚，我一定會救你出去。」我偷偷地跟她說，然後再站起來面對她說：「我已經知你係『王』！知道晒你一直以嚟嘅暴行！呢十幾年死嘅人，呢十幾年俾你困喺鎮魂塔嘅無辜鬼魂，今日我要為佢哋報仇，我要令你永不超生，無得投胎，無得再遺禍人間！」

我扭開水樽，朝 Tracy 潑去。

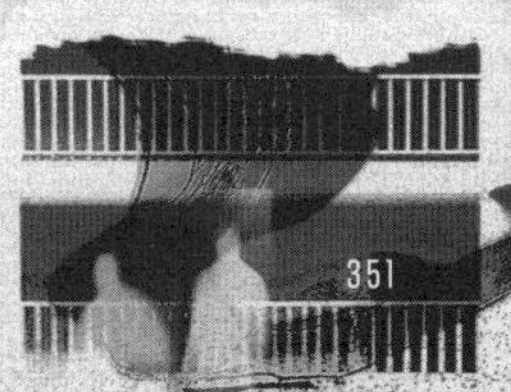

「啊！」一聲慘叫，Tracy 身後的鬼慘叫起來，痛苦得在地上翻滾打轉。我乘勝追擊，朝四周的鬼都潑水，他們一一在地上打滾，直到我面對擋在我面前的三狼和刁小姐。

「快啲走開，唔係唔好怪我唔客氣！」我把水樽放在身前威嚇他們。

「果然養唔熟！」刁小姐像一早已經預料到，破口大罵：「仲唔起返身？好鍾意喺地下揼？」

刁小姐一聲令下，所有鬼立即起身，完全沒有受傷痕跡，只是吐槽道：「搞到濕晒。」

「What? 江叔呃我？呢啲嘢無用？」我心裏極度吃驚，正所謂相由心生，我的表情也管理不好，露出驚慌的表情，我連忙將水樽朝刁小姐擲去，但被萬先生擋開。我拿出墨水筆在他們面前揮舞，但他們毫無懼色，更步步進逼，看來墨水筆和手套都沒有用。

「哈哈哈哈，睇你個驚青樣，放心，唔係肥江啲嘢無用，而係我啲嘢無用啫。」刁小姐被逗得笑不攏嘴。

原來是我被耍了，看來她從未相信過我，我現在只餘下一開始的頸繩，死就死吧！我拿出頸繩，在他們面前舞動，他們果然有所避忌，看來只有這條頸繩是真的。

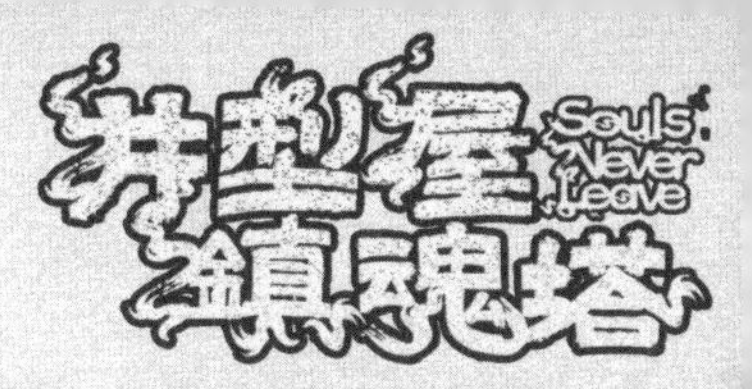

我拖着 Tracy，再次靠頸繩殺出一條血路，一直跑到頂層二十四樓。

「Tracy，我哋返咗人間先，佢哋跟唔到過嚟。」我拖着她，尋找那個印記。

「無用㗎，避唔到。」Tracy 撥開我的手說。

樓梯傳來急且密的腳步聲，越來越近，我就越來越急，但我始終想不到辦法。

「喂、喂、喂！」此時，身後傳來鬼祟的呼叫聲。

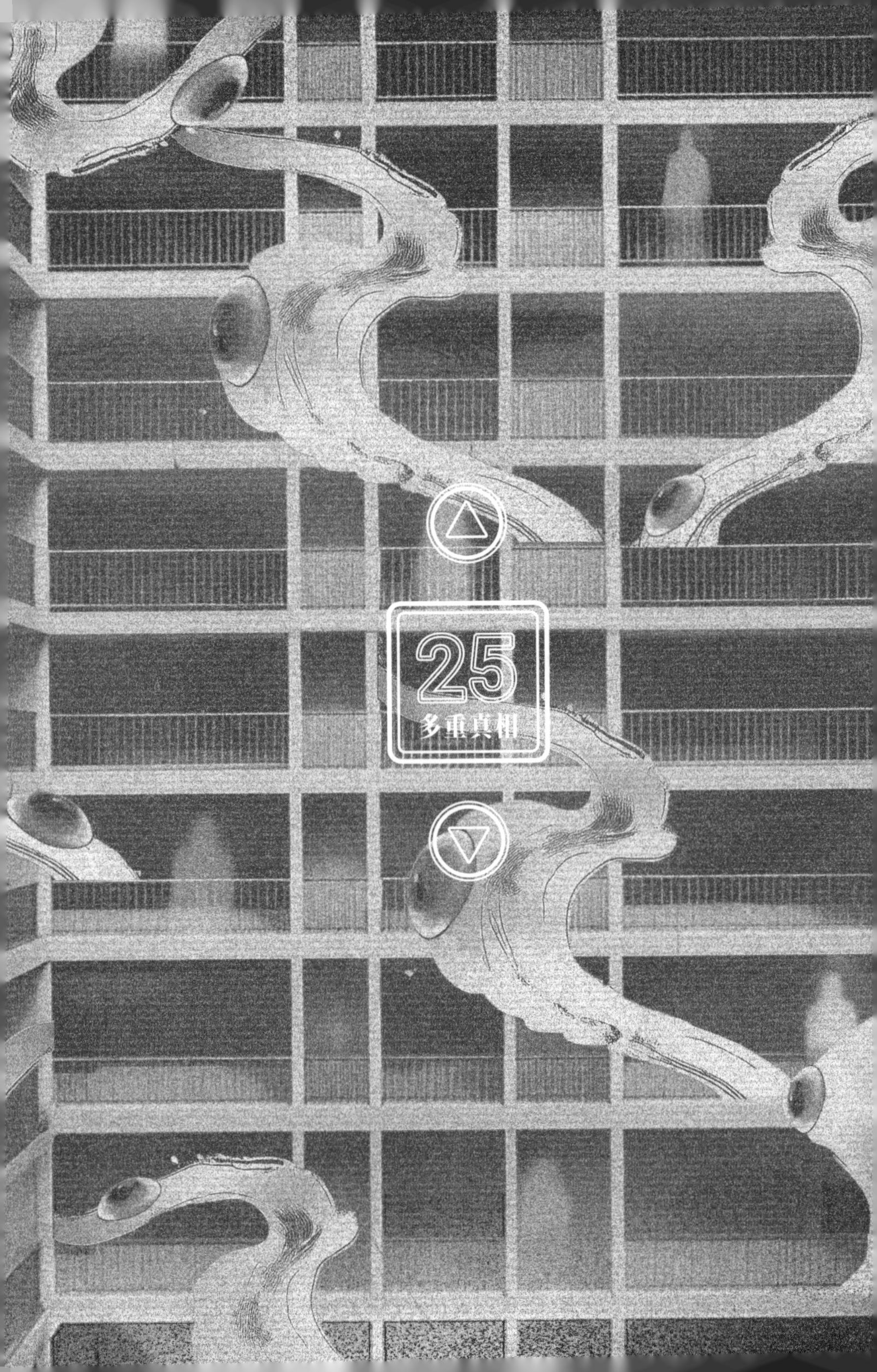
25
多重真相

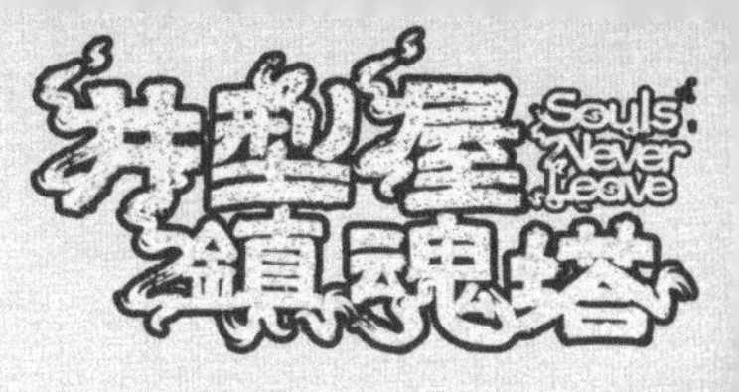

25 多重真相

我回頭一看，正是游氏兄弟，他們在走廊入口處伸出半個頭向我們招手。

「估唔到佢哋仲夠膽出現，佢哋明明係……奇怪，佢哋明明係啲咩呢？」我的記憶力開始受損，逐漸忘記事情。

「我哋快啲過去先。」Tracy 想也沒有多想便跑了過去。

我下意識抓緊她的手，雖然我忘記了，但我總覺得他們並非好人。

「你哋快啲過嚟，班鬼就到。」游瑞棠着急地說。

「唔好，佢哋好鬼祟，一睇就知唔係好人，我硬係覺得佢哋唔知想做啲咩。」我進一步阻止 Tracy。

「阿曉，你會保護我㗎嘛。」Tracy 甜蜜地笑說：「我哋去咗先，再講，對付兩個人總比對付一大班人容易。」

她所說不無道理，一於放手一搏，先避過這一劫再算。

「阿曉小兄弟，好耐無見。」游氏兄弟熱烈歡迎我，但我卻一臉嫌棄推開他們。

「我同你哋呢啲殺人兇手唔係好熟，唔好黐埋嚟揿 friend。」

我冷漠地說。

「靜少少。」Tracy 邊聽着外面的動靜邊命令道，果然強勢的 Tracy 最對味。

此時那班鬼已經到達二十四樓並大肆搜索，游瑞慈輕聲說：「放心，呢度好安全，電錶房呢度平時都鎖住，佢哋唔會留意。」

果然，那班鬼搜索一輪，找不到我們後便離開，我也終於鬆了一口氣，可以全心全意應付游氏兄弟。

「你兩隻狼點解會喺度？」我雖然記憶開始模糊，但隱約還記得他們是狼。

「其實我哋都係無辜，我哋都係被佢哋呃咗。」游瑞慈可憐地說。

「啊？」Tracy 有點詫異。

「當時我哋都好亂，細佬又呆咗無晒反應，佢哋班人又不斷話係我細佬做嘅，仲話間屋係我嘅，其他人無鎖匙入去，所以只有細佬先落到手，就算上到法庭個官都只會判細佬有罪，之後佢哋就畀咗個建議我，然後就係阿曉小兄弟你所知嘅故事。」游瑞棠咬牙切齒地說。

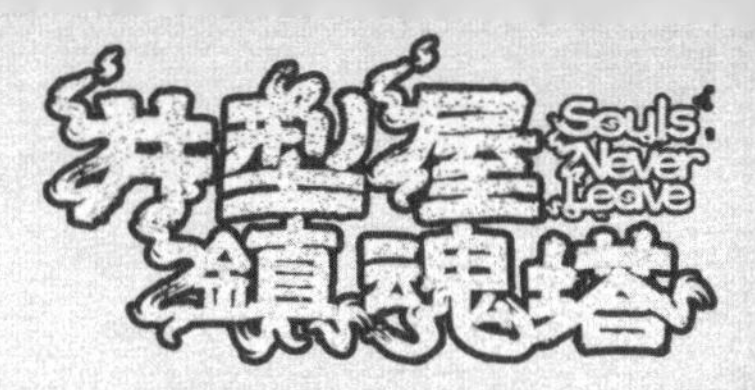

「又反轉？咁到底邊個先係真兇？」我頭也大了，每人也有一個自己的版本，每個版本也聽似合理，我也開始分不出誰是誰非了，只不過，認識了游氏兄弟後，之前那段影片中我以為是游瑞棠的人，現在看起來，更像是游瑞慈。

「廿四萬、老煙徐同大王狗佢哋三個先係真正兇手！」游瑞棠肯定地說。

「佢都知，你問佢就知真相！」游瑞慈指着 Tracy 說。

「喺我眼中，你哋全部都係兇手！凡係無出手阻止嘅人都係幫兇，所以我唔理邊個落手邊個和議邊個煽動，你哋全部都係兇手！」Tracy 激動地說，這畫面十分罕有，不單我，連游氏兄弟也被嚇了一跳。

我還未回過神，Tracy 便拉着我的衣服離開這狹小的電錶房。

「我哋返咗去人間先，最起碼班鬼嚟唔到，我哋會安全啲。」我提議道。

可是 Tracy 搖頭說：「而家仲未可以返去，要等夜啲，我哋仲要喺度留多陣。」

我們去到二四零四室，在裏面等的，正是刁小姐和萬先生、王先生和徐先生，還有被五花大綁的廖先生。

「我就估成日流流長，你哋一定會返嚟，果然不出我所料，守株待兔係有用。」刁小姐自信地對眾人說。

「我老婆果然係最醒，好彩我娶到你。」萬先生毫不吝嗇在人前讚美自己的太太。

「好喇，夠喇，唔好放閃住，快啲封咗佢，等我哋可以無後顧之憂。」徐先生沒好氣地道。

「大細游，你哋仲唔郁手？你唔怕我哋公開你細佬嘅秘密咩？」王先生朝我們身後喊話。

被綁的廖先生不停掙扎和發出噪音，試圖拯救我們，可都是白費氣力，而身後的游氏兄弟則正在猶疑，究竟是甚麼事要令他們如此猶疑呢？如果是說真兇的話，他們人都已經死了，也沒有所謂吧！如果是甚麼秘密的話，人已死，秘密甚麼的也沒有意義，還要顧慮甚麼？

「你兩個，仲有咩好猶疑，梗係幫我哋啦，仲想被佢哋耍幾多次先夠？」我嘗試招攬他們與我們共同抗敵：「只要我哋打低佢哋，咁佢口中講嘅嘢都一樣唔會出現，使乜怕佢？」

可能是我的鼓舞奏效，也可能是單純他們不想再受擺布，游氏兄弟決心跟我們一起打倒眼前的敵人。四對四，各三男一女，絕對公平。

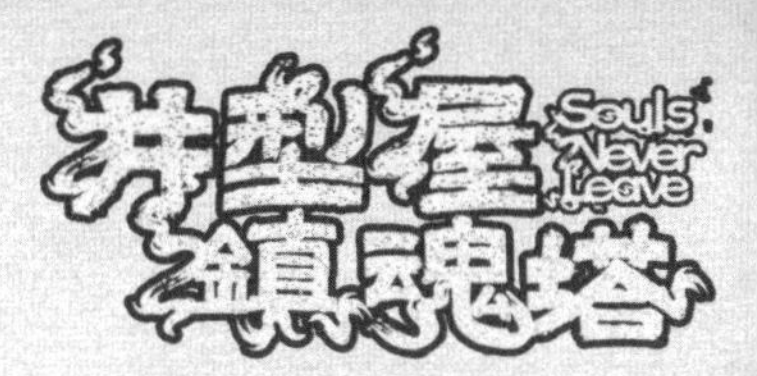

我一馬當先站在最前，拿着他們唯一忌憚的頸繩在揮舞，他們節節後退，被我們逼到退至露台。

「快啲救咗廖生先。」我邊牽制他們邊說，同時伸手關上露台門，並用綁廖先生的繩把門牢牢綁好，將他們困在露台。

「天真！」徐先生怒吼一聲，化作黑煙穿過露台門來到我們面前，一手緊握游瑞慈的頸，奸笑說：「如果一個活人喺鎮魂塔入面過身，唔知會點呢？」

語畢便施施然將他帶到井邊，途中游瑞棠、Tracy 和廖先生雖然極力阻止，可惜化作煙的他根本沒有實體，他們全都撲空。

「手！拉佢隻手，佢而家得捉住游瑞慈隻手先係實體！」我大膽猜測。

游瑞棠用盡吃奶的力奮力一躍，終於在最後一刻救下他的弟弟。然而，由於我們都把注意力放在徐先生那面，露台門這邊已經在無聲無息中被王先生打開了。

當我察覺到的時候，萬先生已經將我壓在地上，雙手被他的關節技緊鎖，動彈不得。

「你哋同我哋對抗只有死路一條，兩個活人三隻新鬼，點會鬥得贏我哋？我哋食硬你呀！」萬先生以志在必得的態度說。

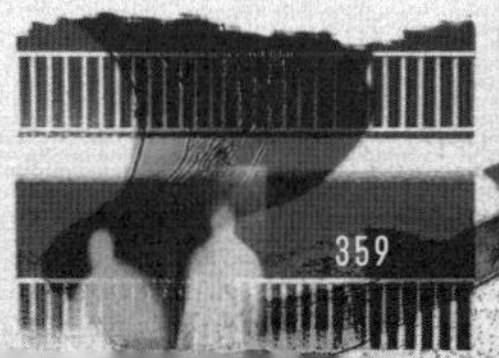

兩個活人？活人在鎮魂塔過身？游瑞慈的秘密？我明白了，我終於明白為何游瑞慈墮樓後會沒有屍體，原來他根本沒有死，只是進入了鎮魂塔，是游瑞棠救了他。

那麼說，「王」根本未有恢復所有記憶，但 Tracy 卻說自己已經知道一切，即是她根本不是「王」，一切也都如我所料，刁小姐才是作惡多端的「王」！

「阿曉！」「阿曉小兄弟！」Tracy、廖先生和游氏兄弟同時喊道。

「你哋想救返佢好簡單，只要『王』過嚟同佢交換就得。」刁小姐提出交換條件。

「唔使理佢，我哋無人係『王』，你先係『王』，你哋快啲走，唔使理我。」我大聲說，免得 Tracy 為了救我而白白犧牲，胡亂承認自己是「王」。

「我係『王』？你係咪搞緊笑？」刁小姐聽到後哭笑不得。

「你唔係『王』先係搞笑，我有大把證據證明你係，萬生、徐生、王生，你哋都唔好再受佢迷惑中佢計，佢先係殺你哋、將你哋囚禁喺鎮魂塔嘅罪魁禍首！」我趁機破壞他們的信任，令他們互相猜疑、心生矛盾，唯有這樣，我們才有一線生機。

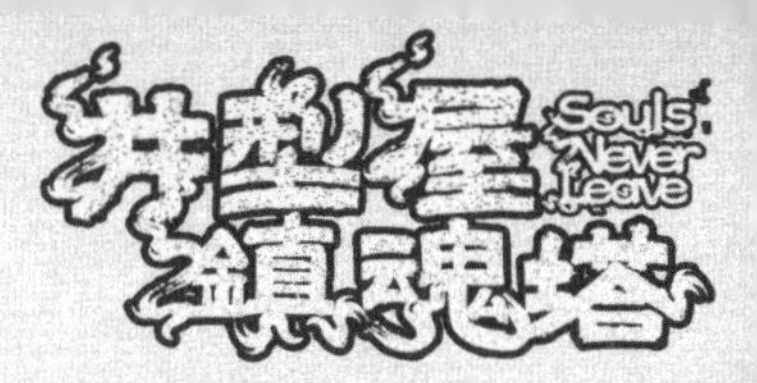

「呢個係我人生入面聽過最好笑嘅笑話，你亂噏都要有個譜，無憑無據，你話你係玉皇大帝都得，哈哈哈哈，參見玉帝，哈哈哈哈。」刁小姐調侃道。

「你人生真係悲哀，得咁短，連笑話都聽得唔多，不過聽我講完之後，你就唔會笑得出！」我厲聲道：「首先，江叔遺書正常只得我、Tracy 同我屋企人知，點解你會知？仲要知埋入面係寫咗啲乜，不特止，仲不斷引導我去認同 Tracy 就係『王』，我諗除咗寫遺書嘅人之外，無人會咁清楚，所以遺書係你捏造！」

刁小姐聽到我的指控後，非但沒有慌張，還氣定神閒地說：「仲以為你要講啲乜，原來係咁咋，封遺書我睇過，當然知內容，肥江死咗之後，間屋再無人住，驅靈網無咗，我哋當然可以自由出入，見過好正常。」

的確，還有這個設定，我的自信被重擊了一下，但我依然故作鎮定，再提出第二項指控：「你提到我同學 Nicole，你竟然知佢失咗蹤，仲知道佢俾隻點樣嘅背後靈殺咗，你唔係『王』點會知得咁仔細？仲要係秒答。」

我對這項指控十分有信心，豈料刁小姐依然從容應對：「鬼界唔同人界，我哋啲嘢好公開，甚至有殺人榜，大家會吹噓最近殺咗咩人、殺咗幾多人、點殺，只要稍為打聽下就會知，不過你作為人係唔知咁多陰間嘢。」

我立即望向廖先生和游瑞棠，他們均故意躲避我的眼神，看來這也是真。

「仲有，我未認輸㗎，」我繼續提出新證據：「你話 Tracy 係『王』，佢每殺一隻狼就會恢復一部份記憶，但而家游瑞慈都未死，咁佢又點會恢復晒所有記憶？但 Tracy 就已經話佢知晒成件事，如果佢真係『王』，又點會知？」

「曉呀曉，我仲以為你好醒，原來你都係豬頭炳。」刁小姐嘆息道：「佢話自己知道晒，但其實佢連自己係咪真係知道晒都唔知，你又無求證過，佢講你就信？」

我被她駁斥得啞口無言，不管她說的是事實還是狡辯，聽後也不覺得有破綻，難道 Tracy 真的是「王」？不，我不能被她影響，這正正是她的目的，我不能中計。

「如果 Tracy 佢真係『王』，咁江叔同你都一定唔會死，你識佢咁耐，點會唔知佢份人係點？由我一直以嚟嘅調查得知，同你之前講嘅完全相反，所有街坊都對梁紫茵讚不絕口，無一個係彈，除咗王太，不過佢係狼嘅家屬，證供唔可靠。而一直被你屈係『王』嘅 Tracy 都從來無殘忍嘅一面，亦都感覺唔到任何殺氣，如果你所講嘅屬實，佢應該係兇殘成性，但事實完全唔係，佢點會係『王』？」既然我無法成功指證刁小姐是「王」，唯有轉另一個方法，證明 Tracy 不是「王」。

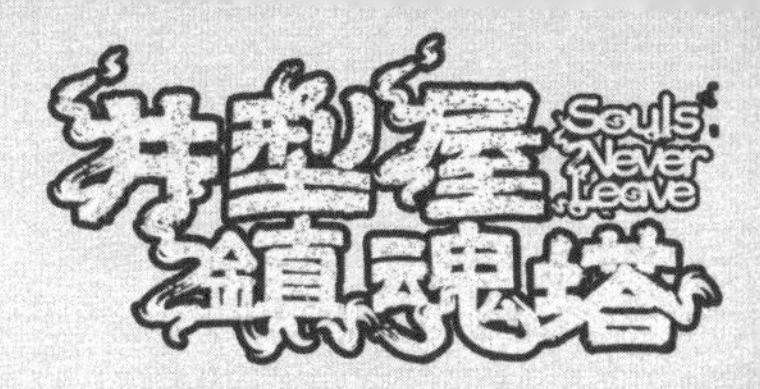

「知人口面不知心，你咁輕易就信人，絕對唔係一件好事。」刁小姐搖頭說。

「你講得啱，我竟然咁簡單就信你，真係太天真，不過你哋都係！」我乘勢對其餘三狼說：「其實你哋咁多隻狼被所謂嘅『王』殺死，就無可疑嘅地方咩？你哋都識佢本人，你哋真係覺得佢本人會咁做？當然你哋未必記得生前嘅嘢，但死後嘅嘢總會記得啩？會唔會係你哋一死咗，被困咗喺鎮魂塔之後，就有一隻『好心鬼』埋嚟洗你哋腦，目的就係要抹黑梁紫茵，再利用你哋去達成佢嘅目的、滿足佢嘅私慾？再講，萬生係刁小姐冥婚嘅老公，佢哋私底下再有咩計劃你哋又知咩？可能最終你哋都係棋子咋！」

我的一番話，令到萬先生、徐先生和王先生猶疑了，看來我猜對了，他們真的受過唆擺，果然忘記生前的事這個設定是有bug的。

他們三人對望了一眼，然後同時望向刁小姐，以眼神問道：「個細路講嘅嘢係咪真？你真係呃我哋？」

刁小姐終於有點慌亂，她連忙為自己辯護道：「喂喂喂，你哋唔係咁都信呀？好明顯佢就係亂噏一通。我作為唯一親眼見住你哋俾『王』殺死再困住喺度嘅證人，點解要呃你哋先？事實係『王』聽信啲街坊饞言，以為真係你哋做，所以先搵你哋報仇，你哋做咗游氏兄弟替死鬼。而將呢啲謊言傳畀『王』嘅，就係歷代受委託嘅調查員，好彩得阿曉幫你哋查個水落石出，先還你哋一

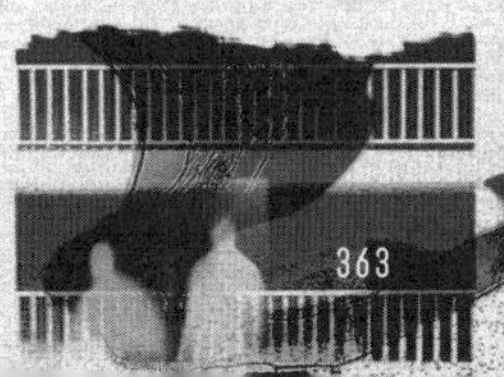

個清白，游氏兄弟先無得再苟且偷生。而呢啲調查員都因為殘暴嘅『王』而全部都被跳樓困晒喺度，所以阿曉，其實我都係想救你咋，點解你仲要誤會我？」最後她還是把話題帶到我身上，裝作一個好人。

「你唔好再扮，我唔同佢哋幾個，我係唔會上當！雖然唔知點解你要一而再，再而三咁屈 Tracy，但無論點，我都信佢係清白無辜嘅！」我再次堅定重申我的立場。

「廖生，」此時，我想起他臨終前的遺言，於是問：「你臨死前話個組織會復活人，又咩報仇一齊住，最後仲提咗游瑞棠個名，其實係想講咩？」

廖先生聽到我突然問他，也沒有心理準備，但還是盡力回答：「我都唔係好記得，但你咁樣講一講，我好似又有返少少印象，好似有個組織有能力復活人，個復活人要報仇，游瑞棠⋯⋯我唔係好記得，可能佢就係復活人？佢殺咗其他人報仇？」

「喂，山草藥呀？噏得就噏！我先唔係咩復活人，亦都無殺人，我哋係被佢哋三個誤導，以為自己殺咗人。話時話，你個豬腩筋做咩講嘢咁流利？好奇怪喎，計我話係你先係幕後黑手，已經一早諗好晒個故仔，所以講得咁流利。」游瑞棠連忙否認，並加以反擊。

「我無，我都唔知點解咁流利。」廖先生也驚奇。

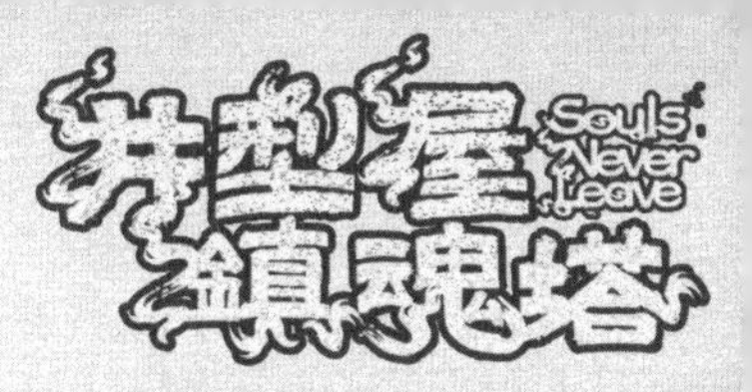

「因為你已經死咗，所以以前在生時嘅病痛、缺陷都會無晒。」刁小姐解釋道。

「Tracy，」此時我想起了她說自己已經知道一切，於是問：「你所知道嘅係點？而家我哋每人都有一個版本，唔知邊個先係真。」

「……」Tracy 有口難言、面有難色，一句話也沒有說。

現場每人也各執一詞，無人能判斷事情的真偽，也紛紛指控對方說謊，但慶幸的是，三狼因為我的話而心生嫌隙，互相猜忌，逐漸貌合神離，看來他們的合作並非牢不可破。

「既然而家大家都理性討論緊，不如放開我，等大家可以舒舒服服咁傾。」我試探萬先生，想不到他竟然立即替我鬆綁開，還充滿歉意地道歉，連刁小姐也傻眼了。

「老公，你做咩放咗佢？」刁小姐問道。

「我唔係你隻棋，我做嘢唔使你教！」萬先生終於振夫綱，把刁小姐嚇到退後了一步。

「無錯，」王先生也說：「生前嘅嘢我係唔記得，但我一入到鎮魂塔，的確係你嚟同我講我生前嘅事，我都唔知係真係假。」

太好了，連那段影片他也忘記了。

徐先生也加入戰團，一同提出意見：「我只係知喺呢間屋入面咁耐，你所講嘅『王』同你一直以嚟形容嘅完全唔同，完全唔係嗰一回事。」

「你哋⋯⋯」刁小姐受千夫所指、腹背受敵，連最大的盟友兼丈夫萬先生也懷疑她，她的解釋已經無人再聽、無人再信，儘管她不停重複說：「佢做戲㗎，佢真係『王』！佢做戲㗎，佢真係『王』⋯⋯」

趁着他們「鬼打鬼」——無論字面上還是實際上，這個詞語最適合不過——我們趁機溜之大吉。

「時間差唔多，我哋可以返人間。」此時 Tracy 說，我看一看電話，不知不覺，時間已經來到傍晚六時多。

「游瑞慈，你既然係人，都跟我哋返去，繼續留喺度對你都唔好，我都開始有少少症狀出現。」我伸出手對游瑞慈說，而游瑞棠在一旁也點頭同意。

「咁大佬你哋點算？萬一佢哋傾掂數又再捲土重來⋯⋯」游瑞慈擔憂道。

「放心，佢哋唔會傾得埋，只會拆伙。」我信心十足地說，但

其實我也沒有把握，只是想早點離開這裏而編了一個大話。

「細佬，你快啲返去先，我哋喺度無事嘅，你要好好生活，唔好再嚟探我喇。」游瑞棠哭着道別。

「得喇得喇，賣仔莫摸頭，你喊晒口咁，佢又點會捨得走？」廖先生適時阻止，好讓游氏兄弟能愉快道別。

「大佬，我會燒多啲嘢畀你，再燒多幾條鬼妹畀你，你要生活好啲，我遲啲會落嚟陪你。」游瑞慈説，看來游瑞棠不打算投胎輪迴。

「道別完就跟我嚟。」Tracy 回復了她那冷酷的性格，這比溫柔的她更神秘，我更習慣這個她。

我們經 Tracy 帶領，來到二三一五室，這是一個可以自由出入的單位，她在電箱附近找到了印記，再次命我伸出指頭，劃出血後捉着我按住印記，然後命令我倆：「快啲合埋隻眼拖實。」一秒後，她再命令我們張開眼，我們已經身在七零一室了。

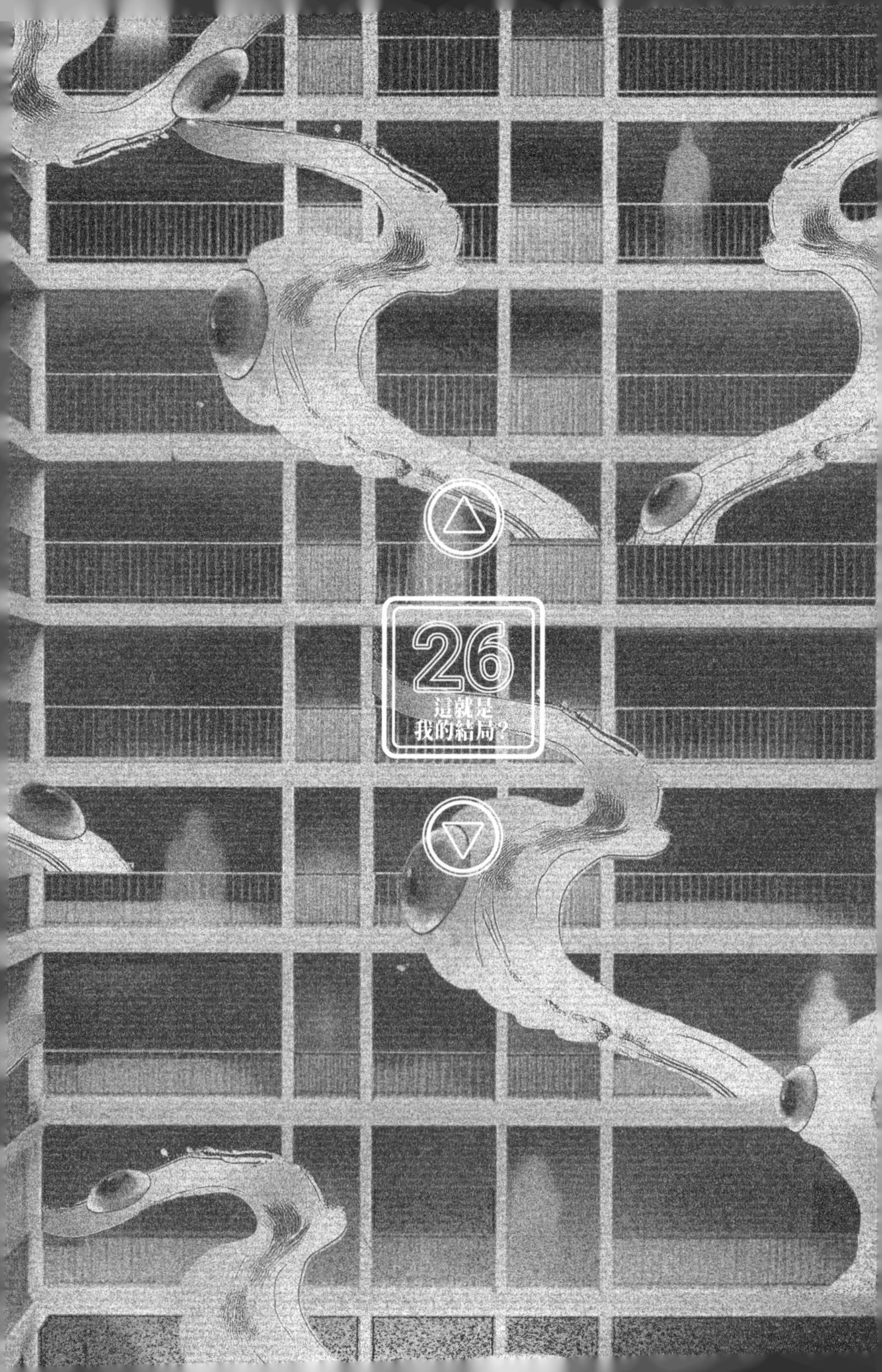
26
這就是
我的結局？

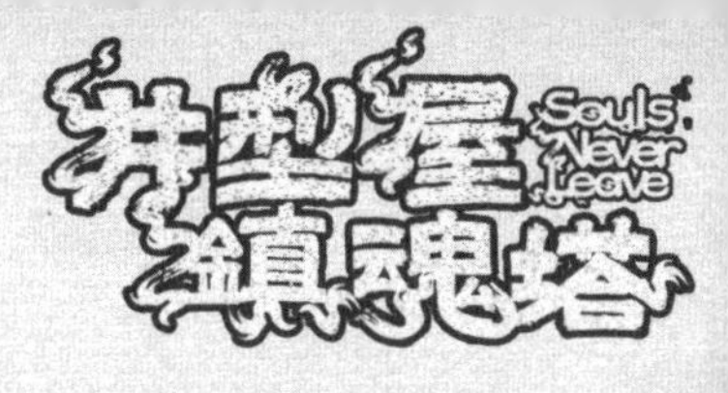

「總算返嚟人間，立即精神晒。」我伸一伸懶腰，舒展一下筋骨。

「呢度係七零一，」游瑞慈一眼便認出自己的故居，惶恐地問：「點解要嚟七零一？」

我立即搶答：「七零一都無咩問題吖，最緊要返到嚟。」

「你知唔知七零一對我嚟講代表咗啲咩？係我嘅惡夢、係我嘅惡夢……我唔要七零一，我要走，快啲畀我走！」游瑞慈突然變得神經質，對站在門前的 Tracy 大喊。

「坦白講，七零一唔只係你，亦都係我嘅惡夢。」Tracy 低着頭說，話語中有點忿怒，同時把頭髮梳到耳背。

「係囉，咁仲唔快啲離開？唔好留喺度，出咗去再講。」游瑞慈既着急又驚恐地說。

但 Tracy 並沒有讓路，而是緩緩抬起頭，在微弱的月光、路燈和走廊燈的照射下，她的樣子有點詭異，就像伊藤潤二筆下的富江般，我也有點被嚇倒，而游瑞慈更是誇張，嚇得軟攤在地並且失禁。

「咁大個人，連鬼都見過，而家竟然係因為見到人而嚇到咁？會唔會太廢呀你？」我趁機嘲笑了他。

游瑞慈指着 Tracy，不能說出一句完整句子，只能不斷重複：「佢、佢、佢……」

我扶起游瑞慈，並對 Tracy 說：「好喇，唔好再玩佢，原來佢咁細膽。我哋快啲返屋企先，留喺呢間屋耐都 feel 到有啲陰森同凍。」

「哦，好呀。」Tracy 笑着爽快地答應，隨即讓出了路，並順手開了木門和鐵閘，游瑞慈頭也不回、飛也似的奔回家。

「你返二十四樓？啊，應該唔係，你話你走，我送你去搭車？」我更正道，因為我記得昨晚在二四零四室遇到她，當時她說要離開。

「噢，而家走唔到住嚕，今晚留多一晚喺度，你返屋企先，我轉頭自己返去就得，我想喺度留多陣。」Tracy 說完便把我推出門，然後把大門關上。

「咁你小心啲，我行先喇。」本想說陪她，但看來她並不想我留在這，通情達理、知情識趣的我也沒理由再做痴漢，加上已經一整天沒回家了，為免家人擔心，我還是先回去好了。

「嚀，都話識返嚟食飯㗎啦，無講錯嘅。」爸爸邊開門邊對媽媽說。

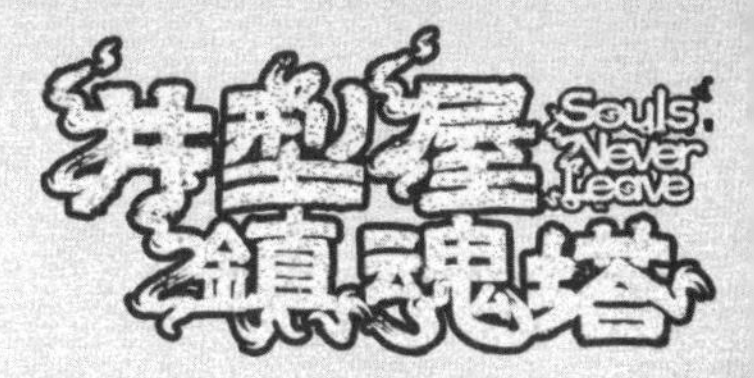

「快啲入嚟洗手食飯。」媽媽放下碗筷，走進廚房。

「今次又死咗去邊？」我剛坐下，阿旻便不放過我。

「入咗鎮魂塔處理『王』，而家成件事已經完咗，我可以專心溫書，唔使再怕咩詛咒。」我滿心歡喜地答。

就這樣，一席溫馨的晚餐成為了這個故事的結局。

刁小姐是「王」，鎮魂塔和殺人的一切都是她為了嫁禍給梁紫茵的所作所為；真正殺害梁紫茵的是萬先生、徐先生和王先生，他們用計使令游氏兄弟以為自己是真正兇手；Tracy 最後也沒有搬走，繼續留在這裏居住，依然是神出鬼沒，只在晚上才會找到她，之後中秋節的燈籠，大概還是由她點亮。

想看童話式大團圓結局的話，讀到這裏就好了，再讀下去就是殘酷的現實經常上映的悲劇結局了。

確定要看下去嗎？那便要有心理準備了。

因為游瑞慈奪門而出之後，不是直奔回家，而是直奔，撞向欄杆，失重心，飛墮井底，期間人在空中打轉，頭多次撞上走廊石壁，而跌到井底時更導致全身骨折，連呼吸都會感到撕心裂肺的痛，在死之前還要經歷極度痛楚，最後在井底因為失血過多，奄奄一息，最後失救致死。

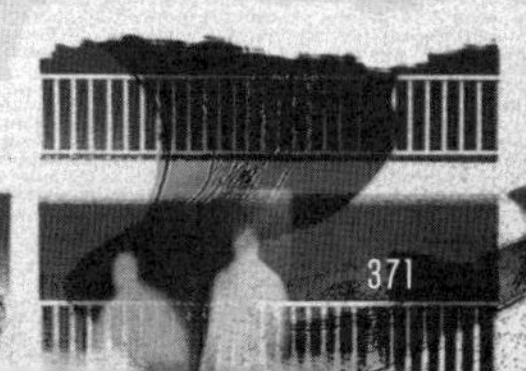

這一幕又再上映，短短未夠一年，我已經目睹了不下四次的跳樓悲劇，而游瑞慈的死，意味着事情還未完結，「王」還在行刑，我依然是岌岌可危。

「噢！佢做咩咁掛住佢大佬，啱啱無見幾分鐘就落返去搵佢？」Tracy 的説話當中並沒有任何感情。

「點解佢會咁，咁辛苦先走得甩……」我對他這個行為完全不能理解，但我心裏很清楚，這是「王」的所為。我倚着欄杆往下看，這次實實在在看到游瑞慈的屍體，沒有消失，他真的死了。

「阿曉，」此時，Tracy 走到我身旁，將我的臉從望向井底移到她面前，四目交投，她撫摸着我的臉，溫柔中帶點挑逗地問：「你係咪一直好鍾意我，好想同我一齊？」

「係！」這個機會我等了很久，我很想大聲地答，可是一日下來積儲的疲累，加上游瑞慈的死，以及「王」依然在行動，我暫時沒有心情去談兒女私情，我抬頭望向她，正想開口回答之際，她親了我，是嘴對嘴的親了我，她那赤紅而軟熟的珠唇，親了在我那乾燥枯萎的雙唇上，那種質感我永世難忘，我立即有「吻下來豁出去」的感覺。

「事到如今，佢都咁主動，可能係因為經歷完一連串事件之後覺得要珍惜當下，亦都可能係吊橋效應，不過，好！嚟啦！死就死！」心裏小劇場一番之後我開口回答：「係，我第一眼見到你就

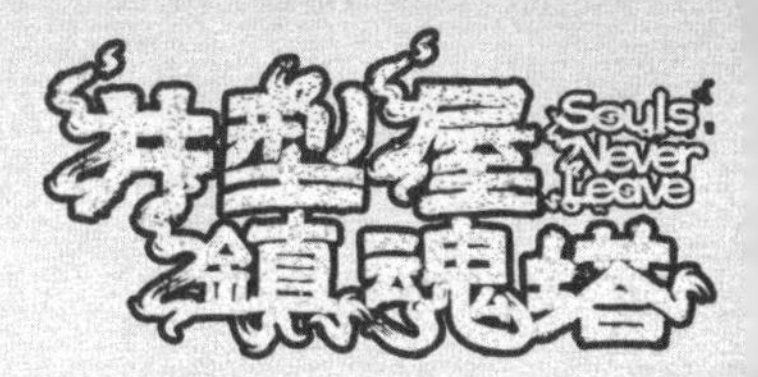

已經想！好想！十分想！非常想！超級想！超級無敵勁爆想！」

Tracy 滿意又滿足地笑了。

此刻，世界仿佛顛倒了，天空在我腳下、大地在我頭頂，我飄飄然，就像在飛一般，唯一不變的，就是 Tracy 始終在我眼前，這就是戀愛的感覺嗎？

「天空塌下……」我的手提電話竟在此時不識趣地響了，電話的響聲把我迅速拉回現實，我辛苦的從褲袋掏出手提電話，是一個既陌生又熟悉的號碼。

咦？等等，事情有點不對勁。

我、我竟然、我竟然在墮下、我竟然在墮下井！

為甚麼會這樣？發生了甚麼事？還能自救嗎？

不，顯然是不能了，但臨死前，至少讓我弄清楚究竟發生了甚麼事吧！

由七樓跌落地面，只不過數秒鐘的時間，但卻異常漫長，而且頭腦特別清晰。別人説臨死前會有人生走馬燈，但我回顧的卻是搬到井型屋之後與 Tracy 相關的種種經歷。

是 Tracy！無錯，是她把我推下井一起赴死的，想不到初戀就已經殉情，這麼浪漫可以嗎？為了可以不受阻撓永遠一起，化身為鬼可能也是一種方法，至少能永遠保持最好的狀態，不會變老，也不會再有病痛。

只要我們的靈魂不留戀，立即離開這裏，刁小姐便不能把我們困在鎮魂塔，也不能再找我們麻煩，亦不能再嫁禍、陷害 Tracy，我們也能過得開心愉快，管它甚麼 DSE 和五狼案，誰才是真兇，誰才是「王」，這些都已經不再重要，能跟 Tracy 在一起才是我想要的將來。

好，我已經準備好迎接我們的新生活了。

我與 Tracy 相視而笑，然後聽到頸部傳來清脆的「啪啦」聲，眼前一黑，一切便完結了。

《井型屋鎮魂塔》

全書完

本港最猛公屋
半年內五人墮樓

港府極為關注　警方:無可疑

【本報訊】昨日傍晚時份，有「本港自殺第一選擇」之稱的XX邨OO樓接連有人從高處墮下，警方接報調查後，認為案件無可疑，暫列作自殺案處理。

死者游瑞慈（四十七歲）和馬家曉（十七歲）均為大廈住戶，據報兩人並不認識。據警方調查，死者游瑞慈胞兄游瑞棠早前亦於同大廈火警中急於逃生，意外墮樓身亡，不排除有人因太想念親人而尋求短見。

另一死者馬家曉為應屆DSE學生，為轉校新生，據死者班主任所說，死者為人文靜勤勉，成績尚可，唯人際關係一般，可能因為相處時間不長，故未能融入新環境所致。警方亦不排除因公開試臨近，有人疑不堪學習壓力而走上絕路。

翻查資料，連同這兩宗悲劇，該大廈半年內已經累計達五宗。鑒於短時間內多次發生墮樓事件，港府極為關注事件，港府發言人稱會成立專案小組作深入調查。

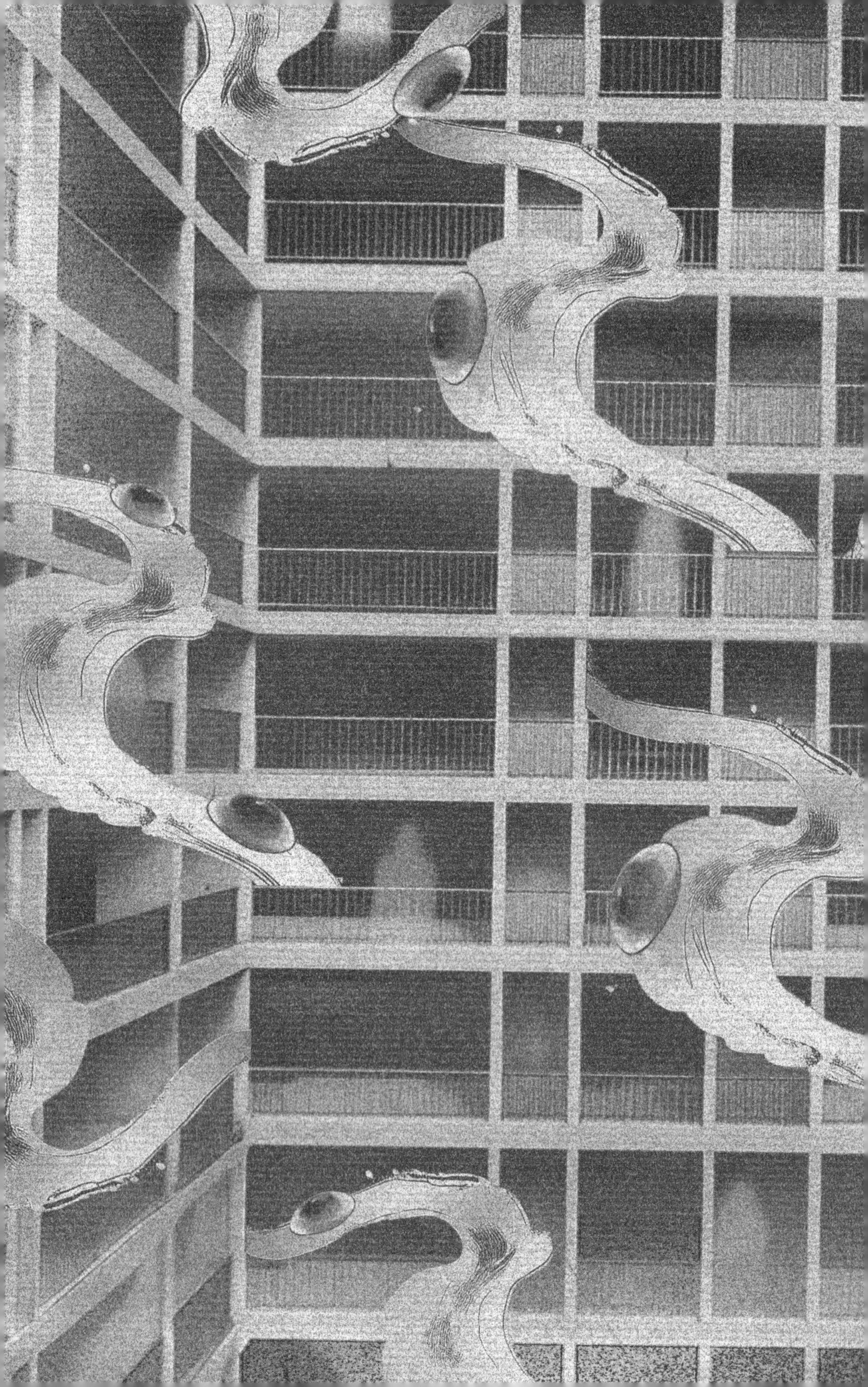

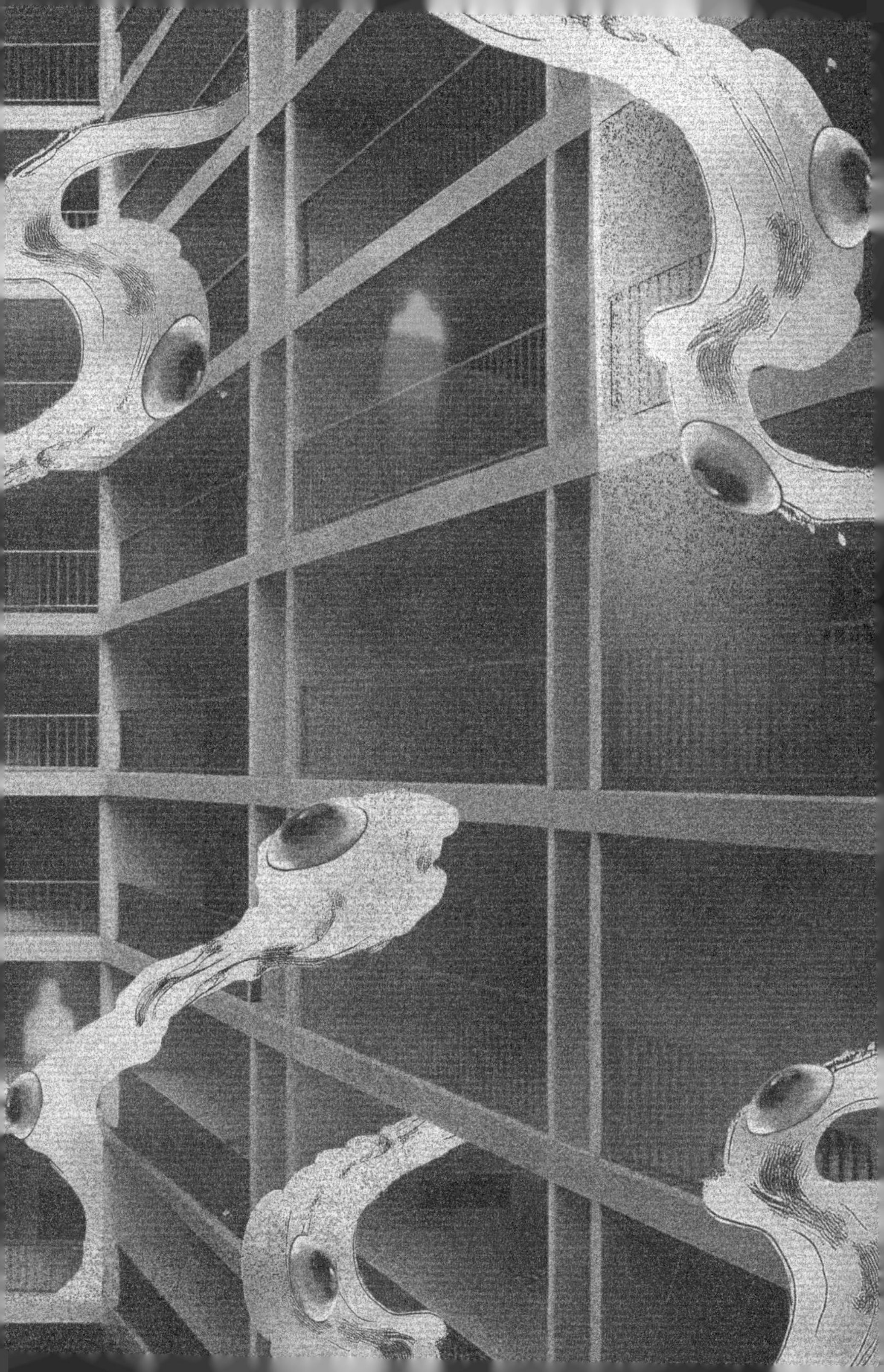

G
後記

每寫一個故事，身為作者的自己也會代入到故事當中，跟主角一起經歷不可思議的事情和高低起伏的心情，所以每次完成一個故事後，自己也會有一種既失落又滿足的感覺。

然而，我很享受這種被掏空的感覺，證明此刻我已經盡力，已經絞盡腦汁了。

這個故事，本是由兩個互不相關的構思融合而成。全靠編輯的指點，這兩個構思才得以合體且順利誕生，而且成果我也十分滿意。

看完這本書，無論你是否住在井型屋，或者曾經住過井型屋，希望不會令到你們有不好的回憶吧。

雖然我住在井型屋也有二十多年，但在寫這本書期間，我才驚覺原來我對這個朝夕相對的地方竟然所知甚少，要不是要寫這本書，我才不知道一面井四條邊的單位分佈原來是四、五、四、四。

最後，再次感謝一直以來支持我的各位，我始終歡迎各位與我交流討論，有溝通才有進步，我們下本書再見！

作者	麥默
編輯	陳婉婷
美術設計	陳希頤
出版	點子出版
地址	荃灣海盛路 11 號One MidTown 13 樓20 室
查詢	info@idea-publication.com
印刷	海洋印務有限公司
地址	黃竹坑道 40 號貴寶工業大廈 7 樓 A 室
查詢	2819 5112
發行	泛華發行代理有限公司
地址	將軍澳工業邨駿昌街 7 號 2 樓
查詢	gccd@singtaonewscorp.com
出版日期	2025 年 7 月 16 日
國際書碼	978-988-70671-7-7
定價	$118

Printed in Hong Kong